U0535544

诗经三颂与先秦礼乐文化的演变

姚小鸥　著

商务印书馆
The Commercial Press
2019年·北京

图书在版编目(CIP)数据

诗经三颂与先秦礼乐文化的演变 / 姚小鸥著. —
北京：商务印书馆，2019
ISBN 978-7-100-17104-5

Ⅰ.①诗… Ⅱ.①姚… Ⅲ.①《诗经》－诗歌研究②
礼乐－研究－中国－先秦时代 Ⅳ.①I207.222 ②K892.9

中国版本图书馆CIP数据核字（2019）第034172号

教育部人文社会科学重点研究基地
首都师范大学中国诗歌研究中心规划项目

权利保留，侵权必究。

诗经三颂与先秦礼乐文化的演变
姚小鸥 著

商 务 印 书 馆 出 版
（北京王府井大街36号 邮政编码 100710）
商 务 印 书 馆 发 行
三河市尚艺印装有限公司印刷
ISBN 978-7-100-17104-5

2019年5月第1版　　开本 710×1000　1/16
2019年5月第1次印刷　印张 22 3/4

定价：80.00元

新版自序

我于1982年从郑州大学中文系本科毕业，考入河南大学攻读硕士学位，导师是华钟彦教授。先生以词曲名家，但于先秦文史也深有所得。我跟他学习先秦文学，论文题目是《论〈诗经〉大小雅的文学价值》，1985年以此取得学位。从学术观点来说，这篇论文在那个时代可谓有见之作，但研究方法乏善可陈。硕士一年级时，我受华先生的启发，撰成《田畯农神考》一文，经董治安先生推荐，发表于齐鲁书社出版的《古典文学论丛》第四辑。这篇文章注意从礼制和民俗的角度观照《诗经》，从观念和方法上，为进一步的深入研究打下了基础。

在郑州大学中文系教书两年之后，我于1987年考入东北师范大学，师从杨公骥先生攻读博士学位。1989年六月初，先生忧于时局，遽然辞世。我历经曲折，最终于1993年获准答辩，博士学位论文的题目是《诗经三颂与先秦礼乐文化的演变》。提交答辩时，论文虽然只有三章、五万余字，但已经形成了系统的理论框架，具有较大的学术张力。2000年，经过七年的充实，在博士学位论文的基础上形成专著，以《诗经二颂与先秦礼乐文化》为名出版，正文六章、十七万字。呈现在读者面前的这本书，采用了博士学位论文的原名，共九章、二十三万余字。本书对《诗经》三《颂》各个部分的叙述，较前皆有所增加或修正。具体情况分述如后。

《商颂》部分，我的贡献主要是在作年方面提出了新说。有关《商颂》的作年，历来有"商代说""春秋说"和"宗周中叶说"等。我在本书第一章《〈商

〉与殷周两代礼乐文化的传承与嬗变》之第二节《〈商颂〉五篇的分类与作年》中提出，《商颂》多为宋人保存的前代乐歌，而《殷武》一篇当系两周之交时，宋人依据旧典加工而成。现在所增加的《〈商颂〉中禹形象的演变》一节，比较《商颂》之《长发》《玄鸟》与《殷武》诸篇中禹的不同形象，对前述学术论断进行了新的论证。

《周颂》部分，改写了第三章《〈周颂·三象〉与周代礼乐文化的演变》的部分内容，增加了第四章《〈周颂·闵予小子〉诸篇与周礼核心精神的确立》，以及第五章《〈周颂·臣工之什〉与周代宾礼》。

《鲁颂》部分，增加的是第七章《〈閟宫〉与礼乐制度在鲁国的传承》。这一章第一节的部分内容是原有的。

数十年来，我在《诗经》，尤其是三《颂》的研究方面进行了不懈的努力，本书所论，理当比较完善，但实际上还存在着许多缺憾，尤其是关于近年来新出简帛及金文文献所带来的思考尚未能很好地体现。首先，《清华大学藏战国竹简（叁）》中收录有《诗经》类文献《周公之琴舞》及《芮良夫毖》两种。《周公之琴舞》包含周公所作"多士敬毖"残篇，以及成王所作"敬毖""琴舞九絉"完整歌诗一部。成王所作之"琴舞九絉"含九个章节，每个章节称为一"启"。由《芮良夫毖》所用乐歌术语可知，"启"与传统乐歌术语"终"可以互换。这一新知，证明我们在论述《大武乐章》时所提出的"终""成"关系可信。同时，这一重要的出土文献对于大武"六成"总体内容的判断有重要启示。可以据此推断，现存《诗经》中归属于《大武》的各篇，实际只是《大武》"六成"文辞中的很少一部分，即各"成"中的代表性章节。

其次，新发现的《正月曾侯䑛编钟》有"王遣命南公，营宅汭土，君庇夷，临有江夏"之语，它记载了成王时期，周的重臣南宫适被封于江汉地区的随（位于今湖北随州市）的历史事实。这为判断《大武乐章》之"四成""南国是疆"提供了年代学的依据，也就为《大武》的创作时间提供了重要的参考。我们曾依据《逸周书·世俘篇》判断《大武》的作年为武王时期，现在看来是不够准确的。可以断言，《大武乐章》的创作有一个过程。它的最终完成当在周公制礼作乐之时。

上述《正月曾侯舆编钟》也为《商颂》作年的进一步论证提供了材料。读者可参看本书相关部分，这里就不展开了。

如前所述，这本书尚有若干不足，所以提交出版，是因为它值得读者批评。首先，本书是第一本系统研究《诗经》三《颂》的著作，它通过较为坚实的考证，发现和解决了《诗经》研究中的一系列问题。更为重要的是，它在学术理念和研究方法方面的意义。

本书所禀持的基本观念是：礼乐文化是中国的主流文化。先秦时期，尤其是春秋以前，华夏文化圈的社会文化制度是经典的礼乐制度。《诗经》是礼乐文化的产物和有机组成部分。诚如顾颉刚先生所言，《诗经》是中国古代最有价值的一部典籍。研究中国古代的历史、哲学和文学，充分利用这部重要文献，自然是题中应有之义，而对《诗经》本体的研究，则应当在前述观念的指导下进行。

本书继承了王国维先生的治学路径，对乾嘉学派的文献考证方法有所承继和发展。《〈閟宫〉"土田附庸"的历史记忆》一节，对此有较全面的体现。我对于"土田附庸"的思考，可以追溯到35年前在河南大学随郭人民教授学习先秦史的时期。郭老师对先秦文献精熟，尤其长于《左传》。他有很强的理论功底，我当年和先秦史研究生史建群、郝铁川、李玉洁等在先生的影响下，都注意古代社会制度的研习。日常讨论的内容之一就是《左传·定公四年》的"土田培敦"（"土田附庸"的另一种文字表述）一节。然而，直到本书的写作，我们才找到了《诗经》及《左传》的内证，从书法体例的角度，论证了典籍中追述重大历史事件的特定表述方式，从而解决了相关问题。这一考据方法，具有普遍的意义。我们曾使用这一方法揭示了《庄子·外物》篇"饰小说以干县令"的真正内涵，以此取得中国小说史研究的重要突破。

二重证据法，即传世文献与出土文献的结合，是本书中另一个引人注目的学术方法。出土文献领域内对我影响最大的前辈是李学勤先生。李先生在我撰写博士论文的困难时期，曾三次亲笔致信，给予我极大的安慰和鼓励。我在1999年倡导并主持召开的第一届"出土文献与中国文学研究学术研讨会"，和2013年主持召开的"清华简与先秦经学文献学术研讨会"，都得到李先生的支持。本书中处处可见先生对作者的影响。

从一般的角度来说，上述学术方法并非作者所首创，但具体使用的心得及结论，不仅关乎本书，而且可以向其他领域，特别是《诗经》研究的其他分支辐射，比如《诗经》学史。长期以来，《诗经》学史的研究者们对《诗经》本体缺乏深入研究，往往凭文献中的只言片语任意发挥，造成表述的似是而非。比如有《诗经》学史著作推断《周颂》中《敬之》一篇作于穆王时期者，由清华简《周公之琴舞》，可证其说系无根之谈。近来新出楚简中的《诗经》文本，是极为重要的新材料，我们将以之丰富自己的知识，完善研究方法，推动《诗经》本体及《诗经》学史研究的进展。

原版序言

李炳海

在《诗经》各类作品中，三《颂》的解读难度最大。和《国风》《大雅》《小雅》相比，研究三《颂》的专门论著要少得多。然而，姚小鸥博士却对《诗经》三《颂》情有独钟，在博士研究生期间就把它作为自己论文的选题方向，进行了深入的探索。博士生毕业之后，他乐此不疲，继续这方面的思索、笔耕。如今，他的专著《诗经三颂与先秦礼乐文化》即将出版，这虽然只是小鸥博士宏伟研究计划中所完成的一小部分，但是，其中所涉及的论题，所达到的深度和高度，已经相当可观，值得认真一读。

三《颂》的解读难度，不仅在于它文字古奥，而且还在众多诗篇创作时代不明，用于祭祀的背景模糊，所属乐章没有定论。因此，对《诗经》三《颂》的研究，必须在思维中做好历史还原工作，采用学术界所说的原生态的把握方式。要把自己的研究对象完全恢复它的历史本来面目，把历史百分之百地通过思维加以还原，事实上是不可能的。尽管如此，却不妨把恢复历史本来面目作为一种学术理想而树立起来，用以激励自己朝着这个目标日益趋近，使学术研究成为人类认识绝对真理活动的一部分。小鸥博士的这部专著，很大程度上就是用原生态把握方式进行研究的结晶，是复原《诗经》三《颂》与先秦礼乐文化关系的有益尝试。

《诗经》三《颂》指的是《商颂》《周颂》和《鲁颂》（在今本《诗经》中，

其排列顺序是《周颂》《鲁颂》和《商颂》），它们分别作于殷商、周代和春秋时期的鲁国。既然认定它们都是先秦礼乐文化的产物，这就把先秦礼乐文化上溯至殷商时期，下推至春秋阶段，时间跨度长达千年。周诗和礼乐文化的密切关系，一直是学术界公认的历史事实。鲁国作为礼义之邦，它的宗庙歌诗受祭祀文化的浸润，也没有什么疑义。至于殷商的祭祀歌诗和先秦礼乐文化是否有关联，对这个问题的认识却经历过一些反复，因为它直接涉及殷商王朝是否与礼乐文化有缘分的问题。

殷商王朝和礼乐文化的关联，本来是不争的事实，孔子就说过："殷因于夏礼，所损益可知也；周因于殷礼，所损益可知也。"（《论语·为政》）孔子认为夏、商、周三代之礼前后相继，周礼有从殷礼那里获取的营养，殷代曾经有过比较发达的礼乐文化。殷礼是在夏礼基础上发展起来的，周礼又对殷礼有所吸纳，由此而来，周礼实际上是融汇夏礼、殷礼而形成的。孔子说过："周监于二代，郁郁乎文哉，吾从周。"（《论语·八佾》）这就把礼乐文化视为在夏、商、周三代连续发展的链条。

在孔子那里，周礼是继承夏礼、殷礼而来，夏、商、周三代都存在可供借鉴、能为后世垂范的礼乐文化，这是他非常明确的观念。孔子本人还亲自到夏、商后裔所统治的杞、宋两国寻访前朝故礼，但仅见到《夏小正》一类的历书和有关阴阳学说方面的典籍。尽管和他期望的相距甚远，但毕竟还是有所获，他没有对夏礼、殷礼的存在产生怀疑。到了儒家后学那里，夏、商两代与礼乐文化是否有关联的问题，就不再像孔子说得那样确切，有时甚至出现自相矛盾的结论。即以《礼记》一书为例，《礼运》《郊特牲》《明堂位》诸篇，相继提到夏、商、周三代之礼，甚至追溯到更远的原始时代，还提到鲁国之礼，和孔子对礼乐文化的看法一脉相承。可是，《表记》篇又写道："夏道尊命，事鬼敬神而远之，近人而忠焉。先赏而后罚，亲而不尊。""殷人尊神，率民以事神，先鬼而后礼，先罚而后赏，尊而不亲。""周人尊礼尚施，事鬼敬神而远之，近人而忠焉。其赏罚用爵列，亲而不尊。"按照这种说法，夏代无礼乐文化可言，殷人把鬼神置于礼之前，礼乐文化存在，却得不到重视，处于附属地位。只是到了周代，礼乐文化才得到充分的发展，成为治理国家、协调人神关系的纲纪。上面的论述在一定程度上勾勒出礼乐文化发展的轨迹，但也很容易使人产生误解，似乎礼乐文化是周代的专利，和夏、商两代关系不大。提起礼乐文化，人们往往把目光集中在周代，而忽视夏、商两朝的作用。至于鲁国的礼乐文化，人们更多地是将其和周公、孔子联系在一起，很少再考虑其他人物和其他方面的因素。

进入 20 世纪，对于三代礼乐文化的研究一度有所突破，王国维先生等一批学者作出了开创性的成果。但是，从 20 世纪四五十年代开始，国内学术界对殷商社会的讨论集中在奴隶制问题，兴奋中心是人牲、人殉等和阶级压迫相关的事象上。既然人牲、人殉都作为血淋淋的阶级压迫的写照而一再被公诸于世，因此，殷商社会是否还有礼乐文化的问题，无形中成了学术禁区，许多人视为畏途，采取回避的态度。有些颇有造诣的文学史专家，也往往处于两难的境地。当他们从文化学的角度审视殷商社会时，发现那里存在众多的礼乐文化因素，有些还相当发达；当他们用以阶级对立为核心的社会学眼光去观察殷商社会时，见到的都是残酷的剥削和压迫、血腥屠杀、象征暴力的神灵，礼乐文化则似乎难以出现。20 世纪 80 年代以后，随着改革开放时代的到来，国内学术界对上古文化的研究也以空前的深度和广度推进，取得突破性进展。近年来国家实施的夏商周断代工程，可以说是上古文化研究的高潮。在这种形势下，周代礼乐文化与夏、商两代文化的联系重新得到确认，对殷商礼乐文化的研究也摆脱了以往尴尬的处境，可以纵横驰骋，具有广阔的学术空间。

从孔子开始，就已经注意到周礼与前代文化的渊源关系。经历一系列的反复周折之后，对这个问题的看法似乎又回到了孔子所确定的起点，历史仿佛走了一个圆圈，既是向认识起点的回归，又是对先秦礼乐文化的重新还原。不过，如果不是停留于表面现象，而是对当前的先秦礼乐文化研究进行深入考察，就会发现这方面研究并不是简单的循环重复，而是一个螺旋式的推进过程，已经有了质的飞跃。小鸥博士的这部专著是在当代学术大潮中产生的，是学术界在经历偏执、困惑之后，为还原上古文化以本来面目所进行的工作的一部分，体现出新一代学人的风采。

原生态的把握方式是一种科学的研究方法，然而，要把自己的研究对象在思维和论著中还原出来，需要有坚实的证据，需要创造性的思维。小鸥博士的这部专著，在礼乐故实的考证方面颇见功力。一方面，他以确凿的事实论证殷商礼乐文化对后代的熏陶浸润，不但周礼中有殷商礼乐文化的因子，鲁礼中也可以见到殷商文化的痕迹；另一方面，《商颂·殷武》的增益改写，也明显受到周代礼乐文化的影响。他从色彩崇尚、万舞的运用等多方面把周、鲁礼乐文化与殷商文化相沟通，得出的结论是经得起推敲、令人信服的。本书的作者在论述三种文化关系时，不是按照单向输出和接纳的思维模式进行考察，而是注意到它们之间的相互渗透、双向互动；不但作纵向的、历时性的梳理，而且有横向的、共时性的考察。对于各个时期的礼乐文化，他不是一概而论，而是加以动态的把握，从历史的流变中加以审视。他把周代礼乐文化的发展概括为先武后文的过程，并对"德"这一概念作了透彻的分析，指出它在早期并不是专指文治，而是包括事典武功。对于《鲁颂》产生的文化背景，把它置于礼崩乐坏之际而又作礼乐中兴努力的复杂条件下加以考察，从鲁国所处的特殊地位出发进行探索，从而对鲁僖公这位国君，对于泮宫的形制、功能等颇为棘手的问题，给出了令人满意的回答，其中有些角度是容易被人忽视的。这部著作是从礼乐文化入手去研究三《颂》，因此，必须以相关的礼乐典籍文献为依据进行考证、辨析，本书的作者在这方面显示出扎实的功底，无论是社会制度的大变革，还是礼仪的细节，以及车马仪仗、器具服饰，作者均能以相关记载为参照，斟酌古今各家之说，最后得出自己的结论。本书除正文许多精彩的考证文字外，所附录的几篇论文也都探幽烛微，使先秦礼乐文化的几个疑案得以澄清。

这部著作的前身是一篇博士学位论文，属于中国古代文学专业先秦文学方向，这样一来，探讨三《颂》的价值，就必然涉及作品本身的解读问题，要对三《颂》给予准确的文学定位。三《颂》都是用于宗庙朝廷的祭礼歌诗，流传年代既久，有许多和祭祀相关的问题已经变得恍惚迷离，模糊不清。小鸥博士的这部论著，在文本解读方面提出了一些新的见解，有助于学术同行的深入思考。对于《殷武》一诗，他认为文本所述祖先事迹的诗句，是从殷人传统的宗庙祭祀诗中撷取；而歌颂时王的部分，则明显带有西周晚期的特征，是当时所作，篇章结构带有旧作新篇组合的痕迹。对于庙堂歌诗，不是把它看作一成不变，而是认为它可能随着时代的推移而有所损益，同一篇作品的生成会跨越漫长的年代。这种推论至少在道理上是成立的，即以乐府诗为例，同一题目和内容的作品，汉代乐府古辞和晋乐所用的诗句往往差异甚大，有的已经改得面目全非。既然后代乐府诗在演唱时存在文本改变的情况，为什么《商颂》不存在这种可能呢？作者的推断是有道理的，同时又用事实加以证明，为解读三《颂》一类的作品文本提供了可供选择的一种方式，有助于解开某些学术之谜。再如对于三象的训释考据，他没有沿袭旧注，把象解释为动物界的大象；也没有把三象重译的传说和《周颂》硬行对接，把象解释成翻译人员。上述两种解释在文字上有根据，又不难找到相关历史记载来附会。在对三象的训解上，小鸥博士选择了另一条艰难的道路，他从考察周族祖先崇拜的重点对象入手，探寻三象的真正内涵，最后认定，所谓的象，乃是法象、仪范之义，三象是周人为歌颂三位英雄祖先所作的颂诗。这样一来，三象就真正有了着落，并进而确定《天作》是三象的首篇歌诗。关于三象所属歌诗，历来猜测之词较多，一直没有定论。小鸥博士对于这一悬而未决的问题在研究中独辟蹊径，提出的看法富有启示性，可以说是运用原生态把握方式过程中的一个飞跃。

小鸥博士的这部论著提出了许多具有真知灼见的观点，但往往是以浓缩形态出现，未能全方位展开。如果能进一步加以扩展，还会有许多新的建树。书中对于"成"作为音乐术语出现时的具体含义，所作的解释就非常精彩："指某一完整的乐的组合的演出完成。将该组乐演出一遍，称为一成，数遍即称数成。""每成即每遍的演奏间都有某种变化，这可能包括变奏等曲调上的变化，也表现在配器方面。"文中还把同是作为音乐术语运用的"终"和"成"区别开来，指出"备"与"成"的关联与不同。应该说，小鸥博士对于音乐术语"成"的解释已经相当到位了，触及问题的实质，澄清许多误解。如在此基础上再加以拓展，那么，不但上述结论会进一步得到证实，而且还能发现某些带有普遍意义的因素。成，除了是音乐术语外，有时还用于计算土地，是表示面积的单位。《左传·哀公元年》称，少康失国，逃奔有虞，虞思妻以二姚，建邑于纶，"有田一成，有众一旅"。杜预《注》："方十里为成，五百人为旅。"成用作计量土地的单位时，具有初具规模、相对独立之义，和充当音乐术语的内涵有相通的地方。《说文》："成，就也。从戊，丁声。古文成，从午。""戊，中宫也，象六甲五龙相拘绞也。"戊是六甲五龙相纠缠之象，含复杂多变的意蕴。至于六甲五龙的具体所指，段玉裁注甚详，兹不赘述。成，古文从午。《说文》："午，忤也。五月阴气忤逆阳，冒地而出也。"纵横交错称为午，先秦典籍可以见到这类用法，因此，午又被说成是阴阳交合之象，亦有动荡之义。成，从戊，古文从午，戊、午都有纠缠错杂、动荡多变之义。成，当它用作音乐术语时，表示具有复杂结构和动态运作的一个基本单位，具有五音繁会之义，是较完整的乐章，和它的原始内涵是一脉相承的。如果再把"成"字的考释和《楚辞·九歌》的具体表演情况相联系，无疑会有更大的突破。小鸥博士既然已经对作为音乐术语的"成"给出了正确的判断，继续扩展已有成果并不难，他完全可以做好。

从礼乐文化角度观照三《颂》，是一种文化学研究方法，跨越多个学科，涉及的领域比较广泛。小鸥博士撰写此书的初衷，是通过把三《颂》与礼乐文化相沟通，发掘《诗经》这部分作品的文学价值，归宿是在文学。三《颂》是庙堂歌诗，是礼乐文化的显现，因此，只有从礼乐文化切入才能真正揭示作品的意蕴内涵和艺术特征。那么，礼乐文化熏陶下的祭祀诗有哪些特征呢？尤其是在艺术方面，有哪些不同于其他作品的地方呢？对此，礼书中有许多论述可供参考。《礼记·少仪》称："言语之美，穆穆皇皇。朝廷之美，济济翔翔。祭祀之美，齐齐皇皇。车马之美，匪匪翼翼。鸾和之美，肃肃雍雍。"这里提到的各种场合的美，是浸润着礼乐文化精神的理想美，如果用当时的话语来说，是各种威仪之美。小鸥博士的这部专著对于礼乐文化的基本精神已经作了许多精辟的论述，如果能从礼乐精神的艺术显现方面进一步开拓，将会有更多的发现，也会使本书文学研究的特点更为突出。《礼记·礼器》把礼的形式分为多、大、高、文和少、小、下、素两类，并且写道："古之圣人，内之为尊，外之为乐；少之为贵，多之为美。"三《颂》作为祭祀歌诗，少、小、下、素类型居多，但也不乏多、大、高、文的场面。倘若能从礼仪形式对比中去透视人的道德追求和审美风尚，从人的主体性方面去审视艺术表现上的特点，这部专著会锦上添花，变得更加充实厚重。

小鸥博士的这部专著是在学位论文基础上增益修订而成，从动笔到最后成书，历经十年时间。在此期间，历尽坎坷，备尝艰辛，许多其他方面的事情一再延缓此书的进度，此中甘苦，本人备知。我和小鸥博士有同门之谊，论文写作期间即有切磋交流，亲眼目睹他在突破难点时的拼搏与喜悦。论文写成之后，又因近水楼台之故，遂得先睹为快。今天，在本书即将出版之际，我作为这部专著的早期读者，感到十分高兴，向他表示祝贺。

小鸥博士天资聪颖，悟性极强，又有扎实的功底，具备从事中国古代文学研究的优越条件。对于小鸥博士来说，进一步的发展所缺少的不是智慧、才华，而是时间；缺少的不是在学术上的热情，而是如何掌握好节奏。小鸥博士正当英年，正是创造力最旺盛的时期，如能静心澄怀，持之以恒，前程不可限量。既然这部专著已经具备坚实的理论支点和深入的故实考据，那么，在此基础上建构体大思精的力作，只是一个时间早晚的问题。相信小鸥博士一定会实现自己的学术理想，把已经绘制的蓝图变为层出不穷的论著推出。

以上所述，未必得当，姑妄言之，仅供参考。

2000 年 2 月 28 日于长春

原版自序

王国维《与友人论〈诗〉〈书〉中成语书》说："《诗》《书》为人人诵习之书，然于六艺中最难读。"王氏并说自己"于《书》所不能解者殆十之五，于《诗》亦十之一二"。王国维为20世纪中国学术之巨擘，由王氏此言，可以想见《诗经》研究的难度。《诗经》中的每一篇都存在着难解的学术疑点，其中最为难读的又是三《颂》。三《颂》难读，又不可不读，不读三《颂》，就不算真正懂得《诗经》。作为《诗经》的有机组成部分，三《颂》在中国文化史上具有特殊重要的地位，又是解读《诗经》其他部分的关键。《观堂集林》收录王国维有关《诗经》的论文六篇，《释乐次》与《汉以后所传周乐考》讨论周代礼乐之用与礼乐史的问题，其余四篇即《周大武乐章考》《说勺舞象舞》《说周颂》《说商颂（上、下）》，都是研究《颂》诗的作品。以王氏的治学门径与学术境界，而在《颂》诗的研究中倾注如此精力，可以想见它的重要。

数十年来，关于三《颂》研究的基本状况，就笔者孤陋所及，20世纪60年代《中华文史论丛》刊登之《周颂考释》，乃高亨先生40年代旧稿，除此以外，仅有零星论著涉及《颂》诗的若干问题。学者中能倾注全力研究三《颂》者廖若晨星。究其原因，除《颂》诗本身不易解读外，尚有复杂的社会历史原因及学术背景。

19世纪与20世纪之交的中国历史变革中断了以经学为核心的中国传统

学术的传承秩序，但历史又没有及时给包括《诗经》研究在内的中国传统学术提供顺利转型的条件。清末以降的疑古思潮，助长了中国学术与当代政治变革的纠葛交缠，严重的民族与社会危机使学术自身受到严重的牵累。在社会发展到足以消化西方传来的近代思想方法时，其他因素又使学术人格的独立一度受到严重的侵害。民族文化传统对国家利益和当代民族文化影响的深层意义终于被较多地揭示出来时，学术史意义上的学术断层已经达到了极为严重的地步。

所谓学术史意义上的学术断层，不是通常所说学术研究群体年龄落差较大的问题，而是指整个学术界在相关领域的研究停滞乃至倒退的现象。这一现象在古典文学研究领域相当普遍。20世纪初期，前代学术大师们以西方近代学术规范为蓝本创立的中国文学研究的学术体系，至今仍在支配着该领域研究的基本格局。以乐府文学研究为例，梁启超、罗根泽等人所确定的乐府文学研究的学科范围，至今仍然在限制着汉乐府研究者们的基本思路。到目前为止，文学史界一般都还将"乐府文学"的概念局限在"乐府诗"的狭小圈子里，没有认识到所谓"乐府文学"应即"乐府"所涉及的诸综合艺术形态的文学因素，它至少应该包括诗歌、赋体文学、戏剧文学、谐隐文学等文学样式。实际上，唐代变文、宋元话本小说乃至后世各种说唱文学皆为其所从出。学术发展的滞后现象，使汉代乐府文学繁荣兴盛的历史事实与当今文学史著作中它所呈现出来的薄弱境况形成巨大的反差。从文学研究史的角度来看，产生这一现象的原因，可以追溯到学术界对以《诗经》为源头的中国历史时期文学艺术形态基本特征的错误认识。

礼乐文化是中国历史时期的主流文化形态。它的基本特征是，既在艺术思维观照中的各个学科分支上高度发达，又保持了原始艺术的生命存在方式，即诸艺术因素、艺术分支之间，艺术与整个社会生活之间乃至艺术、人生与自然之间的不可分割性。所谓天地之文，"惟人参之，性灵所钟，是谓三才，为五行之秀，实天地之心"（《文心雕龙·原道篇》），反映了直到六朝时期，人们对中国古代天人合一的生存方式尚有认同。然而近代以来，关于"乐"的感性显现形式——诗歌、音乐、舞蹈相结合的综合艺术形态，学界一般人士在较为表浅的意义上似有闻知，但多数人对它的前述本质特征实际并无深刻的认识。反映到《诗经》研究方面，姚际恒、方玉润等人对《诗经》文学价值与文学特征的理解虽然与古代社会生活实际严重隔膜而不得要领，在整个20世纪却甚得文学研究界的青睐。以上情况造成人们对《诗经》文学价值认知判断的严重偏差。80年代初，笔者在选择《论诗经大小雅的文学价值》作为硕士论文题目时，开题报告就因为与前述理念的冲突而难以通过。幸赖先师华钟彦教授全力支持，笔者才得以走上通往今天的研究道路。抚今思昔，真令人感慨！

选择三《颂》作为研究对象，比选择二《雅》更富于挑战性。然而不索何获！只要深入其间，即使在通行文学概论教材的理论框架内剔抉三《颂》诸篇所容涵的文学意味，也能有所得。本书关于《商颂》基本美学特征与时代审美风尚关系的论述，关于《周颂》篇章结构与名篇特点的分析，关于《鲁颂·有駜》与"成相杂辞"艺术形式的异同流变等方面的探讨，都可列入此类。但本书的重点是将《诗经》置于先秦礼乐文化的整体背景下进行考察，从思想史与文化史的角度来观照中国文学肇始阶段的具体形态及其特点，并由此探讨中华民族心灵史的一个侧面。这些都可以在本书各章的论述中得以窥见。

皓首穷经是常带揶揄之意的典故，《诗经》这样的研究对象提供给我们的试卷，确实穷毕生之力也难以完满完成。本书的撰写及其前期工作耗去了笔者十数年的大好年华，已经完成的这部书稿却并非尽如人意。对三《颂》中一些应当解决而且已经具备解决条件的问题，没有来得及写入本书。已经完成的部分也还有更进一步完善的余地。然而作为近代学术史上第一部对《诗经》三《颂》进行较为全面研究的专著，它的发表不但是笔者本人半生的学术总结，至少也能够给后来者的深入研究提供一个有价值的参照对象，从这方面来说，也应该说对学术史有所贡献。

先师华钟彦、杨公骥两教授生前曾在学术上对笔者寄予很大的期望，而笔者这份答卷则显然是不合格的，它只能是警策本人的一个信号，督促笔者在人生与学术方面终生不倦地探索。

目 录

导　论 ... 1

第一章　《商颂》与殷周两代礼乐文化的传承与嬗变 ... 6
　　第一节　关于《商颂》作年的论争及初步结论 ... 6
　　第二节　《商颂》五篇的分类与作年 ... 22
　　第三节　《商颂》中禹形象的演变 ... 32
　　第四节　殷周两代的文化传承与《商颂》的流传 ... 39

第二章　《周颂·大武乐章》与西周礼乐制度的奠基 ... 52
　　第一节　《大武乐章》的作年与篇章归属 .., 52
　　第二节　早期周礼的文化特征与《大武乐章》的思想内涵 ... 81
　　第三节　《大武乐章》的艺术构成及其文化意义 ... 99

第三章　《周颂·三象》与周代礼乐文化的演变 ... 107
　　第一节　《三象》产生的历史背景及其命名原则 ... 107
　　第二节　《三象》之诗的篇目及其思想内涵 ... 122

第三节 《三象》舞容与周代礼乐文化的演变 ... 130

第四章 《周颂·闵予小子》诸篇与周礼核心精神的确立 ... 145

第一节 "周公居东"与《闵予小子》诸篇作年 ... 145

第二节 "小子"与《闵予小子》篇的思想内涵 ... 150

第三节 《访落》解题 ... 154

第四节 周初王室政治与《小毖》主旨 ... 160

第五节 《敬之》与周礼核心精神的构成 ... 166

第五章 《周颂·臣工之什》与周代宾礼 ... 176

第一节 《载见》与西周朝觐礼 ... 176

第二节 《有客》与周代宾礼 ... 184

第三节 《诗》《书》成语与《振鹭》篇的文化解读 ... 193

第四节 《有瞽》与周代观乐制度 ... 203

第六章 《周颂》农事诗与周代礼乐制度 ... 213

第一节 《载芟》与周代籍礼 ... 213

第二节 《良耜》与《周颂》中的祭祀文化传承 ... 232

第三节 礼乐文化与《周颂》农事诗的历史演变 ... 241

第七章 《閟宫》与礼乐制度在鲁国的传承 ... 255

第一节 《鲁颂》的历史批评及其与商周文化的联系 ... 255

第二节 《閟宫》"缵禹之绪"与春秋中期的礼乐文化复兴运动 ... 262

第三节 《閟宫》"土田附庸"的历史记忆 ... 269

第八章 《駉》《泮水》与礼乐文化在鲁国的"中兴"... 277

    第一节 《駉》篇与礼乐国家的布政原则 ... 277

    第二节 《泮水》与西周礼乐制度在鲁国的中兴 ... 286

第九章 《有駜》"成相"与西周礼乐制度的渊源及流变 ... 297

    第一节 《有駜》与西周礼乐制度的文化精神 ... 297

    第二节 《有駜》"成相"及其周代礼乐制度的渊源与流变 ... 311

主要参考文献 ... 330
原版后记 ... 340
新版后记 ... 341

导 论

《诗经》在中国文化史上有着极其特殊的崇高地位,就其对一民族文化的意义而言,超过历史上的任何一部诗歌总集。我们所进行的这项研究的目的之一,即在于具体阐明此种意义,并试图通过这一课题的讨论,说明中华民族基本文化特征形成过程的某些问题。

民族是"历史上形成的人们的共同体"[①]。在一个民族的形成过程中,逐步形成该民族不同于他民族的独特民族文化。这是判断一个民族是否成熟的根本标志。一个成熟的民族,其民族文化不但具有鲜明的外部特征,而且具有强烈的内聚力,并在每一个历史时期中都能在保持其基本特色的同时不断更新自身,从而拥有强大的生命力。中华民族就是这样的一个民族,由于其民族文化内涵的丰富性,任何断代史式的论述均不足以全面阐述其特征,但无疑却有可能为更深入的研究提供有价值的材料和奠定良好的基础,尤其是其基本形成时期的研究,更是必不可少和富有意义的。

中华民族有五千年的文明史,然而其"原史时期"(protohistory)的历史,由于文献不足征,不便详述。较为简单的办法是,追溯到中华民族的直接前身——华夏族的形成。所谓华夏族概念的最早提出是在春秋时期,见于《左传》《国语》的记载。华夏亦称"华""夏""诸夏"等,是中原地区接受周礼

[①] 中国社会科学院民族研究所编:《斯大林论民族问题》,民族出版社1990年版,第26页。

的具有较高文化的诸族的总称。不具备以上条件的其他诸族则被称为"蛮夷戎狄"。可见周礼在文化上对华夏民族的维系作用及象征意义。当然，"华夏"与"夷狄"又是相对而言的，二者通过不断地交流而走向融合，因为周礼本身就是先秦诸族文化融合的产物。为了说明这一问题，下面我们稍稍追溯一下到春秋中期为止的华夏民族的形成过程及周礼的历史渊源。

从传说时代，我们在历史学中称为中原地区的黄河流域，就活动着许多部族、部落，他们是华夏族的先民。其中，最著名的是黄帝和炎帝两族。传说中的唐尧、虞舜及夏商周三代的先祖，据说都出自黄帝一族。同时，炎帝族也不断地通过婚姻、结盟和战争等方式，与黄帝族进行交往和融合。文献与考古发现都证实了三代文化是叠相承继的。孔子所说的殷周对于前代文化的继承绝非揣度之词。

武王克商，周人取代商的天下共主地位而成为政治上的正统，并以克商前后全面吸收、承继商文化而成为文化上的正统。关于殷周文化的异同，前人作过不少研究。现在看来，更应注目于周人对前代文化成果的集成与改造加工。由于这种集成带有瓜熟蒂落的性质，所以周文化的发展从程度上来说十分惊人。古代文献和考古研究告诉我们，周人在青铜礼器制造、建筑艺术、文字等各个重要的文化领域都得益于商人的文化积累并充分发展之。周人与前代相比最明显的文化成就是周礼的制定与实施。

按照孔子的说法，周礼是周人鉴于二代而有所损益的结果。即我们前述包括加工、改造与完善的文化之集成，这完全可以从理论上加以证明。

礼是一个历史过程，它的萌芽随着原始人群的出现而出现。随着人类社会的发展，礼也逐渐完备。直到成文法出现前（中国成文法的形成以春秋中叶刑书、刑鼎的出现为标志），它一直是普遍适用的行为规范。在古代社会中，礼不但调整着人们直接的现实关系（法的关系、道德的关系），而且规范着人们非直接的现实关系（人神之间的关系等），并涉及除此之外的其他精神生产领域（如艺术、哲学等）、物质生产领域及人和自然的关系等。由于古代社会中人们的活动无不与礼相关联，使得礼在当时的文化诸因素中处于核心地位。礼的代代相袭，使其基本精神逐渐积淀于本民族的心灵深处，从而成为民族基本特征的文化心理基础。《礼记·乐记》说："王者功成作乐，治定制礼。"① 这是说在中国古代的每一个历史时期（往往与王朝的更迭相关联），礼都有其不同于前代的具体形态。作为中国古代社会中礼制典型的周礼，据说是武王克商后由周公制定的，周公由是被称为中国历史上的"圣人"之一。有关周公制礼的最早记载，见于《左传·文公十八年》季文子使大史克对鲁文公问：

先君周公制《周礼》曰："则以观德，德以处事，事以度功，功以食民。"作《誓命》曰："毁则为贼，掩贼为藏。窃贿为盗，盗器为奸。主藏之名，赖奸之用，为大凶德，有常无赦。在《九刑》不忘。"②

《礼记·明堂位》在叙述周公制礼这一重要历史事件时，又提到周公作乐：

武王崩，成王幼弱，周公践天子之位，以治天下。六年，朝诸侯于明堂。制礼作乐，颁度量，而天下大服。③

上述记载虽系后儒根据传闻所作的追记，一些细节的真实性受到现代学者的怀疑，然而，考察礼、乐之间的关系，这一传说却完全符合历史的逻辑。

我们知道，礼是指包括具体的礼节仪式在内的"一系列制度、规定以及贯穿其间的思想观念"④。周礼的主要内容，可以用"礼乐征伐"四字来概括。然而，人们一般称它为"礼乐制度"。礼乐联言，是由于二者之间有着极为特殊的关

---

① 《礼记正义》，阮刻《十三经注疏》，中华书局1980年版，第1530页。
② 《春秋左传正义》，阮刻《十三经注疏》，中华书局1980年版，第1861页。
③ 《礼记正义》，阮刻《十三经注疏》，中华书局1980年版，第1488页。
④ 李学勤：《古代的礼制和宗法》，《中国古代文化史讲座》，中央广播电视大学出版社1984年版，第123页。

系。一方面，在狭义的礼，即祭祀、朝飨的顶礼膜拜和揖让周旋之间必有乐的规定①；另一方面，乐在礼的实践中又有独特的地位和作用。这主要是由于乐的自然属性和功能（节律、音响，发乎人性、感于人心）使其不仅能满足礼仪程序结构化的需要，而且能通过接受者个体的情感官能感受，使礼的精神潜移默化，深入人心。《礼记·乐记》所说"乐者为同，礼者为异；同则相亲，异则相敬"②，正是指出二者这种浑言则同，析言则异，互有区别，又互为表里的辩证关系。

作为礼的有机组成部分的乐，包括器乐、舞蹈（广义的舞蹈）和声乐。而后者自然包括"诗"在内。所以，文献中又有"歌诗"③的说法。

诗与乐的密切关系首先在于其自然属性与历史渊源。《毛诗序》对此曾有论述：

> 诗者，志之所之也。在心为志，发言为诗。情动于中而形于言，言之不足，故嗟叹之，嗟叹之不足，故永歌之，永歌之不足，不知手之舞之、足之蹈之也。
>
> 情发于声，声成文谓之音。治世之音安以乐，其政和。乱世之音怨以怒，其政乖。亡国之音哀以思，其民困。故正得失，动天地，感鬼神，莫近于诗。先王以是经夫妇，成孝敬，厚人伦，美教化，移风俗。④

就其萌芽与最初的发展而言，《毛诗序》关于诗歌与音乐关系的论述是正确的。所以古代的乐官，同时也是诗的记录者与保管者。《礼记·乐记》说："乐师辨乎声诗，故北面而弦。"⑤指的就是这种情况。

---

① 参见王国维：《释乐次》及所附《天子诸侯大夫士用乐表》，《观堂集林》，中华书局1959年版，第84—104页。
② 《礼记正义》，阮刻《十三经注疏》，中华书局1980年版，第1529页。
③ 《左传·襄公十六年》语。《春秋左传正义》，阮刻《十三经注疏》，中华书局1980年版，第1963页。
④ 《毛诗正义》，阮刻《十三经注疏》，中华书局1980年版，第269—270页。
⑤ 《礼记正义》，阮刻《十三经注疏》，中华书局1980年版，第1538页。

诗歌与音乐的各自发展，使两者在发达的形态上各有其独立性。所以诗与乐（狭义的乐）虽然具有共同的自然基础（感情、节律等），但诗的物质载体——语言与思维的一致性，使其在礼的构成与施行中具有特殊重要的地位。根据现存文献及其他材料，我们可以看到在周礼作为华夏民族共同文化规范的过程中，诗的作用非常巨大。由于其本身的结构特点，其作用绝非狭义的周礼所能概括，其影响也渐随时间的流逝而浸润于其他文化领域。

　　正如礼与乐的关系一样，诗与乐的关系也是浑言则同、析言则异的特殊关系。所以我们从诗与乐、诗与礼的关系史的角度来对其进行考察，可以发现《诗经》的自然史（"诗"的结集）与周礼相始终。诗的创作和规范应用与周礼的关系如下：一部分诗是应礼的需要而制作，成为礼的组成部分；另一部分也是在礼的规范下创作，在礼的规范下应用的，换言之，乃是礼的具体实践。可以说，《诗》的形成即礼的成熟。所以随着周礼由成熟而走向崩溃，《诗》的发展也就停止了。这就是孟子所说的"王者之迹熄而《诗》亡"[①]。这一理论可以用来解释为什么《诗经》成书在春秋时期的礼乐崩坏之际。

　　《诗》与礼的特殊关系，使我们拥有了这种用来研究西周礼乐制度的可靠材料。具体的研究路线主要有两条。一是通过《诗经》的自然史——创作与成书过程来探讨周礼的渊源与历史。二是通过对《诗经》文本的阐释来解释周礼的性质、内容与演变。由于本书的体例及时间的促迫，许多问题，如《诗经》成书过程具体细节的探讨，《诗经》所体现的华夏文化统一性的进一步阐述，周代礼乐制度及其精神向后世传递的具体途径，诗与乐（狭义的乐）在华夏民族融合过程中各自的具体表现与作用等，或未能涉及，或语焉未详。如果条件许可的话，当在异日深入探讨之。由于印刷条件的限制，本书在引用出土文献时，尽量采用通行字体，特一并说明。

[①]《孟子注疏》，阮刻《十三经注疏》，中华书局1980年版，第2727页。

第一章 《商颂》与殷周两代礼乐文化的传承与嬗变

第一节 关于《商颂》作年的论争及初步结论

研究华夏民族文化基本特征的形成过程与周代礼乐文化的全貌，《商颂》是不可或缺的必要内容。从宏观上来说，殷商文化研究对于华夏民族文化的整体研究具有重要作用。夏、商、周三代是中国文化传统的历史承担者。夏人的统治被殷人所取代，殷人的统治被周人所取代，在这一过程中，夏商文化也被后代所叠相继承与吸收，最后演化为周文化的有机组成部分，这就是孔子所说的"周监于二代"①。

周人对夏商两代的文化继承是有区别的。首先，夏代的文化发展程度不及商代，能够提供给其继承者的遗产自然较殷代有所不及。其次，殷商时代已经拥有高度发达的书面文献系统，它在商周两代的文化传递方面发挥了巨大的作用。《尚书·多士》记载周公旦对"商王士"的训词中曾说到"惟尔知，惟殷先人有册有典，殷革夏命"②。殷人的文献记载了夏商之际的历史变革，同时也记载了其他文化内容。然而随着时光的流逝，春秋末年的孔子，已经在言殷礼时慨叹文献不足征了。③ 作为最可靠的先秦文献，《诗经》的文献价值为古今学者

---

① 《论语注疏》，阮刻《十三经注疏》，中华书局1980年版，第2467页。
② 《尚书正义》，阮刻《十三经注疏》，中华书局1980年版，第220页。
③ 《论语·八佾》："子曰：'夏礼，吾能言之，杞不足征也；殷礼，吾能言之，宋不足征也。文献不足故也。足，则吾能征之矣。'"《论语注疏》，阮刻《十三经注疏》，中华书局1980年版，第2466页。

所共推服。收入周人所编辑的历史文献《诗经》中的《商颂》五篇，对于殷周文化研究的意义自可想见。就我们的研究论题而言，《商颂》还另有其特别的意义。从文化史的纵向来考查，在当时华夏文化集团内容的结构调整，即文化核心的更替过程中，《商颂》所代表的文化内涵对新的华夏文化模式有着巨大的影响。从商周时期华夏文化的区域构成这一角度来看，《商颂》所代表的商—宋文化，不仅是中原文化的一个重要组成部分，而且直到春秋时期，其影响还远及邻邦，尤其对鲁国的影响，又通过儒家学派的传承序列，影响到先秦以后的整个中国文化史。《商颂》所代表的商—宋文化使得华夏文明在统一的基本色调之下呈现出来的多彩画面具有更高品位的文化资质，从而使我们所叙述的华夏文化基本特征的形成过程具有的历史深度得到一个明确的个案支持。

然而，对于《商颂》的上述意义，学术界却长期没有表现出足够的热情。究其根源，在于对《商颂》文化性质的误解，而这一问题又首先归结于对《商颂》制作年代的疑问。

在先秦时期，没有人对《商颂》产生过怀疑。关于《商颂》制作年代的歧议，最早始于汉代。汉代《诗经》学主要分为四家。古文家的《毛诗》认为《商颂》传自商代。而齐、鲁、韩三家今文学派的看法则不同，他们认为《商颂》是春秋时期宋国的作品，其作者是正考父，创作动机是为了赞美当时的宋国国君宋襄公（前650年—前637年在位）。但由于汉代经学家中有许多人并不专守一门（东汉以后更是如此），再加上经过郑玄整理的《毛诗》在东汉以后的读书人中影响很大，所以在清代以前，今文学家关于《商颂》作年的意见并没有受到重视。随着晚清以后疑古思潮的兴起，经学流派之一的今文学派翻起了《诗经》研究史上的这桩旧案，清季、民初有许多著名学者发表意见，表示支持今文家的观点。其中魏源[1]、皮锡瑞[2]、俞平伯和顾颉刚[3]等人提出二十多条理由，

---

[1] 魏源：《诗古微·商颂鲁韩发微》，《清经解续编》第五册，上海书店1988年版，第696—697页。
[2] 皮锡瑞：《经学通论·诗经》，《经学通论》，中华书局1954年版，第43页。
[3] 俞平伯：《论商颂的年代》（附：顾颉刚《案语》），《古史辨》第三册，上海古籍出版社1982年版，第504—510页。

论证《商颂》为春秋时期的作品。王国维不赞成《商颂》作于春秋时期,但他同时也不赞成《商颂》是商代的作品,而认为《商颂》当作于宗周中叶。① 在否定《商颂》作于商代这一方面,王说与《商颂》作于春秋说相通,所以从客观上增强了《商颂》作于春秋说的力量。自彼时以来,《商颂》作于春秋说开始在《诗经》研究界占据统治地位,并在文史学界产生了广泛的影响。

今天我们讨论清代今文学派的观点时,有一点必须明确,那就是清代今文学派的学术观点与其政治主张是密切相关的,他们研究经学的目的很明确,就是要借古讽今。今文学派的代表人物之一魏源在谈到他写作《诗古微》的目的时说:

> 《诗古微》何以名?曰:所以发挥齐、鲁、韩《三家诗》之微言大谊,补苴其罅漏,张皇其幽眇,以豁除《毛诗》美、刺、正、变之滞例,而揭周公、孔子制礼正乐之用心于来世也。……故《诗》之道,必上明乎礼、乐,下明乎《春秋》,而后古圣忧患天下来世之心,不绝于天下。②

至于其研究《诗经》时所持的原则和方法,魏源说:

> 虽然,《诗》教止于斯而已乎? ……无声之礼乐志气塞乎天地,此所谓兴、观、群、怨可以起之《诗》,而非徒章句之《诗》也。故夫溯流颓则涵泳少矣,鼓弦急则适志微矣。《诗》之道可尽于是乎? ③

魏源说他要"揭周公、孔子制礼正乐之用心于来世",声称所论"非徒章句之《诗》",实际上是一种不重训诂、宁求之深的思想方法。这一思想方法基于

---

① 王国维:《说商颂》,《观堂集林》,中华书局1959年版,第113—118页。
② 魏源:《诗古微序》,《魏源集》,中华书局1976年版,第119—120页。
③ 魏源:《诗古微序》,《魏源集》,中华书局1976年版,第120—121页。

清代今文学派学术主张的根本，即借经说以为政治上的托古改制张目。清代今文学派的政治主张虽然在历史上曾起到了一定的进步作用，但它在学术上的可信性自然就大打折扣了。

李学勤先生曾指出："从晚清以来的疑古思潮基本上是进步的，从思想来说是冲决网罗，有很大进步意义，是要肯定的。因为它把当时古史上的偶像一脚全都踢翻了，经书也没有权威性了，起了思想解放的作用，当然很好。可是它也有副作用，在今天不能不平心而论，它对古书搞了很多'冤假错案'。"[1] 李先生还指出，清儒在学术上的一个很大问题是其门户之见。严重的政治及学术偏见，不能不影响到疑古学派在学术态度上的客观公正，自然也就会影响到其研究结论的正确性。

直到20世纪50年代中期，《商颂》的作年问题没有得到正确的结论。1956年，杨公骥、张松如（公木）两先生合作，撰写了《论商颂》一文，刊载于《文学遗产》增刊二辑。之后，杨先生又作《商颂考》，附录于1957年出版的《中国文学》一书。[2] 1995年，张松如先生在上述成果的基础上撰写了《商颂研究》一书，由南开大学出版社出版。《商颂研究》一书的基本学术立场与前举文相比，没有大的改变。所以杨、张两位先生关于《商颂》的学术观点可以前述文章为代表。杨、张两先生的文章，尤其是《商颂考》一文，材料详赡，考辨细密，全面反驳了今文学派关于《商颂》美宋襄公的错误说法，论驳极为有力。然而，由于种种原因，杨、张两先生的上述文章在国内学术界所产生的影响与其实际达到的学术水平并不相称。几十年来，学术的发展，包括新材料的发现与相关理论认识的进步，使得我们有可能在师辈工作的基础上对《商颂》的作年等一系列问题进行更加深入的研究。这也是我们进行《诗经》与先秦礼乐文化研究必须进行的第一步工作。

---

[1] 李学勤：《走出疑古时代》，辽宁大学出版社1997年版，第9页。
[2] 杨公骥：《杨公骥文集》，东北师范大学出版社1998年版，第366—367页。

下面，我们在杨、张两先生《商颂考》等有关论述的基础上，对《商颂》作于春秋说的主要问题再进行一些必要的分析，以此作为我们展开新工作的基础。

《商颂考》首先引用了关于《商颂》最早又最可靠的历史文献——《国语·鲁语》的一段记载。它记有鲁大夫闵马父于鲁哀公八年所说的一段话：

> 昔正考父校商之名颂十二篇于周太师，以《那》为首，其辑之乱曰："自古在昔，先民有作，温恭朝夕，执事有恪。"先圣王之传恭，犹不敢专，称曰"自古"，古曰"在昔"，昔曰"先民"。①

《商颂考》指出，闵马父在评论《商颂》时，所用的词语是"商之名颂"，是"先圣王之传恭"。这说明《商颂》在春秋时就已经是经过长期的流传，从而为人所习知的商代著名的颂歌，是先代圣王制作的垂训诗。而据《国语·晋语》的有关记载，宋襄公的从兄弟，当时的宋国大司马公孙固在向宋襄公赞扬晋公子重耳时，就已经引用《商颂》：

> 《商颂》曰："汤降不迟，圣敬日跻。"降，有礼之谓也。君其图之。②

由公孙固将《商颂》作为经典格言来劝说宋襄公这一点上，便可看出《商颂》并不是宋襄公时代的新作。《商颂考》还引据《左传·襄公二十六年》《昭公二十年》的记载证明，春秋时期各国的政治家引到《商颂》时，都视作是表现先王之德的古诗，而且在秦以前，没有人怀疑《商颂》是殷商时的作品。也没有与《鲁语》记载相抵触的说法和提法。由此说明，《鲁》《韩》诗派学者认

---

① 《国语》，上海古籍出版社1978年版，第216页。
② 《国语》，上海古籍出版社1978年版，第348页。

为《商颂》是春秋时作品的说法,是毫无根据的。《商颂考》利用古史纪年和正考父家族史的双重证据,证明到宋襄公之立,正考父已至少是一百三四十岁的人了,这样高龄还能从事文学创作,显然是不可能的。①

　　清代今文学家魏源为维护《鲁》《韩》诗派《商颂》作于春秋说而提出的证据中,"避讳说"是很重要的一条。在解释春秋宋国之诗何以名《商颂》时,魏源认为:"鲁定公名宋,故鲁人讳宋称商。夫子(孔子)录诗,据鲁大师之本,犹卫之称邶、鄘,晋之称唐,皆仍其旧。"②《商颂考》指出,春秋时虽有避讳之说,但在《诗》《书》史册中并不避讳,所举例证甚多。最为有力的证据是鲁国史《春秋》中,定、哀两公时期的记载,"宋"字凡三十二见,并无"商"字。众所周知,《春秋》与孔子的关系极为密切,近代学者多认为它系孔子所作。《孟子》关于孔子"作《春秋》"的记载是可靠的。③即使按比较保守的传统说法,它也为孔子所修订。定、哀时期,是孔子生活的晚年,其时他的学术权威已经树立,《春秋》中不避定公讳,可以间接推知《诗经》中的避讳说是不成立的。

　　按,针对魏源所谓"避讳说",今本《诗经》中还有更为有力的反证。《诗经》中"宋"字凡四见:

　　　　谁谓宋远。(《卫风·河广》两见)
　　　　平陈与宋。(《邶风·击鼓》)
　　　　岂其取妻,必宋之子。(《陈风·衡门》)④

　　若要讲避讳的话,这些诗句,尤其是"平陈与宋""岂其取妻,必宋之子"等内容,恐怕是首先要删除的。今本《诗经》中这几篇诗并未见删除,有关的

---

① 参见杨公骥:《杨公骥文集》,东北师范大学出版社1998年版,第366—367页。
② 魏源:《诗古微》,《清经解续编》第五册,上海书店1988年版,第696页。
③ 参见李学勤:《关于左传的几点认识》,《春秋左传研究》,中华书局、中央广播电视大学出版社2009年版。
④ 本书《诗经》经文皆据阮刻《十三经注疏》本《毛诗正义》,中华书局1980年版。

字也未被改动，可证避讳说是不可靠的。至于"卫之称邶、鄘，晋之称唐"的问题，与宋又称为商是完全不同的。宋可称商，是因为宋乃商人后裔，宋人自称商是以族属相称，示不忘本。作为国名、地名的商、宋是一地一国两名，这在先秦时期及以后的中国历史上都是常见的文化现象。"卫之称邶、鄘，晋之称唐"则不同，在周初本有邶、鄘、卫三地三名，其地后总归卫国所有。其诗仍以原有地名加以区分。晋之称唐也是相似情况，唐系晋的小地名，魏地亦然。故今本《诗经》中有《唐风》又有《魏风》，两者都属晋，但《唐风》并不能说是《晋风》。

王国维《说商颂》对《商颂》的作年问题进行了不同于他人的独立判断。其中有些意见颇具启发性。但他以有关地名为据，断定《商颂》为宋人所作，则是明显的误解。他说：

> 然则《商颂》果为商人之诗与？曰：否。《殷武》之卒章曰："陟彼景山，松柏丸丸。"毛、郑于景山均无说。《鲁颂》拟此章则云："徂徕之松，新甫之柏。"则古自以景山为山名，不当如《鄘风·定之方中》《传》大山之说也。案《左氏传》"商汤有景亳之命"。《水经注·济水篇》："黄沟枝流北径己氏县故城西，又北径景山东。"此山离汤所都之北亳不远。商丘蒙亳以北，惟有此山。《商颂》所咏，当即是矣。而商自盘庚至于帝乙居殷虚，纣居朝歌，皆在河北，则造高宗寝庙，不得远伐河南景山之木。惟宋居商丘，距景山仅百数十里，又周围数百里内别无名山，则伐景山之木以造宗庙，于事为宜。此《商颂》当为宋诗，不为商诗之一证。①

王氏以《左传》"商汤有景亳之命"等为据，判定"景亳"为"景山"与"北亳"联言，而指此"景山"为"汉己氏县北"之景山。他认为"惟宋居商

---

① 王国维：《说商颂》，《观堂集林》，中华书局1959年版，第115—116页。

丘，……则伐景山之木以造宗庙，于事为宜"，从而以此证明《商颂》为宋诗。论证似属严密，但实际是一个误会。《左传·昭公四年》："夏启有钧台之享，商汤有景亳之命，周武有孟津之誓，成有岐阳之蒐，康有酆宫之朝，穆有塗山之会。齐桓有召陵之师，晋文有践土之盟。"①《左传》所说"钧台""景亳""孟津""岐阳""酆宫""塗山""召陵""践土"等分别是历代盟誓的一个地点。《商颂考》据此指出，《左传》所言之景亳"是商汤会合诸侯的地点，显然是一地之名，不可能是景山与南百数十里的北亳二地的总称"。且"据古史所载，称作景山的名山共有五个。在殷商都城（安阳殷墟）西北四十五公里就有一个景山"。而王氏所言汉己氏县北之景山，春秋前期尚在曹国境内。"显然，宋国即使建寝庙，也不会远伐曹国之木，宋国庙歌中也不会颂美异国名山。"②

王国维在《说商颂》中还说：

> 自其文辞观之，则殷虚卜辞所纪祭礼与制度文物，于《商颂》中无一可寻；其所见之人、地名与殷时之称不类，而反与周时之称相类；所用之成语，并不与周初类而与宗周中叶以后相类，此尤不可不察也。卜辞称国都曰商不曰殷，而《颂》则殷商错出；卜辞称汤曰大乙不曰汤，而《颂》则曰汤曰烈祖曰武王，此称名之异也。③

《商颂考》认为，《商颂》是诗歌，并不是记载祭礼与制度文物的"礼书"。因此卜辞所记的"祭礼与制度文物"与《商颂》不能一一对号是不足为怪的。针对王氏"卜辞称国都曰商不曰殷，而《颂》则殷商错出，卜辞称汤曰大乙不曰汤。而《颂》则曰汤曰烈祖曰武王，此称名之异也"一段内容，《商颂考》指出，"商与殷原是地名（皆见於卜辞），而最初的国往往是以地名为号"，并指

---

① 《春秋左传正义》，阮刻《十三经注疏》，中华书局1980年版，第2035页。
② 杨公骥：《杨公骥文集》，东北师范大学出版社1998年版，第376页。
③ 王国维：《说商颂》，《观堂集林》，中华书局1959年版，第116—117页。

出,商、周文献及周初铜器铭文中是"殷商错出"的,所以王说不确。①

按,王国维是卜辞及商史名家,他以卜辞为证,研究传世文献,从总的学术方向上来说是富于创见性的,其方法是正确的。他有关《商颂》性质的论证颇有影响力,但就本题而言,他的前述论断的具体内容,与《商颂》及卜辞的实际多数并不相合。与王氏在他处所言亦复相悖。王氏曾说:"商之国号,本于地名。"②"商居殷最久,故亦称殷。《诗》《书》之文皆殷商互言或兼称殷商。然其名起于地名之殷。"③这些可以说是对《商颂》中之"殷商错出"最合理的解释。卜辞中习见之"衣"字,作地名读为"殷"字,已为学术界所公认。④至于成汤在卜辞中的称谓问题,王氏所言也不正确。其事实是,卜辞中既称成汤为"大乙",又称其为"唐"(即"汤"),又称其为"成"。陈梦家先生在综述卜辞材料后说:"由此可知大乙、成、唐并是一人,即汤。大乙是庙号而唐是私名,成则可能是生称的美名,成唐犹云武汤。"⑤又,周原甲骨H11:1有"成唐"(成汤)则为王、陈两先生所未及见。⑥

卜辞中之制度文物及成语,亦并非在《商颂》中一无所见,而是颇有可考见者。最明显的是体现商代多方对商王朝有臣服关系的成语"某其来王"了。陈梦家先生在《殷虚卜辞综述》中引下列卜辞:

缶不其来王 —— 缶不其来见　　乙5393

贞□来王,隹来?……　　《哲庵》199

小臣咏王　　甲1267(引者注:咏为人名)

---

① 杨公骥:《杨公骥文集》,东北师范大学出版社1998年版,第378页。
② 王国维:《说商》,《观堂集林》,中华书局1959年版,第516页。
③ 王国维:《说殷》,《观堂集林》,中华书局1959年版,第525页。
④ 陈梦家:《殷虚卜辞综述》,中华书局1988年版,第259、311页。
⑤ 陈梦家:《殷虚卜辞综述》,中华书局1988年版,第412页。
⑥ 陈全方:《周原与周文化》,上海人民出版社1988年版,第124页,图版21、59页。

陈梦家先生说："此卜缶之来王或来见，……来王当指臣服。《商颂·殷武》曰'维女荆楚，居国南乡。昔有成汤，自彼氐羌，莫敢不来享，莫敢不来王，曰商是常'。此所谓'来王'与卜辞同；所谓'曰商是常'与'尸其臣商'（京津1220）同。"①

裘锡圭先生《甲骨文中的几种乐器名称》一文中指出，《商颂》中所提到的乐器如"庸""鼗"等，在甲骨文中有不少例证。并且卜辞中常有"奏庸""置鼓""庸鼓"等语，可与卜辞相印证。② 李纯一先生《庸名探讨》③引下列卜辞：

（1）万叀美奏；又（有）正。
　　叀庸奏，又（有）正。
　　于盂叀（庭）奏。
　　于新室奏。（《合》31922）

（2）旧庸大京必。丁奠（原注：当系"酉"之讹）其奏庸叀。（《南地》4343）

（3）王乍（作）用（庸）奏。（《合》3256）

（4）其置庸鼓于既卯。（《合》30693）

（5）其置用（庸）于丁。（《粹》474）

（6）□出贞，其置新用（庸）□。（《合》25901）

引文中《合》为《甲骨文合集》，《南地》为《小屯南地甲骨》，《粹》为《殷契粹编》。李先生的结论是：

引人注意的是其中有些语汇可与《诗·商颂·那》相互印证：

---

① 陈梦家：《殷虚卜辞综述》，中华书局1988年版，第505页。
② 裘锡圭：《甲骨文中的几种乐器名称》，《中华文史论丛》1980年第2辑。
③ 李纯一：《庸名探讨》，《音乐研究》1988年第1期。为便于排版，本书引用时，部分文字改用通行字体。

——《那》之"置我鞉鼓"与例（4）—（6）之"置庸鼓""置庸"及"置新庸"同例。

——《那》"奏鼓简简"之"奏鼓"与例（2）之"奏庸"同例，而例（1）之"庸奏"当系"奏庸"之倒语。

——《那》"庸鼓有斁"之"庸鼓"并提与例（4）全同。

——《那》"万舞有奕"之"万舞"与例（1）"奏庸"之"万"亦复相关。

上述论证有相当部分可用来证明卜辞中之制度文物亦见于《商颂》。其部分结论可以得到传世文献的支持。

《商颂·那》："置我鞉鼓。"《毛传》："夏后氏足鼓，殷人置鼓，周人悬鼓。"[1]顺便说一下，周人"悬鼓"见于多种文献记载。《周颂·有瞽》：

有瞽有瞽，在周之庭。设业设虡，崇牙树羽。应田悬鼓，鞉磬柷圉。

《礼记·礼器》：

天道至教，圣人至德。庙堂之上，罍尊在阼，牺尊在西。庙堂之下，悬鼓在西，应鼓在东。[2]

《礼记·明堂位》：

夏后氏之鼓足，殷楹鼓，周悬鼓。[3]

---

[1] 《毛诗正义》，阮刻《十三经注疏》，中华书局1980年版，第620页。
[2] 《礼记正义》，阮刻《十三经注疏》，中华书局1980年版，第1440页。
[3] 《礼记正义》，阮刻《十三经注疏》，中华书局1980年版，第1491页。

杨公骥先生说："四足夏鼓尚通行于今日北方民间，周悬鼓只见于孔庙、太庙或鼓楼；以柱托起的鼓（引者按：指'殷楹鼓'，即'置鼓'）流行于朝鲜族。"① 从今天使用的情况也可以看到各类鼓的渊源所自。

《诗经》中除《商颂》言"奏鼓"外，其余皆曰"击鼓""伐鼓"。有如下文例："击鼓其镗"（《邶风·击鼓》）、"坎其击鼓"（《陈风·宛丘》）、"鼓钟伐鼛"（《小雅·鼓钟》）。可见"奏鼓"是商人独有成语，与卜辞"奏庸"相类。更深一点探究，"奏鼓"与"击鼓""伐鼓"之区别更大。

《说文》："奏，进也。"② "奏"本是商人奉献给祖先神明的特有祭祀种类。孟世凯先生曾引用下列卜辞：

奏舞侑雨。（《乙》7233）

今日奏舞有从雨。（《粹》744）

其于西宗奏示，王占曰：弘吉。（《前》4·18·1）

其结论说："故奏为鼓乐歌舞之祭。"③

按，孟世凯先生的结论可以得到传世文献的支持。"击鼓""伐鼓"可用于兵事、娱乐等各方面，而"奏鼓"只用于祭祀。杨公骥先生说："据《释名·释乐器》：'鞉，导也，所以导乐作也。'由此可知，鞉鼓是祭祀歌舞开始时用以兴乐起舞的乐器。"④ 由此可知此处"奏鼓"之鼓为鞉鼓，与上文"置我鞉鼓"相照应。而"置我鞉鼓"所述，则为祭祀成汤的奏祭场面的一部分。

裘锡圭先生在《甲骨文中的几种乐器名称》一文的附录《释万》中指出，甲骨文中常见"万"字，其用法可以分为三种。第一种用于国名、族名或地

---

① 杨公骥：《中国文学》（第一分册），吉林人民出版社1980年版，第116页。
② 段玉裁：《说文解字注》，中华书局1980年版，第498页。
③ 孟世凯：《甲骨文小辞典》，上海辞书出版社1987年版，第129页。
④ 杨公骥：《中国文学》（第一分册），吉林人民出版社1980年版，第117页。

名,与我们所讨论的问题似无直接关系。第二种作动词用,类似祭名。第三种用为一种人的名称,这种"万"字最为常见。而这种人显然是主要从事舞乐工作的一种人。裘先生说:"称万的人当因从事万舞一类工作而得名。他们就是《诗·邶风·简兮》所歌的'公庭万舞'的'硕人'那样的人。"①

甲骨文中的有关记载可与《商颂·那》相互比勘。《商颂·那》全篇如下:

猗与那与,置我鞉鼓。奏鼓简简,衎我烈祖。汤孙奏假,绥我思成。鞉鼓渊渊,嘒嘒管声。既和且平,依我磬声。於赫汤孙,穆穆厥声。庸鼓有斁,万舞有奕。我有嘉客,亦不夷怿。自古在昔,先民有作。温恭朝夕,执事有恪。顾予烝尝,汤孙之将。

诗篇中所叙述的是商人祭祀其列祖列宗的场面。在热烈而肃穆的祭祀场景中,引人注目的是"庸鼓有斁"与"万舞有奕"同时出现。前面已经谈到"庸鼓"与卜辞的关系,此处的万舞既与祭祀有关,复与裘先生所引众多卜辞材料相合,足证前引王氏所谓卜辞中之制度文物及所用成语在《商颂》中一无所见之说不能成立。

对于王国维在《说商颂》中所说"其(引者按:指《商颂》)语句中亦多与周诗相袭"的问题,《商颂考》指出,不能仅仅根据语汇或语句的相同来判定周诗与《商颂》谁模仿谁。语句上有某些相同,往往是后代模拟套袭前代的结果,不能据以判断二者产生时代相同。②

按,王氏就这一问题所举例证,与其结论有明显不能相合者。如王氏认为《商颂》与《诗经》中周人所作之诗"凡所同者,皆宗周中叶以后之诗"。其所举例证有《长发》之'昭假迟迟'即《云汉》之'昭假无嬴',《烝民》之

---

① 裘锡圭:《甲骨文中的几种乐器名称》,《中华文史论丛》1980年第2辑。
② 杨公骥:《杨公骥文集》,东北师范大学出版社1998年版,第376—377页。

'昭假于下'"①。而《周颂·噫嘻》中,有"既昭假尔"之句。《噫嘻》一篇,从来没有人认为是作于宗周中叶以后的诗。"昭假"一词,出现甚早,我们在本书后面的章节中还要详细论述,这里从略。至于王氏所言《殷武》一篇与《大雅·常武》篇中诗句相似的问题,又当别论,我们在后面将专门谈及。

对于以卜辞的语言与《商颂》相比较,认为商代语言水平低级,不可能产生《商颂》那样的作品的问题,《商颂考》指出:卜辞受到特殊条件的限制,"是一种简略的、半示意性的、有一定程式的、特殊的文辞","它所使用的语言不仅不是艺术语言,而且也不能代表当时普遍语言的水平"。② 所以,以两者相比是不恰当的。杨公骥先生关于卜辞语言与商代一般书面语言应相区别的这一观点,是非常富于创见性的,20世纪80年代后,我们才看到有学者重新又对此有所阐述,可见其学术价值。

1977年7月至8月、1978年5月,陕西周原考古队等在陕西岐山凤雏村所发掘的西周时期宫室建筑基址中,出土了大批西周甲骨,其中,有周文王时期的甲骨文。从历史年代来说,周文王时期属于商代后期。这批甲骨文的文字和语例与殷商甲骨卜辞相近,而和其他与之时代相近的商、周文献如《尚书》的有关篇章及《诗经》的《周颂》相比,则差别很大。③ 这一事实,对杨先生的以上有关论述是一个有力的证明。

关于皮锡瑞《经学通论》所提出"商质而周文,不应《周颂》简,《商颂》反繁"④ 的问题,《商颂考》举汉《房中乐》与《国风》,宋齐梁陈庙歌与《陌上桑》和《孔雀东南飞》等相比,指出不能用历史进化论的眼光来解释一切文学现象。按,马克思曾经在《〈政治经济学批判〉导言》中,将这种情况概括为物质生产的发展同艺术生产的不平衡关系。他说:

---

① 王国维:《说商颂》,《观堂集林》,中华书局1959年版,第117页。
② 杨公骥:《杨公骥文集》,东北师范大学出版社1998年版,第378—379页。
③ 参见陈全方:《周原与周文化》,上海人民出版社1988年版。
④ 皮锡瑞:《经学通论·诗经》,《经学通论》,中华书局1954年版,第45页。

关于艺术，大家知道，它的一定的繁盛时期决不是同社会的一般发展成比例的，因而也决不是同仿佛是社会组织的骨骼的物质基础的一般发展成比例的。例如，拿希腊人或莎士比亚同现代人相比。就某些艺术形式，例如史诗来说，甚至谁都承认：当艺术生产一旦作为艺术生产出现，它们就再不能以那种在世界史上划时代的、古典的形式创造出来；因此，在艺术本身的领域内，某些有重大意义的艺术形式只有在艺术发展的不发达阶段上才是可能的。如果说在艺术本身的领域内部的不同艺术种类的关系中有这种情形，那么，在整个艺术领域同社会一般发展的关系上有这种情形，就不足为奇了。①

皮氏"商质周文"这一问题的提出，表面上颇有道理，其实是似是而非的。"商之文化远逊于周"，并非如《论商颂的年代》所说是"不容疑惑的"问题。因为商周文化的比较，同任何两个不同文化的比较一样，有纵横（共时与历时）两个方面。

从横的方面，即共时性比较而言，在周人克商以前，商为天下的共主，而周仅为一隅之方伯。商人代夏人为天下共主后，在整个华夏文化集团中，处于核心的地位。商人不但继承了夏人的物质和文化遗产②，而且自身就有着丰厚的文化积累，尤其在音乐方面。《礼记·郊特牲》：

> 殷人尚声，臭味未成，涤荡其声。乐三阕，然后出迎牲。声音之号，所以诏告于天地之间也。③

祭祀用乐，本是各民族、各时代的共同点。《礼记》之所以举出在祭祀中

---

① 《马克思恩格斯选集》，人民出版社1972年版，第112—113页。
② 这些物质文化遗产以"夏鼎"作为象征。参见唐兰：《关于夏鼎》，《文史》第7辑，中华书局1979年版。
③ 《礼记正义》，阮刻《十三经注疏》，中华书局1980年版，第1457页。

"殷人尚声"的特点来与有虞氏、周人的"尚气""尚臭"相比,显见祭祀歌乐特为发达,是殷商文化的一个重要特点。考古发掘证实,文献中所记载的乐器,在殷人文化中多可考见,甲骨文中还记载有我们目前尚未认识的大量其他乐器名。在对商代文化遗址的考古发掘中,还发现有以青铜制造的人面具等大量的舞饰、舞具,即为其二重之证。①

在周人克商之前,商人的文化大大高于周人,现已成为学术界的共识。其实,这一现象具有一般意义。马克思主义经典作家已经指出过,占有物质生产资料的阶级,同时也占有精神生产资料。在古代社会的特殊条件下,这两者之间的关系,不只表现在阶级之间的分配关系之中,还表现在各个社会集团,如等级和姓族之间。文献记载与考古发掘都证明,天子、诸侯、士及庶人社会各阶层之间在享用物质与文化成果时,差别极大,而华夏核心集团与周边民族也存在相当差别。

从纵的方面,即历时性比较来说,周人克商标志着华夏文化核心的转移。周人代商成为天下共主的同时,也意味着周文化成为华夏文化的正宗与主要代表。从有周一代总的文化成果来说,周代比商代有相当大的进步。由商之质到周之文的转变的完成,也标志着华夏民族基本文化特征的形成过程的基本完成。但是,这绝不意味着周人在任何领域内的文化成就都高于商人,更不能以此为据来评价商周之交的商周文化比差。就本题而言,我们应该明确,在克商之初的一个时期内,无论在实际上,还是在周人自己的认识中,商文化都比周文化在整体上要高得多。关于这一问题,我们在后面还要谈到。

对魏源提出的"楚入春秋历隐桓庄闵止称荆,至僖二年始称楚"之类的问题,《商颂考》举卜辞及金文材料予以有力的反驳,但这一问题相当复杂,应当进行更详细、深入的讨论。

总之,自《商颂考》对有关《商颂》的历史遗案进行梳理和考辨之后,已

---

① 参见宋镇豪:《夏商社会生活史》,中国社会科学出版社 1994 年版。

经可以得出这样的结论,即《商颂》不可能是春秋时期的宋国人为赞美他们的国君宋襄公而创作的。历史上对《商颂》从整体上来说作于商代的怀疑都缺乏科学根据,难以信从。《商颂考》对于《商颂》作年的研究,已经给后来的研究者打下了坚实的基础,铺平了前进的道路。但这一问题的研究并没有结束,作为后来者,我们有义务沿着前辈学者开辟的道路,把这项研究深入下去。

我们认为,对于《商颂》创制年代的深入考辨,要进一步在内证方面下功夫,把《商颂》中的关键内容切实考证清楚。同时,结合商周之际文化变迁的历史,对《商颂》五篇的内容进行具体分析和分类。实事求是,不拘一家,一定会使研究的结果更加接近《商颂》本来的实际。

第二节 《商颂》五篇的分类与作年

正如前节所述,《商颂》五篇的作年问题,汉代以后,产生岐说,或以为产生于商代,或以为产生于春秋。近代更有作于"宗周中叶"[①]等说,聚讼纷纭,莫衷一是。杨公骥、张松如两先生力主商代说,近年来渐取得学术界的承认。以上各说,皆以《商颂》五篇为一整体进行讨论,将其分类讨论者较少。

较早对《商颂》五篇就创作年代进行分类的是王夫之所著的《诗广传》。其分类的理由是:

> 汤放桀于南巢,曰"予恐来世以台为口实"。传及于《长发》而韦、顾、昆吾与桀连类而举矣。率其凌蔑不恤之旨,汤殆以力争得天下而守之以威邪?颂契曰"桓拨",颂相土曰"烈烈",颂汤曰"莫我敢曷",颂后王曰"勿予祸適",颂武丁曰"挞彼殷武",殆将暴六百祀之天下于桀日矣。

---

① 王国维:《说商颂》,《观堂集林》,中华书局1959年版,第115页。

呜呼！此不问而知其非商之旧也。词夸而不惭，音促而不舒，荡人以雄而无以养，斯宋之以徵殷而丧殷之徵者也。

宋于是乎以世杀其宗臣，宋于是乎以十年而十一战，宋于是乎以不度而争楚于盂、泓，宋于是乎以射天笞地、剥滕吞薛、战齐楚魏而速其亡。名之所传而言随之，言之所流而志随之，志之所竞而事随之，志成乎事而气应之。石为之陨，鹢为之退飞，雀为之生鹳鹆；张束湿之习，上下交奖，天物交变，而殷先王之泽无有余矣。

王夫之由此而得出如下结论：

《长发》《殷武》，宋之颂也。《那》《玄鸟》《烈祖》之仅存，不救其紊矣。①

王夫之的《商颂》分类观点被近人陆侃如、冯沅君两先生的《中国诗史》所采用。陆、冯两氏也许看出了王氏以先后王之德之不同来区分《商颂》五篇，未合《商颂》思想内容之实际，于是另从其他方面搜寻其立论的根据。《中国诗史》说：

前人把《商颂》五篇混在一起，实在是不妥当的。前三篇与后二篇的异点，实在太多。就内容方面说，《那》《烈祖》与《玄鸟》显然是祭歌，虽然我们无从知道祭的是谁。《长发》与《殷武》似无祭祀的意味，只叙商族的起源及宋人伐楚之事，大约是"美盛德之形容"的祝颂之诗。②

---

① 王夫之：《诗广传》，中华书局1964年版，第173—174页。
② 冯沅君、陆侃如：《中国诗史》，山东大学出版社1996年版，第27—28页。

《中国诗史》的这一结论有许多疑问。首先，从内容来看，《玄鸟》与《长发》有什么本质性的区别？二者都是从商人的始祖讲起。《玄鸟》曰："天命玄鸟，降而生商。"《长发》曰："有娀方将，帝立子生商。"两诗的主要部分都是讲殷商先王征伐的伟业。《玄鸟》曰："古帝命武汤，正域彼四方。""武丁孙子，武王靡不胜。""肇域彼四海，四海来假。"而《长发》曰："玄王桓拨。""相土烈烈，海外有截。""武王载旆，有虔秉钺。如火烈烈，则莫我敢曷。"二者虽篇幅长短有别，但从内容上怎么能看出一是祭祀而另一为祝颂？况且"美盛德之形容，以其成功告于神明"，正是《颂》诗的特点，也正是《颂》诗之所以用于宗庙祭祀。先秦文献中，这方面的证据甚多。如典型的"美盛德之形容"的"大武乐章"就是西周早期第一批用于祭祀祖先的乐歌。① 再说，该书认为《那》《烈祖》及《玄鸟》近于《周颂》，而"《长发》与《殷武》显然近于二雅"。"如此两两比较，则《商颂》的时代、内容与文学的技巧，都可以明了了。"这一结论非常不具有说服力。因为该书所谓《商颂》的时代"可以明了"，指的是"前一类的时代似乎较早，不妨假定为前八世纪的诗；后一类则较晚出，或者是前七世纪的诗"。这一说法很难令人接受。为什么类《周颂》的诗应作于西周末，而类二《雅》的应作于春秋初？难道其时正是二者分别流行的时间吗？翻开《诗经》，可以知道西周后半叶正是二《雅》创作的旺盛时期，而春秋初，正是周的天下开始分崩离析之时，哪里会流行什么"祝颂之诗"呢？更不要说该书作者承认自己并不能判断《商颂》的时代，只能取前人诸说加以调和了。②

　　我们认为，在《商颂》五篇中，没有明显的理由将前四篇分开，而最后一篇《殷武》的情况比较复杂，需加以具体分析。为讨论方便，我们先将《殷武》全篇引录如下：

---

① 参见本书第二章。
② 冯沅君、陆侃如：《中国诗史》，山东大学出版社1996年版，第27页。

一

挞彼殷武，奋伐荆楚。罙入其阻，裒荆之旅。有截其所，汤孙之绪。

二

维女荆楚，居国南乡。昔有成汤，自彼氐羌，莫敢不来享，莫敢不来王，曰商是常。

三

天命多辟，设都于禹之绩。岁事来辟，勿予祸適，稼穑匪解。

四

天命降监，下民有严。不僭不滥，不敢怠遑。命于下国，封建厥福。

五

商邑翼翼，四方之极。赫赫厥声，濯濯厥灵。寿考且宁，以保我后生。

六

陟彼景山，松柏丸丸。是断是迁，方斲是虔。松桷有梴，旅楹有闲。寝成孔安。

本诗的篇名，就有许多问题值得仔细研究。首先，如何解释"殷武"一词？《毛传》说："殷武，殷王武丁也。"清人王先谦则认为"'殷武'者，宋为殷后，原其本称，犹孔子之自称'殷人'。'殷武'，犹言'宋武'也"[1]。鉴于王先谦同意魏源关于《商颂》是"宋襄作颂以美其父"，而宋襄公的父亲为宋桓

---

[1] 王先谦：《诗三家义集疏》，中华书局1987年版，第1117页。

公,按照春秋时期的称谓惯例,只能被称为"宋桓"而不能被称为"宋武"。所以,从逻辑上讲,王先谦在这里所说的"宋武"只能是指"宋国的武力",而不能是指宋襄公之父,这种训释在先秦典籍中并不多见,故不可取。我们认为,"殷武"当指"殷"的某一位"武王"或"武公"。因为以国名加生称或谥号来称呼国君,是中国古代的通例。如"夏启""商汤""周武""郑庄""齐桓""晋文",是大家所熟知的。那么,诗篇中的这位"殷武"所指具体为谁?是否为殷王武丁呢?我们认为不是。究其原因,是因为下文有"奋伐荆楚"的内容。诗中并且明言此"荆楚"的方位是"居国南乡"的。考以楚国历史,此事与殷王武丁无缘。

楚国早期的历史,由于史书语焉未详,争论很大。这里仅根据本文需要,就一些比较确定的文献材料,结合考古成果,略述如下。

据《史记·楚世家》记载,"楚之先祖出自帝颛顼高阳"①。《左传·昭公十七年》说,高阳氏的后代祝融氏,是活动在中原一带的部落。春秋时的郑国,是其故地。②祝融之后,或说八支,即所谓祝融八姓③;或说六支④。但是都说楚人先祖季连为其中的一支。夏商时期,季连一支的活动情况不详。所以《楚世家》说"季连生附沮,附沮生穴熊。其后中微,或在中国,或在蛮夷,弗能纪其世"⑤。杨公骥先生曾指出,分布在卫地(今河南滑县考岸镇)、曹地(今山东成武境内)和己氏国(河南)的三个楚丘,原是楚人故居。证明楚人曾活动在黄河两岸。⑥《左传·桓公二年》疏引《世本》云:"楚鬻熊居丹阳。"⑦这说明至迟到商代末年,楚族已迁居到丹阳了。丹阳在今河南省淅川县境内,即《史

---

① 《史记》,中华书局1959年版,第1689页。
② 《春秋左传正义》,阮刻《十三经注疏》,中华书局1980年版,第2084页。
③ 《国语》,上海古籍出版社1978年版,第511页。
④ 《史记》,中华书局1959年版,第1690页。
⑤ 《史记》,中华书局1959年版,第1690页。
⑥ 杨公骥:《中国文学》(第一分册),吉林人民出版社1980年版,第487页。
⑦ 《春秋左传正义》,阮刻《十三经注疏》,中华书局1980年版,第1743页。

记·屈原贾生列传》所说秦发兵击楚,"大破楚师于丹、淅"①的那个地方。丹淅之间是古代中原与关中交通的重要孔道之一,鬻熊居丹阳以后,楚开始与周发生密切关系。楚人的活动,又正式见于记载。《楚世家》叙述早期周楚之间的关系说:

  周文王之时,季连之苗裔曰鬻熊,鬻熊子事文王,蚤卒。其子曰熊丽,熊丽生熊狂,熊狂生熊绎。熊绎当周成王之时,举文、武勤劳之后嗣,而封熊绎于楚蛮,封以子男之田,姓芈氏,居丹阳。②

从鬻熊时开始,楚与周建立臣服关系。到成王时,熊绎始被周封为诸侯。到成王以后,楚又被称为荆,或荆楚联言。这在西周金文中获证其多。如:

  寊从王戍荆,俘,用作饙簠。(《殷周金文集成》6.3732)
  过伯从王伐反(叛)荆。(《殷周金文集成》7.3907)
  䎽驭从王南征,伐楚荆,又(有)得,用乍(作)父戊宝尊彝。(《殷周金文集成》7.3976)
  宏鲁昭王,广毃(惩)楚荆。(《史墙盘》,《殷周金文集成》16.10175)

杨公骥先生认为,"荆是山名。周初,楚人战败后,曾一度退入荆山。楚灵王曾说:'昔我先王熊绎,辟在荆山,筚路蓝缕,以处草莽,跋涉山林。'(《左传·昭公十二年》)因此,周人称楚为荆,意为'荆山草莽中的人'。……称楚为荆是由于周人对楚的敌视,并不是楚在僖元年时改了国号"③。按,清华简《楚

---

① 《史记》,中华书局1959年版,第2483页。
② 《史记》,中华书局1959年版,第1691页。
③ 杨公骥:《中国文学》(第一分册),吉林人民出版社1980年版,第487页。本书引用时,根据《左传》等对原书的若干文字作了校正。

居》篇言,楚人先祖鬻熊娶妣厉为妻,"生侸叔、丽季。丽不从行,溃自胁出,妣厉宾于天,巫并该其胁以楚,抵今曰楚人"①。《楚居》为楚人自述先世之文献,可证"楚"系楚人自来之称名,魏源所言"楚入春秋历隐桓庄闵止称荆,至僖二年始称楚"绝不可信。

综上所述可知,"殷武"所伐,是周成王以后的楚国,而非武丁时期活动区域不详的楚族。因为在武丁时期尚无"荆楚"一名出现。前引《殷武》中的若干诗句,也不写作于商代,而必在周代成康之世或其后。那么,有没有可能是诗句写作于商代,确实是描写武丁伐楚之事,而后代传唱时误加"荆"字呢?这种可能性也可以说是几乎没有的。因为诗中三次出现"荆""荆楚"字样。尤其"裒荆之旅"一句,"荆"字出现在句中,不涉及声韵或句式的任何技术问题,绝无改动的必要。

《殷武》一篇中,说所征伐的荆楚当时"居国南乡",这是一个应予讨论的重要问题。学术界过去一般认为,武丁时期没有南征的记录,更不要说武丁之亲征了。陈梦家《殷虚卜辞综述》在谈及这方面的情况时说:

> 武丁占辞常有"允有来嫀自东(西、北)"的记录,乃边地诸侯报告敌国之入侵,几乎没有记"来嫀自南"的,郭沫若因此说"足见殷人南方无劲敌"(《卜辞通纂》549)。但乙辛卜辞记正人方,乃用兵淮上的记录,只是武丁时之内侵不在南方而已。……武丁时代所征伐的方国,似在今豫北之西,沁阳之北,或汉河东郡、上党郡;易言之,此等方国皆在今山西南部,黄土高原的东边缘(晋南部分)与华北平原西边缘(豫北部分)的交接地带。②

《殷武》篇诗句中的"罙入其阻,裒荆之旅"两句,暗示当时楚已有相当

---

① 李学勤主编:《清华大学藏战国竹简(壹)》,中西书局2010年版,第181页。
② 陈梦家:《殷虚卜辞综述》,中华书局1988年版,第269页。按:原文《卜辞通纂》作简称《卜通》。

大的国土面积。这与西周以前的楚人实力不相符合。许多材料证明,在武王克商以前,楚的力量还很小。《牧誓》所举参与伐纣的友邦冢君有"庸、蜀、羌、髳、微、卢、彭、濮人"①,其中许多与楚人为邻。周人列举以上诸族,而未列举楚人,显见楚是不重要的。据《国语·晋语八》,周成王在岐阳大会诸侯的时候,"楚为荆蛮,置茅蕝,设望表,与鲜卑守燎,故不与盟"②。证明到那时,楚国显然仍是不受重视的小角色,足可证其国力不强。商周之际的楚国国土面积,史无确载,但肯定很小。《左传·昭公二十三年》:"楚囊瓦为令尹,城郢。沈尹戌曰:'子常必亡郢。苟不能卫,城无益也。……若敖、蚡冒,至于武、文,土不过同。慎其四竟,犹不城郢。今土数圻,而郢是城,不亦难乎?'"《杜注》:"方百里为一同。"③沈尹戌关于楚国国土面积的说法,或与事实稍有出入,但他是楚国的高级贵族,就重大国家政策发表评论,且批评的又是当权的令尹,故所言与史实亦不能相去过远。又《史记·孔子世家》载楚令尹子西言"楚之祖封于周,号为子男五十里"④,可以与此互证。以此观之,如果说在商代伐楚时需要"深入其阻",真可以说是无的放矢了。

这里我们应该说清楚一个重要的历史事实,那就是在商代,商王朝的统治势力及其文化影响所及,远达长江中游地区。这一事实对本论题非常重要,因为这一地区在周代,尤其是在春秋时期及以后,是楚人的势力范围,而学术界的研究证明,武丁时期,商人曾有在这一地区用兵的记录。甲骨文及古史专家曾举出若干重要的证据,其中的一条重要卜辞是《掇续》62:

乙未[卜]贞,立事于南,右比□,中比与(举),左比曾?

---

① 《尚书正义》,阮刻《十三经注疏》,中华书局1980年版,第183页。
② 《国语》,上海古籍出版社1978年版,第466页。
③ 《春秋左传正义》,阮刻《十三经注疏》,中华书局1980年版,第2102—2103页。
④ 《史记》,中华书局1959年版,第1932页。

李学勤先生指出，这一卜辞是所说的"立事于南"即在商的南土"莅事"。结合其他卜辞及金文材料，可知当时所"莅"之"事"即对南土的一次大规模的军事行动。这一卜辞中所涉及的两个方国"与（举）"和"曾"是商朝南土的封国。其地域正在后世楚之中心地区汉水流域。①

既然在武丁时期商人曾在后来是楚的中心区域发动过较大规模的军事活动，那么是否就可以推翻我们在前面所作的论证呢？回答是否定的。因为商人这次军事行动所打击的对象并不是楚，而是"虎方"。虎方是商代南土与商王朝为敌的重要方国。前引文还提到一组重要的青铜器，即北宋重和元年（1118）在今湖北省安陆地方发现的"安州六器"的铭文记载了周初伐虎方的路程。这证明，一直到周初，活跃在汉水流域与中原王朝对立的主要并非是楚人，而是虎方这一部族。

考古专家的研究还证明，商人在长江流域的重镇盘龙城，在早商文化二期以前，是商人在这一地域的区域性的控制中心。而在早商文化三期末段以后，商人已将盘龙城放弃。似乎暗示这一时期商人对这一地区的控制有所减弱。②这些历史事实启发我们注意到，虎方在商代及商周之际活跃于汉水流域，在商代，它是商人在该地区的大敌，正如楚人在周代逐渐成为周人的头号对手一样。虎方的活动与商周之交及周初楚人对周人所表现的臣服也大有关系，它还使我们认识到，楚人崛起于汉水流域，伴随着虎方退出历史舞台的重要位置这一先秦时期部族关系的历史性变化。

就以上所述，我们可以得出如下的结论：《殷武》中谈到的所伐之楚绝非商代可能还活动在黄河中下游中原地区的楚人；伐楚时间不在殷商时期而必在西周成康之世或其后，很可能在西周中叶楚的力量渐积而和中原王朝势必冲突之时。如此，则"殷武"不指武丁或任何一位商王。当此名号者就只有宋国国君宋武公了。（"宋"可称"殷"，已为常识，兹不详论）

---

① 江鸿：《盘龙城与商朝的南土》，《文物》1976 年第 6 期。
② 王立新：《早商文化研究》，高等教育出版社 1998 年版，第 131、135 页。

"殷武"指宋武公，高亨先生在《诗经今注》的《殷武》篇解题中已有此议。[1] 我们认为这一说法是正确的，唯宋武公立于周平王六年，而高先生书中写作立于周宣王六年，当是一时笔误。宋武公伐楚，史书阙载。但我们知道，与《商颂》关系很深的正考父曾辅佐戴、武、宣三世。戴公当周宣王时，正是周人疆理南国之时。《殷武》所述，是否包括宋武公在戴公时的某些勋业，不得而知。顺便说一下，有一种流传很广的说法，以为商人自称商，而周人称之为殷，系出于敌忾。[2] 但孔子自称殷人。1978年发现的宋景公所作铜器，"铭文中景公自称'有殷天乙唐（汤）孙'"[3]，可证称殷并非卑称。

现在，我们对《殷武》一篇的性质内容，作如下分析。本篇是宋国新修宗庙落成典礼上所唱颂歌。其中既有歌颂先祖功德的内容，也有时王向先祖告成武功的内容。两者相加，就是"美盛德之形容，以其成功告于神明者也"（《毛诗序》语）。

《殷武》中所述先祖事迹，必系从殷人传统颂歌中撷取，故其文辞高古，颇存殷商时的成语。其所述若干史迹也和我们今天所了解的商史相合。比如强调"氐羌"为殷人的主要敌人，即与甲骨文的记载相一致。[4]

从《殷武》一诗的篇章组织结构来说，也可见前述新作与旧著组合的痕迹。全篇可分为三个部分。首章至二章之"居国南乡"为第一部分；自二章"昔有成汤"至五章为第二部分；第六章为第三部分。其中，第一和第三两部分可能为新作，而第二部分则为旧作之改造（理由详后）。关于《殷武》在精神、风格上与《商颂》他篇之异同，我们放在后边论述。

关于《殷武》之外的《商颂》四篇，我们认为当传自殷商时代，并基本保

---

[1] 高亨：《诗经今注》，上海古籍出版社1980年版，第533页。
[2] 参见郭沫若：《奴隶制时代》，《沫若文集》第十七卷，人民文学出版社1963年版，第7页；陈梦家：《殷虚卜辞综述》，中华书局1988年版，第264页。
[3] 李学勤：《东周与秦代文明》，文物出版社1991年版，第120页。
[4] 参见陈梦家：《殷虚卜辞综述》第八章《方国地理》，中华书局1988年版。

持了原貌。

杨公骥先生在《商颂考》中曾提出了关于判断《商颂》年代的若干基本原则。其中，最主要的几点是：(1)在没有直接或间接的证据推翻前人的记载之前，没有理由无根据地怀疑这些记载的可靠性。(2)注重内证，考查《商颂》中反映的（当时的）现实事件。(3)注重文化比较，包括《商颂》中所表现的思想情感与《周颂》《鲁颂》的区别。他还特别指出，《商颂》中所反映的殷商社会的统治思想，"对暴力神的赞美，对暴力的歌颂"，与《周颂》《鲁颂》所表现的思想和道德观念是不同的。① 这些原则，我们认为是具有指导意义的。我们在后面对此还要进行一些必要的补充。

第三节 《商颂》中禹形象的演变

现存文献中，《诗经》最早记载禹的事迹。在《商颂》《鲁颂》与大小《雅》中，有六篇诗谈到了禹。《商颂》之《长发》《殷武》两篇的相关内容，显示出先秦时期禹形象的转化之迹。

《长发》首章：

> 濬哲维商，长发其祥。洪水芒芒，禹敷下土方。外大国是疆，幅陨既长。有娀方将，帝立子生商。

"洪水芒芒，禹敷下土方"句，旧注皆以洪水传说释之。
《郑笺》：

---

① 参见杨公骥：《中国文学》（第一分册），吉林人民出版社1980年版，第483—484页。

乃用洪水，禹敷下土，正四方，定诸夏。

《孔疏》：

往者唐尧之末，有大水芒芒然，有大禹者敷广下土，以正四方，京师之外，大国于是画其疆境，令使中国广大均平。①

近代学者始揭示出其确切含意。顾颉刚等指出，"禹敷下土方"中的"敷"字应读为"铺"或"布"，意为"在茫茫的洪水中，禹铺放土地于下方"。诗句所叙述的是作为创世神的禹创生大地的过程。②

《商颂》中的《长发》《玄鸟》均涉及早期人类的记忆以及先秦时期人们对宇宙生成的朴素解释。《长发》在讲述禹创生大地的神话之后，又言"有娀方将，帝立子生商"，这涉及创世神话的另一个重要分支即族源神话。《孔疏》云："有娀，契母之姓……谓契母方成大之时，天为生立其子商者。成汤，王天下一代之大号。此商之有天下，其本由契而来，故言契生商也。"③与《长发》相似，《商颂·玄鸟》开篇亦从商人的始祖讲起。《玄鸟》言："天命玄鸟，降而生商，宅殷土芒芒。"《毛传》："玄鸟，鳦也。春分，玄鸟降。汤之先祖有娀氏女简狄配高辛氏帝，帝率与之祈于郊禖而生契，故本其为天所命，以玄鸟至而生焉。"④《毛传》以下诸家均未对"宅殷土芒芒"中的"殷土"作出解释。联系《长发》"洪水芒芒，禹敷下土方"句可知，诗句中的"殷土"指禹所创生的大地而言。

上述诗句有着严谨的逻辑顺序，先说大地的形成，后言部族的兴起，顺理

---

① 《毛诗正义》，阮刻《十三经注疏》，中华书局1980年版，第626页。
② 参见顾颉刚、童书业：《鲧禹的传说》，《古史辨》第七册下编，上海古籍出版社1982年版，第150页；顾颉刚：《讨论古史答刘胡二先生》，《古史辨》第一册，上海古籍出版社1982年版，第110页。
③ 《毛诗正义》，阮刻《十三经注疏》，中华书局1980年版，第626页。
④ 《毛诗正义》，阮刻《十三经注疏》，中华书局1980年版，第622页。

成章。这一叙述方式亦见于《楚辞·天问》。《天问》在展开历史叙述之前,以"洪泉极深,何以窴之"等句,对宇宙生成及构造进行发问。王逸注:"言洪水渊泉极深大,禹何用窴塞而平之乎?"① 顾颉刚先生指出:"《天问》言禹治水,有'洪泉极深,何以窴之?'的问。窴与填同。这一句的意思,即是问'在极深的洪泉中,如何铺填着土地来?'正可与《长发》所言对照。"②

与《长发》相比,《殷武》"天命多辟,设都于禹之绩"的叙述呈现出了新的文化内涵。近代学者的研究表明,《殷武》有关"禹之绩"的记载,主要叙述了禹的创世神话。③"禹之绩"在先秦传世文献中又称"禹之迹""禹迹"或"禹绩",在金文文献中作"禹賡"或"禹之堵"④,凡此皆系隐喻禹创生大地的神话语言。除保留禹创生大地的神话内涵外,《殷武》"天命多辟,设都于禹之绩",还隐含着与禹相关的创世神话向治水传说转化之迹。在这里,禹的形象具有了先圣王的意味,显示出殷周文化演变过程中思想要素的复杂存留。

《殷武》篇中的禹与大小《雅》中所呈现的周人历史观中的禹较为接近,这一点颇耐人寻味。大小《雅》中有关禹的记载见于《信南山》《韩奕》以及《文王有声》三篇,下面对相关材料略加梳理。

《小雅·信南山》中有"信彼南山,维禹甸之"之句。诗句中的"甸"字,《毛传》《孔疏》皆训为"治",《郑笺》释为"丘甸",皆是以禹治洪水的传说为背景而作出的解释。欲探明"维禹甸之"的原初含意,需与《信南山》首章对读:

---

① 洪兴祖撰,白化文等点校:《楚辞补注》,中华书局1983年版,第90页。
② 顾颉刚:《讨论古史答刘胡二先生》,《古史辨》第一册,上海古籍出版社1982年版,第110页。
③ 参见顾颉刚:《讨论古史答刘胡二先生》,《古史辨》第一册,上海古籍出版社1982年版,第105—114页;顾颉刚、童书业:《鲧禹的传说》,《古史辨》第七册下编,上海古籍出版社1982年版,第147—149页。
④ 如《尚书·立政》:"其克诘尔戎兵,以陟禹之迹,方行天下,至于海表,罔有不服。"(《尚书正义》,阮刻《十三经注疏》,中华书局1980年版,第232页)《逸周书·商誓》:"王曰:'在昔后稷,惟上帝之言,克播百谷,登禹之绩。'"(黄怀信、张懋镕、田旭东撰,李学勤审定:《逸周书汇校集注》,上海古籍出版社1995年版,第481页)春秋时期"秦公簋"铭文有"鼏宅禹賡"(马承源主编:《商周青铜器铭文选·四》,文物出版社1990年版,第610页)。"叔尸钟"铭文有"咸有九州,处禹之堵"(《殷周金文集成》1.272-8)。

信彼南山，维禹甸之。畇畇原隰，曾孙田之。我疆我理，南东其亩。

有关《信南山》的诗旨，《毛诗序》说："刺幽王也。不能修成王之业，疆理天下，以奉禹功，故君子思古焉。"《孔疏》云："刺其不能修成王之事业，疆界分理天下之田亩，使之勤稼，以奉行大禹之功，故其时君子思古成王焉，所以刺之。"①从诗篇内容来看，《毛诗序》《孔疏》有关《信南山》为刺诗的说法虽不可信，但其关于"疆理天下"以及"勤稼"的解读，则正确把握了诗篇与农事相关的性质②，点出了问题的关键。

"维禹甸之"中的"甸"应读为"田"。《说文》："甸，天子五百里内田。"《段注》："甸，王田也。"③《周礼·春官·序官》："甸祝下士二人。"郑玄《注》："甸之言田也。"④《周礼·职方氏》："又其外方五百里曰甸服。"贾公彦《疏》："甸之言田。"⑤将"信彼南山，维禹甸之"与"畇畇原隰，曾孙田之"句对读，可知"维禹甸之"与"曾孙田之"在句法上相近。马瑞辰说："'维禹甸之'与下文'曾孙田之'同义。经必上甸下田者，变文以协韵也。"⑥

对于诗篇"信彼南山，维禹甸之"句所蕴含的"禹功"，《孔疏》云："言修禹功而文相因，明南山、原隰二者为一处。成王之修禹功，实天下尽然，而独言南山者，作者指一处以表之，其意通及天下也。故《序》言'疆理天下'，下注言'上天同云'，是非独南山之傍修禹功也。"⑦由此可知，"禹功"指的是"畇畇原隰"而"南东其亩"，从而惠施于天下的稼穑活动。

在先秦时期的社会生活中，农业是最为重要的生产领域。周人以农业立国，

---

① 《毛诗正义》，阮刻《十三经注疏》，中华书局 1980 年版，第 470 页。
② 关于《信南山》农事诗性质，参见郭沫若：《由周代农事诗论到周代社会》，《郭沫若全集·历史编》第 1 卷，人民出版社 1982 年版，第 405 页。
③ 段玉裁：《说文解字注》，上海古籍出版社 1988 年版，第 696 页。
④ 《周礼注疏》，阮刻《十三经注疏》，中华书局 1980 年版，第 755 页。
⑤ 《周礼注疏》，阮刻《十三经注疏》，中华书局 1980 年版，第 863 页。
⑥ 马瑞辰：《毛诗传笺通释》，中华书局 1989 年版，第 709 页。
⑦ 《毛诗正义》，阮刻《十三经注疏》，中华书局 1980 年版，第 470 页。

其始祖后稷更是被尊为农神加以崇奉。关于后稷的耕稼之功,《鲁颂·閟宫》中言"……是生后稷,降之百福:黍稷重穋,稙稚菽麦。奄有下国,俾民稼穑。有稷有黍,有稻有秬"。《閟宫》在颂扬后稷的耕稼事业后,继而言"奄有下土,缵禹之绪"①,这一叙述中隐含了后稷之前,禹亦涉及耕稼之事的意味。②《信南山》"曾孙田之"承接上文"维禹甸之"而来,透露出禹、后稷及曾孙之间的文化传承关系。

有关"原隰"的整治情况,《小雅·黍苗》中有如下描述:"原隰既平,泉流既清。"《毛传》:"土治曰平,水治曰清。"③由此可知,《信南山》中的"信彼南山,维禹甸之"以及"畇畇原隰"等,指的是农业生产的重要前提,即禹平治水土的功业。有学者指出,"由这首诗中,我们可知周初对原隰垦辟为耕地的情况,已从北山向南山发展了。换言之,即从渭水之北,梁、岐山脉向渭水之南终南山脉(现称秦岭)从事新的原隰垦殖工作了。这当是周初统一后农业发展的必然趋势"④。

按照古人的解释,《大雅·韩奕》中的禹俨然具有人王的色彩。《韩奕》首章为:

奕奕梁山,维禹甸之,有倬其道。韩侯受命,王亲命之:缵戎祖考,无废朕命。夙夜匪懈,虔共尔位,朕命不易。榦不庭方,以佐戎辟。

"奕奕梁山,维禹甸之,有倬其道",《毛传》:"奕奕,大也。甸,治也。禹治梁山,除水灾。宣王平大乱,命诸侯。有倬其道,有倬然之道者也。"《毛传》的相关解释拘泥于宣王平乱之说,与诗篇内容无直接联系。《郑笺》则言:"梁

---

① 《毛诗正义》,阮刻《十三经注疏》,中华书局 1980 年版,第 614 页。
② 参见本书第七章第二节。
③ 《毛诗正义》,阮刻《十三经注疏》,中华书局 1980 年版,第 495 页。
④ 辛树帜:《禹贡新解》,农业出版社 1964 年版,第 193 页。

山之野，尧时俱遭洪水，禹甸之者，决除其灾，使成平田，定贡赋于天子。周有厉王之乱，天下失职，今有倬然者，明复禹之功者。"①

诗篇赞扬韩侯，从"奕奕梁山，维禹甸之"讲起，涉及周人的历史观念。《左传·定公四年》记载："分唐叔以大路、密须之鼓、阙巩、沽洗、怀姓九宗，职官五正。命以《唐诰》，而封于夏虚，启以夏政，疆以戎索。"②按，唐叔虞是周武王之子，周成王时受封于夏虚，成为后来韩姓的血缘祖先。③对于夏虚之地的情况，杜预《注》："夏虚，大夏，今大原晋阳也……大原近戎而寒，不与中国同，故自以戎法。"④作为周王室的封国，韩雄踞北方，对于平定北方各族具有重要意义，《韩奕》中的"榦不庭方，以佐戎辟"，"王锡韩侯，其追其貊。奄受北国，因以其伯"等，皆周天子对韩侯寄予厚望之辞。周天子在对韩侯的谆谆告诫中言及"奕奕梁山，维禹甸之"，是对远古历史的追溯，其所涉及的夏虚与禹的关系则暗示出禹的人王身份。

在《大雅·文王有声》"丰水东注，维禹之绩"句中，禹治水传说的痕迹更为明显。《毛传》云："昔尧时洪水，而丰水亦泛滥为害，禹治之，使入渭，东注于河，禹之功也。"⑤"丰水"又作"酆水"⑥，《尚书·禹贡》在讲述禹治理酆水的功绩时言："导沇水，东流为济……导渭自鸟鼠同穴，东会于酆，又东会于泾，又东过漆沮，入于河。"⑦《诗经》《尚书》有关禹理水的记载表达了先民们对禹疏江导河功绩的赞美与颂扬。

旧注对《殷武》"天命多辟，设都于禹之绩"所作的阐释，多以当时广泛流传的禹的治水传说为背景。《郑笺》："多，众也……天命乃令下众君诸侯

---

① 《毛诗正义》，阮刻《十三经注疏》，中华书局 1980 年版，第 570 页。
② 《春秋左传正义》，阮刻《十三经注疏》，中华书局 1980 年版，第 2135 页。
③ 参见《史记》，中华书局 1959 年版，第 1635 页；林宝撰，岑仲勉校记，郁贤皓、陶敏整理，孙望审订：《元和姓纂》，中华书局 1994 年版，第 579、605 页。
④ 《春秋左传正义》，阮刻《十三经注疏》，中华书局 1980 年版，第 570 页。
⑤ 《毛诗正义》，阮刻《十三经注疏》，中华书局 1980 年版，第 526 页。
⑥ 高亨纂著，董治安整理：《古字通假会典》，齐鲁书社 1989 年版，第 28 页。
⑦ 《尚书正义》，阮刻《十三经注疏》，中华书局 1980 年版，第 152 页。

立都于禹所治之功……禹平水土，弼成五服，而诸侯之国定，是以云然。"《孔疏》："言上天之命乃令天下众君诸侯建设都邑于禹所治功处……禹之功在于平治山川。"① 联系诗篇大意来看，《郑笺》《孔疏》有关禹的论述虽然不失为一种合理的解释，但还不够全面。

除继殷商以来禹的创世神话以及西周时期广泛流传的治水传说外，《殷武》"天命多辟，设都于禹之绩"的叙述还涉及"王朝正统性地理认同的法统意义"。② 商王在"禹之绩"设都，并非偶然。谢维扬先生指出："在夏朝国家建立后，由它控制的地域已逐渐成为标志国家主体的不可分割的内容。这在中国历史上造成了一个重要的政治传统，即建立一个真正的、被承认的国家，就必须占据特定的地域，并有相应的中央权力。"③ 从历史地理学的角度来看，这就是"国家法统地域"④。李久昌先生认为，"'禹迹'是最早的国家法统在地域观念上的表述"⑤。在有夏之居建都，就意味着这一时期商王朝继夏代拥有统治天下的法统，周代延续了这一观念。《逸周书·度邑》："自洛汭延入伊汭，居阳无固，其有夏之居。"⑥ 武王建都洛邑的主要依据之一，是因为这里曾为夏人统治的中心区域。后来，"夏"逐渐衍化为"天下"和"王土"之称，成为"中国文明"的代名词，而禹亦成为历代君王的效法对象。

据上述分析可知，《殷武》"天命多辟，设都于禹之绩"句的叙述蕴含三层意思：首先是禹创生大地的神话，从深层意义上说，它涉及先民对中国古代历史哲学中有关大地形成的理解；其次是禹治水的传说，与当时人们的普遍认识相契合；再次是先秦时期"国家法统地域"观念，其中的禹已然是人王的形象了。这与西周中期"燹公盨"铭文所表达的内容相近：

---

① 《毛诗正义》，阮刻《十三经注疏》，中华书局 1980 年版，第 628 页。
② 李久昌：《周公"天下之中"建都理论研究》，《史学月刊》2007 年第 9 期。
③ 谢维扬：《中国早期国家》，浙江人民出版社 1995 年版，第 393 页。
④ 李久昌：《周公"天下之中"建都理论研究》，《史学月刊》2007 年第 9 期。
⑤ 李久昌：《周公"天下之中"建都理论研究》，《史学月刊》2007 年第 9 期。
⑥ 黄怀信、张懋镕、田旭东撰，李学勤审定：《逸周书汇校集注》，上海古籍出版社 1995 年版，第 512 页。

>　　天令（命）禹尃（敷）土，堕山濬川……降民监德，迺（乃）自乍（作）配鄉（饗）民，成父女（母）。①

"天令（命）禹尃（敷）土"句中的"尃（敷）土"，裘锡圭先生指出，"其原始意义应指以息壤堙填洪水"②，主要叙述了禹创生大地的神话。"堕山濬川"，与传世文献中有关禹凿山、疏浚河流的记载相似，表现的是禹的治水事迹。盨铭中的"作配饗民"，李学勤先生认为，"是指禹践位为王而言"③。"成父母"句中的"父母"义同传世文献中常见的"民之父母"④中的"父母"，意即君王。

综上所述，相对于《长发》来说，《殷武》篇有关禹的记载，既有对前代文化要素的继承，也显示出历史发展过程中的损益和变革。这一变化对于《商颂》诸篇作年的讨论有重要的意义。《殷武》中禹的先圣王形象，在《鲁颂·閟宫》"奄有下土，缵禹之绪"的叙述中进一步得到固化，从而影响了中国两千多年来的历史观。⑤

第四节　殷周两代的文化传承与《商颂》的流传

对于《商颂》与周诗在思想内容方面的差异，杨公骥先生主要是从社会发展史的阶段划分这一角度来加以解释的。这一解释无疑具有科学性，并与马克思主义经典作家的有关论述相一致。比如恩格斯在《家庭、私有制和国家的起

---

① 参见裘锡圭：《燹公盨铭文考释》，《中国历史文物》2002年第6期；李学勤：《论燹公盨及其重要意义》，《中国历史文物》2002年第6期。
② 裘锡圭：《燹公盨铭文考释》，《中国历史文物》2002年第6期。
③ 李学勤：《论燹公盨及其重要意义》，《中国历史文物》2002年第6期。
④ "民之父母"这一说法见于《诗经》《尚书》《大戴礼记》等文献。
⑤ 参见本书第七章第二节。

源》中，就曾指出，在野蛮时代和文明时代之交，奴隶制的较早时期，社会中存在着"以掠夺为光荣"的思想。① 这与《商颂》中颂扬暴力的思想是一致的。由《商颂考》所提供的思路与具体考辨，已基本可以判定《商颂》前四篇的性质。但是从本文的角度出发，我们认为还可以从商周时期的文化演进方面对此进行一些新的探索。

近代以来，研究殷周之际文化变革的著作，其最有影响者，当推王国维的《殷周制度论》。《殷周制度论》开宗明义说："中国政治与文化之变革，莫剧于殷周之际。"它历数殷、周族类之异同，以为"殷间之大变革，自其表言之，不过一姓一家之兴亡与都邑之转移；自其里言之，则旧制度废而新制度兴，旧文化废而新文化兴"。而周人之新制度，在王氏看来，"乃道德之器械"，以合天子以至庶人"成一道德之团体"。② 王氏此文的影响，还可以从它所受到的广泛批判得见。《殷虚卜辞综述》的总结，就是以对它的批判开始的。但是，王氏此论，对华夏文化的发展演变研究具有的启发性是不容忽视的。从政治序列上讲，华夏民族文化的发展与三代国家的历史发展相一致。夏代为其滥觞，殷代已具备相当规模，周代则蔚为大观。从我们已经习惯描述的周代华夏文化区域看来，商的中心统治区域实在狭小。陈梦家先生曾根据古史传说、卜辞所见都邑和征伐的方国，约略地划出商殷的区域，其四界是：

  北约在纬度 40°以南易水流域及其周围平原
  南约在纬度 33°以北淮水流域与淮阳山脉
  西不过经度 112°在太行山脉与伏牛山脉之东
  东至于黄海、渤海③

---

① 《马克思恩格斯选集》，人民出版社 1972 年版，第 104、160 页。
② 王国维：《观堂集林》，中华书局 1959 年版，第 451—480 页。
③ 陈梦家：《殷虚卜辞综述》，中华书局 1988 年版，第 311 页。

李学勤先生《殷代地理简论》所述商王朝的"内服"与之接近。①近年来的考古研究证明，商代华夏文明扩散、影响的范围已经相当大。②但其时华夏文化的核心部分（地理上以商王朝的中心统治区域为准），向四土辐射的时间尚短，故华夏文化核心虽然已经相当稳固，但与周边文化之间缺乏适当的缓冲，所以商王朝不得不强调以武力来平衡中土与周边的关系。这种生活现实折射到意识形态上来，就是必然在诗歌中出现对暴力的崇尚与赞美。

作为对比的是《商颂》中的《殷武》一篇，由于作于西周末期，深受周人文化及时代精神的浸染，诗中"不僭不滥，不敢怠遑"之类的句子，表现了恪敬天命、谨守人事的思想。这是《商颂》的另外四篇所没有的。由此也可以体察二者创作年代的差异。

从政治上来看，周朝的统治不很成功。西周号称升平的时间很短，不过成康两世四十余年，而后王室多难，终于导致二百几十年就覆亡了。③但从文化史的角度来看，周人又是空前成功的。西周颠覆后，平王得以顺利东迁与东周的尊王攘夷运动，代表了当时人们的文化选择，显示了以周文化为核心的华夏文化传统的向心力。

《商颂》与《诗经》的关系，从一个侧面说明了周文化为何能形成并长期保持主流文化地位。作为中国古代礼乐文化经典形态的周文化的产物，《诗经》中含有《商颂》若干，有其历史渊源。在商周之际，它是周代礼乐文化的重要来源④，西周以后，它演化为周代礼乐文化的有机组成部分，从历史文化发展的过程来说，它带有血缘纽带的性质。

古代社会中，"乐"是诗歌、音乐、舞蹈三而为一的综合艺术形态。由于自

---

① 李学勤：《殷代地理简论》，科学出版社1959年版，第95—96页。
② 参见宋镇豪：《夏商社会生活史》第一章第一节第二款"商代的国土经略"，中国社会科学出版社1994年版。
③ 李学勤：《东周与秦代文明》，文物出版社1991年版，第4页。
④ 《逸周书·世俘》："王入，进《万》。"（黄怀信等：《逸周书汇校集注》，上海古籍出版社2007年版，第428页）证明殷商名乐《万》曾奏于武王克商后的礼典中。

然特质及传播手段、保存方式不同，乐的诸要素在后代的存留情况也有差异。就《商颂》而言，其诗尚有五篇流传，其舞容已不可闻见，而其音乐则须借先秦旧籍中的一些零星记载而稽考之。

据王国维《汉以后所传周乐考》，"先秦以后乐家之所传"古乐中，可歌者十八篇，其中含"七篇商齐"。王氏详考历代古乐名实变迁，认为"由前后观之，则《投壶》所存古乐十八篇，……其为周秦之间乐家旧第无疑"。① 以是可知，降至汉代，《商颂》之乐尚有保存。如此，则《礼记》等文献所描述的《商颂》音乐，必非虚托，足可为今天的研究所凭借。《礼记·乐记》"子贡问师乙乐"一节，常为论古乐者引用：

> 子赣见师乙而问焉。曰："赐闻声歌，各有宜也。如赐者，宜何歌也？"师乙曰："乙贱工也，何足以问所宜？请诵其所闻，而吾子自执焉。"宽而静，柔而正者宜歌《颂》。广大而静，疏达而信者宜歌《大雅》。恭俭而好礼者宜歌《小雅》。正直而静，廉而谦者宜歌《风》。肆直而慈爱者，宜歌《商》。温良而能断者，宜歌《齐》。夫歌者，直己而陈德也。动己而天地应焉，四时和焉，星辰理焉，万物育焉。故《商》者，五帝之遗声也，商人识之，故谓之《商》。②

郑玄《注》："《商》，宋诗也。"此处的"宋诗"不能理解为宋国的一般诗乐，而是指包括《商颂》在内的宋国庙堂传统之乐。在古人的观念中，二者的区别是很清楚的。《礼记·乐记》所载子夏对魏文侯问时论"溺音"的一段话可为证明。子夏说："郑音好滥淫志，宋音燕女溺志，卫音趋数烦志，齐音敖辟乔

---

① 王国维：《汉以后所传周乐考》，《观堂集林》，中华书局1959年版，第118—122页。
② 《礼记正义》，阮刻《十三经注疏》，中华书局1980年版，第1545页。按：以上文字今本《礼记》原有错简，本文据《礼记正义》郑玄《注》作了相应校正。

志。此四者皆淫于色而害于德，是以祭祀弗用也。"① 子夏在这里将"宋音"与为当时传统贬斥的"郑卫之音"相提并论，并明确指出其不用于祭祀。而师乙所说"故《商》者，五帝之遗声也"，则是与"新乐"对举的古乐。《乐记》中师乙所言声歌所宜，据其自述，为乐师相沿传习的说法。这一说法与其他文献材料可以互证。《庄子·让王篇》：

> 曾子居卫，缊袍无表，颜色肿哙，手足胼胝。三日不举火，十年不制衣，正冠而缨绝，捉衿而肘见，纳屦而踵决。曳縰而歌《商颂》，声满天地，若出金石。②

由古乐《商颂》与卑下流俗的鲜明对比，可以考见《商颂》在战国时期的影响。

《淮南子·修务》：

> 服剑者期于铦利，而不期于墨阳莫邪；乘马者期于千里，而不期于骅骝绿耳。鼓琴者期于鸣廉修营，而不期于滥胁号钟；诵《诗》《书》者期于通道略物，而不期于《洪范》《商颂》。③

《淮南子》以《洪范》与《商颂》并举，且喻之以墨阳莫邪、骅骝绿耳等高贵、杰出的事物，足以说明汉代通行观念中《商颂》的地位。

商人原有较高的文化，从民族性格来讲，也较周人更为浪漫。商人擅长音乐，周人制礼作乐时颇为吸收商人音乐的成分。商朝末年，商王朝的音乐专家投奔周人，是商乐传播的重要途径。周人在东方所封建诸国，商乐的传

---

① 《礼记正义》，阮刻《十三经注疏》，中华书局1980年版，第1540页。
② 郭庆藩：《庄子集释》，中华书局1961年版，第977页。
③ 高诱注：《淮南子》，《诸子集成》第七册，上海书店1986年版，第343—344页。

播也非常广泛。在鲁国，祭礼用商代名乐"万舞"。① 在卫国，万舞从祭堂走向"公庭"，使它的传播更加普遍，《诗经·邶风·简兮》对此有所描述。据《左传》记载，春秋时期楚国的宫廷中也广泛使用万舞。② 以上所述，是春秋以及其以前的情形。《商颂》在春秋战国乃至其后的广泛影响当与其编入《诗经》有关。

《商颂》在周代广泛而长远的影响当与其编入《诗经》有关。这可以用来说明殷周两代文化传承与嬗变中的复杂关系。

《诗经》的编辑成书过程，到目前为止，尚无定论。汉代以后出现的"采诗说"③，仅涉及风诗，且与周代的社会制度、当时人们的生活方式及社会经济文化发展的水平不合，绝不可信。《诗经》的汇集成书，要充分考虑当时华夏文化圈中各区域间的文化交流。这既包括周王朝与各诸侯国间的垂直交流，又有各诸侯国之间的横向文化交流关系。就《商颂》而言，又有它的具体情况。

据《国语·鲁语》，至晚到正考父"校商之名颂十二篇于周太师"时为止，《商颂》已经汇集到了周王朝的乐官手中。《史记》记载，殷商末年，由于纣王无道，失去人心，殷商乐官"太师疵、少师彊抱其乐器而奔周"④。《殷本纪》还特别点明他们所抱的乐器是"祭乐器"⑤。由是，作为殷商祭歌的《商颂》自然也会被带到周人那里。但是，作为殷人祭歌的《商颂》，周人没有适宜的演出场合。它们在周人那里能否完整地流传到两周之交，很可怀疑。况且宋人祭祖，

---

① 见《鲁颂·閟宫》，又见《左传·隐公五年》。
② 《春秋左传正义》，阮刻《十三经注疏》，中华书局1980年版，第1781页。
③ 《汉书·食货志》："孟春之月，群居者将散，行人振木铎徇于路，以采诗，献之大师，比其音律，以闻于天子。故曰王者不窥牖户而知天下。"（《汉书》，中华书局1962年版，第1123页）《公羊传·宣公十五年》何休注："男女有所怨恨，相从而歌。饥者歌其食，劳者歌其事。男年六十、女年五十无子者，官衣食之，使之民间求诗，乡移于邑，邑移于国，国以闻于天子。故王者不出牖户尽知天下。"（《春秋公羊传注疏》，阮刻《十三经注疏》，中华书局1980年版，第2287页）
④ 《史记》，中华书局1959年版，第121页。
⑤ 《史记》，中华书局1959年版，第108页。

不可中断，所用乐歌绝无散佚零乱之理。所以，我们赞成王国维的说法，即"校商之名颂十二篇于周太师"①，是向周王室献乐的行为。正考父献《商颂》，正当平王东迁之际。由于西周的倾覆，周王朝的典籍文献必然有所散失，周王朝由是而征集诗乐，正考父作为执政大臣代表宋国向周王室献出《商颂》，是合乎情理的。不过，《商颂》之所以保存在《诗经》中，应该还与鲁人尤其是孔子有密切的关系。

大家都承认，今本《诗经》经过孔子的整理，争论在于其整理的幅度。从西汉时代的司马迁起，就有关于孔子删《诗》的说法。历史上曾有人以后世所存"逸诗"数量等理由对此表示过怀疑②，是一种片面的认识。应该指出，文献中先秦"逸诗"的数量与《诗经》现存诗篇的比例，不能说明春秋时期全部存有《诗》类文献与《诗经》的比例关系。③如前所引，《国语·鲁语》言正考父所献《商颂》有十二篇之多，而今本《诗经》中的《商颂》只有五篇。这是《诗》经过春秋以后的人编定删削的铁证，也是《诗经》编辑年代的重要坐标。近年来发现的战国竹简中，存有相当数量的"逸诗"，尤其是"上博简"与"清华简"，都含有完整的"逸诗"篇章。④这为孔子删诗说增添了有力的证据。

王国维《汉以后所传周乐考》曾注意到先秦以后乐家所传周乐与《诗》家所传颇有不同。⑤联系到先秦典籍，特别是《左传》等文献引《诗》次第与今

---

① 王国维：《说商颂》，《观堂集林》，中华书局1959年版，第114页。
② 参见姚小鸥：《〈清华大学藏战国竹简〉与〈诗经〉学史的若干问题》，《文艺研究》2013年第8期。
③ 《左传》《国语》《论语》《荀子》《墨子》《晏子春秋》《管子》《吕氏春秋》《战国策》，乃至《礼记》《大戴礼》皆引有"逸诗"。参见董治安：《战国文献论〈诗〉、引〈诗〉综录》，《先秦文献与先秦文学》，齐鲁书社1994年版，第64—88页。
④ 《上博简》有《逸诗》两篇，分别名为《交交鸣乌》和《多薪》。（马承源主编：《上海博物馆藏战国楚竹书（四）》，上海古籍出版社2004年版）《清华简》第一辑《耆夜》录有《诗经》类文献五篇。其中《蟋蟀》为今本《诗经·唐风·蟋蟀》之别本。（李学勤主编：《清华大学藏战国竹简（壹）》，中西书局2010年版）第三辑录有《诗经》类文献《周公之琴舞》及《芮良夫毖》。《周公之琴舞》成王所作"元内启"为今本《诗经·周颂·敬之》篇之别本。此外皆为逸诗。（李学勤主编：《清华大学藏战国竹简（叁）》，中西书局2012年版）
⑤ 王国维：《汉以后所传周乐考》，《观堂集林》，中华书局1959年版，第118—122页。

本的差异①，可以肯定，直到春秋晚期稍前，尚无权威的《诗经》定本。正因为如此，才会有孔子"正乐"之事。②"正乐"一事发生在鲁哀公十一年孔子自卫返鲁以后③，其时是他已不再担任公职的晚年。当然，无论从情理来说，还是从《左传》等先秦典籍引《诗》来看，春秋时期，《诗》之传本的大体标准还是有的，故孔子"正乐"，有"《雅》《颂》各得其所"④之说。

那么，《商颂》是如何编入《诗经》中的呢？讨论这一问题时，学者多从文献所载《诗经》篇目入手。与今本《诗经》篇目、次第直接相关的最早记载是《左传·襄公二十九年》季札观乐。

《左传·襄公二十九年》载，"吴公子札来聘"，"请观于周乐"。⑤鲁国乐工在为之歌《风》《雅》以后，又"为之歌《颂》"。季札对鲁乐工所歌之《颂》评论说：

> 至矣哉！直而不倨，曲而不屈，迩而不逼，远而不携，迁而不淫，复而不厌，哀而不愁，乐而不荒，用而不匮，广而不宣，施而不费，取而不贪，处而不底，行而不流，五声和，八风平，节有度，守有序，盛德之所同也。⑥

清人已经指出，季札所论《颂》不包括《商颂》和《鲁颂》在内。陈奂说：

> 《颂》者，皆祭祀之诗。作于成功之后，而其事或涉于成功之先。其中有周公营洛邑所行祭祀之礼，亦有在镐京制作之礼。故说有不同，谓此也。周大师谱诗入乐，但谓之《颂》，不系"周"字。后，《诗》在鲁。鲁有

---

① 如《左传·宣公十二年》载楚庄王论《大武》。
② 《论语注疏》，阮刻《十三经注疏》，中华书局1980年版，第2491页。
③ 参见钱穆：《先秦诸子系年考辨》，上海书店1992年版，第47—48页。
④ 《论语注疏》，阮刻《十三经注疏》，中华书局1980年版，第2491页。
⑤ 《春秋左传正义》，阮刻《十三经注疏》，中华书局1980年版，第2006页。
⑥ 《春秋左传正义》，阮刻《十三经注疏》，中华书局1980年版，第2007页。

《鲁颂》，又有《商颂》，遂加"周"以别之。《左传》吴札请观周乐，为之歌《颂》。吴札曰："五声和，八风平，节有度，守有序，盛德之所同也。"此歌《颂》者，美文王、武王、成王盛德。皆同歌《周颂》，非并《鲁》《商》而歌之也。①

当代学者或以为季札所观乐包括《商颂》与《鲁颂》在内。杨伯峻先生说：

> 颂有《周颂》《鲁颂》《商颂》。《周颂》为周初作品，赞扬文、武、成诸王者；《鲁颂》为颂僖公之作，《商颂》为颂宋襄公之作，皆宗庙之乐歌，《诗大序》所谓"美盛德之形容以其成功告于神明"者也。季札只论《颂》之乐曲，不论三《颂》所颂之人德之高下，功之大小，故曰"盛德之所同"。②

按，此说本于杜预。杜预注《左传》时说："《颂》有殷、鲁，故曰'盛德之所同'。"③我们认为，杨氏谓"季札只论《颂》之乐曲，不论三《颂》所颂之人德之高下，功之大小"，不符合礼乐制度的基本思想原则。

《诗大序》说：

> 情发于声，声成文谓之音。治世之音安以乐，其政和。乱世之音怨以

---

① 陈奂：《诗毛氏传疏》卷26，中国书店1984年影印本。
② 杨伯峻编著：《春秋左传注》，中华书局1981年版，第1165页。
③ 《春秋左传正义》，阮刻《十三经注疏》，中华书局1980年版，第2007页。对此，历史上曾有学者持不同看法。《左传·襄公二十九年》孔颖达《正义》："杜以为之歌《颂》，言其亦歌《商》《鲁》，故以盛德之所同，谓商、鲁与周其德俱盛也。刘炫以为《鲁颂》只美僖公之德，本非德洽之歌，何知不直据《周颂》而云《颂》有商、鲁乎？今知不然者，但《颂》之大体皆述其大平祭祀告神之事，《鲁颂》虽非大平经，称'皇皇后帝，皇祖后稷'，又云'周公皇祖，亦其福女'，美其祭神获福，与《周颂》相似。且季文子请周作颂，取其美名。又季札至鲁，欲褒崇鲁德，取其一善，故云盛德所同。若直歌《周颂》宜加'周'字，不得唯云歌《颂》。故杜为此解，刘以为《鲁颂》不得与《周颂》同而规杜氏，非也。"（《春秋左传正义》，阮刻《十三经注疏》，中华书局1980年版，第2008页）

怒，其政乖。亡国之音哀以思，其民困。①

《诗大序》上述理论与《礼记·乐记》相关思想有直接的承继关系。《礼记·乐记》说："声音之道与政通矣。"②这是中国古代对于礼乐制度中"乐"的作用的一种基本认识。另一方面，前引《左传·襄公二十九年》明确说到季札请观之乐为"周乐"，谈到鲁乐工为季札表演周乐时所用术语是"歌"。既然是"歌"，其中必定有人声，而非单纯只有器乐之音。既然如此，说"季札只论《颂》之乐曲，不论三《颂》所颂之人德之高下，功之大小"，难以令人信服。何况《商颂》在任何意义上都不能被称为"周乐"，所以，没有理由可以认为鲁国乐工所歌的《颂》中包括《商颂》。

鲁乐工所演"周乐"既然不包括《商颂》，那么，《商颂》是如何编入《诗经》之中的呢？前引清人陈奂所说"《诗》在鲁。鲁有《鲁颂》，又有《商颂》，遂加'周'以别之"，暗含了《鲁颂》和《商颂》系鲁人编入《诗经》中的思想。皮锡瑞《经学通论》"论先鲁后殷新周故宋见乐纬三《颂》有《春秋》存三统之义"条说：

> 《诗》之次序，春秋之年月，皆夫子手定，必有微言大义，而非专袭旧文。"述而不作"，是夫子谦辞。若必信以为真，则夫子手定六经，并无大义微言，《诗》《书》止编辑一过，《春秋》止抄录一过，所谓万世师表者安在？③

"《诗》三《颂》有通三统之义"或为今文学家的臆断。但皮锡瑞关于孔子与《诗经》及《春秋》关系的论述却是值得肯定的。

---

① 《毛诗正义》，阮刻《十三经注疏》，中华书局1980年版，第270页。
② 《礼记正义》，阮刻《十三经注疏》，中华书局1980年版，第1527页。
③ 皮锡瑞：《经学通论·诗经》，《经学通论》，中华书局1954年版，第49页。

关于孔子与《春秋》的关系，当代学者有很透彻的解说，认为历代所说孔子作《春秋》，即对鲁国的国史《春秋》作修订工作，无可怀疑。[①]至于孔子与《诗经》的关系，由近年来新材料的发现，亦获得进一步的证明。[②]

无论《商颂》是否为孔子编入《诗经》之中，但《商颂》和《鲁颂》为鲁人编入，殆无可疑。《鲁颂》的问题，本书后面再作详谈，这里主要谈一谈《商颂》。

我们知道，周代有王室向各诸侯国赐乐、诸侯向臣下赐乐的制度。[③]但周王朝向各国赐乐，却无转赐《商颂》之理。所以《商颂》进入鲁国，要考虑其他途径。《礼记·明堂位》说："凡四代之服器官，鲁兼用之，是故鲁王礼也，天下传之久矣。君臣未尝相弑也，礼乐刑法政俗，未尝相变也，天下以为有道之国，是故天下资礼乐焉。"[④]天下资以礼乐，揆之以情理，当包括相邻的宋国所"资"《商颂》在内。

周人一贯推崇殷商古乐。据《史记·周本纪》，周武王伐纣时，数落纣的罪行之一就是"断弃其先祖之乐"[⑤]。作为周族的一个重要分支，鲁人持有同样的观念。这是鲁人将《商颂》编入《诗经》的重要思想基础。

据孔子自述，其"正乐"后，"《雅》《颂》各得其所"[⑥]，说明《商颂》保存在《诗经》中与孔子有密切的关系。这一事实反映了孔子什么样的文化心理特征？这一心理特征与商周文化的关系又是如何的呢？

---

① 李学勤：《孔子与〈春秋〉》，《缀古集》，上海古籍出版社1998年版，第16—22页。
② 参见马承源主编：《上海博物馆藏战国楚竹书（一）》，上海古籍出版社2001年版；李学勤主编：《清华大学藏战国竹简（壹）》，中西书局2010年版；李学勤主编：《清华大学藏战国竹简（叁）》，中西书局2012年版；姚小鸥：《〈清华大学藏战国竹简〉与〈诗经〉学史的若干问题》，《文艺研究》2013年第8期。
③ 《礼记·王制》："天子赐诸侯乐，则以柷将之。赐伯子男乐，则以鼗将之。"（《礼记正义》，阮刻《十三经注疏》，中华书局1980年版，第1332页）《左传·定公四年》记有周赐鲁人礼乐之事。（《春秋左传正义》，阮刻《十三经注疏》，中华书局1980年版，第2134—2135页）《左传·成公二年》记有卫侯赐新筑大夫于奚诸侯乐之事。（《春秋左传正义》，阮刻《十三经注疏》，中华书局1980年版，第1893页）
④ 《礼记正义》，阮刻《十三经注疏》，中华书局1980年版，第1492页。
⑤ 《史记》，中华书局1959年版，第121页。
⑥ 《论语注疏》，阮刻《十三经注疏》，中华书局1980年版，第2491页。

我们知道，孔子在先秦时代就被认为是华夏文化的集大成者。《孟子·万章下》说："孔子之谓集大成。"① 在"集大成"的过程中，对于构成华夏文化的各种文化因子，孔子都持兼容并包的态度。其中，孔子最为推崇的是周文化。他认为周文化承继了夏商文化的精髓并发扬光大之，是华夏文明的光辉结晶。他说："周监于二代，郁郁乎文哉，吾从周。"② 孔子梦想建立一个以西周王朝为蓝本的理想社会。曾说："如有用我者，吾其为东周乎！"③ 对于周文化的代表人物周公旦，他怀有崇高的敬意。直到晚年，孔子还慨叹："甚矣吾衰也，久矣吾不复梦见周公。"④ 作为周代礼乐文明代表的周公曾经常常出现在孔子的梦中，直到晚年还念念不忘。

另一方面，孔子没有忘记自己是殷人的后裔。他曾说："而丘也，殷人也。"在即将去世的前七天，孔子向自己最亲近的学生之一子贡述说，头一天的夜里，他梦见自己"坐奠于两楹之间"，而殷人是"殡于两楹之间"的。孔子由是预言自己"殆将死也"。⑤

当代学者曾仔细分析过孔子的深层心理结构，认为它是一种多元统一的双向结构。一方面，孔子把自己看成是周代制度与文化的继承者。另一方面，孔子又对构成当时华夏文明的其他部族的文化，抱着涵容的态度。对于自己所从出的殷商族的文化，孔子更是在内心深处具有强烈的倾斜。⑥ 这一心理结构是研究孔子与《诗经》（包括《商颂》）关系的重要切入点。

关于宋、鲁两国的密切文化联系及《商颂》在鲁国的影响，古人及近代学者皆有谈及。扬雄《法言》所谓"公子奚斯睎正考甫"云云，认为《鲁颂》的某些篇章如《閟宫》对《商颂》有模仿之处。王国维说："（鲁国）作颂不摹

---

① 《孟子注疏》，阮刻《十三经注疏》，中华书局1980年版，第2741页。
② 《论语注疏》，阮刻《十三经注疏》，中华书局1980年版，第2467页。
③ 《论语注疏》，阮刻《十三经注疏》，中华书局1980年版，第2524页。
④ 《论语注疏》，阮刻《十三经注疏》，中华书局1980年版，第2481页。
⑤ 《礼记正义》，阮刻《十三经注疏》，中华书局1980年版，第1283页。
⑥ 参见李炳海：《孔子种族意识的双向结构》，《齐鲁学刊》1990年第2期。

《周颂》而摹《商颂》，盖以与宋同为列国，同用天子之礼乐，且《商颂》之作，时代较近，易于摹拟故也。"①静安先生的这一说法似流于表面。

众所周知，作为同姓诸侯的鲁国曾是周王朝在东方最为可靠的柱石。据《史记·鲁周公世家》记载，周公曾自祷代成王病，"藏其策于府"。后来成王因故打开金縢得知此事，"执书以泣"。"于是成王乃命鲁得郊祭文王。鲁有天子礼乐者，以褒周公之德也。"②由此可知，鲁有天子之乐者，乃指鲁国在一定的场合可以使用周天子才可以使用的礼乐。③宋国则"于周为客"④，在政治上与周王朝存在距离。宋人"奉其先祀"⑤当然是使用自己的前代礼乐即商王朝之古乐。所以笼统来说，鲁、宋两国都是使用天子之乐，但具体来讲，一为周天子所用之乐，一为自传前朝的商代古乐，二者是很不相同的。

总之，今日所见《商颂》，大部为殷商旧作，个别如《殷武》，亦颇用前代成语。其音乐与《商颂》其他部分当不有大异。王国维先生所谓"时代较近，易于摹拟"之类，决非的论。所能解释者，盖由前述各种原因，鲁人颇为重视宋国保存的殷商文化。故其编订《诗经》保留《商颂》若干，顺理成章。

综上所述，《商颂》是殷商祭祖的颂歌。商朝灭亡以后，宋国作为殷人后裔，奉其先祀，《商颂》由此保存在宋国。殷周易代之际，殷商古乐对周人影响甚大，制礼作乐颇多借鉴，从而增加了周礼在文化上的丰厚性。周礼成为华夏诸族的共同文化规范以后，周文化对商—宋系统的文化也有深刻影响。《商颂》依赖周人的文化经典《诗经》才得以流传于后世，从一个侧面反映了这一历史现象。《商颂》流传过程所表现出的殷周文化融合的纵向与横向作用，在华夏民族形成的历史上颇为典型，是一极具理论意义的文化个案。

---

① 王国维：《说商颂》，《观堂集林》，中华书局1959年版，第117页。
② 《史记》，中华书局1959年版，第1516—1523页。
③ 事实上，周公在武王去世后曾称王。参见姚小鸥：《"王若曰"与周公称王问题》（待刊）。
④ 《左传·昭公二十五年》载宋右师乐大心语。《春秋左传正义》，阮刻《十三经注疏》，中华书局1980年版，第2109页。
⑤ 《史记·宋微子世家》，《史记》，中华书局1959年版，第1621页。

第二章 《周颂·大武乐章》与西周礼乐制度的奠基

第一节 《大武乐章》的作年与篇章归属

《诗经·周颂》中可考知作于周初（武王、成王时期）的诗篇中，有被称为《大武》和《三象》的两组诗。它们对于研究《周颂》乃至整个《诗经》的思想内容、断代编年与成书过程等都有很大的意义。

《大武》在近代学术史上一般被称为《大武乐章》。在历史文献的记载中，有时也被单称为《武》。这显然是取自其中有代表性的一篇的篇名。关于《大武》的创作情况，在先秦文献中有较丰富的记述。《左传·宣公十二年》：

> 武王克商，作颂曰："载戢干戈，载櫜弓矢。我求懿德，肆于时夏，允王保之。"又作《武》，其卒章曰："耆定尔功。"其三曰："铺时绎思，我徂维求定。"其六曰："绥万邦，屡丰年。"夫《武》，禁暴、戢兵、保大、定功、安民、和众、丰财者也。故使子孙无忘其章。[①]

《庄子·天下篇》：

[①] 《春秋左传正义》，阮刻《十三经注疏》，中华书局1980年版，第1882页。

武王、周公作《武》。①

《吕氏春秋·古乐》：

> 武王即位，以六师伐殷。六师未至，以锐兵克之于牧野。归，乃荐俘馘于京太室，乃命周公为作《大武》。②

根据《逸周书》，我们还可以推测出《大武乐章》创作的更为具体的时间。虽然《逸周书》的可靠性曾经长期受到疑古学派的怀疑，但近年来学者的研究，证明它不是伪书，并且其中的若干篇章确实是可靠的周初文献，《世俘篇》就是其中的一篇。在《世俘篇》中，有关于《大武乐章》创作时间的相关记载。

《逸周书·世俘篇》："甲寅，谒伐殷于牧野，……籥人奏《武》。"③李学勤先生指出，"谒"字训为告。"谒伐殷"的"伐"原误为"我"，这个字一般从卢文弨校为"戎"，是不正确的。"谒伐殷"意即以伐商于牧野之事告于先王。④根据《利簋》的铭文⑤，我们可以知道武王克商之日确如文献所言在甲子日。李学勤先生在前举文中还细排武王克商的历谱，指出当从前人所说克商前用殷正，克商后用周正。故自甲子克商，至甲寅告庙，共50天，李先生所排历谱如下：

甲申旬　一月壬辰旁死魄、癸巳

甲午旬

---

① 郭庆藩：《庄子集释》，中华书局1961年版，第1074页。
② 高诱注：《吕氏春秋》，《诸子集成》第六册，上海书店1986年版，第53页。
③ 黄怀信等：《逸周书汇校集注》，上海古籍出版社2007年版，第427—428页。
④ 李学勤：《〈世俘篇〉研究》，《史学月刊》1988年第2期。
⑤ 《利簋》铭曰："武王征商。隹甲子。朝，岁鼎（贞），克。昏，夙有商。辛未，王在阑师，赐有事利金，用作檀公宝尊彝。"为便排版，用通行字体。标点参见姚小鸥：《〈利簋〉铭文与中国古代史书的书法体例》（待刊）。

甲辰旬

甲寅旬　二月既死魄（庚申）

甲子旬　甲子、丁卯、戊辰、壬申

甲戌旬　辛巳

甲申旬　甲申

甲午旬　四月乙未、庚子

甲辰旬　四月既旁生魄乙巳、庚戌、辛亥、壬子、癸丑

甲寅旬　甲寅、乙卯

李先生指出，"《武》的演奏，可能即以此为初次"[①]。我们可以由此得知，至迟到武王克商之后的第 50 天，《大武》已经创作出来了。这一结论对于研究《诗经》的断代编年极为重要。因为它是《诗经》中最早作于周代的诗篇，可以在《诗经》的断代编年研究中起到类似青铜器断代研究中标准器的作用。

到目前为止，在对《大武乐章》的研究中，还存在许多悬而未决的问题。包括它所含篇目，都因文献有阙而不能尽详。历史上的《诗经》研究者对此多有考索，但没有得到完全一致的结论。近代学者的研究，以王国维《周〈大武乐章〉考》首开肇端，高亨、孙作云、张西堂、杨向奎等对此均有论述。综观其说，可谓仁智互见。谨将各家所定《大武》篇名及次序，排列于下：

王国维：《昊天有成命》《武》《酌》《桓》《赉》《般》[②]

高亨：《我将》《武》《赉》《般》《酌》《桓》[③]

孙作云：《酌》《武》《般》《赉》（缺一）《桓》[④]

[①] 李学勤：《〈世俘篇〉研究》，《史学月刊》1988 年第 2 期。

[②] 王国维：《周〈大武乐章〉考》，《观堂集林》，中华书局 1959 年版，第 104—108 页。

[③] 高亨：《周颂考释（上）》，《中华文史论丛》1963 年第 4 辑，第 94 页。

[④] 孙作云：《周初大武乐章考实》，《诗经与周代社会研究》，中华书局 1966 年版，第 239—258 页。

张西堂：《时迈》《武》《赉》《般》《酌》《桓》①
杨向奎：《武》《时迈》《赉》《酌》《般》《桓》②

以上各家关于《大武乐章》篇目次第的拟定皆有不同，在具体问题的论辨方面也都有各自的贡献和缺陷，但有一点是相同的，即一致认为《大武》含《周颂》六篇，并无异词。其所以立论，又皆源于对《礼记·乐记》的理解。《礼记·乐记》引述孔子与宾牟贾论乐时的一段对话，涉及《大武乐章》的许多问题。《乐记》说：

> 宾牟贾侍坐于孔子，孔子与之言及乐曰："夫《武》之备戒之已久，何也？"对曰："病不得其众也。""咏叹之，淫液之，何也？"对曰："恐不逮事也。""发扬蹈厉之已蚤（早），何也？"对曰："及时事也。""《武》坐致右宪左，何也？"对曰："非《武》坐也。"……子曰："唯，丘之闻诸苌弘，亦若吾子之言是也。"宾牟贾起，免席而请曰："夫《武》之备戒之已久，则既闻命矣，敢问迟之迟而又久，何也？"子曰："居，吾语汝。夫乐者，象成者也。总干而山立，武王之事也。发扬蹈厉，太公之志也。《武》乱皆坐，周、召之治也。且夫《武》始而北出，再成而灭商，三成而南，四成而南国是疆，五成而分周公左、召公右，六成复缀，以崇天子。夹振之而驷伐，盛威于中国也。分夹而进，事蚤济也。久立于缀，以待诸侯之至也。……若此，则周道四达，礼乐交通，则夫《武》之迟久，不亦宜乎？"③

《乐记》中的这段话记述《大武乐章》的演出共分"六成"，并且阐释了

---

① 张西堂：《周颂"时迈"本为周大武乐章首篇说》，《人文杂志》1959年第6期。
② 杨向奎：《宗周社会与礼乐文明》，人民出版社1997年版，第345—346页。
③ 《礼记正义》，阮刻《十三经注疏》，中华书局1980年版，第1541—1543页。

每一成的内涵与象征。学者以此认为《大武乐章》中当含有诗歌六篇。王国维《周〈大武乐章〉考》引《乐记》中有关内容后说："是《武》之舞凡六成，其诗当有六篇也。"①

以乐舞之"成"释诗之篇数，王氏此论可以说代表了有关这一问题的普遍观点。然而这却是一个绝大的误解。兹就此详论如下。

"成"本是先秦时代一个有关"乐"的术语，它指某一完整的"乐"的组合的演出完成。将该组"乐"演出一遍，称为"一成"，数遍即数成。《大武乐章》的演出，据《乐记》称共有六成，那么就是说，该乐的演出需六遍才最终完成。"成"这个先秦时代乐的术语的确切含义，到汉代人们已经搞不太明白了，于是将《大武》"六成"解为六章，遂定《大武》中含有《周颂》六篇，从而造成许多相互歧异的猜测，治丝益棼，成为《诗经》研究史上一桩久悬未决的公案。

作为乐的术语，"成"字在先秦旧籍中出现得并不少。《论语·八佾》：

　　子语鲁太师乐，曰："乐其可知也。始作，翕如也；从之，纯如也，皦如也，绎如也，以成。"②

这里孔子相当生动地描述了"成"——一个完整的乐的演出的全过程。孟子曾用"成"这个有关"乐"的术语来比喻孔子对于礼的精神的全面继承和发展。孟子说：

　　孔子，圣之时者也。孔子之谓集大成。集大成也者，金声而玉振之也。金声也者，始条理也；玉振之也者，终条理也。始条理者，智之事也，终

---

① 王国维：《周〈大武乐章〉考》，《观堂集林》，中华书局1959年版，第104页。
② 《论语注疏》，阮刻《十三经注疏》，中华书局1980年版，第2468页。

条理者，圣之事也。①

孟子之所以用"成"来作比，乃由于它在当时是一种常识。文献所载古代典礼用乐的记载中，许多名乐的演出都有数成，《大武》"六成"并非罕见。《尚书·益稷》："箫韶九成，凤皇来仪。"《孔传》："备乐九奏，而致凤皇。"②《孔传》所谓的"备乐"，就是我们在前面所说的某一完整的乐的演出组合。"九奏"就是演奏九遍。《周礼·大司乐》：

> 凡六乐者，一变而致羽物，及川泽之示。再变而致赢（裸）物，及山林之示。三变而致鳞物，及丘陵之示。四变而致毛物，及坟衍之示。五变而致介物，及土示。六变而致象物，及天神。

《郑注》：

> 变犹更也。乐成则更奏也。③

《吕氏春秋·古乐》：

> 夏龠九成。

高诱《注》：

---

① 《孟子注疏》，阮刻《十三经注疏》，中华书局1980年版，第2741页。
② 《尚书正义》，阮刻《十三经注疏》，中华书局1980年版，第144页。
③ 《周礼注疏》，阮刻《十三经注疏》，中华书局1980年版，第789页。

九成，九变。①

上引《大司乐》的《郑注》与《吕氏春秋》的高诱《注》等表明在乐的演出中，每成即每遍的演奏间都有某种变化。从音乐方面来说，这可以包括变奏等曲调上的变化，也表现在配器上。《尚书·益稷》：

> 戛击鸣球，搏拊琴瑟以咏，祖考来格。……下管鼗鼓，合止柷敔，笙镛以间，鸟兽跄跄。箫韶九成，凤皇来仪。②

上述文献的记载通过演出过程及效果的描述，表现了乐的各"成"间音乐的变化。演奏逐渐趋向高潮，最终以完满的形式结束。这应该就是孟子所谓的"大成"。由于古代的"乐"包括舞容在内，所以《尚书·益稷》所述《韶》乐及我们现在所讨论的《大武》的演出中，每成间的变化当然也包括舞容的变化在内。这是需要明确的。

作为一个完整的乐的组合的"成"即"备乐"的完成也单称"备"，所以在某些情况下"备"和"成"可以互训。《仪礼·燕礼》：

> 工歌《鹿鸣》《四牡》《皇皇者华》……笙入，立于县（悬）中。奏《南陔》《白华》《华黍》……乃间歌《鱼丽》，笙《由庚》；歌《南有嘉鱼》，笙《崇丘》；歌《南山有台》，笙《由仪》。遂歌乡乐。《周南》：《关雎》《葛覃》《卷耳》。《召南》：《鹊巢》《采蘩》《采蘋》。太师告于乐正曰："正歌备。"

---

① 高诱注：《吕氏春秋》，《诸子集成》第六册，上海书店1986年版，第53页。
② 《尚书正义》，阮刻《十三经注疏》，中华书局1980年版，第144页。

《郑注》：

> 正歌者，声歌及笙各三终，间歌三终，合乐三终为一备。备亦成也。①

虽然"备""成"可以互训，但是这两个术语的适用语言环境是有区别的。"成"是一般通用的描述语言，而"备"则是乐官实际操作中的工作用语。《周礼·乐师》：

> 凡乐成，则告备。②

《礼记·乡饮酒义》：

> 工入，升歌三终，主人献之。笙入三终，主人献之。间歌三终，合乐三终。工告乐备，遂出。③

除上引文外，前引《燕礼》文亦为其例。"成"可训为"备"，依《庄子》，"备"有"该""遍"之意。《庄子·天下篇》："古之人其备乎！配神明，醇天地，育万物，和天下，……其运无乎不在。""天下大乱，贤圣不明，……虽然，不该不遍，一曲之士也。判天地之美，析万物之理，察古人之全，寡能备于天地之美，称神明之容。"④ 由上引《庄子》文，我们可以进一步证实"成"在一般语义上也的确具有"完备"的文化内涵。

古乐中和"成"相对的另一个术语是"终"。"终"表示"成"即"备乐"

---

① 《仪礼注疏》，阮刻《十三经注疏》，中华书局1980年版，第1021页。
② 《周礼注疏》，阮刻《十三经注疏》，中华书局1980年版，第794页。
③ 《礼记正义》，阮刻《十三经注疏》，中华书局1980年版，第1684页。
④ 郭庆藩：《庄子集释》，中华书局1961年版，第1067—1069页。

中较小的音乐单位（一般指某一支歌曲或乐曲）的演唱或演奏完毕。《逸周书·世俘》："献《明明》三终。""龠人奏《崇禹生开》三终。"①《仪礼·大射仪》："乃歌《鹿鸣》三终。""乃管《新宫》三终。"② 前引《燕礼》及其《郑注》、《礼记·乡饮酒义》亦皆为例证。

一"终"乐的文学文本呈现，就《诗经》而言，即一篇诗。出土文献为此提供了新证。《清华大学藏战国竹简（壹）·耆夜》篇记述周武王八年"戡黎"归来，在文王太室行饮至礼，君臣饮酒作歌：

（武）王夜（舍）爵酬毕公，作歌一终曰《乐乐旨酒》："乐乐旨酒，宴以二公。任仁兄弟，庶民和同。方壮方武，穆穆克邦。嘉爵速饮，后爵乃从。"

王夜（舍）爵酬周公，作歌一终曰《輶乘》："輶乘既饬，人服余不胄。虞士奋甲，緐民之秀。方壮方武，克燮仇雠。嘉爵速饮，后爵乃复。"

周公夜（舍）爵酬毕公，作歌一终曰《赑赑》："赑赑戎服，壮武赳赳。毖精谋猷，裕德乃救。王有旨酒，我忧以㱃。既醉有侑，明日勿慆。"

周公或夜爵酬王，作祝诵一终曰《明明上帝》："明明上帝，临下之光。不（丕）显来格，歆厥禋盟。於……。月有盈缺，岁有歇行。作兹祝诵，万寿无疆。"

周公秉爵未饮，蟋蟀趯降于堂，[周]公作歌一终曰《蟋蟀》："蟋蟀在堂，役车其行。今夫君子，不喜不乐。夫日□□，□□□荒。毋已大乐，则终以康。康乐而毋荒，是惟良士之方方。蟋蟀在席，岁矞云莫。今夫君子，不喜不乐。日月其迈，从朝及夕。毋已大康，则终以祚。康乐而毋[荒]，是惟良士之懼懼。蟋蟀在舒，岁矞[云]□，□□□□，□□□□，

---

① 黄怀信等：《逸周书汇校集注》，上海古籍出版社2007年版，第428、429页。
② 《仪礼注疏》，阮刻《十三经注疏》，中华书局1980年版，第1033、1034页。

□□□□□，□□□□。毋已大康，则终以惧。康乐而毋荒，是惟良士之瞿瞿。"①

《耆夜》篇提供的先秦资料进一步证明了，作为古乐术语的"终"，既非指一组乐，亦非一支歌曲或乐曲的局部。就其文学文本的呈现来说，不是指一组诗，亦非指某篇诗中之一章。②

"成"与"终"有联系但也有区别，这一点在礼书以外的其他先秦文献中也可考见。《周易·坤卦·六三》："含章，可贞。或从王事，无成有终。"王弼《注》："有事则从，不敢为首，故曰'或从王事'也。不为事主，顺命而终，故曰'无成有终'也。"《孔疏》："'或从王事，无成有终'者，言六三为臣，或顺从于王事，故不敢为事之首，主成于物，故云'无成'。唯上唱下和，奉行其终，故云'有终'。"③《王注》《孔疏》已竭力辨析"成"与"终"对举之义，揭示二者区别。然于其实质，尚有未触及之处。古来说此爻辞者，若从研究礼乐制度中之"成""终"概念入手，更可探得个中三昧。

我们之所以特别指出"成"与"终"二者在意义上的相互区别，是因为人们有一种普遍的误解，以为"终"和"成"意义相同，可以互训。这种错误最早见于《礼记·乐记》和《燕礼》"记"的郑玄《注》中。这应该是造成后世有关概念混乱并导致历代误解《乐记》有关部分意义的根源。

《乐记》的《郑注》说："成犹奏也。每奏《武》曲一终为一成。"④由于很难说"《武》曲"是多大的音乐单位，所以我们在这里只能批评郑玄混用了音乐术语，还难以进行更进一步的分析。而《郑注》以"管之入三成谓三终也"来解

---

① 李学勤主编：《清华大学藏战国竹简（壹）》，中西书局2010年版，第150页。
② 《清华简·芮良夫毖》中有"芮良夫乃作毖再终"，"吾用作毖再终"之语（李学勤主编：《清华大学藏战国竹简（叁）》，中西书局2012年版，第145、146页），亦为诗篇称"终"之例。
③ 《周易正义》，阮刻《十三经注疏》，中华书局1980年版，第18页。
④ 《礼记正义》，阮刻《十三经注疏》，中华书局1980年版，第1542页。

释《燕礼》的"记""笙入三成"①，就显然是混淆了"终"与"成"这两个概念。

王国维曾对郑玄以管、笙为一的说法提出严厉的批评，以为这种说法"无一当矣"。王氏并且注意到《郑注》此误与《燕礼》"记"有关。他备举诸经有关记载，校明《燕礼》"记"与诸经牴牾之处；并以"'记'之言未晰耳，《礼》经中'记'之作远在经后"这样的话，以及"'记'文备记礼变，往往如此。特语欠明辨，当以《大射仪》经文为正"，婉转但相当明确地表示了对《燕礼》"记"所言内容的怀疑和对"记"的可靠性的否定。②虽然王氏的主要结论在于说明古乐演出中管、笙异同之理，但他所使用的材料和方法，实际上已经充分说明了《燕礼》"记"的记述及郑玄有关"成"的注释是不可靠、不正确的。所以它不能作为学者立论的依据。

《仪礼·士冠礼》："记，冠义。"《贾疏》："凡言'记'者，皆是记经不备，兼记经外远古之言。"③依《贾疏》所言，《仪礼》每章所附之"记"，是传习礼经者所记经外传闻，那么，即使不能说它是所谓"不经之论"，至少也不属于"正经"的范畴。以此观之，《燕礼》"记"中出现上述芜杂舛错之言本不足怪。《郑注》以"终"训"成"之误亦由之而来。按照古人依经作注的传统，这一错误实可谅解。但我们今天必须知其错误之所在，才能廓清是非。这也是我们不得不作出上述大有学院气的近乎繁琐的考据的原因。

现在我们已经知道，在先秦礼乐制度中，"成"与"终"是所示内容区别很大的两个术语。"成"表示某一完整的"乐"（如前面我们曾例举的《韶》乐、《大武》及我们后面将要讨论的《三象》等）的演出的完成；而术语"终"则表示"乐"中某些较小的单位（一般是某一支声歌，如《鹿鸣》《关雎》，或某一支乐曲，如《白华》《华黍》）的演出完成。所以《礼记·乐记》所谓《大武》六成之说并不能说明《大武乐章》包含《诗经》篇章的数目。

---

① 《仪礼注疏》，阮刻《十三经注疏》，中华书局1980年版，第1025页。
② 王国维：《观堂集林》，中华书局1959年版，第84—97页。
③ 《仪礼注疏》，阮刻《十三经注疏》，中华书局1980年版，第958页。

既然不能依据《乐记》关于《大武》六成的记载来确定其篇数,我们只能另从其他途径来探索这一问题。关于这一问题最为重要的另一个参考文献是《左传》。依前引《左传·宣公十二年》文可知,春秋时期楚人所传《大武乐章》至少含《周颂》七篇。第三篇为《赉》,第六篇为《桓》,其"卒章"为《武》。

关于《大武乐章》的"卒章"为《武》这一点,学术界历来有所争论。马瑞辰《毛诗传笺通释》认为这里的"卒章"当为"首章",他说:

> 《乐记》言《武》乐六成,《左传》言武王作《武》,其六曰"绥万邦,屡丰年",以《桓》为《武》之六章,即卒章也,则《武》之诗当为首章。而《左传》引诗"耆定尔功"以为卒章者,"卒章"盖"首章"之讹。《朱子集传》云《春秋传》以此为《武》之首章,盖宋时所见《左传》原作首章耳。①

高亨先生也认为"卒章"必为误字,然而他不同意马氏"卒章"为"首章"之伪的说法,他认为《左传》中所说的"卒章"当为"次章"之误,他说:

> 《大武》之诗有六章。《左传·宣公十二年》……似《武》原有七章者,而实不然。盖《大武》之舞既有六成,则《大武》之诗必为六章。方克舞歌相配,成章相当。其证一也。古人引诗必依其序,不能先引卒章,后引三章、六章。其证二也。然则卒章之卒必为误字。马瑞辰曰:"卒章盖首章之讹。"按首卒形甚相远,首无由误为卒。余谓卒当作次,形近而误。此章"耆定尔功"一句,见今本《诗·武》之篇。其文曰:"嗣武受之,胜殷遏刘,耆定尔功。"而《乐记》云:"武再成而灭商",灭商之舞容,既属再

---

① 马瑞辰:《毛诗传笺通释》,中华书局1989年版,第1089页。

成,则胜殷之诗句,必在次章。①

"卒章"不能为"首章"之讹,确如高亨先生所言。因为"卒""首"两字,形、音皆不相近,无由讹伪。马氏引《诗集传》只是孤证,又系晚出之书,不能作为的证。然而高先生所说"卒"当为次之误,其理由也不成立。首先,和"卒章"不能讹作"首章"的理由一样,"卒""次"两字的字形并不相近,无由致误。其次,高先生与马瑞辰一样,以为"《大武》之舞既有六成,则《大武》之诗必为六章。方克舞歌相配,成章相当"。我们在前面已经证明《乐记》所谓《大武》六成之说与《大武乐章》所含诗篇数目没有必然的联系,所以这一理由也就不能成立。再次,高先生以为"古人引诗必依其序,不能先引卒章,后引三章、六章"。这一似乎是很坚实的理由其实也是站不住脚的。大量事实说明古人引《诗》并不一定按高先生所说的顺序,即便在高先生谈到的《左传·宣公十二年》所记当时人引用《大武》的事例中,就有相反的证据。

《左传·宣公十二年》中,有两次谈到当时的人们引用《大武乐章》的内容,除前引楚庄公之语外,还有随武子(即士会)之言。士会引用《大武》论证关于"抚弱耆昧"的理论,说:

《汋》曰"於铄王师,遵养时晦",耆昧也。《武》曰:"无竞惟烈。"抚弱耆昧,以务烈所,可也。②

《汋》即《酌》,高亨先生已经指出:《左传》《荀子》并引篇名作《汋》,《仪礼》《礼记》并作《勺》。酌、汋、勺同声系,古通用。③《毛传》:"《酌》,

---

① 高亨:《周颂考释》(上),《中华文史论丛》1963年第4辑,第94页。
② 《春秋左传正义》,阮刻《十三经注疏》,中华书局1980年版,第1879页。
③ 高亨:《周颂考释》(下),《中华文史论丛》1965年第6辑,第102页。

告成《大武》也。言能酌先祖之道，以养天下也。"① 可见以《酌》系《大武》中的一篇，古来即有定说。在士会所引的《诗》中，《酌》列于《武》前。而诸家所列《大武乐章》的次序，包括高先生自己所拟在内，《酌》都列于《武》后。这是不移之铁证，足以推翻高先生的前述论证。

那么，如何解释《左传·宣公十二年》两处引《大武乐章》而次第不同的问题呢？我们发现，古人引《诗》、用《诗》确有一定章法，不会乱引、乱用。但其规律又不像高先生所言那样简单。我们认为，首先，在诗篇的内容上，《左传》引《诗》、用《诗》有断章取义的一面，这是大家所公认的，不用多谈。另一方面，就本文所涉及《左传》而言，尚体现出古人引《诗》、用《诗》的其他规律。

《左传》中，"楚子曰：'非尔所知也。夫文，止戈为武。'"先引用典故以立论，又引《诗》为证："武王克商，作颂曰：'载戢干戈，载櫜弓矢。我求懿德，肆于时夏，允王保之。'又作《武》，其卒章曰：'耆定尔功。'其三曰：'铺时绎思，我徂维求定。'其六曰：'绥万邦，屡丰年。'"最后，总结说："夫武，禁暴、戢兵、保大、定功、安民、和众、丰财者也，故使子孙无忘其章。"② 前后呼应，体现了楚子议论的核心思想。其所引《诗》的内容是为了证明这一理论的正确，故诗篇的排列顺序必然要和它们相适应，而和诸诗篇在《诗经》中原有的排列顺序不必相吻合。这种引《诗》、用《诗》的原则，在古代各种文献，从《论语》到《韩诗外传》的引《诗》、用《诗》中，都有体现。

前引《左传》所载士会之引《诗》，也体现了上述原则。士会先引典籍立论说："见可而进，知难而退，军之善政也。兼弱攻昧，武之善经也。子姑整军而经武乎！犹有弱而昧者，何必楚？"又引《古尚书》与《诗》为证："仲虺有言曰，'取乱侮亡'，兼弱也。《汋》曰'於铄王师，遵养时晦'，耆昧也。《武》

---

① 《毛诗正义》，阮刻《十三经注疏》，中华书局1980年版，第604页。
② 《春秋左传正义》，阮刻《十三经注疏》，中华书局1980年版，第1882页。

曰：'无竞惟烈。'"最后，总结说："抚弱耆昧，以务烈所，可也。"① 杨伯峻《春秋左传注》指出，"见可而进"等，清人刘文淇《春秋左氏传旧注疏证》"此疑出古兵家者言"；"兼弱攻昧"等，沈钦韩《春秋左传补注》已指出它出于《逸周书·武称》："攻弱而袭不正，武之经也。"② 可见士会也是先引据经典立论，然后相应引《诗》为证，所引《诗》的次第与诗篇本身的次序并不一定相合。士会引《诗》、用《诗》与"楚子曰"引《诗》、用《诗》的规律相同，再次证明《左传·宣公十二年》"楚子曰"所引《大武乐章》关于《武》为卒章的言辞不误，《大武乐章》中至少含《诗》七篇殆无疑问。

在解决《大武乐章》篇数问题之后，再一个需要解决的问题是它的具体篇目。由前引《左传》可以明确属于《大武乐章》的《诗》公认有三篇，即《武》《赉》《桓》。《毛诗序》又以《武》《酌》属《大武乐章》，为古今学者所认可。那么，两者相加，不计重叠，得《大武》篇目共四篇。其余篇目则需根据诗篇内容及有关文献加以稽索。

近代学者中，首先探寻上述四篇之外的《大武》篇目者是王国维先生。在《周〈大武乐章〉考》这篇文章中，王国维先生提出《昊天有成命》与《般》两篇当属《大武》。他说：

> 案《祭统》云："舞莫重于《武·宿夜》。"是尚有《宿夜》一篇。《郑注》："宿夜，武曲名也。"《疏》引："皇氏云，师说《书》传云，武王伐纣，至于商郊，停止宿夜，士卒皆欢乐歌舞以待旦，因名焉。《武·宿夜》其乐亡也。熊氏云，此即《大武》之乐也。"③

王氏从文字形义及《诗经》命篇体例等入手，结合多种古代文献，经过考

---

① 《春秋左传正义》，阮刻《十三经注疏》，中华书局1980年版，第1879页。
② 杨伯峻编著：《春秋左传注》，中华书局1981年版，第725页。
③ 王国维：《周〈大武乐章〉考》，《观堂集林》，中华书局1959年版，第105页。

证以后，认为"宿夜"一词当即《诗经》中多见之"夙夜"，并以此为线索，考察含有"夙夜"一词的《周颂》四篇内容，认为《昊天有成命》当为《大武》诸篇之一。他说：

> 今考《周颂》三十一篇，其有"夙夜"字者凡四。《昊天有成命》曰："夙夜基命宥密。"《我将》曰："我其夙夜，畏天之威。"《振鹭》曰："庶几夙夜，以永终誉。"《闵予小子》曰："维予小子，夙夜敬止。"而《我将》为祀文王于明堂之诗，《振鹭》为二王之后助祭之诗，《闵予小子》为嗣王朝庙之诗，质以经文，《序》说不误。惟《昊天有成命》，《序》云："郊祀天地也。"然郊祀天地之诗，不应咏歌文武之德。又郊以后稷配天，尤与文武无涉。盖作《序》者见此诗有"昊天"字而望文言之。若《武·夙夜》而在今《周颂》中，则舍此篇莫属矣。（王氏自注："《诗》有'成王不敢康'语。《周语》及贾子《新书》载叔向说此诗，以成王为武王之子、文王之孙。然《书·酒诰》云：'成王畏相'，又云'惟助成王德显'，是'成王'乃殷周间成语。《笺》云，文王、武王成此王功，殆是也。"）如此则《大武》之诗已得五篇。其余一篇疑当为《般》。何则？《酌》《桓》《赉》《般》四篇次在《颂》末，又皆取诗之义以名篇。前三篇既为《武》诗，则后一篇亦宜然。此《武》诗六篇之可考者也。[1]

王国维氏关于《大武乐章》的考证结论及其方法影响巨大，几乎近代以来所有的《大武乐章》研究者都以此为出发点，高亨先生即为较早的一位。高先生虽然采用了王国维的研究方法，但他的结论与王国维不同。高先生认为王氏以"夙夜"作为稽考《大武》篇目的重要线索是正确的，但《大武》中含有"夙夜"一词的诗篇应当是《周颂》中的另一篇诗《我将》，而非《昊天有成

---

[1] 王国维：《周〈大武乐章〉考》，《观堂集林》，中华书局1959年版，第105—106页。

命》。他说：

> 《毛诗序》皆望文立义，不可从。今考《振鹭》乃天子飨诸侯所歌之诗，《闵予小子》乃成王遭变自警、告文武之庙兼示群臣之诗，其非《大武》之一章明甚。而《昊天有成命》亦非《武》之一章。盖《大武》之乐，乃象武王之武功，而《昊天有成命》乃颂扬成王之德，经辞既有明文，《国语》亦有故说，其非《大武》之一章，诚有确证。然则《宿夜》一章，当为《我将》矣。①

按王国维先生在《遹敦跋》中曾说：

> 周初诸王若文、武、成、康、昭、穆，皆号而非谥也。……《书·酒诰》首"王若曰"，《释文》云："马本作'成王若曰'。注云：'言成王者，未闻也。俗儒以为成王骨节始成，故曰成王。或曰，以成王为少成二圣之功，生号曰成王，没因为谥。卫、贾以为戒康叔以慎酒，成就人之道也，故曰成。此三者吾无取焉。吾以为后录书者加之，未敢专从，故曰未闻也。'"案马所云俗儒，谓今文欧阳大小夏侯三家。是《酒诰》首句三家今文并卫、贾、马古文皆作"成王若曰"。又《顾命》："越翌日乙丑，王崩。"《释文》云："马本作'成王崩'。"《汉书·律历志》《白虎通·崩薨篇》引《顾命》皆同。《史记·鲁世家》："周公曰：'吾成王之叔父。'"又云："必葬我成周，以明吾不敢离成王。"是成王乃生时之称。②

依王氏以上所论，足以推翻前引《周〈大武乐章〉考》中关于成王之自注，

---

① 高亨：《周颂考释》（上），《中华文史论丛》1963 年第 4 辑，第 95 页。
② 王国维：《观堂集林》，中华书局 1959 年版，第 895—896 页。

从而证明《昊天有成命》中之成王确实即武王之子、文王之孙。则王氏以《昊天有成命》为《大武》之一篇自然难以成立。高先生汲取了王国维先生《周〈大武乐章〉考》的理论精华，而否定了王氏具体分析中不够合理的内容，其态度、方法与结论都很有价值。虽然《毛诗序》不尽如高亨先生所言都是"望文立义"，高先生所言有稍过之处，但他关于《大武》篇目的其他具体分析确实大有可取。《昊天有成命》一篇既如高亨先生所言是颂扬成王之德，则《我将》在现存《周颂》诸篇中确实是《大武乐章》最适当的入选篇目之一。

关于《周颂》中可能列入《大武乐章》的其他篇目，张西堂先生提出《时迈》一篇。在"《大武》六成"的框架内，张先生赞成王国维先生关于《般》为《大武》之一章的推断，但不同意王国维氏关于《武·宿夜》的分析。张西堂先生以为，《武·夙夜》"是舞曲之名，是有声无词的曲调，"所以不能是《诗》篇之名。这一说法和他对王国维关于《武·宿夜》研究的批评都有过于武断之嫌。但他将《时迈》列入《大武乐章》之中确实是有见地的。从方法上来说，张西堂先生关于《大武》篇目中应列入《时迈》一说的学术贡献首先在于他不以辞害意，能结合《左传·宣公十二年》"楚子曰"引《诗》、论《诗》的全部内容，而不拘泥于个别辞语。张先生在引用"楚子曰"所说"武有七德"之论后指出：

> 楚庄王这一段话，夫武，禁暴、戢兵、保大、定功、安民、和众、丰财，是综合《时迈》《武》《赉》《桓》四篇的思想内容而言，他所说的"武有七德"是将《时迈》也计算在内的《武》，很明显地，《时迈》是《武》的第一篇。"禁暴、戢兵"是指《时迈》中的"载戢干戈，载櫜弓矢"而言。保大是指《时迈》中的"我求懿德，肆于时夏，允王保之"句而言。"定功"是指《武》篇的"耆定尔功"而言。"安民"是指所引《赉》篇的"铺时绎思，我徂惟求定"而言。"和众、丰财"是指《桓》篇的"绥万邦，屡丰年"而言。孔颖达《左传》正义也一再告诉我们说："传言克商作

颂者，包下三篇，皆述武王之事。"又说："楚子既引四篇，乃陈七德，则四篇之内，有此七者之义：戢干戈、櫜弓矢，禁暴、戢兵也。时夏、保之，保大也。耆定尔功，定功也。我徂维求定，安民也。绥万邦，和众也。屡丰年，丰财也。"……孔疏虽未明言《时迈》在《大武》中，但说四篇之内，有此七者之义，可见是将此篇也作为《大武》诗的一篇的。楚庄王说的这一段话，必定是包含《时迈》一篇在内，所以才能说出武有七德。不然，保大一词将无所指。孔疏是没有弄错的。①

张先生还从对《礼记·乐记》的有关内容分析入手，对《时迈》属于《大武》一说作了进一步的论证。《乐记》关于这一问题有如下一段话：

且女（汝）独未闻牧野之语乎？武王克殷反商（《郑注》："反商当为及，字之误也。及商谓至纣都也。《牧誓》曰：'至于商郊牧野。'"），未及下车，而封黄帝之后于蓟，封帝尧之后于祝，封帝舜之后于陈，下车而封夏后氏之后于杞，投殷之后于宋，封王子比干之墓，释箕子之囚，使之行商容而复其位。庶民弛政，庶士倍禄。济河而西，马散之华山之阳，而弗复乘。牛散之桃林之野，而弗复服。车甲衅而藏之府库，而弗复用。倒载干戈，包之以虎皮。将帅之士，使为诸侯。名之曰建櫜。（《郑注》："建读为键，字之误也。兵甲之衣曰櫜。键櫜言闭藏兵甲也。《诗》曰：'载櫜弓矢。'"）然后天下知武王之不复用兵也。②

《时迈》一诗中的"载戢干戈，载櫜弓矢"之句的原意是否以示天下"武王之不复用兵"是一回事，但很明显，《乐记》的作者及注释者的确是这样理解

---

① 张西堂：《周颂"时迈"本为周大武乐章首篇说》，《人文杂志》1959年第6期。引者按：原文中书名号皆用引号代替，今改用通行书名号。

② 《礼记正义》，阮刻《十三经注疏》，中华书局1980年版，第1542—1543页。

的。正因为《乐记》作者所闻见的《大武乐章》之内容如此，所以才会有这种解说。如果与前引《左传》"楚子曰"两两对照，可见楚子的原意中，《大武乐章》是包括《时迈》在内的。此可证，至少春秋时期，楚国流传的《诗经》本子与《乐记》作者所闻见的《大武乐章》的内容如此。

我们对张西堂先生的这项论断还有一点补充。张先生在前引文中曾提到，"后人因为《国语》上说《时迈》是周文公之诗，因而误会《时迈》与《大武乐章》不是一回事"。对于这项疑问，张文中没有作出回答，使他的大文留下了一点遗憾。我们认为这是应该回答的问题。因为《国语》是先秦时期的可靠历史文献，《国语》中如果确实有关于《大武乐章》作者的异说，是应该予以高度重视的。那么，实际情况是怎么样呢？《国语·周语上》说：

> 穆王将征犬戎，祭公谋父谏曰："不可。先王耀德不观兵。夫兵戢时而动，动则威，观则玩，玩则无震。是故周文公之《颂》曰：'载戢干戈，载櫜弓矢。我求懿德，肆于时夏，允王保之。'先王之于民也，懋正其德而厚其性，阜其财求而利其器用，明利害之乡，以文修之，使务利而避害，怀德而畏威，故能保世以滋大。"①

韦昭《注》："文公，周公旦之谥也。《颂》，《时迈》之诗也。武王既伐纣，周公为作此诗，巡守、告祭之乐歌也。"②《国语》言《时迈》一篇为周公所作，从另一个方面证明我们的推测是正确的。前面我们曾引用《左传》《庄子》和《吕氏春秋》的有关记载。在这些记载中，有关《大武乐章》的作者有三种不同的表述。《左传》是"武王克商，作颂曰……"《庄子》是"武王周公作《武》"。《吕氏春秋》是"武王即位……乃命周公作为《大武》"。将上述三种貌似不同

---

① 《国语》，上海古籍出版社 1978 年版，第 1 页。
② 《国语》，上海古籍出版社 1978 年版，第 2 页。

的说法进行深入分析以后可以知道，这三种说法其实是一致的。克商后下令作《大武》的是武王，具体进行操作的是周公。因为武王不但是周人的政治军事领袖，而且在宗法制度中还是周人的氏族首领和宗教首领。在以《大武乐章》向祖先告成武功时，武王是决策者和主持人。

众所周知，在克商后的政治与文化的整合中，周公则不但是著名的制礼作乐者，在稍后，还是实际政治运作的决策者。研究表明，在克商不久，武王去世后，周公曾登上王位摄政。[①] 将《大武乐章》系之武王或周公，抑或说是武王周公合作，都反映了当时的历史事实。所以前引《国语》及其《韦注》都只是进一步说明了这一问题的真相。

总之，《时迈》为周初武王命周公所作之颂诗，有《左传》《国语》等多种可靠的先秦文献的记载。考其内容，从思想内涵到表述方式两方面来看，与《大武》各篇，尤其是《般》极为类似。若将《周颂》相关诸篇皆纳于《大武》之中，而独使此篇游离其外，在逻辑上是很难讲通的。

这样，我们已经证明《大武乐章》七篇皆存于今本《诗经》之中，即《时迈》《我将》《赉》《酌》《般》《桓》《武》。为便于读者，下面将《大武乐章》诸篇绎释如下：

一 《时迈》

时迈其邦，昊天其子之，实右序有周。薄言震之。莫不震叠。怀柔百神，及河乔岳。允王维后。明昭有周，式序在位。载戢干戈，载櫜弓矢。我求懿德，肆于时夏，允王保之。

"时迈其邦"，即"此天下万国"之意。《毛诗传笺通释》说句中的"时"字

[①] 参见郭伟川编：《周公摄政称王与周初史事论集》，北京图书馆出版社1998年版。并参见姚小鸥：《"王若曰"与周公称王问题》（待刊）。

当训为"是"。① "迈",张西堂先生说当作"万"字,金文"万年"多作"迈年",是其证。② 高亨先生说同③,可从。"邦"即"邦国"之意。

"昊天其子之",张西堂先生引申《郑笺》"子爱"说,以为"子"当读为"慈"。④ 此句言上天垂爱周人。

"实右序有周","右"即"佑"。"序",高亨先生和张西堂先生皆以为当训为"予"。高先生以为释作"我也",张先生以为释作"付予"。⑤ 我们以为当从马瑞辰《毛诗传笺通释》训为"助"。⑥ 这句是说,"上天保佑并帮助周人"。

"薄言震之,莫不震叠",大意是说周人的武力震慑万邦。"叠",《毛传》训为"惧"⑦,可从。

"怀柔百神,及河乔岳",这两句是说百神皆降临,安受祭享,所祭祀并及四岳河神。

"允王维后",高亨先生以为"允"当读为"似",借为"嗣"⑧,极是。"后",训为"君",又含其"嗣王"之本意。本句言嗣王(此处指武王)确实堪为君主。

"明昭有周,式序在位","昭"即"照","式"为语词,无实义,"序"训"助"。这两句是说:明明上天,照临下土,保佑周人的天下。

"载戢干戈,载櫜弓矢",载,乃也。戢,收藏。櫜,盛装武器或衣甲的袋子。这两句是说希望从此不再使用武器,即祈祷周人的天下安稳之意。

"我求懿德","懿"训为"美"。此处的"美德"与后世所言判然有别。"我

---

① 马瑞辰:《毛诗传笺通释》,中华书局1989年版,第1055页。
② 张西堂:《周颂"时迈"本为周大武乐章首篇说》,《人文杂志》1959年第6期。
③ 高亨:《周颂考释》(上),《中华文史论丛》1963年第4辑,第100页。
④ 张西堂:《周颂"时迈"本为周大武乐章首篇说》,《人文杂志》1959年第6期。
⑤ 高亨:《周颂考释》(上),《中华文史论丛》1963年第4辑,第101页;张西堂:《周颂"时迈"本为周大武乐章首篇说》,《人文杂志》1959年第6期。
⑥ 马瑞辰:《毛诗传笺通释》,中华书局1989年版,第1055页。
⑦ 《毛诗正义》,阮刻《十三经注疏》,中华书局1980年版,第589页。
⑧ 高亨:《周颂考释》(上),《中华文史论丛》1963年第4辑,第101页。

"求懿德"不是说自求道德完善之意，而是希望求得最好的治理天下的方略。

"肆于时夏"，《郑笺》说"肆"当训为"陈"①，可从。马瑞辰《毛诗传笺通释》以为此句与《周颂·思文》"陈常于时夏"相类。②"陈常于时夏"即"立为天下的标准"。这两句是说祈求上天保佑，给予最好的治理天下的方略，即周人常说的"明德"。

"允王保之"，"允王"即前述之"嗣王"，此句言嗣王可确保周王朝的天下。

由上述内容可知，此篇为周人取得天下后祭祀百神时所唱乐歌。

二 《我将》

我将我享，维羊维牛。维天其右之。仪式刑文王之典，日靖四方。伊嘏文王，既右飨之。我其夙夜，畏天之威，于时保之。

"我将我享，维羊维牛"，《郑笺》训"将"为"奉"，训"享"为"享祭"③，可从。"维羊维牛"一作"维牛维羊"。本篇隔句为韵，故当以《毛诗》"维羊维牛"为正。

"维天其右之"，言祈求上天保佑周人之意。

"仪式刑文王之典"，《郑笺》："我仪则式象法行文王之常道。"所释正确。"仪式刑"三字同义并称，《诗经》中有此用法。④

"文王之典"即"文王之德"，对此，后面我们将作详细论述。

"日靖四方"言祈求天下太平之意。这两句与《时迈》中"我求懿德，肆于时夏"意近。

---

① 《毛诗正义》，阮刻《十三经注疏》，中华书局1980年版，第589页。
② 马瑞辰：《毛诗传笺通释》，中华书局1989年版，第1058页。
③ 《毛诗正义》，阮刻《十三经注疏》，中华书局1980年版，第588页。
④ 清人马瑞辰说："仪、式、刑皆可训法。诗中有三字同义并称者，如'乱离瘼矣'及'维清缉熙'，皆与此句法相类。朱子《集传》：'仪、式、刑，皆法也。'义本《郑笺》，其说是也。"《毛诗传笺通释》，中华书局1989年版，第1054页。

"伊嘏文王，既右飨之"，"伊"为发语词，无实义。"嘏"，读为"昭假"之"假"，训为"格"。这两句是说文王来格飨食，必保佑子孙。

"我其夙夜，畏天之威，于时保之"，"夙夜"字面意义为"日夜"，实则表示"敬"的意思，详第六章。这三句是说，时王既秉持"文王之德"，又恪敬天命，必能长保天下。

周人以文王配天神祭享，《时迈》为祭天神，此篇主要祭文王，并表示时王敬畏天命，以求长保天下之意。

三 《赉》

文王既勤止，我应受之。敷时绎思！我徂维求定，时周之命。於绎思。

"文王既勤之，我应受之"，《毛传》："勤，劳；应，当；绎，陈也。"《郑笺》："文王既劳心于政事，以有天下之业，我当而受之。"[1] 按《宗周钟铭》"王肇遹省文武勤疆土"，可证此"文王勤之"中的"勤"非泛言"劳苦"，更非一般的"劳心"，而是指"文王肇西土"之功绩。高亨先生认为，"应"当训为"膺"，即"膺受"之意[2]，可从。"文王既勤止，我应受之"二句为武王口气，言文王奠定克商之大基，而我今受此大命。

"敷"《左传·宣公十二年》引作"铺"，皆当读为"普"。"时"读为"世"。"绎"字借为"怿"，喜悦。[3] "思"为句末语气词，无实义。

"我徂维求定"之"徂"，释为"往"，言武王伐商之举。"求定"，即安定天下。

"时周之命"，"时"借为"承"。马瑞辰《毛诗传笺通释》说："时与承一

---

① 《毛诗正义》，阮刻《十三经注疏》，中华书局1980年版，第605页。
② 高亨：《周颂考释》（下），《中华文史论丛》1965年第6辑，第107页。
③ 高亨：《诗经今注》，上海古籍出版社1980年版，第507页。

声之转，古亦通用。"① 可见此句是说周人得天下后，天下诸侯皆服从。《逸周书·世俘篇》言武王克商之后，立即分封诸侯，故能得天下诸侯拥戴。（引文及说解详下节）

"於绎思"三字，当读为"於！绎思"。"於"为表示喜悦的感叹词，"绎思"字用法同"敷时绎思"。

本篇所言，是西周初年人们经常表达的思想。《大盂鼎铭》："丕显文王，受天有大命，在武王嗣文作邦，闢厥匿，匍（敷）有四方，畯正厥民。"② 鼎铭所表达的思想，可以说与本篇大体相似。《毛诗序》"赉，予也"③，言天赐周人以大命。其他文献与金文的记载和本篇内容恰相吻合，可以互证，说明我们对本篇的认识是接近事实真相的。

四 《酌》

於铄王师，遵养时晦。时纯熙矣，是用大介。我龙受之。蹻蹻王之造，载用有嗣，实维尔公允师。

"於铄王师"，读为"於！铄王师"。"於"为感叹词，"铄"字高亨先生疑当读为"灼"，与作为本篇篇名的"酌"实为一字。④ 古人对神明先祖与最高统治者的美赞之词多用"昭""明""皇"等，意义、用法与此大体相同。

"遵养时晦"，《毛传》："遵，率。养，取。晦，昧也。"⑤ 马瑞辰《毛诗传笺通释》指出，"'遵养时晦'承上'於铄王师'而言，言用王师以取是晦昧也。晦昧既除，则天下清明，故下即接言'时纯熙矣'"⑥。马氏此说通达可从。

---

① 马瑞辰：《毛诗传笺通释》，中华书局1989年版，第1121页。
② 王辉：《商周金文》，文物出版社2006年版，第65—66页。本文引用时用通行字体。
③ 《毛诗正义》，阮刻《十三经注疏》，中华书局1980年版，第605页。
④ 高亨：《周颂考释》（下），《中华文史论丛》1965年第6辑。
⑤ 《毛诗正义》，阮刻《十三经注疏》，中华书局1980年版，第604页。
⑥ 马瑞辰：《毛诗传笺通释》，中华书局1989年版，第1116页。

"时纯熙矣，是用大介"，"纯熙"意为"大光明"，"大介"即"大善"。"大光明"即"会朝清明"（《大雅·大明》语）。以上大意是说，率领光荣的王师推翻了黑暗的纣的统治，是一件值得庆祝的大好事。

"我龙受之"即《赉》篇之"我应受之"。马瑞辰指出，其用法与《逸周书·祭公解》"用应受天命"略同。①我们理解，实际即指周人膺受天命而言。

"蹻蹻王之造"，"蹻蹻"勇武之貌，"王之造"即"王之成"，亦即英勇的王师所取得的胜利。

"载用有嗣"，近人多从《郑笺》释为"有司"，即王所任命的官吏，不妥。当从马辰瑞释为"后嗣"之意。

"实维尔公允师"，"尔公"指"先公"，"师"训为师法之师。此句言，因时王能遵循先公先王之遗则，才得此胜利。

《毛诗序》说此篇大旨为"告成大武也，言能酌先祖之道以养天下也"。本篇既为告成之词，故先向祖先报告伐殷大胜，膺受天命，即"以其成功告于神明"。其后，又告以得胜之由，乃遵循先祖遗训之结果，为"美盛德之形容"。此篇体例内容，正符合颂诗之定则。

五 《般》

於皇时周，陟其高山，隨山乔岳，允犹翕河。敷天之下，裒时之对，时周之命。

"於皇时周"，"於"为叹词，"皇"为美赞之词，全句与《时迈》篇的"明昭有周"意近。"陟其高山"，《毛传》："高山，四岳也。"②《仪礼·觐礼》："祭天燔柴，祭山、丘、陵升，祭川沉，祭地瘗。"③本篇为祭祀山川之诗，故言"陟

---

① 马瑞辰：《毛诗传笺通释》，中华书局1989年版，第1118页。
② 《毛诗正义》，阮刻《十三经注疏》，中华书局1980年版，第605页。
③ 《仪礼注疏》，阮刻《十三经注疏》，中华书局1980年版，第1094页。

其高山"。所以，此处之"高山"并非狭义的"四岳"。

"隋山乔岳，允犹翕河"，"隋"训为"椭"，有"长"的意思。"乔"训高。"犹"读为"猷"。《尔雅·释言》："猷，若也。"《广雅·释诂》："猷，顺也。"是"允犹"即"允若"，"允若"即"允顺"①，"翕"训"合"。本句形容河流依山蜿蜒汇合之貌。

"敷天之下"即"溥天之下"。

"裒时之对"，《毛传》："裒，聚也。"《郑笺》："对，配也。遍天之下众山川之神皆如是配而祭之。"②按此句之"对"应释为《大雅·皇矣》"帝作邦作对"之"对"，意为"邦国"。本句与《时迈》篇"时迈其邦"意思相近，意即"天下之万国"。

"时周之命"，"时"借为"承"，全句与《赉》篇第五句相同，言周人得天命抚有天下，诸侯皆臣服。

《毛诗序》说此篇大旨为"巡守而祀四岳河海也"。细绎全篇，不当为写巡守之诗。篇中所祀为山岳，由祭祀者目力所及，兼言河川，与海无涉。此篇命名为"喜乐"之意。《诗经》中篇名多取自篇首字词，此篇与《赉》篇之命名，大有异趣。

六 《桓》

绥万邦，娄丰年。天命匪解。桓桓武王，保有厥士，于以四方，克定厥家。於昭于天，皇以间之。

"绥万邦，娄丰年"，"娄"即"屡"。本句《左传·宣公十二年》释为"和众丰财"，为武之"七德"之二。"绥万邦"的思想，在周初文献中屡屡出现，

---

① 马瑞辰:《毛诗传笺通释》，中华书局1989年版，第1123页。
② 《毛诗正义》，阮刻《十三经注疏》，中华书局1980年版，第605页。

在《大武乐章》中也多次以各种方式表达出来，这里不再赘述。

"天命匪解"是"受天有大命"与"时周之命"的另一种表达，直接的意思是说天命不离周人。

"桓桓武王，保有厥士"，"桓桓"，威武貌，形容武王之武功。"厥士"当为"厥土"，形近而讹（马瑞辰等人说①）。

"于以四方，克定厥家"，"于"当训为"乃"，"以"训为"有"，"于以四方"意略同于《大盂鼎》之"匍（敷）有四方"。"克定厥家"意为能定周人之天下。古人家天下，故有此说，不必如《郑笺》释为"能定其家先王之业，遂有天下"②。

"於昭于天，皇以间之"，"於"为叹词，"昭"训为"明"，美赞之词，如《大雅·文王》："文王在上，於昭于天。""皇"为美赞上天之词。"间"，旧训为"代"，意为上天以武王代纣为君。高亨先生以为"间"当训为"视"，"谓上天煌煌然以监视下方"。③按《大雅·大明》有"明明在下，赫赫在上"和"天监在下，有命既集"之语，与此意思接近。高说可通。

《毛诗序》："桓，讲武类禡也。桓，武志也。"《郑笺》："类也，禡也，皆师祭也。"④"类"与"禡"都是师祭即军队所用祭名。《释文》："桓，武志也。本或以此句为注。"阮元《校勘记》比勘各本，指出"桓，武志也"一句，孔颖达《正义》认为系《诗序》之文，乃言命篇之意。即如《释文》所言，确为旧注，亦说明汉代或其以前的学者已经认定此篇为周人誓师祭祀之用，可以说明本篇的基本性质。

---

① 马瑞辰：《毛诗传笺通释》，中华书局1989年版，第1120页；高亨：《周颂考释》（下），《中华文史论丛》1965年第6辑，第105页。
② 《毛诗正义》，阮刻《十三经注疏》，中华书局1980年版，第604页。
③ 高亨：《周颂考释》（下），《中华文史论丛》1965年第6辑，第106页。
④ 《毛诗正义》，阮刻《十三经注疏》，中华书局1980年版，第604页。

七 《武》

於皇武王，无竞维烈。允文文王，克开厥后。嗣武受之，胜殷遏刘，耆定尔功。

"於皇武王"，"於"为叹词，"皇"为美赞之词。

"无竞维烈"句亦见《周颂·执竞》。《执竞》言"执竞武王，无竞维烈"，"执竞"为形容武王勇猛之词，"无竞"之"竞"用法与之相同。"烈"为美赞武王功业之词，与"皇""昭"等相近。《周颂·烈文》在歌颂"烈文辟公"时，指出其功业是"念兹戎功，继序其皇之。无竞维人，四方其训（顺）之"。涵义与本篇及《执竞》相近。

"允文文王"，"允"训"信"，"文"为歌颂文王功德之词，并非是说文王无武功，本书对此较为详细的说明，此处不再赘述。

"克开厥后"，言文王打下了克商的基业。

"嗣武受之"，"嗣"训"继承"，在当时语境中有后王（武王）肖似前王（文王等）的内涵。与《酌》篇"载用有嗣"意近。

"胜殷遏刘"，言克商之大肆杀伐。

"耆定尔功"，"耆"训"致"，本句言武王之克商，致定周人数代克商之志。"尔"指太王、文王等先公先王而言（见《逸周书·世俘》所祀）。[①] 近人多以为"尔"指武王，似非。

此篇为武王命周公所作告成诗，为"美盛德之形容，以其成功告于神明者也"。内容一为歌颂武王之克商功业，二为向先王告成，兼及歌颂前王，并非专门歌颂武王之作。

以上《大武乐章》诸篇之排列次序。除《左传》有记述者外，酌参诸家论

[①] 黄怀信等：《逸周书汇校集注》，上海古籍出版社 2007 年版，第 424 页。

证臆补，不敢以为必是，敬待方家指正。

第二节　早期周礼的文化特征与《大武乐章》的思想内涵

前节，我们主要就前人关于确定《大武乐章》篇目的根据，对相关语词进行了考证；就今本《诗经》中《大武》篇目的归属问题，对有关文献进行了考辨。而要彻底解决《大武乐章》的篇目问题，更重要的前提是对它的中心内容要有一个正确的认识。实际上，所有学者在讨论《大武乐章》的篇目问题时，都曾涉及它的内容。不过几乎所有的人都是依据《乐记》所谓"《大武》六成"的说解来讨论的。近年来，学术界有人注意到《乐记》的历史观点有不可靠的地方，提出应该依据《左传》中"楚子曰"重新对这一问题进行检讨。比如杨向奎先生就提出："不能根据《乐记》中的'孔子曰'来定《大武》的程序及舞容。那一大段'孔子曰'只能代表西汉人的见解，'孔子曰'其实不如'楚子曰'，楚人的见解是可取的。"[①] 杨向奎先生说的"楚子曰"，即前文所引《左传·宣公十二年》所载楚庄王言。

从近年来人们对先秦文献产生与流传过程的认识来看，不存在真正传自先秦的"伪书"。[②] 中国先秦时期的各学术流派对所持学术观点的表述和传递一般都有其师承和来历，《乐记》关于《大武乐章》舞容的描述绝不会是凭空杜撰。但其解说对殷商之际历史的比附痕迹过重，有些也并不符合当时的实际情况。尤其关于《大武》核心思想的看法与周初人们的历史观相去甚远。至于《左传》中的"楚子曰"对《大武》内容的演绎，虽系据当时记录，较《乐记》似更为可靠，但杂有不少春秋时人的想法，其论说带有"赋诗断章"的味道。尤其是

---

① 杨向奎：《关于周公制礼作乐》，《文史知识》1986年第6期。
② 李学勤：《对古书的反思》，《简帛佚籍与学术史》，江西教育出版社2001年版。

其中"止戈为武"的"禁暴"思想,更非《大武》精神实质之所在。

《大武》是武王克商归来的告成之辞。《毛传》:"《酌》,告成《大武》也。言能酌先祖之道,以养天下也。"① 这一说解,代表了先秦《诗》家对《大武》基本内容的概括,这种概括基本上可以说是正确的。

古人举大事必告祖先。据《逸周书·世俘篇》,武王克商,归来告庙,其仪式自庚戌至乙卯,前后共达六天,极为隆重:

第一天,庚戌,武王朝至于周,降自车,即"俾史佚繇书于天号"。"繇书于天号"据孔晁注为"使史佚用书,重荐俘于天也"。② 随后,在郊举行了荐俘于天的第一步仪式。荐俘于天以后,转入周庙举行祀典。向周人的祖先献俘。"武王乃夹于南门用俘","太师负商王纣悬首白旂、妻二首赤旂,乃以先馘入,燎于周庙"。③

第二天,辛亥,典礼仍在两处举行。在郊"用簹于天位",又"荐俘殷王鼎"。④ 根据《逸周书·克殷篇》及其他文献如《史记·周本纪》,此处所说的"殷王鼎"很可能就是著名的"九鼎"。此后武王来到周庙,"秉黄钺,语治庶国",又"秉黄钺,正国伯"。

第三天,壬子,武王又到周庙,"秉黄钺,正邦君"。⑤

"语治"当为发布文诰。"国伯"为诸侯之长,"邦君"即诸侯。可知武王两天中紧张地处理封黜诸侯的大政。

第四天,癸丑,"荐殷俘王士百人"。

第五天,甲寅,"谒伐殷于牧野",即以伐殷战胜之事告庙。"簹人奏《武》","王入,进万"⑥,以表现武王之勇武。

---

① 《毛诗正义》,阮刻《十三经注疏》,中华书局1980年版,第604页。
② 黄怀信等:《逸周书汇校集释》,上海古籍出版社2007年版,第437页。
③ 黄怀信等:《逸周书汇校集释》,上海古籍出版社2007年版,第439、440页。
④ 黄怀信等:《逸周书汇校集释》,上海古籍出版社2007年版,第421页。
⑤ 黄怀信等:《逸周书汇校集释》,上海古籍出版社2007年版,第425页。
⑥ 黄怀信等:《逸周书汇校集释》,上海古籍出版社2007年版,第428页。

第六天，乙卯，武王率各诸侯"祀馘于周庙"，同一天还祭祀百神、水土与社，作为整个典礼的结束。①

类似以上事例在先秦典籍中多有记载，亦见于金文如《大盂鼎铭》②《小盂鼎铭》③。前举《左传·宣公十二年》记楚人战胜晋人，楚臣潘党提议"筑武军而收晋尸以为京观"。楚庄王在否定这一炫耀武功的动议后，犹言所应当做的事是"其为先君宫，告成事而已"，于是遂"祀于河，作先君宫，告成事而还"。④可见告成武功是不易之则。

《大武》既是武王克商归来之告成诗，其内容当然首先是陈述武功，必然充满杀伐之气。故孔子对其颇有微词，以为它"尽美矣，未尽善也"⑤。孔子对它的批评恰恰是反映了《大武》的真正历史面貌，符合周代诗歌，实际亦包括整个周代观念形态的文化由"美"到"善"的历史发展过程。由于对《大武》基本精神并非"禁暴"而是颂扬武功这一点认识不够，所以在历史上产生了对《大武乐章》认识的一系列问题。比如《郑笺》将"胜殷遏刘"这样充满血腥气的话解释为"举兵伐殷而胜之，以止天下之暴虐而杀人者"。⑥今人不察，竟多从之，即受前述误解影响所致。

"胜殷遏刘"，言克殷之大肆杀伐。马瑞辰《毛诗传笺通释》对此有精当的解说：

《尔雅·释诂》："灭，绝也。"虞翻《易注》："遏，绝也。"是遏、灭二字同义。"胜殷遏刘"谓胜殷而灭杀之，犹《周语》云"蔑杀其民人"也。遏刘二字平列，与成十三年《左传》"虔刘我边垂"，《书·君奭》"咸

---

① 李学勤：《〈世俘篇〉研究》，《史学月刊》1988年第2期。
② 参见李学勤：《大盂鼎新论》，《郑州大学学报》1985年第3期。
③ 参见李学勤：《小盂鼎与西周制度》，《历史研究》1987年第5期。
④ 《春秋左传正义》，阮刻《十三经注疏》，中华书局1980年版，第1883页。
⑤ 《论语注疏》，阮刻《十三经注疏》，中华书局1980年版，第2469页。
⑥ 《毛诗正义》，阮刻《十三经注疏》，中华书局1980年版，第597页。

刘厥敌"同义。杜注《左传》云："虔、刘，皆杀也。"王尚书云："咸与灭古字通，咸、刘皆灭也。"是知遏、刘亦皆灭耳。《笺》谓"遏止天下之杀人者"，失之。①

按《尚书·牧誓》载武王伐纣誓词，备数其罪：

今商王受，惟妇言是用，昏弃厥肆祀弗答，昏弃厥遗王父母弟不迪，乃惟四方之多罪逋逃，是崇是长，是信是使，是以为大夫卿士，俾暴虐于百姓，以奸宄于商邑。②

这段话《史记·周本纪》作：

今殷王纣维妇人言是用，自弃其先祖肆祀不答，昏弃其家国，遗其王父母弟不用，乃维四方之多罪逋逃是崇是长，是信是使，俾暴虐于百姓，以奸轨于商国。③

《史记·周本纪》所引《太誓》言武王伐纣，告于众庶之语是：

今殷王纣乃用其妇人之言，自绝于天，毁坏其三正，离逷其王父母弟，乃断弃其先祖之乐，乃为淫声，用变乱正声，怡说妇人。④

《尚书》与《史记》数落纣罪的名目虽小有不同，但都没有言其杀人过甚。

---

① 马瑞辰：《毛诗传笺通释》，中华书局1989年版，第1089—1090页。
② 《尚书正义》，阮刻《十三经注疏》，中华书局1980年版，第183页。
③ 《史记》，中华书局1959年版，第122页。
④ 《史记》，中华书局1959年版，第121页。

而与《大武》创作时间接近的《尚书·武成篇》，据孟子引述，却有"流血漂杵"之语。二者孰是，可见一斑。又据《逸周书·世俘篇》，周人克殷之役及连带之征伐杀戮俘掠甚夥。共"馘国九十有九国"，"服国六百五十有二"。斩杀"亿有万七千七百七十有九"，"俘人三亿万有二百三十"①，"俘商旧宝玉万四千，佩玉亿有八万"②。足资参证。

既然《大武》的首要内容为颂扬武功，那么，当代学人为什么一致倾向于接受所谓"禁暴、戢兵"的看法呢？我们认为，这大概是对周礼道德内容的历史演变过程考虑得不够充分的缘故。

王国维在《殷周制度论》中，比较殷周之际的文化变革时，认为周人最大的文化成就在于其道德的完成及道德武器的运用。王氏说：

> 欲观周之所以定天下，必自其制度始矣。周人制度之大异于商者，一曰立子立嫡之制。由是而生宗法及丧服之制，并由是而有封建子弟之制，君天子、臣诸侯之制。二曰庙数之制。三曰同姓不婚之制。此数者，皆周之所以纲纪天下。其旨则在纳上下于道德，而合天子、诸侯、卿大夫、士、庶民，以成一道德之团体。周公制作之本意，实在于此，此非穿凿附会之言也。③

侯外庐在《中国思想通史》卷一中，分析周王名号之道德内容，支持王说。他认为，"周人因袭了殷人的文字，自周金以文王开始以来，自称的名号中就有含道德意义的字样"，"周代世王以道德称呼为原则"。"这里指出'有孝有德'的思想，只是说明一个贯通周代文明社会的道德纲领，在这纲领之下，周初新的道德概念出现甚多，如敬、穆、恭、懿等。""到了文明社会才有权利与义务

---

① 黄怀信等：《逸周书汇校集注》，上海古籍出版社2007年版，第435页。
② 黄怀信等：《逸周书汇校集注》，上海古籍出版社2007年版，第446页。
③ 王国维：《观堂集林》，中华书局1959年版，第453—454页。

的分别，同时也才有依据此分别而形成的道德规范，周代道德律的出现是历史发展的必然结果。"①

以上引文的结论，现今仍然在学术界具有广泛的影响。对周人道德内容的分析评价，从总体上来说，今人并未脱出孔子学说的窠臼。孔子在《论语》中曾赞美周文王说：

三分天下有其二，以服事殷。周之德，可谓至德也已矣。②

在《论语》中，先秦道德概念中的"文""武"两者的区分已经是非常明显了。孔子尤其服膺周人之德中平和仁义的"文德"。这一思想的影响所及，使现今学者在理解《大武乐章》这样宣扬"武德"的诗篇时也难以摆脱其影响。

高亨先生在《诗经今注》中，将《周颂·武》"允文文王"句中头一个"文"字解释为"有文德"；在注《清庙》时，解释"文德"即"属于文事方面的才德"。③杨伯峻先生在注《左传·昭公三十二年》"崇文德焉"一句时，以为即当《论语》"远人不服，则修文德以来之"句中的"文德"讲，而此"文德"，杨先生在《论语译注》中译为"仁义礼乐"的政教。④在这方面，杨伯峻先生与高亨先生的见解可以说是基本相同的。这些认识，是在当今学术界比较有代表性的观点。

如果考察周初文献，可以发现，今人对周人道德内容，尤其是周初"文王之德"一语或"文德"一词的理解，与周人自己在使用该词语时的意思并不相同。今人对它的解释，也往往与历史事实不相符合。我们知道，周人崛起于西

---

① 侯外庐等：《中国思想通史》卷一，人民出版社 1957 年版，第 88—93 页。
② 《论语注疏》，阮刻《十三经注疏》，中华书局 1980 年版，第 2487 页。
③ 高亨：《诗经今注》，上海古籍出版社 1980 年版，第 496、475 页。
④ 杨伯峻编著：《春秋左传注》，中华书局 1981 年版，第 1517 页；《论语译注》，中华书局 1980 年版，第 173 页。

土,至商末,虽与"大邑商"相比,仍然是"小邦周",但实力确已大大增强。古人称周人在商末时"三分天下有其二",但这并非由于其"耕者皆让畔,民俗皆让长"①的仁义教化所致,而是在连年征战中用武力夺得,史迹甚明。据《史记·周本纪》记载:

(文王)明年,伐犬戎。明年,伐密须。明年,败耆国。殷之祖伊闻之,惧,以告帝纣。纣曰:"不有天命乎?是何能为!"明年,伐邘。明年,伐崇侯虎,而作丰邑。自岐下而徙都丰。……

武王即位,太公望为师,周公旦为辅,召公、毕公之徒左右王,师修文王绪业。

九年,武王上祭于毕。东观兵,至于盟津。为文王木主,载以车,中军。武王自称太子发,言奉文王以伐,不敢自专。②

为什么武王伐商要以文王的名义呢?这就涉及"文王之德"即"文德"的历史真相了。我们发现,在《诗经》中,周人所作歌颂文王的诗篇里,对于文王的"武功"并不讳言。《大雅·文王有声》即明言:"文王受命,有此武功。既伐于崇,作邑于丰。"在《大雅·皇矣》一篇中,周人叙述自己的开国史,对于文王的功业,更有详细的记录。

《大雅·皇矣》诗有八章,诗的前四章歌颂了太王、大伯、王季的事迹,后四章主要歌颂了文王"肇国在西土"的勋业,其中重点描述了文王伐密、伐崇的两场战争,颂扬了王季、文王父子二人领导周部族通过战争不断扩张领土,逐渐发展强大,为灭商奠定基础的历史过程。《皇矣》篇幅较长,文字古奥,很多语句在学术史上存在争议,故在此先将该篇内容逐章作必要阐释:

---

① 《史记》,中华书局1959年版,第117页。
② 《史记》,中华书局1959年版,第118—120页。

皇矣上帝，临下有赫。监观四方，求民之莫。维此二国，其政不获。维彼四国，爰究爰度。上帝耆之，憎其式廓。乃眷西顾，此维与宅。（一章）

诗开篇言，英明的上帝临视下界，监察众国，谋求人民之安定。"求民之莫"一句，《汉书》《潜夫论》及《文选注》并引作"求民之瘼"，以至"民瘼"成为一个习见通语。马瑞辰《毛诗传笺通释》指出这一说法有误，当从《毛传》所释。《毛传》说，"莫，定也"，"求民之莫"即谋求民之安定。① 按《大雅·荡》述及殷末政治动乱的情景时说："文王曰咨，咨汝殷商，如蜩如螗，如沸如羹。小大近丧，人尚乎由行。内奰于中国，覃及鬼方。"殷商末年政治混乱局面是《皇矣》篇中上帝"求民之莫"的历史前提，《大雅·荡》中的相关内容则为"求民之莫"一句作了很好的注脚。所以在本章的后文中又说"上帝耆之，憎其式廓"，言上帝察获此情，憎恨殷商之无道。"维此二国"两句，是说夏、殷无道，四方诸侯不知何所归依。诗篇叙述的是商周之际的历史，篇中之所以夏、殷联言，是因为周人在言及历史教训时往往以夏、殷并举。如《尚书·召诰》说："我不可以不监于有夏，亦不可不监于有殷。"② 诗篇说上帝憎恶殷的失政，而西向眷顾于周，赐天命与周。此为开篇总论之章。

作之屏之，其菑其翳。修之平之，其灌其栵。启之辟之，其柽其椐。攘之剔之，其檿其柘。帝迁明德，串夷载路。天立厥配，受命既固。（二章）

本章写周开国之初的情形。其时周部族所处荒凉险隘，多杂木阻路。太王率民众屏除树木，剔除丛生的灌木。"帝迁明德，串夷载路"是说上帝因周人有"明德"而就其佑护，击退了犬戎。"迁其明德"的"迁"字《毛传》释为"徙

---

① 马瑞辰：《毛诗传笺通释》，中华书局1989年版，第838页。
② 《尚书正义》，阮刻《十三经注疏》，中华书局1980年版，第213页。

就",甚是。释为"徙就"的"迁"即《左传·僖公五年》宫之奇所说的"鬼神非人实亲,惟德是依"的"依",及其所引《周书》"皇天无亲,惟德是辅"两句中的"辅"。①"天立厥配",意即天立之以为配。在古人的观念中,得天命者可以配天,周代祭祀制度中,"天子"行"郊祀"时以祖先配天。所以《周颂·思文》说:"思文后稷,克配彼天。"《大雅·文王》篇"殷之未丧师,克配上帝"也含有这层意思。"明德"《毛传》释为"文王之德"。诗篇在这里所叙述的是太王的事迹,但《毛传》却将之称为"文王之德",这是为什么呢?我们认为,这是因为"文王之德"在周人的观念中是从太王以来的"周之德"的代表,故有此言。本章说周受天命之端,主要歌颂太王,因为正如《史记·周本纪》所言"盖王瑞自太王兴"②。

> 帝省其山,柞棫斯拔,松柏斯兑。帝作邦作对,自大伯、王季。维此王季,因心则友。则友其兄,则笃其庆,载锡之光。受禄无丧,奄有四方。(三章)

本章言上帝省察周国的山地,见柞、棫等杂木已除,松柏挺拔直立。《郑笺》云:"天既顾文王,乃和其国之风雨,使其山树木茂盛,言非徒养其民人而已。""帝作邦作对,自大伯、王季"两句,言大伯让位于王季,王季兴周国之事。邦、对皆封疆之标志,"作邦作对"即立国之意。《史记·周本纪》记载:"古公有长子曰大伯、次曰虞仲。大姜生少子季历,季历娶大任,皆贤妇人,生昌,有圣瑞。古公曰:'我世当有兴者,其在昌乎?'长子太伯、虞仲知古公欲立季历以传昌,乃二人亡如荆蛮,文身断发,以让季历。"③太伯为周人立国作出了牺牲和贡献,诗篇歌颂他和王季对外开拓疆域。太伯与王季兄友弟恭,行为

---

① 《春秋左传正义》,阮刻《十三经注疏》,中华书局1980年版,第1795页。
② 《史记》,中华书局1982年版,第119页。
③ 《史记》,中华书局1982年版,第115页。

完全符合周人的道德规范。"因心则友"句,《毛传》释"因"为"亲",高亨先生认为该句当为"其心则友"①。可从。诗篇说,王季具有美好的品德,所以世受福禄,终于抚有四方,取得天下。

维此王季,帝度其心。貊其德音,其德克明。克明克类,克长克君。王此大邦,克顺克比。比于文王,其德靡悔。既受帝祉,施于孙子。(四章)

第四章言上帝度量王季品行端正,乃赐以洪福。"貊其德音"的"貊",《毛传》释为"定"。高亨引《广雅·释诂》:"莫,布也",以为此句"言他的美名传播四方"。②按"貊"从"百"得声,训为大,故可释为"广布"。三章言"帝作邦作对",此章言"王此大邦",前后呼应,显示了周部族发展壮大的过程。"比于文王,其德靡悔","靡悔"即"无尽"③,诗句说王季将"周之德"传于文王,而文王能将"周之德"一以贯之,并以"文王之德"这一称谓作为经典的思想伦理观念流传后世。由此,周人既受上帝所赐之福,遂延及其子孙。

帝谓文王,无然畔援,无然歆羡,诞先登于岸。密人不恭,敢距大邦,侵阮徂共。王赫斯怒,爰整其旅,以按徂旅。以笃于周祜,以对于天下。(五章)

从第五章开始,具体讲述文王的武功。本章叙述文王伐密的过程。"无然畔援,无然歆羡,诞先登于岸"三句,《毛传》:"无是畔道,无是援取,无是贪羡。岸,高位也。"《郑笺》:"畔援,犹拔扈也。登,成。岸,讼也。天语文王曰:'女(汝)无如是拔扈者,妄出兵也。无如是贪羡者,侵人土地也。欲广大

---

① 高亨:《诗经今注》,上海古籍出版社1980年版,第391页。
② 高亨:《诗经今注》,上海古籍出版社1980年版,第391页。
③ 参见马瑞辰:《毛诗传笺通释》,中华书局1989年版,第848页。

德美者，当先平狱讼，正曲直也。'"《毛传》分"畔援"为二，固失之。《郑笺》知其为联绵词，但其解说受传统影响，亦未得要领。《郑笺》所云"当先平狱讼，正曲直"，其所取材系自《史记·周本纪》。《周本纪》说："西伯阴行善，诸侯皆来决平，于是虞、芮之人，有狱不能决，乃如周。"①这一说法与历史上真实的"文王之德"并不相符。按，"畔援"亦作"伴奂"，即"盘桓"或"徘徊"。②《大雅·卷阿》："伴奂尔游矣，优游尔休矣。"《郑笺》："伴奂，自纵驰之意也。"这里是形容趑趄不前的样子。此三句言帝命文王勿犹豫不决，临渊羡鱼，而当先发制人，勿失良机，以使周人处于有利的战略地位。下文即具体记述了文王伐密的事件。"密人不恭，敢距大邦，侵阮徂共"，说密人侵犯周与国的土地，故文王怒而伐密，开拓疆土，树立权威，以增强周的实力，并以此扬名于天下。

> 依其在京，侵自阮疆。陟我高冈，无矢我陵，我陵我阿。无饮我泉，我泉我池。度其鲜原，居岐之阳，在渭之将。万邦之方，下民之王。（六章）

第六章中"无矢我陵，我陵我阿。无饮我泉，我泉我池"数句难解。徐仁甫先生《古诗别解》对此解释说：

> "我陵我阿""我泉我池"两句文理不通。察《大雅·绵》："乃召司空，乃召司徒"，不曰"乃召司空，司空司徒"，于是可知此诗之误。疑原文当是："无矢我陵，无矢我阿；无饮我泉，无饮我池。"古书重文多作ヽ、画。与诗者于"我陵"下作"ヽヽ我阿"，本表示重"无矢"二字；于"我泉"下作"ヽヽ我池"，本表示重"无饮"二字。不知者遂误为重"我陵"，重"我泉"耳。③

---

① 《史记》，中华书局1982年版，第117页。
② 高亨：《诗经今注》，上海古籍出版社1980年版，第391页。
③ 徐仁甫：《古诗别解》，上海古籍出版社1984年版，第11—12页。

徐说可从。本章讲文王伐密胜利之后，在岐山以南，渭水之旁立国，号令万邦，为下民之王。由本章所述即可见，周人号令天下的基础是以武力为后盾的政治方略。武王号令一出，八百诸侯即齐集盟津的无上权威即由此而来。

帝谓文王，予怀明德。不大声以色，不长夏以革。不识不知，顺帝之则。帝谓文王，询尔仇方。同尔兄弟，以尔钩援。与尔临冲，以伐崇墉。（七章）

第七章前六句是上帝告诫文王之语。大意是说，帝指示文王行为要顺应自然的规律，如此诸事可水到渠成。后六句主要讲帝命文王为伐崇做好充足准备，与盟国协商，做好内部团结。"仇"训"匹"，即伙伴。"仇方"即盟国。"兄弟"指周人同宗族之人。两句说要文王事先与同姓和同盟共同做好战争的准备。以"钩援临冲"等重型攻城武器，去攻伐崇国。钩，即钩梯，钩引攀城之用。临，临车。冲，冲车。它们分别是用于从高处打击守敌或冲撞敌方城垣的攻城之器。

临冲闲闲，崇墉言言。执讯连连，攸馘安安。是类是禡，是致是附，四方以无侮。临冲茀茀，崇墉仡仡。是伐是肆，是绝是忽，四方以无拂。（八章）

第八章前四句主要是描述攻打崇国时的情景。后面写周人灭崇国之后，杀戮俘获众多，而后祭祀百神，拊循其国。所描写的情景与《逸周书·世俘篇》所叙述的周人灭商之后之大肆杀伐相类。[①]诗篇最后三句写周人对崇的大肆挞伐，使诸侯无敢抗拒周国矣。

诗篇中除少量内容，如"不识不知，顺帝之则"涉及文王的哲学修养与政

---

① 黄怀信等：《逸周书汇校集注》，上海古籍出版社2007年版，第410—446页。

治策略外，主要内容是歌颂文王以武力取得西土的广大疆域，并由此而取得在整个西土的政治军事权威，使整个西土成为其势力范围，从而为武王克商打下坚实基础。在诗篇中，诗人以"帝命"的敦促为由，言时机一到，文王即毫不犹豫，先发制人，对不肯臣服于周的西土诸邦以武力展开征讨。在激烈的战争中，使用了"钩援""临冲"等当时最先进的重型军事器械强行攻城，打破了崇国高大的城墙，俘获了大量的战俘，取得大量的敌人首级，并将崇国彻底灭绝，使西土的其他邦国不敢抗拒周人的武力。诗篇以"是伐是肆，是绝是忽，四方以无拂"结尾，其叙述方式及所表现的观念，与《大武》相当一致，显见两者之间在思想意识方面的继承关系。

史书所记载的历代周君对殷人的隐忍臣服，也并非由于其人格的伟大，乃是出于战略方面的考虑（包括对双方综合力量的估计）。据《史记·周本纪》记载："九年，武王上祭于毕，东观兵，至于盟津。""是时，诸侯不期而会盟津者八百诸侯。诸侯皆曰：'纣可伐矣。'武王曰：'女未知天命，未可也。'乃还师归。"[①] 武王所说"未可伐纣"的唯一理由是"天命"。这里的"天命"实际亦即灭商的时机。时机不到，绝不轻举妄动；时机一旦成熟，则立即对殷人大张挞伐，以至于"流血漂杵"也在所不惜了。

现存各种文献一致表明，周人代商而为天下共主，总体的战略设计，出自文王之手。这就是周初人所说的"文德"的具体内容。《左传·昭公三十二年》载周敬王被迫迁往成周，"使富辛与石张如晋，请城成周"。富辛与石张传达周敬王的话说：

> 伯父若肆大惠，复二文之业，弛周室之忧，徼文武之福，以固盟主，宣昭令名，则余一人有大愿矣。昔成王合诸侯，城成周，以为东都，崇文德焉。今我欲徼福假灵于成王，修成周之城，俾成人无勤，诸侯用宁，蝥

[①]《史记》，中华书局 1959 年版，第 120 页。

贼远屏，晋之力也。①

周敬王为什么把成王筑成周这样的土功说成是"崇文德"呢？前人有各种说法。《杜注》："作成周，迁殷民以为京师之东都，所以崇文王之德。"《孔疏》："杜知作成周为崇文王之德者，以上《传》云'徼文武之福'，即云'成王合诸侯城成周，以崇文德'，故以为崇文王之德。刘炫以为崇文德之教而规杜，非也。"②杜、孔将"文德"解为"文王之德"是正确的。但是他们都没有对"文德"的内涵作进一步的正确解释，所以不为现代学者所接受。

杨伯峻《春秋左传注》由此认为："《论语·季氏》'故远人不服，则修文德以来之'之文德与此同义，言非武功也。"③我们知道，城是古代最主要的军事防御手段。筑城为重要的军事行动，春秋时期鲁国"堕三都"事件为历史上的著名案例。④认为筑城"非言武功"，是万万讲不通的。正确的解释是，营筑成周，并在其间驻扎大量军事力量（即著名的"成周八师"），作为周人经营东土，统治天下的重要手段，虽然是由武王决定，由成王命周公、召公完成⑤，但仍不出文王的整体战略构想的缘故。故《孟子》所引《尚书》逸篇：

《书》曰："丕显哉，文王谟！丕承哉，武王烈！佑启我后人，咸以正无缺。"⑥

"文王谟"，即"文王之典"，亦即"文王之德"。周初人人皆知"文王谟"

---

① 《春秋左传正义》，阮刻《十三经注疏》，中华书局 1980 年版，第 2127 页。
② 《春秋左传正义》，阮刻《十三经注疏》，中华书局 1980 年版，第 2127 页。
③ 杨伯峻编著：《春秋左传注》，中华书局 1981 年版，第 1517 页。
④ 《史记》，中华书局 1959 年版，第 1916—1917 页。
⑤ 参见《尚书正义》（阮刻《十三经注疏》，中华书局 1980 年版，第 214—217 页）、《逸周书·度邑》《作雒》（黄怀信等：《逸周书汇校集注》，上海古籍出版社 2007 年版，第 465—483、510—542 页）。
⑥ 《孟子注疏》，阮刻《十三经注疏》，中华书局 1980 年版，第 2714 页。

即"文王之德"为文王灭商而抚有天下之整体战略构想，故周初时，周人凡言克商，必言及文王。《逸周书·商誓》载武王的话说：

上帝弗显，乃命朕文考曰："殪商之多罪纣。"肆予小子发，弗敢忘天命。朕考胥翕稷政，肆上帝曰必伐之。予惟甲子，克致天之大罚。①

《史记·周本纪》也说武王伐纣时，"为文王木主，载以车，中军。武王自称太子发，言奉文王以伐，不敢自专"②。可见文王的决策在周人心目中有何等崇高的地位。由此，我们就很容易理解为什么《周颂》中"文王之典"与"文王之德"错出而互训。

维清缉熙，文王之典。肇禋，迄用有成。维周之祯。（《维清》）
仪式刑文王之典，日靖四方。（《我将》）

高亨先生以为上引两篇诗中的"典"字，前者当训为"德"，后者也可训为"德"。③高先生在《周颂考释》中说："《左传·昭公六年》《汉书·刑法志》并引典作德，二字古通用，仍以作典为长。"④我们以为，此两"典"意近"有典有册"之"典"，意为文王的既定方略，即《孟子》所引《尚书》逸篇之"文王谟"。故下文言"肇禋，迄用有成"，言"日靖四方"。"迄用有成"即孟子所引《尚书》之"武王烈"，其由武王承继"文王之典"而来。是上述"文王之典"皆涉及"武"功而未及"文"德。高先生以"德"训"典"也不错，因为这里的"德"本有"典"的含义。

---

① 黄怀信等：《逸周书汇校集注》，上海古籍出版社2007年版，第454—455页。
② 《史记》，中华书局1959年版，第120页。
③ 高亨：《诗经今注》，上海古籍出版社1980年版，第477、481页。
④ 高亨：《周颂考释》（上），《中华文史论丛》1965年第6辑，第98页。

陈梦家先生在论及金文中"德"字字形的演变过程时，曾指出：

> 此德字字形上的变更，在意义上亦有所不同。西周初中期金文曰"敬德""正德""经德"。中晚期曰"哲厥德""明德""秉德"。东周金文则曰"为德"。古文字形符偏旁的改变，往往表示字义的或概念的部分的改变。①

陈先生此说，可谓至确不移之论，它也完全符合《诗经》中"德"这一概念的演变过程。如果参之以甲骨文，可以看到德字早期皆从"彳"。金文中增"心"以为意符，或从言。战国金文省"彳"。"彳"者，行也。由此可见德字意义的变更。在早期更重视实践内容，与"功"不可分。以后逐渐强调抽象的"道德"含义。以此来校读《诗经》，即可知《周颂》早期作品中的"文德"，并非如后期作品中用作一种对个体的人格的赞美，而是对其事业成就的歌颂。"太上有立德，其次有立言，其次有立功"②的区别是相当晚出的思想。故联系商周之际的史迹，我们说，周人早期所言之德，包括《诗经》中早期作品的"文王之德"，并非是一般所谓"礼乐"联言的"文德"，而是"礼乐征伐"联言的"事典武功"。

由于文章体例的关系，我们不能更详细地讨论"德"这一概念的历史演变过程。兹将其简单地概括为：周人之德，先武后文。即取得天下之前和天下未固时，以武为主，以文辅之。取得天下以后，尤其是其名分已固但实力有所衰弱的中后期，则大讲"文"德了。《淮南子·齐俗》："昔武王执戈秉钺以伐纣胜殷，搢笏杖殳以临朝。……夫武王先武而后文，非意变也，以应时也。"③很形象地说明了其中的道理。

已经有学者指出，甲骨文中的"德"字，所表达的是一个强制性的社会规

---

① 陈梦家：《寿县蔡侯墓铜器》，转引自《金文诂林》第二册，香港中文大学出版社 1975 年版，第 988 页。
② 《春秋左传正义》，阮刻《十三经注疏》，中华书局 1980 年版，第 2127 页。
③ 高诱注：《淮南子》，《诸子集成》第七册，上海书店 1986 年版，第 183 页。

范。实际上德字的这一用法,在稍后的文献中仍有明显的表现。《礼记·内则》:

> 后王命冢宰,降德于众兆民。

《郑注》:

> 后,君也。德犹教也。……《周礼》冢宰掌饮食,司徒掌十二教。

《孔疏》:

> 降德于众兆民者,降,下也。德,教也。诸侯命冢宰,降下教令于群众兆民也。[1]

很明显,《礼记》这里所说的"降德",就是颁布政教法令。《周礼》的《大司徒》和《小司徒》对此有都具体规定。如《小司徒》载小司徒的职掌有:

> 掌建邦之教法,以稽国中,及四郊都鄙之夫家,九比之数,以辨其贵贱老幼废疾。凡征役之施舍,与其祭祀饮食丧纪之禁令。……凡用众庶,则掌其政教,与其戒禁,听其辞讼,施其赏罚,诛其犯命者。[2]

由小司徒的职掌,我们可以看到先秦时期"德"教作为一种强制性行为规范的施及范围和严厉程度,及其与后世伦理范畴中"道德"概念的本质区别。"德"字的这种用法在春秋以后虽然逐渐减少,但在我们今天能够看到的先秦

---

[1] 《礼记正义》,阮刻《十三经注疏》,中华书局 1980 年版,第 1461 页。
[2] 《周礼注疏》,阮刻《十三经注疏》,中华书局 1980 年版,第 710—711 页。

文献中绝非孤例，尤其在《尚书》等较早的先秦文献中有相当多的语例，我们将在其他地方对此进行更深入的讨论。仅就本节讨论所及，"德"字意义演变的若干痕迹，可作为周初"文德"蕴含的一个旁证。在《大雅·抑》中，有"德"与"刑"相对举而言的例子。其三章曰：

> 其在于今，兴迷乱于政。颠覆厥德，荒湛于酒。女虽湛乐从，弗念厥绍，罔敷求先王，克共明刑。①

诗中说，当今之世，人们（指所抨击的掌权者）把国事搞得乱七八糟，尤其是"颠覆厥德，荒湛于酒"，即完全颠倒了应当遵守的行为规范，而沉湎在过度的饮酒逸乐之中。只贪逸乐，不计后患，忘记遵循先王的英明法典。这里所说的"德"即"行为"或"行为准则"的意思。它与"明刑"对举，也可见其意义内涵具有相当的强制性特点。

附带说一下，明了这一点，对理解《诗经·周颂》中有关内容相当关键，而相关内容也可为本说提供有力的支持。如《周颂·清庙》：

> 於穆清庙，肃雝显相。济济多士，秉文之德。对越在天，骏奔走在庙。不显不承，无射于人斯。②

"秉文之德"，《毛传》："执文德之人也。"《郑笺》："皆执行文王之德。"③ 毛、郑两家对"秉文之德"的解释不同。这一不同对我们理解"文德"的意义有相当大的启示。文王是周人至高无上的楷模，"济济多士"不可能都有文王一样的德行。所以，所谓"执行文王之德"只能是说周之大臣都能执行文王的遗教。

---

① 《毛诗正义》，阮刻《十三经注疏》，中华书局1980年版，第554页。
② 《毛诗正义》，阮刻《十三经注疏》，中华书局1980年版，第583页。
③ 《毛诗正义》，阮刻《十三经注疏》，中华书局1980年版，第583页。

《毛诗序》:"《清庙》,祀文王也。周公既成洛邑,朝诸侯,率以祀文王焉。"[①]"成洛邑,朝诸侯",都是执行文王遗教的结果,正如前面分析《左传·昭公三十二年》成王"城成周"为"崇文德"的道理一样。《大盂鼎铭》:"今我唯即刑禀于文王正德。"(《殷周金文集成》5.2837)"刑"即"型",效法之意。"禀"即"禀承"。此鼎铭所言,亦即"仪刑文王"(《大雅·文王》)、"仪式刑文王之典"(《周颂·我将》)、"仪式刑文王之德"[②]。鼎铭所言,与本篇"秉文之德"大意相近。本篇言周人不负文王在天之灵,无愧先人。这就是本诗所以用为"祀文王"的原因。

通过以上的讨论,可得出如下结论:《周颂》中的《大武乐章》为武王克商后命周公所作(即由周公主持创作)之告成诗。其基本内容是向祖先报告自己的赫赫武功,并表示要继承先王遗志,"匍(敷)有四方,畯正厥民"[③],用今天的话来说,就是巩固和发展已有的胜利。可以说,《大武乐章》是周初具有代表性的思想文化成果。

第三节 《大武乐章》的艺术构成及其文化意义

从文化史的角度来说,一方面《大武乐章》真实地记载了中国历史和文化的一个重大转折;另一方面,它自身就是这一转折的典型产物。前者主要体现在政治制度的演讲上,而后者则从一个侧面向我们展示了华夏民族文化融合与发展的具体步骤。

在华夏民族的发展历史上,长期存在着华夏诸族内部的核心部分与周边势

---

① 《毛诗正义》,阮刻《十三经注疏》,中华书局1980年版,第583页。
② 《左传·昭公六年》所引《周颂·我将》诗句。《春秋左传正义》,阮刻《十三经注疏》,中华书局1980年版,第2044页。
③ 《大盂鼎》,《殷周金文集成》5·2837。

力的斗争问题。这一斗争的阶段性政治历史结局就是三代共主的更替。华夏族内部的斗争与华夷之间的交往和斗争的结果，不但壮大了华夏民族的实体，而且不断丰富和发展了华夏民族的文化内涵。就商周之际的历史变迁而言，牧野之战以后，周人以偏于一隅的方伯而为天下共主，周文化取代商文化而变为华夏文化的正统成为必然的历史要求。这一转换正是通过大量汲取商文化及其他周边文化来实现的。就《大武乐章》而言，如果说它的思想内容反映了当时华夏民族实体发展嬗变的过程，那么，其艺术形式的构成则体现了当时各部族间文化交流与融合的另一个侧面。

从音乐方面来说，《大武乐章》是以周人传统音乐为基础而吸收了商人和其他诸族的音乐成分而创作的。周人的诗歌，采用周人传统音乐，比较容易理解，同时也有文献上的根据。《墨子·三辩》：

> 武王胜殷杀纣，环天下自立以为王。事成功立，无大后患。因先王之乐，又自作乐。命曰《象》。①

"因先王之乐"，即依据本部族的传统音乐，或以传统音乐为基础的意思。《象》又称《三象》，与《大武乐章》同为周人克商胜利归来之告成乐舞。《三象》与《大武乐章》在创作时间上接近，表现内容上相类，艺术形式也酷似。所以到汉代，人们往往将二者混为一谈。《白虎通·礼乐篇》引《礼记》曰：

> 周乐曰《大武》，武王之乐曰《象》，周公之乐曰《酌》，合曰《大武》。②

这一记载所反映的汉人对周乐的认识虽不够清楚，但肯定也反映了一定的

---

① 孙诒让：《墨子间诂》，《诸子集成》第四册，上海书店1986年版，第23页。
② 陈立：《白虎通疏证》，中华书局1994年版，第100—101页。上引文"武王之乐曰"五字据王国维校补，参见王国维：《说勺舞象舞》，《观堂集林》，中华书局1959年版，第109页。

历史事实。周人作《象》因先王之乐,作《大武乐章》当然也是这样。又《国语·周语》载周"景王将铸无射,问律于伶州鸠"。伶州鸠的答语涉及周武王伐商之役周人用乐的情况:

> (周武)王以二月癸亥夜阵,未毕而雨。以夷则之上宫毕,当辰。辰在戌上,故长夷则之上宫,名之曰羽,所以藩屏民则也。王以黄钟之下宫,布戎于牧之野,故谓之厉,所以厉六师也。以太蔟之下宫,布令于商,昭显文德。底纣之多罪,故谓之宣,所以宣三王之德也。反及嬴内,以无射之上宫,布宪施舍于百姓,故谓之嬴乱,所以优柔容民也。①

伶州鸠所谈到的周乐律名,音乐史专家将其与出土文献《曾侯乙编钟钟铭》相比较研究,证明是完全可靠的。②另外,此处记载的历史细节与其他文献也相符合。如言武王以二月癸亥夜布阵,与《尚书》等文献所记载周人与商纣在甲子清晨决战并取得胜利相一致。言克商之战,周人临阵用乐,与《华阳国志·巴志》也足资比较。所以,伶州鸠所言,可以作为《大武乐章》音乐内涵的有力旁证。除周人传统音乐外,《大武乐章》的音乐中还含有商乐成分。见于《礼记·乐记》的记载。《乐记》载孔子与宾牟贾讨论《大武乐章》的音乐问题,有如下问答:

> (孔子问)"声淫及商,何也?"
> 对曰:"非《武》音也。"
> 子曰:"若非《武》音,则何音也?"
> 对曰:"有司失其传也。若非有司失其传,则武王之志荒矣。"③

---

① 《国语》,上海古籍出版社 1978 年版,第 141 页。
② 崔宪:《曾侯乙编钟钟铭校释及其律学研究》,人民音乐出版社 1997 年版,第 144—145 页。
③ 《礼记正义》,阮刻《十三经注疏》,中华书局 1980 年版,第 1541—1542 页。

"声淫及商"的"声",《乐记》的《郑注》解为"武歌",《孔疏》更解为"武乐之歌"。显然他们都认为孔子与宾牟贾此处所讨论的是《大武乐章》的歌词内容。《乐记》言"宾牟贾侍坐于孔子,孔子与之言乐"。广义的"乐"固然包括歌词在内,但歌词内容当然是不需要进行这种性质讨论的,在这里,两人所讨论的显然是《大武》之"乐"的其他构成要素。实际上,《乐记》所载两人的讨论顺序是《大武乐章》的音乐、舞容及其整个演出所反映的思想内涵。所以,"声淫及商"的"声",乃"郑声淫""放郑声"之"声",是指《大武乐章》的音乐。故下文以"《武》音"与之对举。"淫",是浸染的意思。《说文》:"淫,浸淫随理也。"① 长期的接触与浸染,使相邻文化的相互影响与渗透逐渐加深。《大武乐章》的"声淫及商",反映了商人的音乐文化对周文化的渗透与影响。

《大武乐章》这种经典性的周人礼乐之所以吸收商人音乐成分,并不是一种完全随意的、听其自然的文化交流过程。而是周人有意识地采择商人文化的一个具体表现。关于周人在建立新制度(即传说的周公制礼作乐)的过程中,有选择地采用殷人旧制,前人已有定论。② 这里仅就音乐问题略述一二。

学术界曾经有一种说法,认为周乐与商乐完全分属两个不同的音乐系统,而这两个音乐系统是水火不相容的。有人为了证明这一点,而将五音不全(缺商,据说是出于敌忾)作为周乐的基本特征之一。③ 这种说法是不正确的。

《史记·周本纪》记述武王伐纣,会众誓师,指责商纣王:"乃断弃其先祖之乐,乃为淫声,用变乱正声,怡悦妇人。"④ 武王所贬斥的,是商纣自作的"新声",对于商人的传统音乐,则尊为"正声",是极为崇敬的。《史记·周本纪》还记载,由于商王无道,在殷商末年,"太师疵、少师彊抱其乐器而奔周"⑤。这

---

① 段玉裁:《说文解字注》,上海古籍出版社1981年版,第551页。
② 参见顾颉刚:《"周公制礼"的传说和〈周官〉一书的出现》,《文史》第6辑,中华书局1979年版。
③ 冯洁轩:《论郑卫之音》,《音乐研究》1984年第1期。
④ 《史记》,中华书局1959年版,第121页。
⑤ 《史记》,中华书局1959年版,第121页。

一事件不但反映了周人对商人传统音乐的肯定态度，而且从操作方面说明了周乐中商乐成分的来源。《曾侯乙编钟钟铭》中所载有关周律的铭文中，"商"的出现很多，更是直接推翻了这一不正确的说法。①

《史记·殷本纪》在记载前述殷商乐官的奔逃事件时，特意指明商的太师、少师奔周时所抱的乐器为"祭乐器"，这是含有深意的。《礼记·祭统》说："凡治人之道，莫急于礼。礼有五经，莫重于祭。"② 在古代社会中，祀典是国家政权的重要存在方式与运转常规。周人克商之后，出于实际的政治需要，大批起用胜国旧民，其中首先是司礼人员。而这些人员所熟知的，当然是殷人的固有传统祭礼。所以作为周初制作的祭祀乐舞，《大武》中融有商乐成分实在是顺理成章的事，根本不值得大惊小怪。但是，《乐记》的作者并不理解这种情况，所以对神圣的《周颂》中存有商乐成分感到迷惑不解，并将之归结为乐官传习失误而了结。

《大武乐章》的音乐舞蹈可能还汲取了巴族乐舞的成分。《华阳国志·巴志》："周武王伐纣，实得巴蜀之师，著乎《尚书》。巴师勇锐，歌舞以凌殷人，殷人倒戈（'殷人'重文据任乃强先生校补）。故世称之曰：'武王伐纣，前歌后舞也。'"③ 武王伐纣，前歌后舞之说，多见汉人记载。如班固《白虎通·礼乐篇》所引《尚书》文，似即指巴人歌舞以凌殷人之事。关于巴人参与克商之役，今本《尚书》未见载有明文。然而考校史实，可以相信《华阳国志》的记载是可靠的。

《尚书·牧誓》记载，参加以周人为首的伐纣之师的诸族有"庸、蜀、羌、髳、微、卢、彭、濮人"。④ 吕思勉先生认为"庸"即濮人之一支，并且以为

---

① 崔宪：《曾侯乙编钟钟铭校释及其律学研究》，人民音乐出版社1997年版。
② 《礼记正义》，阮刻《十三经注疏》，中华书局1980年版，第1602页。
③ 任乃强校注：《华阳国志校补图注》，上海古籍出版社1987年版，第4页。
④ 《尚书正义》，阮刻《十三经注疏》，中华书局1980年版，第183页。

"微、卢、彭诸国，亦未必非濮矣"。① 如果参考周初"南国"诸族之活动疆域，尤其是巴人的活动地域②，则可知濮原为百濮之地诸族的总称。巴人也当为濮人的一支。故后人常以巴濮联言。扬雄《蜀都赋》："东有巴賨，绵亘百濮。"③（按，賨人乃巴人的一支）左思《蜀都赋》："于东则左绵巴中，百濮所充。"④《史记·周本纪》言武王东观兵，"诸侯不期而会盟津者八百诸侯"⑤，参与牧野之战者当亦近此数。八百诸侯，其名势不能尽书，故《尚书·牧誓》等文献记参与牧野之战者，所举仅八国而已。巴人缺载，也就情有可原了。

另外，从巴人与殷、周双方的关系来看，伐商之旅中，也应当包括巴人。周人与巴人的关系，在传世先秦文献中有明确记载。《左传·昭公九年》：

> （周景）王使詹桓伯辞于晋，曰："……及武王克商……巴、濮、楚、邓，吾南土也。"⑥

《华阳国志·巴志》：

> 武王既克殷，以其宗姬于巴，爵之以子。⑦

出土文献所记周人与巴人的关系与传世文献相一致。李玉洁教授曾引用卜辞材料证明巴人与殷人之间曾经发生战争，并可能受殷人压迫而被迫迁徙。⑧

由以上可知，巴在周人克商之后即为周之属国，且与周王室有通婚关系，

---

① 吕思勉：《中国民族史》，中国大百科全书出版社1987年版，第196页。
② 参见《华阳国志·巴志》，《华阳国志校补图注》，上海古籍出版社1987年版，第1—51页。
③ 扬雄：《蜀都赋》，费振刚等辑校：《全汉赋》，北京大学出版社1993年版，第160页。
④ 左思：《蜀都赋》，《文选》第一册，上海古籍出版社1986年版，第179页。
⑤ 《史记》，中华书局1959年版，第120页。
⑥ 《春秋左传正义》，阮刻《十三经注疏》，中华书局1980年版，第2056页。
⑦ 任乃强校注：《华阳国志校补图注》，上海古籍出版社1987年版，第4页。
⑧ 李玉洁：《楚史稿》，河南大学出版社1988年版，第36页。

则武王伐商时其为周人盟邦可知。

下面，我们顺便谈一下关于巴人与周王室通婚之事。对于此事，学者有不同的看法。按周代分诸侯时，与之建立婚姻关系，是一个多见的现象。《左传·襄公二十五年》郑国子产在回答为何讨伐陈国时，曾述及周人与陈人的这种关系。他说：

> 昔虞阏父为周陶正，以服事我先王。我先王赖其利器用也，与其神明之后也，庸以元女大姬配胡公，而封诸陈，以备三恪。①

在古代，中央王朝和诸侯国之间，以及诸侯国相互之间，利用联姻建立和巩固政治关系是一种重要手段，并形成了传统，前举文是又一例证。在《诗经》等可靠的早期文献中，我们就可以看到殷人与他们所封的"西伯"之间的通婚关系。《诗经·大雅·大明》：

> 挚仲氏任，自彼殷商，来嫁于周，曰嫔于京。乃及王季，维德之行。
> 大任有身，生此文王。维此文王，小心翼翼。昭事上帝，聿怀多福。
> 厥德不回，以受方国。

诗篇记载，文王的母亲即为来自殷商的任姓国的女子，此为殷、周间通婚关系的最可靠的例证。

又，据文献记载，巴人临阵"歌舞以凌"的习俗至汉初尚存。《华阳国志·巴志》：

> 阆中有渝水。賨民多居水左右，天性劲勇；初为汉前锋，陷阵，锐气喜

---

① 《春秋左传正义》，阮刻《十三经注疏》，中华书局1980年版，第1985页。

舞。帝善之，曰："此武王伐纣之歌也。"乃令乐人习学之。今所谓《巴渝舞》也。①

《巴渝舞》后来成为历代宫廷乐舞中武舞系统的重要渊源，此亦可为《大武》乐舞汲取巴人战阵歌舞的一个旁证。由上可以推断《吕氏春秋》所说武王伐纣时"六师未至，以锐兵克之于牧野"②的锐兵，当包括"歌舞以凌殷人"的勇锐巴师。武王克商之役，本是奇胜。其致胜战术细节，他书语焉未详，《巴志》此载，可补不足。

湖北荆门出土的一件铜戈，是与巴人乐舞有关的历史文物。此戈据研究为巴人遗物。③该戈直内、无阑、圭援。"直内、无阑"是早期戈的特征，而"圭援"则在西周晚期才开始出现。由此可以判定该戈的制作年代。有人为了附会古书中"朱干玉戚"等记载而将它命名为"铜戚"是不恰当的。不过，戈、戚同为兵器，此类兵器又往往用为舞具而与古代武舞有密切关系。此戈有"太岁辟兵"四字铭，纹饰华缛，足证其为礼仪之具而非实用之兵。从其时代可能较晚，但仍保留不少传统风格而言，可以推测以其为道具所表演的乐舞具有悠久的历史传承。

简言之，《大武乐章》是在保留周人固有文化特色的基础上汲取多种文化成分的产物。它体现了周礼早期的基本精神，并奠定了周代礼乐制度的基调。从文学方面来说，它不但以鲜明的时代特征，以无可选择的历史存在将自己深深地烙印于中国诗歌史上，而且影响到了整个周代诗歌乃至整个周代社会文化的发展，从而奠定了自己在中国文化史上的地位。

---

① 任乃强校注：《华阳国志校补图注》，上海古籍出版社1987年版，第14页。
② 高诱注：《吕氏春秋》，《诸子集成》第六册，上海书店1985年版，第53页。
③ 王毓彤：《荆门出土的一件铜戈》，《文物》1963年第1期。

第三章 《周颂·三象》与周代礼乐文化的演变

第一节 《三象》产生的历史背景及其命名原则

《周颂》中，与《大武乐章》相提并论的另一组诗是《三象》。《三象》也被单称为《象》，它在周代典礼用乐中占据重要地位。从用乐等级来说，它和《大武乐章》一样，是周天子专用之乐。这一点，在古代文献中有明确的记载。《礼记·文王世子》：

> 天子视学，……登歌《清庙》，既歌而语，以成之也。言父子君臣长幼之道，合德音之致，礼之大者也。下管《象》，舞《大武》，大合众以事，达有神，兴有德也。①

《礼记·明堂位》：

> 成王以周公为有勋劳于天下，是以封周公于曲阜，地方七百里，革车千乘，命鲁公世世祀周公以天子之礼乐。……升歌《清庙》，下管《象》，

---

① 《礼记正义》，阮刻《十三经注疏》，中华书局1980年版，第1410页。

朱干玉戚，冕而舞《大武》，皮弁素积，裼而舞《大夏》。①

《礼记·祭统》：

夫大尝禘，升歌《清庙》，下而管《象》，朱干玉戚以舞《大武》，八佾以舞《大夏》，此天子之乐也。②

作为古代礼乐制度中"乐"的具体表象，《象》之为舞，亦为天子所用，除上引文外，《礼记·仲尼燕居》也有类似的记载。③

"象舞"还见于金文。《匡卣铭》：

佳（唯）四月初吉甲午，懿王在射庐，作象舞。匡甫象爨二。王曰："休。"匡拜手稽首，对扬天子丕显休。用作文考日丁宝彝。其孙孙子子永宝用。（《殷周金文集成》10.5423）

郭沫若说："爨即乐之繁文，犹文王、武王乃先王，而文、武字或从王作玟、珷也。"郭说可从。由《象》乐专用字"爨"字之造，可证《象》为周天子典礼之传统用乐。

据《周礼》的《乐师》《大胥》《小胥》记载，古代贵族教育中，舞蹈是重要的内容。《礼记·内则》：

十有三年，学乐诵诗，舞《勺》，成童舞《象》，学射御。二十而冠，

---

① 《礼记正义》，阮刻《十三经注疏》，中华书局 1980 年版，第 1488—1489 页。
② 《仲尼燕居》云："升歌《清庙》，示德也。下而管《象》，示事也。"《礼记正义》，阮刻《十三经注疏》，中华书局 1980 年版，第 1607 页。
③ 《礼记正义》，阮刻《十三经注疏》，中华书局 1980 年版，第 1614 页。

始学礼，可以衣裘帛，舞《大夏》。

《郑注》：

> 先学《勺》，后学《象》，文武之次也。成童，十五以上。《大夏》，乐之文武备者也。

《孔疏》：

> 舞《勺》者，熊氏云《勺》篇也。言十三之时，学此舞籥之文舞也。成童舞《象》者，成童谓十五以上，舞《象》谓舞武舞也。……舞《大夏》者，《大夏》是禹乐，禅代之后，在干戈之前，文武俱备，故二十习之也。[①]

上述文献的记载可能与西周早期的历史事实有一定出入。比如关于《勺》舞的性质及文、武舞的观念等，都不一定正确，但《象》舞为周代贵族子弟学校学生（国子）的重要学习内容则是合乎逻辑的。另据《礼记·文王世子》经文及其《注》《疏》，周代国家典礼的用乐，包括《象》舞在内的乐舞演出，多由此辈学生充任。

尽管《三象》在中国古代的社会政治和文化生活中占据相当重要的位置，但现存文献对它的记载却很不全面。就连《三象》之诗的篇目，也没有完整的记录流传下来。仅有《毛诗序》认为《周颂》中的《维清》属于《三象》中的一篇。而且后世学者对它的承认也是很含混的。由于各种古代文献记载的相互矛盾，关于《三象》的概念和性质，在学者心目中一度也产生了很大的混乱，更不能据以将其篇目问题搞清楚了。

[①] 《礼记正义》，阮刻《十三经注疏》，中华书局1980年版，第1471页。

关于《三象》篇目的探索，近代学者中也是由王国维首先开始的。他在《说勺舞象舞》中，引《礼记·明堂位》"下管《象》"的《郑注》"《象》谓《周颂·武》也"，以及《白虎通·礼乐篇》"周乐曰《大武》，武王之乐曰《象》①，周公之乐曰《酌》，合曰《大武》"两说，认为《象》当为《大武乐章》的一部分。王国维并以为《吕氏春秋·古乐》"成王立，殷民反，王命周公践伐之。商人服象，为虐于东夷，周公遂以师逐之，至于江南，乃为《三象》，以嘉其德"的说法，与《乐记》言《大武乐章》"四成而南国是疆"等相合。从而定《三象》为传统所谓"《大武》六成"的后三成。据王国维《周〈大武乐章〉考》中的说法，《三象》当即今本《诗经·周颂》中的《桓》《赉》《般》三篇。②

按，王说有重大纰漏。如王氏以《大武乐章》"后三成"为《三象》之诗，《礼记·乐记》言《大武》"三成而南，四成而南国是疆"③。王氏既依此说，却将他所谓表现《大武乐章》"三成"之诗的《酌》篇置于《三象》之外，而取表现"五、六两成"的诗《赉》和《般》列入《三象》之中，使其说难以周严。另外，王氏为了调和其说与古代文献如《毛诗序》等的矛盾，还提出《象》舞有文舞之《象》与武舞之《象》两种说法。他说：

> 然谓《武》亦有"象"名则可，谓《诗序》之《象》舞与《礼》"下管"所奏之《象》即《大武》之一节则不可。《诗序》："《维清》，奏象舞也。"以"《武》，奏《大武》也"例之，《象》舞当用《维清》之诗，而《维清》之诗，自咏文王之文德，与《清庙》《维天之命》为类，则《礼》之"升歌《清庙》，下管《象》"者，自当"下管《维清》"，不当管《武·宿夜》以下六篇也。且《礼》言"升歌《清庙》，下管《象》"者，皆

---

① "武王之乐曰"五字原脱，据王国维校补。参见《观堂集林》，中华书局1959年版，第109—110页。
② 王国维：《观堂集林》，中华书局1959年版，第109—110页。
③ 《礼记正义》，阮刻《十三经注疏》，中华书局1980年版，第1542页。

继以"舞《大武》"。"管"与"舞"不同时,自不得同用一诗,《左传》:"见舞《象箾》《南籥》者","见舞《大武》者",是《大武》之外又自有《象》舞,且与《南籥》连言,自系文舞,与《武》之为武舞有别。《维清》之所奏,与升歌《清庙》后之所管,《内则》之所舞,自当为文舞之《象》,而非武舞之《象》也。二者同名异实,后世往往相淆。①

《象》有同名异实之说,实不可从。王氏所以得出这一错误的结论,除了时代的局限外,主要在于他所依据的古代文献记载的内容相互矛盾。春秋以后,尤其汉代以后,人们对先秦时代所谓"文舞"与"武舞"的错误认识,影响了王氏关于这一问题的正确思维。关于文舞和武舞的问题,我们在后面还要给予较为详细的叙述,这里就从略了。

高亨先生在《周颂考释》中认为王国维氏此论不可信从,但对《吕氏春秋》有关《三象》本事的说法却同样持肯定态度,并进一步引申说,《三象》名称之来源应该是"周公灭商,取其象而教之舞,配以人之歌舞,故名《象》舞。其后北方无象,当以人饰象,如今世狮子舞之例也"②。关于《三象》之诗的具体篇目,高先生则对王氏及《毛诗序》之说均加以否定,而判定《昊天有成命》属《三象》之一。

我们认为,《吕氏春秋》所言《三象》本事绝不可信,王国维氏以为《三象》为《大武》之一部,亦立论不确。高亨先生以《昊天有成命》为《三象》之一,固然可取(详后),其对《三象》名目的分析,却是不正确的。对此谨分别论述如下。

据《史记》,武庚及三监之叛,"周公乃奉成王命,兴师东伐"③。叛乱平定

---

① 王国维:《说勺舞象舞》,《观堂集林》,中华书局1959年版,第110—111页。
② 高亨:《周颂考释》(上),《中华文史论丛》1963年第4辑,第90页。
③ 《史记》,中华书局1959年版,第1518页。

以后,"颇收殷余民"①,除以一部"封微子于宋,以奉殷祀"②以外,大量分赐给鲁、卫两国。《左传·定公四年》载,鲁"因商奄之民,命以伯禽,而封于少皞之虚",并具体指出,分封给鲁国的殷民六族为"条氏、徐氏、萧氏、索氏、长勺氏、尾勺氏"。而以封康叔于卫的殷民七族为"陶氏、施氏、繁氏、锜氏、樊氏、饥氏、终葵氏"。③这些为学术界所熟知的材料,记载如此之详,当据有可靠的资料来源,应无疑义。故《吕氏春秋》所言叛乱的殷人被周公以王师逐于江南云云,实不可信。

学者中已有人窥其罅漏,乃又作别解。如陈奇猷先生《吕氏春秋校释》据宋翔凤《过庭录》及所引《汉书·司马相如传》注,以为《吕氏春秋》中的"商人"当为"南人","江南"当作"海南"。他说:

> 宋说至确。若服象系商人,则此"商人"当作"殷人",不当上言殷民,此又言商人,致文不一律。其证一也。据《史记·周本纪》及《鲁世家》,管叔、蔡叔与殷后武庚作乱畔周。周公东伐,诛管叔,杀武庚,放蔡叔,收殷余民,以封康叔于卫,封微子于宋,则周公并非逐商人,而是收商人。若此作"商人"则与"以师逐之"之语不相应。其证二也。据《鲁世家》"管、蔡、武庚等率淮夷反,周公兴师东伐",而《吕氏》此文云"南人为虐于东夷,周公逐之,至于海南",并二文而推之,必是管、蔡、武庚不但率淮夷,亦且率南人为乱,故曰"为虐于东夷"。殷人系中原民族,周公收之,而南人乃南蛮之人,故周公逐之远去。若如今本作商人,商人即殷人,则周公收者为商人,逐者亦商人,不通。其证三也。《尚书大传》云:"交阯之南,有越裳国。周公居摄六年,制礼作乐,天下和平。越裳以三象重译而献白雉,朝成王,以归周公。"越裳在交阯之南即是南人,

---

① 《史记》,中华书局1959年版,第132页。
② 《史记》,中华书局1959年版,第1518页。
③ 《春秋左传正义》,阮刻《十三经注疏》,中华书局1980年版,第2134—2135页。

以三象来朝，可见三象系南人服象之制，如周人驷马为四马之比，正可明周公逐南人，作乐章以庆功而名之曰《三象》之故。若谓商人，不但商人三象之制不见于纪载，即商人服象亦未闻。且周公居摄三年逐之，后三年，天下和平，周势益强，故南人又以三象来朝，于情理亦合。其证四也。据此，则"商"当作"南"无可置疑。南人既在交阯之南，则"江南"当作"海南"亦不容置疑矣。①

按陈说以《吕氏春秋》为信史，且任意发挥，所言不但缺乏文献根据，论说也不符合周初人的民族观念，尤其以三头象为一具驾来训"三象重译而献白雉"之"三象"，真乃绝大误解。《礼记·王制》："五方之民，言语不通，嗜欲不同。达其志，通其欲，东方曰寄，南方曰象，西方曰狄鞮，北方曰译。"②可见"三象重译"乃言其语言隔阂之深，献白雉时须经三重翻译才可通晓其意。"象"或为"象胥"之省。《周礼·大行人》："属象胥，谕言语。"《周礼·象胥》："掌蛮夷闽貉戎狄之国，使掌传王之言而谕说焉，以和亲之。若以时入宾，则协其礼与其辞言传之。……受国客币。"③如上引文所显示，可知象胥乃古代从事外事翻译接待之官员。《册府元龟》所引，正作"以三象胥重译而献白雉"，可为一证。

《过庭录》所谓"商人"即"南人"之说，与王国维所言《吕氏春秋》和《大武》"四成而南国是疆"相合之论，都涉及"南"这个地理方位的概念内涵。这个概念的正确解释，对于分析西周早期的历史是至关紧要的。对于本论题而言，也是必须予以解决的一个关键问题。

人们的古今地理方位概念有很大的不同，"南国"是周代一个特有的地理概念。它是周人"天下"概念的一个组成部分。《乐记》所谓"南国是疆"之

---

① 陈奇猷：《吕氏春秋新校释》，上海古籍出版社2002年版，第312—313页。
② 《礼记正义》，阮刻《十三经注疏》，中华书局1980年版，第1338页。
③ 《周礼注疏》，阮刻《十三经注疏》，中华书局1980年版，第892、899—900页。

"南"与《吕氏春秋》"至于江南"之"南",在西周人的观念中是完全不同的。已故郭人民教授曾指出,周代"南国"的地理方位是:

> 北起终南山、熊耳山、嵩山,南达长江北岸,东南至淮、汝,西南至巴山以东的鄂北,包括今陕南、豫南、鄂北之地,正在岐丰洛阳之南,所谓江、沱、汝、汉地区。①

可见,"南国"之得名与周人统治中心区域的地理方位有密切的关系,而西周人心目中的天下之中是洛邑即今天河南省的洛阳。李学勤先生指出:

> 在古代中国人的思想里面,洛阳一带地区乃是天下之中。《史记·货殖列传》说:"昔唐人(尧)都河东,殷人都河内,周人都河南。夫三河在天下之中,若鼎足,王者所更居也,建国各数百千岁,……都国诸侯所聚会。"严格地说,三河中的河南,即今洛阳,是天下之中,也叫做土中或地中。如《逸周书·作雒》叙述周成王时周公兴建成周的事迹,便提到"周公敬念于后,曰:'予畏周室不延,俾中天下。'及将致政,乃作大邑成周于土中,……以为天下之大凑"。土中意即大地之中,天下之凑是说这里是八方辐凑之地,是朝会、贡赋、交通和商业的中心。②

李先生还指出:"周人甚至把成周作为天下大地之中的观念,融汇到他们的宇宙观中去。"李先生说,《周礼·大司徒》所记载的以土圭测量日影以确定天下之中的方法,也确定洛阳附近的阳城(今河南省登封县告成镇)为天下之中。李先生还说,"清代学者江永已经指出,这是由于古人长时期在洛阳一带建都,

---

① 郭人民:《文王化行南国与周人经营江汉》,《河南师大学报》1980年第2期。
② 李学勤:《走出疑古时代》,辽宁大学出版社1997年版,第70—71页。

于是选定当地日影的特点作为天下之中的标准"①。

《史记·太史公自序》说:"是岁天子始建汉家之封,而太史公留滞周南。"《集解》引挚虞曰:"古之周南,今之洛阳。"② 洛阳之地的成周是周都(西周时为东都),所以人们将洛阳以南的广大地区称为周南。处于周南"江、沱、汝、汉"之际的所谓"汉阳诸姬"等各诸侯国的人们所创作的诗篇,在收入《诗经》中时,由此而被命名为《周南》。综上所述,可见周人关于"南国"这一地理观念影响之深。

商周之际的南国诸邦,正是周人羁縻笼络的对象。据《尚书·牧誓》,武王伐纣时,南国诸族"庸、蜀、羌、髳、微、卢、彭、濮人"都作为周人的盟邦而参加了牧野之役。③ 周人克商,成为天下共主,南国诸邦都列为周的属国。前引《逸周书》记载,武王克商后立即分封各国,以安定政治。这批封国中,就应当包括南国诸邦在内。

《左传·昭公九年》"(周景)王使詹桓伯辞于晋",历数周人所抚有的四国之地:

> 我自夏以后稷,魏、骀、芮、岐、毕,吾西土也。及武王克商,蒲姑、商奄,吾东土也;巴、濮、楚、邓,吾南土也;肃慎、燕、亳,吾北土也。④

西周初年,由于周人需全力平定东方,加之南国诸邦力量不足以与周人抗衡,所以直到成康之世,双方并没有发生重大的军事冲突。这一事实无论从传统文献,还是从金文材料中都能得到充分的验证。后来与周王朝在南国周旋的主要敌对势力楚国的例子,可以对此有很好的说明。

---

① 李学勤:《走出疑古时代》,辽宁大学出版社1997年版,第71页。
② 《史记》,中华书局1959年版,第3295页。
③ 《尚书正义》,阮刻《十三经注疏》,中华书局1980年版,第183页。
④ 《春秋左传正义》,阮刻《十三经注疏》,中华书局1980年版,第2056页。

据《史记·楚世家》及《左传·昭公二十年》，文武成康之世，楚国皆臣服于周。《楚世家》记成王时，周公受谮，曾出奔楚地暂避。《史记·蒙恬列传》和《论衡·感类篇》也有类似记载。这些记载虽有某些误会（参见本书第四章第一节《"周公居东"与〈闵予小子〉诸篇作年》），但足证汉代人多认为西周早期周、楚关系密切。周原甲骨 H 11∶83 "曰今秋楚子来告父后哉"，一般认为系记成王时楚与周通庆吊之礼①，这一材料是西周早期楚为周之与国的重要证据。

据《国语·晋语》，成王在岐阳大会诸侯时，楚还只是"置茅蕝，设望表，与鲜卑守燎"②的小角色，绝无与周抗衡的力量。楚与周人的对抗始于昭王时代，见《左传》《古本竹书纪年》《史记》等史籍。亦可见《史墙盘》《钺御簋》《中方鼎》《中甗》等金文材料，兹不俱引。

至于周公平三监及武庚之乱所涉及的地区，周人称为"东国"，故史籍屡称周公"东征""东伐"。东国的范围不仅包括《左传》所说的"蒲姑、商奄"之地，而且包括淮夷所居的江淮流域，《师𧊒簋》载厉王对师𧊒的训令中，列举淮夷的罪行是"今敢博（薄）厥众叚（暇），反（返）厥工事（吏），弗迹我东国"（《殷周金文集成》8.4313），可为一证。《宜侯矢簋》记康王省察了"武王、成王伐商图"和"东国图"以后，决定把矢改封在"宜"这个地方，以镇抚东国：

唯四月，辰在丁未，王省武王、成王伐商图，遂省东国图。……王令虞侯矢曰：迁侯于宜。……③

李学勤先生指出：

---

① 陈全方：《周原与周文化》，上海人民出版社 1988 年版，第 128 页。
② 《国语》，上海古籍出版社 1978 年版，第 466 页。
③ 《殷周金文集成》8.4320。采用李学勤先生释文。

"省",《尔雅·释诂》训察,《说文》训视。"遂",继事之辞,用法犹如"因"。"东国",周朝的东土。"图",指地图。"武王、成王伐商图"是军事地图,"东国图"是行政地图,正像现存最早的地图马王堆帛书地图,有《驻军图》,又有《长沙国南部图》。武王、成王伐商都是用兵东国,所以簋铭中周王在看了伐商图后,连类而及,又观看了东国图。[①]

《宜侯矢簋》出土于江苏丹徒,或以为"宜"即今之镇江。这一地属于前面我们所讨论的周人心目中的"东国"。江淮之地属于"东国",也和"江、沱、汝、汉"地区属于"南国"一样,出于中心统治区域位于洛邑的周人的观念。

综上述可知,《吕氏春秋》关于《三象》本事的记述以及王国维认为这一记述与《大武》六成之说相合的论断是不正确的。

至于我们所以对高亨先生所述《三象》名称来源加以否定,其理由除见前述外,还因为《象》为乐舞,用于宗庙朝廷,从文献记载及周原考古发掘所见西周宗庙朝廷的空间规模看[②],断乎无驱象为舞之理,不要说动物之象与《周颂》任何一篇的内容都毫无关联了。

《三象》名称来源既与动物象无关,其意当别求之。考古乐命名皆寓道德含义,如《韶》《夏》《濩》《武》皆然。《三象》命名之意亦当沿此寻撦。

按"象"一词有多种含义。从人文伦理的角度来说,孔子的一段话最得其意。《孝经》载孔子对曾子问曰:

> 言思可道,行思可乐,德义可尊,作事可法,容止可观,进退可度,以临其民。是以其民畏而爱之,则而象之。[③]

---

① 李学勤:《宜侯矢簋与吴国》,《文物》1985 年第 7 期。
② 陈全方:《周原与周文化》,上海人民出版社 1988 年版,第 37—69 页。
③ 《孝经注疏》,阮刻《十三经注疏》,中华书局 1980 年版,第 2554 页。

上引《孝经》中"象"的重要含义是"似"和"效"。《汉书·匡衡传》颜师古注：

> 象，似也。①

《广雅·释诂三》：

> 象，效也。②

先秦时期，"象"的"形象"之意所具有的普遍的、哲学的意义，在《周易》中有较为详细的解说。《周易·乾卦·象传》曰：

> 天行健，君子以自强不息。（《孔疏》："此大象也。十翼之中第三翼。总象一卦，故谓之大象。但万物之体自然各有形象，圣人设卦以写万物之象。今夫子释此卦之所象，故言'象曰'。"）③

"象"在《周易》中往往作"卦象"之用，兼取八卦的象征意义。《周易·系辞下》：

> 八卦成列，象在其中矣。（王弼《注》："备天下之象也。"）
> 爻也者，效此者也；象也者，像此者也。（《孔疏》："象也者，像此者也，言象此物之形状也。"）

---

① 《汉书》，中华书局1962年版，第3344页。
② 王念孙：《广雅疏证》，中华书局1983年版，第104页。
③ 《周易正义》，阮刻《十三经注疏》，中华书局1980年版，第14页。

古者包牺氏之王天下也，仰则观象于天，俯则观法于地，观鸟兽之文，与地之宜。（王弼《注》："圣人之作《易》，无大不极，无微不究。大则取象天地，细则观鸟兽之文与地之宜也。"）①

"象"的"法象"之意，见于多种先秦典籍。《尚书·舜典》：

象以典型。（《孔传》："象，法也。法用常刑，用不越法。"）②

《尚书·益稷》：

予欲观古人之象。（《孔传》："欲观示法象之服制。"）③

《周礼·大司寇》：

正月之吉，始和。布刑于邦国都鄙，乃悬刑象之法于象魏，使万民观刑象，挟日而敛之。（《郑注》："正月朔日，布五刑于天下，正岁，又悬其书重之。"）④

《礼记·仲尼燕居》：

量鼎失其象。（《孔疏》："象谓法象。"）⑤

---

① 《周易正义》，阮刻《十三经注疏》，中华书局1980年版，第85、86、86页。
② 《尚书正义》，阮刻《十三经注疏》，中华书局1980年版，第128页。
③ 《尚书正义》，阮刻《十三经注疏》，中华书局1980年版，第141页。
④ 《周礼注疏》，阮刻《十三经注疏》，中华书局1980年版，第871页。
⑤ 《礼记正义》，阮刻《十三经注疏》，中华书局1980年版，第1613页。

古人道德观念中,"君子"安身立命的首务之急是追步先王,效法典型,否则即为"不肖子孙"矣。《小雅·裳裳者华》:

左之左之,君子宜之。右之右之,君子有之。维其有之,是以似之。(《毛传》:"左阳道,朝祀之事。右阴道,丧戎之事。""似,嗣也。"《郑笺》:"维我先人有是二德,故先王使之世禄。子孙嗣之。")①

《周颂·良耜》:

以似以续,续古之人。(《毛传》:"以似以续,嗣前岁,续往事也。")②

上引文中,"似"读为"嗣"。实则"嗣"之意乃由"似"来。而"似""嗣"皆为"肖""象"之意。《禹鼎》:

命禹肖朕且(祖)考,政于井邦。(《殷周金文集成》5.2833)

《大盂鼎铭》:

命汝孟刑乃嗣祖南公。(《殷周金文集成》5.2837)

二鼎铭所言,都反映了肖、象先人的理念。这一理念及相关词语在后世仍有使用。《战国策·赵策四》:

---

① 《毛诗正义》,阮刻《十三经注疏》,中华书局1980年版,第480页。
② 《毛诗正义》,阮刻《十三经注疏》,中华书局1980年版,第603页。

老臣贱息舒祺最少，不肖。①

"不肖"为当时成语，言其不似其先人。不似先人，则必不能成器，所以引申为不成器的意思，这里是触龙言及自己家人时所用的自谦自贬之词。

"象"在典籍及金文中特指先王所树立的典型。尤以文王为楷模。《左传·襄公三十一年》：

《周书》数文王之德，曰："大国畏其力，小国怀其德。"言畏而爱之也。《诗》云："不识不知，顺帝之则。"言则而象之也。纣囚文王七年，诸侯皆从之囚。纣于是乎惧而归之，可谓爱之。文王伐崇，再驾而降为臣，蛮夷帅服，可谓畏之。文王之功，天下诵而歌舞之，可谓则之。文王之行，至今为法，可谓象之。②

除上引文外，如下文例亦可参证：《小雅·鹿鸣》：

我有嘉宾，德音孔昭。视民不恌，君子是则是效。(《毛传》："是则是效，言可法效也。"《郑笺》："先王德教甚明，可以示天下之民，使之不愉于礼义，是乃君子所法效。"《孔疏》："旅酬之时，语先王道德之音甚明，以此嘉宾所语示民，民皆象之，不愉薄于礼义。")③

《大雅·荡》：

---

① 何建章：《战国策注释》，中华书局 1990 年版，第 801 页。
② 《春秋左传正义》，阮刻《十三经注疏》，中华书局 1980 年版，第 2016 页。
③ 《毛诗正义》，阮刻《十三经注疏》，中华书局 1980 年版，第 406 页。

虽无老成人，尚有典型。（《郑笺》："犹有常事故法可案用也。"）①

《大盂鼎铭》：

法保先王。（《殷周金文集成》5.2837）

凡上所引，足证周人之"象"所反映的思想观念确实如此。《春秋繁露》：

武王受命，作宫邑于鄗，制爵五等，作《象》乐，继文以奉天。②

由董仲舒对《三象》命意的理解，可见汉人对此亦尚作如是观。③

综上所述，可知《三象》之得名不由动物之象而来，而实取其"似""效""法象"之意。即《左传·襄公三十一年》所言之"作事可法，德行可象"。一则颂先王之典型为后王仿效之"法象"，二则颂扬后王追步前王之德，似续先祖之功。以此可以知道，《毛诗序》以《维清》为《三象》之一，必有所据。而高亨先生以《昊天有成命》属于《三象》，亦可得到较为完满的解释。

第二节　《三象》之诗的篇目及其思想内涵

《三象》之诗，公认有三篇，但今本《诗经》中仅有《维清》一篇被《毛诗序》列入《三象》，其余无说。《毛诗序》：

---

①　《毛诗正义》，阮刻《十三经注疏》，中华书局1980年版，第554页。
②　苏舆撰：《春秋繁露义证》，中华书局1992年版，第187页。
③　按：以先王为法象，至汉代仍为主流的政治哲学思想。《汉书·礼乐志》："既庶且富，则须庠序礼乐之教化矣。今幸有前圣遗制之威仪，诚可法象而补备之，经纪可因缘而存著也。"（《汉书》，中华书局1962年版，第1075页）

《维清》，奏《象》舞也。

《郑笺》：

《象》舞，象用兵时刺伐之舞，武王制焉。

《孔疏》：

《维清》诗者，奏《象》舞之歌乐也。谓文王时有击刺之法，武王作乐，象而为舞，号其乐曰《象》舞。至周公、成王之时，用而奏之于庙。诗人以今大平由彼五伐，睹其奏而思其本，故述之而为此歌焉。《时迈》《般》《桓》之等皆武王时事，成王之世乃颂之。此《象》舞，武王所制。以为成王之时奏之，成王之时颂之，理亦可矣。但武王制既此乐，其法遂传于后。春秋之世，季札观乐，见舞《象》，是后于成王之世，犹尚奏之，可知颂必大平乃为，明是睹之而作。又此诗所述，述其作乐所象，不言初成新奏，以此知奏在成王之世，作者见而歌之也。经言文王之法可用以成功，是制《象》舞之意。①

《维清》一诗的内容，与前人所述基本相合。《维清》诗曰：

维清缉熙，文王之典。肇禋，迄用有成。维周之祯。

"文王之典"的"典"，《毛传》训为"法也"。《郑笺》则说：

---

① 《毛诗正义》，阮刻《十三经注疏》，中华书局1980年版，第584页。引者按：文字据阮元校记，作了校正。

缉熙，光明也。天下之所以无败乱之政而清明者，乃文王有征伐之法故也。文王受命，七年五伐也。

《孔疏》：

诗人既睹太平，见奏《象》舞，乃述其所象之事而归功于文王。言今日所以维皆清静光明，无败乱之政者，乃由在前文王有征伐之法故也。其伐早晚为之，乃本受命始为禋祀昊天之时，以行此法，而伐纣之枝党。言其祭天乃伐，其法重而可遵，故至今武王用之伐纣而有成功，致得天下清明。是此征伐之法维为周家得天下之吉祥矣。故武王述其事而制此舞，诗人见其奏而歌之焉。①

"文王之典"，高亨先生以为当读为"文王之德"。我们在前面已经指出，西周早期文献中，"德"与"典"往往可以互训。其意皆为"事典武功"。上引《毛传》《郑笺》《孔疏》关于"文王之典"的解释相当一致，可见我们前面对"文王之德"的分析有据。这一解释也符合本书所阐述的古人对《三象》的命名原则。

"肇禋"，旧注皆释为始行祭天之礼。《毛传》：

肇始禋祀也。

《郑笺》：

---

① 《毛诗正义》，阮刻《十三经注疏》，中华书局1980年版，第584页。

文王受命始祭天而枝伐也。《周礼》："以禋祀祀昊天上帝"。①

高亨先生以为"肇禋"之"禋"乃"西土"之误。他说："西土二字误合为亜，后人又加示旁。周国在西方，所以称西土。肇西土，言文王开辟了周国的土地。"②高说可从。马瑞辰《毛诗传笺通释》说：

> 李黼平曰："《生民》'以归肇祀'，《传》云：'始归郊祀也。'周之祭天自后稷然矣，文王祭天不应言'肇'。《尚书》'禋于六宗'，固为天神，而禋于文王、武王宗庙，亦得称禋。《说文》：'禋，洁祀也。一曰，精意以享为禋。'是禋乃祭祀通称。《传》训禋为祀，盖言始禋祀而征伐，义不系于祭天。《正义》以《笺》述毛，非也。"今按李说是也。肇禋犹言肇祀。《生民》诗"后稷肇祀，庶无罪悔，以迄于今"，言后稷之肇祀也。此诗"肇禋，迄用有成"，言文王之肇祀也。二诗文义相似。《生民》诗承"上帝居歆"言之，故《传》以肇祀为郊祀，此诗上无所承，故《传》以肇禋为泛言禋祀耳。③

《毛诗传笺通释》对旧注以"肇禋"为文王始祭天之说予以了有力的驳斥，但其言"肇禋"指文王"始肇禋而征伐"，却并非的论。因为在周人的历史上，"始肇禋而征伐"并非始自文王。《鲁颂·閟宫》即明言翦商自太王始，更不要说太王之前周人在西土的发展也与征伐密不可分了。"肇西土"，与《尚书·酒诰》"乃穆考文王，肇国在西土"句法文意皆同，言文王在"西土"扩大势力，奠定克商的基础。所以下文接着说"迄用有成"。"有成"者，言克商成功，抚

---

① 《毛诗正义》，阮刻《十三经注疏》，中华书局1980年版，第584页。
② 高亨：《诗经今注》，上海古籍出版社1980年版，第477页。此说又见高亨：《周颂考释》（上），《中华文史论丛》1963年第4辑，第83页。
③ 马瑞辰：《毛诗传笺通释》，中华书局1989年版，第1046—1047页。

有天下。"维周之祯"则顺理成章地当如前引文所言,意为:"(文王之典)其法重而可遵,故至今武王用之伐纣而有成功,致得天下清明。是此征伐之法维为周家得天下之吉祥矣。"

清代学者戴震,持"肇禋"为"开始祭祀"的旧说,即使如此,他也承认《维清》一诗所歌颂的是"功成由用文王之法",他说:

> 文王清明之法,实开始禋祀之盛礼,故至今用之有成,是周所以成功,其祥先见文王时也。盖盛礼举在成功以后,而功成由用文王之法,则祥已见于法,本文王肇之矣。归功之辞,而意旨甚深远。①

可见,无论在"肇禋"的解释上持何种观点,都不否认"文王之典"所起的"法"的作用,而文王之为"法",确实为周人所尊崇,此即"象"之意也。《三象》中的另一篇当为《昊天有成命》。其文辞言文武受天有大命,成王承继祖业,秉持天命,黾勉从事,天下始得安靖。前面已经说过,高亨先生以为它当属于《三象》之一。高先生并且在《周颂考释》中正确指出它作于成王之世:

> 朱熹曰:"此疑祀成王之诗也。"考《国语·周语》:"《昊天有成命》,颂之盛德也。其诗曰:'昊天有成命,二后受之。成王不敢康,夙夜基命宥密,於缉熙,亶厥心,肆其靖之。'是道成王之德也。成王能明文昭,能定武烈者也。"其说甚是。全诗以颂扬成王为主,言及文武二后,并无颂扬之词,乃示成王克绳祖与父之意,其为赞扬成王之乐歌,明矣。……
>
> 又按:此篇殆即《象》乐之一章,作于成王之世,非祭成王者也。②

---

① 戴震:《戴氏诗经考》,《戴震全集》第四册,清华大学出版社1995年版,第2128页。
② 高亨:《周颂考释》(上),《中华文史论丛》1963年第4辑,第88—89页。

高先生又指出《三象》不属于《大武乐章》之列，《昊天有成命》之内容与文献所述《三象》性质相合，高先生说：

> 《左传》既云："见舞《象》箾、《南》籥者"，又云："见舞《大武》者"。可见《象》不属于《武》，其证一也。《吕氏春秋》先云："武王……作为《大武》，"次云："成王立……乃为《三象》"，可见《象》不属于《武》，其证二也。《明堂位》于下管《象》后继云："朱干玉戚，而舞《大武》。"可见《象》不属于《武》，其证三也。《祭统》于下而管《象》后继云："朱干玉戚以舞《大武》。"可见《象》不属于《武》，其证四也。《文王世子》于下管《象》后继云："舞《大武》"。可见《象》不属于《武》，其证五也。《仲尼燕居》于下管《象》后继云："《武》、《夏》籥序兴。"可见《三象》不属于《武》，其证六也。然则《象》决非《武》之三章。……据吕书《三象》之诗乃赞扬周公或成王。而此篇正是赞扬成王，且诗云："肆其靖之"，又与平定殷人叛乱相合，则此篇似即《象》之一章矣。①

高先生关于《昊天有成命》应归于《三象》之一的论断基本上是正确的。尤其指出其作于成王之世，而非祭成王之诗，至为紧要。朱熹《诗集传》以为"此诗多道成王之德，疑祀成王之诗也"。又引《国语·周语》中叔向"是道成王之德"语，以为"则其为祀成王之诗无疑矣"。②实则诗篇着重强调成王赓继文武之道，不敢安逸懈倦，足当嗣王之模范，可以此告慰先王，故绝非祭祀成王的诗篇。故本篇列入《三象》，较他篇为当。

《三象》中的另外一篇，从无人论及。我们经过对全部《周颂》反复研究，比较对勘，以为除《天作》外，别无他选。《天作》一篇全诗如下：

---

① 高亨：《周颂考释》（上），《中华文史论丛》1963 年第 4 辑，第 89—90 页。
② 朱熹：《诗集传》，上海古籍出版社 1980 年版，第 225 页。

天作高山，大王荒之。彼作矣，文王康之。彼徂矣，岐有夷之行，子孙保之。①

《天作》的题旨，《毛诗序》以为是"祀先王先公也"。《诗集传》认为此诗之主旨是："此祭大王之诗。言天作岐山，大王始治之。大王既作，而文王又安之。于是彼险僻之岐山，人归者众，而有平易之道路。子孙当世世保守而不失也。"② 陈奂《诗毛氏传疏》说：

　　此时享庙祧之乐歌也。《周礼·守祧》："掌守先王先公之庙祧。"先王为庙，先公为祧。其在成王时，后稷为大祖，庙最尊。大王、文王为二昭，王季、武王为二穆，最亲。此五庙皆先王庙也。诸盩即祖绀为一昭，亚圉为一穆，此二祧为先公庙也。《中庸》云："周公成文武之德，追王大王、王季，上祀先公以天子之礼。"……是时享有先公矣。③

按，朱、陈二人所说各有长短。《诗集传》较为简明，而陈氏指出周初太王至为尊亲，对理解诗篇大意也有帮助。可知《毛诗序》所言必有所本，唯不若《诗集传》明确耳。

综上所述，我们以《天作》为《三象》之一，有如下理由。首先，在周初人的观念中，除文王以外，太王是最重要的一位先王。因为正是太王开始直接奠定了周人克商大业的基础，即《史记·周本纪》所谓的"盖王瑞自大王兴"。其于周人在"西土"根据地的建立，"翦商"基本方略的确定，接班人的选择（不选长子而选幼子王季及王季之子文王昌为嗣）等，均有正确决断与措施。其于周人，功不可没，故周人言克商立国皆自太王写起。以《鲁颂·閟宫》为例，

---

① 《毛诗正义》，阮刻《十三经注疏》，中华书局 1980 年版，第 585—586 页。
② 朱熹：《诗集传》，上海古籍出版社 1980 年版，第 225 页。
③ 陈奂：《诗毛氏传疏》卷 26，中国书店 1984 年影印本。

其二章曰：

后稷之孙，实维太王。居岐之阳，实始翦商。至于文武，缵太王之绪，致天之届，于牧之野。"无贰无虞，上帝临汝"！敦商之旅，克咸厥功。①

诗篇指出，太王居岐是周人翦商之始，而周人克商则是文武继承太王之志的结果。正因为如此，周人克商后，第一次祭祀先公先王，也自太王祭起。《逸周书·世俘篇》说：

辛亥，荐俘殷王鼎。……王烈祖自太王、太伯、王季、虞公、文王、邑考以列升。②

《逸周书》的这一记载和《史记》《鲁颂》的有关部分正可互相印证。从诗篇之间的关联来说，以《天作》为《三象》之诗的第一篇，与《维清》和《昊天有成命》正好成为序列。将其排列展示，相互之间的内在联系就可以看得更清楚了。《天作》祀太王，兼言及文王赓继太王之德。《维清》祀文王，特言及"文王之典"。《昊天有成命》祀文武，并兼言及成王追步先王之德。其诗篇内容皆与"象"之命意相合。

另外，如果将《周颂》各篇排列校比，《天作》显然当列入周初之作。不仅从文字风格看，其语言朴实、叙事简洁，纯粹是周初作风，而且从内容考察，《天作》又符合《三象》命意原则，诗篇所记述的事实与精神和其他文献对勘又密合无间。求《三象》之阙文，非它莫属。尤其将它与《维清》《昊天有成命》列为三鼎足，天衣无缝，无可疑虑。

---

① 《毛诗正义》，阮刻《十三经注疏》，中华书局1980年版，第615页。
② 黄怀信等：《逸周书汇校集注》，上海古籍出版社2007年版，第421页。

总之,《三象》是以歌颂太王、文王、武王等先王的业绩为主的诗篇,并赞扬后王殚尽厥心,追步前王,光大祖业的纯德,以明其为嗣王之模范。从领有天下到日靖四方,周人数代同志,可谓"象"矣。此其为《三象》命意之本。由此,可以使我们加深认识《周颂》的历史文化面貌,尤其是对"告成武功"之外的"告庙"内容含义的认识。对于周代文化由"武"到"文"的演化过程,也为我们提供了一个切实的认识途径。

第三节 《三象》舞容与周代礼乐文化的演变

从《大武》《三象》之间的联系与区别入手,对《三象》之乐的文化内涵加以探索,是研究周初礼乐文化嬗变的重要途径。

我们先从《大武》《三象》舞容的比较谈起。从礼书所记周代典礼用乐次序等方面来看,《武》《象》二者之间的联系是比较密切的,以致汉代人多将二者混而为一。王国维《汉以后所传周乐考》言:

> 《大戴礼记·投壶篇》,凡"雅"二十六篇。其八篇可歌:歌《鹿鸣》《狸首》《鹊巢》《采蘩》《采蘋》《伐檀》《白驹》《驺虞》;八篇废不可歌。七篇商齐可歌也。……乃备记其存亡之目,盖在战国以后矣。《投壶》所存十八篇至汉犹有存者。……由前后观之,则《投壶》所存古乐十八篇,《风》《雅》《商》《齐》上同师乙之分类,《鹿鸣》《伐檀》《驺虞》下同杜夔之所传,其为周秦之间乐家旧弟无疑。[①]

由王氏所考可知,至汉代,《武》《象》两乐无一存焉。由此可知,汉代人

---

① 王国维:《观堂集林》,中华书局1959年版,第118—120页。

所论《武》《象》舞容，皆系传闻。故《武》《象》异同之处，当据先秦旧籍，重加考定。

《武》《象》之为舞有大小之分。《周礼·大司乐》：

> 大司乐掌成均之法，以治建国之学政，而合国之子弟焉。……以乐舞教国子，舞《云门》《大卷》《大咸》《大韶》《大夏》《大濩》《大武》……乃奏无射，歌夹钟，舞《大武》，以享先祖。①

《郑注》：

> 此周所存六代之乐。……《大武》，武王乐也，武王伐纣，以除其害，言其德能成武功。②

《贾疏》：

> 此大司乐所教是大舞，乐师所教者是小舞。案《内则》云"十三舞《勺》，成童舞《象》"。舞《象》谓戈，皆小舞。③

《周礼·乐师》：

> 乐帅掌国学之政，以教国子小舞。④

---

① 《周礼注疏》，阮刻《十三经注疏》，中华书局1980年版，第787—789页。
② 《周礼注疏》，阮刻《十三经注疏》，中华书局1980年版，第787页。
③ 《周礼注疏》，阮刻《十三经注疏》，中华书局1980年版，第787页。
④ 《周礼注疏》，阮刻《十三经注疏》，中华书局1980年版，第793页。

《郑注》：

> 谓以年幼少时教之舞。《内则》曰：十三舞《勺》，成童舞《象》，二十舞《大夏》。①

据上引经传之文，《武》为大舞，系周乐之代表。故其称为《大武》。与"大舞"这一概念相对应的概念是"小舞"，《象》即属小舞之列。

"大舞"之大，首先在于演出规模大。据前引《礼记·乐记》文，《大武》的演出有"六成"，与古代其他名乐如"箫韶九成"②"夏龠九成"③相仲伯。《大武》演出时，奏乐所用的乐器，确可考知的有鼓、铎等。④所谓金鼓齐鸣，其声势之大，可以想见。《礼记·祭统》：

> 凡治人之道，莫急于礼。礼有五经，莫重于祭。……及入舞，君执干戚就舞位。君为东上，冕而揔干，率其群臣，以乐皇尸。……夫祭有三重焉。献之属莫重于祼，声莫重于升歌，舞莫重于《武·宿夜》，此周道也。⑤

《郑注》：

> 《武·宿夜》，《武》曲名也。周道，犹周之礼。⑥

---

① 《周礼注疏》，阮刻《十三经注疏》，中华书局1980年版，第793页。
② 《尚书·益稷》，阮刻《十三经注疏》，中华书局1980年版，第144页。
③ 《吕氏春秋·古乐》，《吕氏春秋》，《诸子集成》第六册，上海书店1986年版，第53页。
④ 参见《礼记·乐记》"夫《武》之备戒之已久"句《郑注》、"天子夹振之而驷伐"句《郑注》，《礼记正义》，阮刻《十三经注疏》，中华书局1980年版，第1541、1542页。
⑤ 《礼记正义》，阮刻《十三经注疏》，中华书局1980年版，第1602—1604页。
⑥ 《礼记正义》，阮刻《十三经注疏》，中华书局1980年版，第1604页。

《孔疏》：

《武·宿夜》是《武》曲之名，是众舞之中无能重于《武·宿夜》之舞。……熊氏云："此即《大武》之乐也。"①

《礼记·明堂位》中有与上引文内容相类的记载。联系本书前引文献，可知参与《大武》舞演出的，除有在国学就学的贵族子弟外，朝廷群臣、诸侯，甚至周天子在一定场合也参与其事，可见为礼之隆重。孙诒让《周礼正义》卷四十四：

"掌国学之政，以教国子小舞"者，佐大司乐，而与舞师、师氏、保氏为官联也。国学者，在国城中王宫左之小学也。学小舞之国子，未入大学，则此国学为小学明矣。《王制》云："六十养于国，七十养于学。"彼养学为大学，养国亦据国中小学言之，不言学者，文略。此详言之，故曰国学。大司乐掌大学，则教大舞，此乐师掌小学，则教小舞，亦互相备。……凡国子十三入小学，二十入大学。《少仪》云："问大夫之子长幼，长则曰能从乐人之事矣，幼则曰能正于乐人，未能正于乐人。"《注》云："正，乐政也。"彼从乐人之事，盖谓能舞六大舞者；正于乐人，即谓受教于乐师、舞师也。互详《师氏》疏。引《内则》曰"十三舞《勺》，成童舞《象》，二十舞《大夏》"者，证未二十皆学小舞也。②

以《武》《象》二者相比较，在周代的典礼用乐中，如果《武》《象》同用，则《武》用为舞，《象》则仅作为管乐演奏。从二者同为舞的角度来看，与

---

① 《礼记正义》，阮刻《十三经注疏》，中华书局1980年版，第1604页。
② 孙诒让：《周礼正义》，中华书局1987年版，第1795页。

《武》相比，《象》未闻有数成之说。唯据《匡卣铭》"匡甫象舞二"的记载，则象乐可能有两成。

总之，《武》《象》二者的规模相差是很大的。另据《周礼·乐师》及其《郑注》，在国子学中，负责《象》舞教导者为乐师，而据《大司乐》，教《武》舞者为大司乐。两者身份差异也很大。《乐师》言，乐师"凡国之小事用乐者，令奏钟鼓"。"小事"，《郑注》解为"小祭祀之事"。比较《大司乐》掌"凡乐事，大祭祀，宿悬，遂以声展之"，二者之差别可知。综上述可知，乐师所司礼典的重要性次于大司乐所司，而《象》之重要性则次于《武》。

《礼记·乐记》说："屈伸俯仰，缀兆舒疾，乐之文也。"① 这句话是说，作为乐的重要组成部分，舞容诉诸人们的视觉，用舞蹈者的形体动作及舞蹈队列的变化来表现乐的内涵。据《乐记》说，《大武》具有"发扬蹈厉"的气势，而这种气势的"盛威"，从舞容的角度来说，是通过"夹振之而驷伐"等舞蹈动作来表现的。关于《三象》的舞容，早期的文献记载较少，所以只能间接推知。前人研究古代乐舞的舞容，多从舞具入手，我们遵循前人成例，沿波讨源。

根据礼书、史传及先秦诸子所述，先秦时期贵族乐舞的舞具主要包括干戚、羽旄与管籥三大类。其中，干戚为传统所谓"武舞"所用，向无异义，管籥、羽旄则被认为属于传统所谓"文舞"所用，实则不然。

前面已经讲过，《大武》是典型的武舞。其舞蹈中多模仿战阵的击刺。文献谈到《大武》的舞具，则不离干戚。《象》舞为武舞之说，已见本章第二节所引《周颂·维清》的《郑笺》和《孔疏》。《三象》的舞具，则有前引《周礼·大司乐》的《孔疏》等言其用戈。若能证明《象》舞的舞具确实只有戈，问题就较为简单了，但这条书证时代较晚，难为的证。而据《左传·襄公二十九年》"见舞《象箾》《南籥》者"②，可知《象》又以"箾"为舞具。

---

① 《礼记正义》，阮刻《十三经注疏》，中华书局1980年版，第1530页。
② 《春秋左传正义》，阮刻《十三经注疏》，中华书局1980年版，第2008页。

那么，什么是"箾"呢？马瑞辰《毛诗传笺通释》引《说文》"箾，以竿击人也"。马氏以为箾即"干"，并据以断《象》为武舞。①关于这一点，前人有不同的看法。《说文》：

箾，以竿击人也。从竹，削声。虞舜乐曰《箾韶》。

《段注》：

《左传》"舞《象箾》《南籥》"。杜曰："象箾，舞所执。《南籥》，以籥舞也。"箾不知何等器，岂以竿舞与？……按音部引《书》"《箫韶》九成"。知《皋陶谟》字作箫。此云箾韶，盖据《左传》。《左》云"见舞《韶箾》者"，此作箾韶，见《书》与《左》一也。《孔疏》云"箾即箫字"，《释文》"箾音箫，与上文象箾音朔异"。今按同为乐名，不当异义异音。②

马氏以箾为兵器，段氏以箾为乐器，在他们的有关叙述中，这一异义似乎暗示"箾"为何物是解决《象》舞性质的关键，似乎若能证明《象》舞之舞具中有乐器，即可证实《象》舞不为武舞。但事实并不如此。

汉代以后，人们对上古文化的许多观念，已经不甚了然。我们现在讨论的古代乐舞的"文""武"之分，就是一例。

以《象》舞的舞具为箫者，其话语背后即肯定它为"文舞"。《说文》："箫，参差管乐，象凤之翼。"③这"象凤之翼"的管乐，如今称之排箫。而在后世一般人的心目中，很难将此类乐器与"武舞"联系起来。

古代舞蹈者手持乐器以为道具，多见经籍。《王风·君子阳阳》：

---

① 马瑞辰：《毛诗传笺通释》，中华书局1989年版，第1045—1046页。
② 段玉裁：《说文解字注》，上海古籍出版社1981年版，第196页。
③ 段玉裁：《说文解字注》，上海古籍出版社1981年版，第197页。

> 君子阳阳，左执簧，右招我由房。

"簧"为乐器名，又见《秦风·车邻》《小雅·鹿鸣》。《毛传》："簧，笙也。"马瑞辰《毛诗传笺通释》并引《礼记·月令》《世本》《说文》及《文选》李善注，证成其说。① 此说多为近人采用②，实际上并非的论。《释名·释乐器》：

> 簧，横也。于管头横施于中也。以竹铁作，于口横鼓之，亦是也。③

李纯一先生《说簧》一文引王符《潜夫论·浮侈篇》、刘熙《释名》及陈旸《乐书》，并及其他文献与民俗资料，证明簧非管乐器。《说簧》详述"簧"历史及其演变，说明古代的簧是一种以竹、铁为骨架制成的弹拨乐器。李文还说，近代的簧则多类似口哨。④

舞者可执簧于手中，其他种类的管乐器用为舞具者，习见为籥。《邶风·简兮》：

> 简兮简兮，方将万舞。（一章）
> 左手执籥，右手秉翟。（二章）

以籥为乐器者，并见前引《左传》。籥与箫相类，皆为管乐器，所相异者，在于参差与否。古人既以乐器习用为舞具，则前述马瑞辰氏以"简"为"干"，并非定论。但更为根本的问题是，是否以乐器为舞具，并不能决定相关之"舞"

---

① 马瑞辰：《毛诗传笺通释》，中华书局1989年版，第231页。
② 参见高亨：《诗经今注》，上海古籍出版社1980年版；程俊英、蒋见元：《诗经注析》，中华书局1991年版；袁梅：《诗经译注》，齐鲁书社1980年版；褚斌杰：《诗经全注》，人民文学出版社1999年版。
③ 刘熙：《释名》，中华书局1985年版，第107页。
④ 李纯一：《说簧》，《乐器》1981年第4期。

为"文舞"还是"武舞"的问题。王国维以为执乐器之"箾"的《象》为文舞，与前述《郑笺》《孔疏》所说为武舞的《象》分别为两种《象》舞，是一种不正确的调和。

为了更清楚地说明这一问题，我们先讨论上述引文中与籥并列的另一种舞具"羽"。古代文献中多记载舞蹈时以"羽"为舞具。前引《邶风·简兮》言舞者手执籥与翟，"翟"即为舞具中常用之"羽"。前人多以此认为，诗中舞者所舞的性质是"文舞"。《诗经·邶风·简兮》：

有力如虎，执辔如组。左手执籥，右手秉翟。（二章）

《毛传》：

组，织组也。武力比于虎，可以御乱。御众有文章，言能治众，动于近，成于远也。
籥，六孔。翟，翟羽也。

《郑笺》：

硕人有御乱、御众之德，可任为王臣。
硕人多才多艺，又能籥舞。言文武道备。

《孔疏》：

硕人既有御众、御乱之德，又有多才多艺之伎，能左手执管籥，右手秉翟羽而舞，复能为文舞矣。
籥虽吹器，舞时与羽并执，故得舞名。是以《宾之初筵》云"《籥》"舞笙鼓",《公羊传》曰"籥者何?《籥》舞"是也。首章云"公庭《万》舞",是能武舞,今又说其《籥》舞,是又能为文舞也。硕人有多才多艺,又能为此《籥》舞,言文武备也。①

《尚书·大禹谟》:

三旬,苗民逆命。……帝乃诞敷文德,舞干羽于两阶,七旬,有苗格。

《孔传》:

远人不服,大布文德以来之。干,楯。羽,翳也。皆舞者所执。修阐文教,舞文舞于宾主阶间,抑武事。②

由上引文可知,诸经旧注皆以籥、羽为"文舞"之舞具。这种认识并不符合先秦礼乐文化的实际,下面谨就此进行论述。《周礼·乐师》:

凡舞,有帗舞、有羽舞、有皇舞、有旄舞、有干舞、有人舞。

《郑注》:

帗舞者,全羽;羽舞者,析羽;皇舞者,以羽冒覆头上,衣饰翡翠之羽。……社稷以帗,宗庙以羽,四方以皇。③

---

① 《毛诗正义》,阮刻《十三经注疏》,中华书局1980年版,第308页。
② 《尚书正义》,阮刻《十三经注疏》,中华书局1980年版,第137页。
③ 《周礼注疏》,阮刻《十三经注疏》,中华书局1980年版,第793页。

以此可知，乐师所教六舞中，至少有三种舞以羽为舞具，这些舞用于社稷、宗庙和四方之祭，皆为重要的典礼场合。

作为舞具的"羽"主要是用"翟羽"。"翟"又称为"雉"，故"翟羽"又称"雉羽"。翟即雉鸟，俗名山鸡，它和古代人们的社会文化生活有极为密切的关系，是远古时代一些原始部族所崇拜的图腾。从舞与武即战争的角度来说，因为雉鸟是力量的象征，所以在战争中人们常在头上饰以翟羽，或手执翟羽以舞，从而显示自己的力量，用来鼓舞士气，威吓敌人。李炳海教授在解释《尚书·大禹谟》"舞干戚于两阶"一段话时说：

> 执盾牌翟羽起舞，显见是武舞，必定极其强劲刚健。后代从虞舜尚文德的传统观念出发，都把"舞干羽"说成是施文德。从原始社会的实际情况考察，把它说成是习武事更恰当些。原始易洛魁部落存在这样的习俗："每一个人都可自由组织一个战斗队，到他所愿去的地方去远征。他可以举行一次军事舞蹈，来宣布自己的意图并募集志愿者，如果他能够将参加舞蹈时赞成他的人编成一个远征队，那么，就可趁着情绪激昂之际，立即踏上征途。"（马克思《摩尔根〈古代社会〉一书摘要》第106页）《大禹谟》所说的"舞干羽"就是这种性质的军事舞蹈，是以舞蹈的形式组织、训练远征队。远征队尚未出发时，苗蛮部族又表示和解，故停止了军事行动。所谓的"诞敷文德"，纯属后人附会。显然，雉羽作为舞蹈的道具，一方面是原始图腾的遗留，同时，主要是象征勇敢战斗的精神和强大的力量。

李炳海教授还指出：

> 人们在以雉鸟图案或羽毛为冠饰时，也取它的这种象征意义。……战国时期出现的鹖冠，也是把翟羽作为力量、勇敢的象征。鹖是一种勇雉，赵武灵王在提倡胡服骑射的同时，把鹖冠正式定为武士帽。战国时有《鹖

冠子》一书，其作者是楚人，"居深山，以鹖为冠"（《汉书·艺文志》）。该书多言兵家之事，可见，鹖冠多与战事有关。鹖冠在汉代又叫武冠，俗称大冠，其形制是在帽顶两侧各竖一支翟翎（见《续汉书·舆服志下》），以此表示武士的风度。①

中国传统戏剧舞台上，武将所戴冠的两侧往往还插有两根俗称"野鸡翎"的雉鸟尾羽，就是前述先秦时代尚武文化的孑遗。

翟羽的象征意义如此，启发我们重新思考在乐舞中与之关系密切的籥、箫之类乐器的象征性。实际上，人们早就知道古代的乐器与当时的军事活动及相关观念有密切关系。本书第二章第三节所引《国语·周语》，就记载了武王克商之役中，自始至终的用乐情况。

在文献记载与考古发掘所得乐器中，铙、钲、钟、镈、铎、錞于等铜制乐器及鼓，都与人们的军事活动有关，兹不详述。②其他乐器也多见于与军事有关的活动，角类即为其中之一，直到唐宋时期，人们描写军事生活的边塞诗中还常提到它们的声音。我们在前面已经提到"箫"是与军事活动有关的器物。对"籥"也应当作出与传统说法不同的解释。《吕氏春秋·古乐》：

帝喾命咸黑作为声歌：九招、六列、六英。有倕作为鼙、鼓、钟、磬、苓、管、埙、篪。帝喾乃令人抃鼓鼙，击钟磬，吹苓、埙、管、篪。因令凤鸟、天翟舞之。③

"令凤鸟、天翟舞之"，陈奇猷先生以为是化妆表演，为有见之论。因为羽

---

① 李炳海：《雉鸟与中国上古文化》，《文史知识》1988年第4期。
② 参见马承源主编：《中国青铜器》第二章第七节，上海古籍出版社2003年版。
③ 陈奇猷校释：《吕氏春秋校释》，学林出版社1984年版，第285页。引文从陈奇猷先生校正，见《吕氏春秋校释》，第301页注41。

舞的含义已如我们在前面所分析，实际上是武力的显示。而伴随着这一战争舞蹈的音乐，则既有鼓鼙、钟磬，又有各种管乐。埙、管、篪皆管乐器。"苓"，陈奇猷先生《吕氏春秋校释》引王引之说，以为即"笙"字，亦为管乐器。可见管乐器亦为武舞之伴奏乐器。《周礼·籥师》：

> 籥师掌教国子舞羽吹籥。祭祀，则鼓羽籥之舞。①

《礼记·文王世子》：

> 凡学，世子及学士必时。春夏学干戈，秋冬学羽籥，皆于东序。小乐正学干，大胥赞之。籥师学戈，籥师丞赞之。②

祭祀之乐舞，往往具有最为悠久的历史传承。"鼓羽籥之舞"正说明这些从氏族社会遗留下来的乐舞，隐含着原始文化尚武的习俗。《文王世子》的例子颇能说明这一问题。

"秋冬学羽籥"与"春夏学干戈"相对，从这一古代的社会制度中，可以窥见文化的叠相传承。《左传·隐公五年》：

> 故春蒐、夏苗、秋狝、冬狩，皆于农隙以讲事也。③

秋冬正是讲武之时，而以舞羽籥。且掌"籥"之官职"籥师"专教"戈"这种兵器。这是后人所不能模拟、仿造甚至难以猜度的前代文化遗存。

当然，古代文化传承有着极为复杂的来源与演变过程。在先秦乐舞的事象

---

① 《周礼注疏》，阮刻《十三经注疏》，中华书局1980年版，第801页。
② 《礼记正义》，阮刻《十三经注疏》，中华书局1980年版，第1404页。
③ 《春秋左传正义》，阮刻《十三经注疏》，中华书局1980年版，第1726页。

中，还有我们今天不能十分明确描述的部分。比如，原始文明中生殖崇拜的内容在后世往往也融入传统乐舞，在羽舞中，就可能有这样的文化因子。本书对于羽舞当为武舞的讨论，只是就其主要文化内涵而言，其他方面，我们留待将来再作进一步的探索。

综上所述，可以得出以下结论：不能因为《象》乐之舞具与乐器有关就认为它不属于武舞。据现存文献推断，《大武》为一代之代表性乐舞，必为各种类似乐舞所仿效。而且，从《三象》之诗来看，至少有部分内容是歌颂先人的武功。《三象》之舞容对先公先王武功的模仿与再现是情理之中的事。"象"之命名，正包含此种意义。

《武》《象》之间的这种关系，在汉代人的著作中可以找到某些反映。蔡邕《独断》说：

《武》一章七句，奏《大武》，周武所定一代之乐所歌也。

"《象》舞"，《独断》作"象武"。《独断》曰：

《维清》一章五句，奏《象武》之所歌也。

马瑞辰认为"武""舞"相通。① 我们则认为当从更深刻的文化背景，即前述《武》《象》在传统上的承继关系来着眼，去认识这一事象。

我们现在能予以认定的，是《武》《象》两者在表现"武"的程度上有所区别。前引《笺》《疏》以为《武》舞用戚，而《象》舞用戈，已表示了二者的这种区别。

《武》《象》舞容的异同，还表现在舞者的身份上。前面所引证过的《礼

---

① 马瑞辰：《毛诗传笺通释》，中华书局 1989 年版，第 1046 页。

记·内则》说，周代的贵族子弟按年龄长幼之序，在国子学中的学习内容依次为"十有三年学乐诵诗，舞《勺》。成童舞《象》，学射御。二十而冠，始学礼，可以衣裘帛，舞《大夏》"。"成童"，据《郑注》说是十五岁。《大夏》，据《周礼·大司乐》，与《大武》在用乐等级上相同。前人以为言"舞《大夏》"就包含了"舞《大武》"的意思在内，见《周礼·大司乐》的《孔疏》。①

《三象》与《大武》的舞蹈者的起始年龄分别为十五岁与二十岁，这反映了当时社会中由年龄所规定的人们的地位差异和《象》《武》二者的等级区别，同时也说明《三象》的舞容相对于《大武》要"文"一些。《武》《象》舞容的这种区别，在这两组诗歌的语言上也有所表现。不但在文辞内容上《大武》更显示出对武力的歌颂，而《三象》则较多祈祝之辞，而且《象》的词气也比较舒缓，这与它的音乐、舞蹈的形式是相符合的。

从现存先秦文献及前人对这些文献所记述的《大武》《三象》等周代乐舞所作的笺释中，可以看出汉代及其以后的人们对于周代礼乐文化阐释中的以武为文的趋向。

总之，《大武》作为有周一代乐舞的代表，直到春秋时期，还较多地保存了原始的文化面貌。而《三象》等乐舞的文化内涵，则可能更多地加入了后来的阐释。这一过程至少在春秋时已经相当深化了，如前引孔子论"文王之德"所显示的思想倾向。

在本书的第二章《〈周颂·大武乐章〉与西周礼乐制度的奠基》中，我们曾扼要地阐述了华夏民族文化的历史在商周之际的发展模式。在那里，《大武乐章》是阐释这一理论的主要经验材料。现在，我们仍然认为，在对商周之际华夏民族文化的历史性演变所作的讨论中，该组诗歌仍具有其他材料所不可替代的重要价值。但是，作为它的姊妹篇，《三象》也必须获得充分的重视。如果不

---

① 《周礼·大司乐》贾公彦《疏》："此大司乐所教是大舞，乐师所教者是小舞。案《内则》云'十三舞《勺》，成童舞《象》'，舞《象》谓戈，皆小舞。又云'二十舞《大夏》'，即此六舞也。"《周礼注疏》，阮刻《十三经注疏》，中华书局1980年版，第787页。

对《三象》进行深入的研究，那么，对商周之际文化转折的全面正确的认识也将是不可能的。因为正是它标示了包括诗歌在内的周代观念形态文化发展的第一阶段的完成，同时使下一个历史阶段得以顺利地衔接。

与《大武乐章》相比，历史上人们对《三象》内涵的解释更趋向于"文"的方面。如果摒除琐碎的细节和表象，可以说，《大武》更多地展现了周代早期礼乐文化的本质特征，而《三象》则侧重体现了在稍后的历史时期中，人们对西周礼乐传统的阐释与继承。从这一点来说，两者堪称双璧，在中国文化史上都具有重要的地位。

第四章 《周颂·闵予小子》诸篇与周礼核心精神的确立

第一节 "周公居东"与《闵予小子》诸篇作年

《周颂》中的《闵予小子》《访落》《敬之》及《小毖》四篇，因"俱言嗣王，文势相类"①，通常被视为一组诗。②《闵予小子》篇《郑笺》云："嗣王者，谓成王也。"③汉代学者多认同此说。④近年有学者否定成王所作的传统说法，提出《闵予小子》四篇作于穆王时，甚至明确其系与穆王登基典礼有关的仪式乐歌。⑤

出土文献为确定《闵予小子》诸篇的作者提供了新的证据。《清华大学藏战国竹简（叁）》《周公之琴舞》篇有成王所作"敬毖"九启。其"元内启"与今本《敬之》内容大体相同⑥，当系《敬之》别本，我们称其为清华简《敬之》篇。结合《周公之琴舞》中"成王作敬毖""服在清庙"及"余冲人"等语，可知《敬之》篇作者系成王无疑。在无反证的情况下，与《敬之》篇"义势相类"的《闵予小子》《访落》《小毖》三篇亦当断为成王所作。

---

① 《闵予小子·毛序》孔颖达《疏》，阮刻《十三经注疏》，中华书局1980年版，第598页。
② 各篇诗序如下：《闵予小子》，嗣王朝于庙也。《访落》，嗣王谋于庙也。《敬之》，群臣进戒嗣王也。《小毖》，嗣王求助也。
③ 《毛诗正义》，阮刻《十三经注疏》，中华书局1980年版，第598页。
④ 蔡邕《独断》："《闵予小子》一章十一句，成王除武王之丧，将始即政，朝于庙之所歌也。"《汉魏丛书》，吉林大学出版社1992年版，第183页。
⑤ 参见马银琴：《两周诗史》，社会科学文献出版社2006年版。
⑥ 李学勤主编：《清华大学藏战国竹简（叁）》，中西书局2012年版，第133页。

关于诗篇的创作背景，《闵予小子》《访落》《敬之》三篇旧注仅言与嗣王朝庙相关，唯《小毖》一篇的《郑笺》提及与《尚书·金縢》所载之事有关。《金縢》云：

> 武王既丧，管叔及其群弟乃流言于国，曰："公将不利于孺子。"周公乃告二公曰："我之弗辟，我无以告我先王。"周公居东二年，则罪人斯得。于后，公乃为诗以贻王，名之曰《鸱鸮》。王亦未敢诮公。①

《清华大学藏战国竹简（壹）》有《周武王有疾周公所自以代王之志》篇，系《金縢》篇的战国写本。该篇涉及"周公居东"的文字如下：

> 就后武王陟，成王犹幼在位，管叔及其群兄弟乃流言于邦曰："公将不利于孺子。"周公乃告二公曰："我之□□□□亡以复见于先王。"周公宅东三年，祸人乃斯得，于后周公乃遗王诗曰《雕鸮》，王亦未逆公。②

这说明，先秦时期广泛流传过周公曾出居东方的说法。武王在克商后不久病逝，新建立的西周政权尚不稳固。③有迹象表明，当时周公与成王及王室其他成员之间存在某些矛盾。④上引《金縢》篇中提及的管、蔡之乱以及"周公居东"之事即与此有关。

除"周公居东"外，传世文献中还有"周公奔楚"的记载。《史记·鲁周公

---

① 《尚书正义》，阮刻《十三经注疏》，中华书局 1980 年版，第 197 页。
② 为便于排印，引文采用通行字体。李学勤主编：《清华大学藏战国竹简（壹）》，中西书局 2010 年版，第 158 页。
③ 杨宽先生指出："当时周克殷才两年，殷贵族的势力还很强大，同时东方有许多夷族的方国还不属于周的统治范围，很容易出现'闻武王崩而畔'的局面。"杨宽：《西周史》，上海人民出版社 2003 年版，第 140 页。
④ 传世文献中对周王室内部的尖锐矛盾，记载颇为隐晦。如《金縢》："周公居东二年，则罪人斯得。于后，公乃为诗以贻王，名之曰《鸱鸮》，王亦未敢诮公。"《大诰》："有大艰于西土，西土人亦不静。"并参见李民：《〈尚书·金縢〉的制作时代及其史料价值》，《中国史研究》1995 年第 3 期。

世家》载：

> 初，成王少时，病，周公乃自揃其蚤沈之河，以祝于神曰："王少未有识，奸神命者乃旦也。"亦藏其策于府。成王病有瘳。及成王用事，人或谮周公，周公奔楚。成王发府，见周公祷书，乃泣，反周公。①

司马贞《索隐》云：

> 经典无文，其事或别有所出。而谯周云："秦既燔书，时人欲言金縢之事，失其本末，乃云'成王少时病……'"②

按，《金縢》言周公为武王卜，《史记》载又曾为成王祷，前人对此多有讨论。③

关于历史上是否有"周公奔楚"一事，历来有不同认识。或以为"周公奔楚"完全是"秦汉间人之妄说"④，或认为"当属信史"⑤。关于"周公居东"与"周公奔楚"之间的关系，有人认为"周公奔楚"即"周公居东"，二者为一事⑥，或认为"周公奔楚，实为周公南征伐楚"⑦。

按，周原甲骨 H11:98 刻辞"女公用聘"对研究前述问题提供了新的线索。学者在对该甲骨刻辞进行释读时，多将"女"读为"汝"，认为"汝公"指周

---

① 《史记》，中华书局 1982 年版，第 1520 页。
② 《史记》，中华书局 1982 年版，第 1520 页。
③ 《蒙恬列传》《论衡·感类》中亦有相似说法。《论衡·感类》"周公奔楚"一语，刘盼遂云："据仲任此言，是古文《尚书·金縢》篇'周公居东二年'，东者为奔楚也。"但并未作具体考证。参见黄晖：《论衡校释》，中华书局 1990 年版，第 788 页。
④ 孙次舟：《周公事迹之清理》，转引自陈昌远：《"周公奔楚"考》，《史学月刊》1985 年第 5 期。
⑤ 徐中舒：《西周史论述》（上），《四川大学学报》1979 年第 3 期。
⑥ 参见俞正燮：《癸巳类稿》，沈阳教育出版社 2001 年版，第 18 页。
⑦ 参见陈昌远：《"周公奔楚"考》，《史学月刊》1985 年第 5 期。

公①，"汝公用聘"即"周公用朝聘"之意②。

王晖先生对"汝公"何以当断为"周公"进行了说明。他说："周原甲骨 H11:98 刻辞片中'汝公'称'公'，依西周春秋时文献及金文中用法例之，应为王之卿士。"王晖先生并将该片刻辞与《豳风·九罭》所述内容互相参照，得出周公"因临时居住在汝水流域一带，故被称为'汝公'"的结论。③《九罭》全篇内容如下：

> 九罭之鱼，鳟鲂。我觏之子，衮衣绣裳。
> 鸿飞遵渚，公归无所，于女信处。
> 鸿飞遵陆，公归不复，于女信宿。
> 是以有衮衣兮，无以我公归兮，无使我心悲兮！

传统《诗》说认为《九罭》与周公有关。《诗序》云："《九罭》，美周公也。周大夫刺朝廷之不知也。"孔颖达《正义》：

> 作《九罭》诗者，美周公也。周大夫以刺朝廷之不知也。此序与《伐柯》尽同，则毛亦以为刺成王也。周公既摄政而东征，至三年，罪人尽得。但成王惑于流言，不悦周公所为。周公且止东方，以待成王之召。成王未悟，不欲迎之，故周大夫作此诗以刺王。④

《九罭》篇言诗篇的主人公"衮衣绣裳"，从周代服制来看，符合周公身份。王晖先生进一步指出，"于女信处""于女信宿"二句中，"女"通"汝"，应作地名

---

① 王宇信：《西周甲骨探论》，中国社会科学出版社 1984 年版，第 123—124 页。
② 徐锡台：《周原甲骨文综述》，三秦出版社 1987 年版，第 66 页。
③ 王晖：《古文字与商周史新证》，中华书局 2003 年版，第 145—164 页。
④ 《毛诗正义》，阮刻《十三经注疏》，中华书局 1980 年版，第 399 页。

解，指汝水一带。篇中"公"与甲骨刻辞"女公用聘"中的"汝公"同为周公。①

王晖先生的上述分析极为有见，细读《九罭》篇第二、三章，更可增其信度：

鸿飞遵渚，公归无所，于女信处。（二章）
鸿飞遵陆，公归不复，于女信宿。（三章）

我们发现，"鸿飞遵渚，公归无所""鸿飞遵陆，公归不复"两句与《周易·渐卦》的爻辞十分相似，《渐卦》卦爻辞如下：

《渐》：女归吉。利贞。
初六：鸿渐于干，小子厉，有言，无咎。
六二：鸿渐于磐，饮食衎衎，吉。
九三：鸿渐于陆，征夫不复，妇孕不育，凶，利御寇。
六四：鸿渐于木，或得其桷，无咎。
九五：鸿渐于陵，妇三岁不孕，终莫之胜，吉。
上九：鸿渐于陆，其羽可用为仪，吉。②

读者可以看到，《渐卦》爻辞中的"鸿渐于……"等句系爻象，"小子厉""无咎""吉""凶"等为断占之辞。

对比可见，《九罭》篇中"鸿飞遵渚""鸿飞遵陆"与《渐卦》中的"鸿渐于干"等句相类。"公归无所""公归不复"两句的性质则与《渐卦》中的断占之辞相近。由此可以推断，诗篇作者为周公占筮，得到"鸿飞遵渚""鸿飞遵陆"等卦象，作出"公归无所""公归不复"的断占。占筮结果预示周公前路凶

---

① 王晖：《古文字与商周史新证》，中华书局 2003 年版，第 148—150 页。
② 《周易正义》，阮刻《十三经注疏》，中华书局 1980 年版，第 63 页。

险，故诗云"于女信处""于女信宿"，建议周公暂留汝地不发。

周公在汝水流域的经历与"周公居东"和"周公奔楚"之间有什么关系呢？我们认为，汝水流域在宗周的东方，周公到汝水一带，从后人看来，自然可以说是"居东"。另一方面，包括江、淮、汝、汉在内的"周南"之地，春秋时期逐渐为楚所蚕食，到战国后期，几乎尽归楚国。秦汉时，人们习用战国时期的疆域旧称，仍视汝水流域为楚地。故又有"周公奔楚"之说。《金縢》篇所言"周公居东"与《史记》所载"周公奔楚"当为同一史实的不同表述。

傅斯年指出，鲁国初封地大约在今天河南鲁山县附近。他说："今河南有鲁山县，其地当为鲁域之原。"① 如此，周公"居东""奔楚"即指周公奔至封地暂居。②

这里，我们顺带对周公居东与其东征的时间先后顺序稍作讨论。前引《九罭》篇孔颖达《正义》言周公先往东征，返回途中滞留于东方，此说疑点颇多。首先，周公既已平定叛乱，管、蔡之流言云云则无来历。其次，东征后，周公在王室内部的地位得以巩固，无须避居他处。故此，当先有"周公居东"之事，再有其东征之举。

《闵予小子》一篇中，成王向先祖申述自己"遭家不造"时的"嬛嬛在疚"，这显然与"周公居东"有关。这一点，在本章所述四篇中皆有不同程度的反映（详后）。故可判定诸篇系成王作于"周公居东"期间。相信这一结论对理解相关篇章的内涵有所裨益。

第二节 "小子"与《闵予小子》篇的思想内涵

"小子"在《闵予小子》诸篇中出现了四次，对其含义的界定有助于正确理

---

① 傅斯年：《大东小东说》，《历史语言研究所集刊》第二册，中华书局1987年版，第101—109页。
② 参见王晖：《古文字与商周史新证》第一编第八章《周原甲文"汝公用聘"与鲁国初封地新证》，中华书局2003年版。

解相关诗句及诗旨。

在传世文献和出土文献中,"小子"系常见词语。传世文献如:

> 肆成人有德,小子有造。(《诗经·大雅·思齐》)
> 戎虽小子,而式弘大。(《诗经·大雅·民劳》)
> 文王诰教小子:有正有事,无彝酒。(《尚书·酒诰》)[1]
> 惟王暨尔执政小子攸闻。(《逸周书·芮良夫》)[2]

铜器铭文如:

> 在四月丙戌,王诰宗小子于京室。(《何尊》)
> 王令静司射学宫,小子眔服、眔小臣……(《静簋》)
> 卫小子逆其乡(飨)。(《裘卫盉》)
> 仆庸、臣妾、小子室家,毋有不闻智(知)。(《逆钟》)[3]

关于"小子"的含义,学界有如下不同解释:(1)职官名;(2)作年轻人讲[4];(3)如系自称,表示谦卑;如称他人,则是长上的口吻[5]。

词语在产生之初,往往含义比较单纯,在使用过程中则引申出互相关联的若干含义,"小子"一词即如此。商周二代,尤其西周时期,宗法制是维系社会稳定、巩固国家统治的基本制度。"小子"一词的含义与之密切相关。

---

[1] 《尚书正义》,阮刻《十三经注疏》,中华书局1980年版,第206页。
[2] 《芮良夫》篇中"小子"一词六见。黄怀信等:《逸周书汇校集注》,上海古籍出版社2007年版,第1002页。
[3] 《何尊》铭见《殷周金文集成》11.6014,《静簋》见《集成》8.4273,《裘卫盉》见《集成》5.2832,《逆钟》见《集成》1.60-3;又,所引铭文皆据张亚初:《殷周金文集成引得》,中华书局2001年版。为便于印刷,尽量采用通行字体。
[4] 以上参见张亚初、刘雨:《西周金文官制研究》,中华书局1986年版,第45—46页。
[5] 参见李学勤:《何尊新释》,《中原文物》1981年第1期。

综合学者的意见，"小子"的初义为"小宗家族之长"，是宗法制背景下产生的一个专用称谓。由于宗族组织内部存在着严格的等级结构，小宗对大宗在政治上绝对服从。故"小子"一词不作为小宗宗族长的专用称谓时，可用作谦称，有时含有年轻等意义。①

"小子"可与"尔""汝"连言为"尔小子""汝小子"，常常作为肯定对话者身份的称谓出现在诰命中。《尚书》中多见，此不赘述。还可与"予"或"余"连言为"予小子""余小子"，则属谦称。②《闵予小子》诸篇中的"小子"即属此类。

《礼记·曲礼下》"君大夫之子，不敢自称曰余小子"。郑玄《注》云："辟天子之子未除丧之名。"③按，"余小子"同"予小子"，未必如郑玄所云为"天子之子未除丧之名"，然考诸文献，这一称谓的确只有天子或身份与天子几乎同样尊贵的人才可使用，语境亦有所限定。《论语·尧曰》："舜亦以命禹，曰：'予小子履，敢用玄牡，敢昭告于皇皇后帝……。'"④又，《尚书·君奭》篇中周公言："今在予小子旦，若游大川，予往，暨汝奭其济。小子同未在位，诞无我责。"⑤

上文之所以对"小子"的含义作冗长的讨论，是因为这一词语与理解《闵予小子》篇旨关系密切。《闵予小子》全篇如下：

---

① 参见裘锡圭：《关于商代的宗族组织与贵族和平民两个阶级的初步研究》，《文史》第17辑，中华书局1983年版，第8页；朱凤瀚：《商周家族形态研究》（修订版），天津古籍出版社2004年版，第41页。

② 《尚书·金縢》篇有"朕小子"一语，然《尚书》《左传》等经典文献中，仅此一处，无他例。清华简《周武王有疾周公所自以代王之志》篇（《金縢》篇）此处作"惟余冲人其亲逆公"。李学勤主编：《清华大学藏战国竹简（壹）》，中西书局2010年版，第158页。按："朕小子"一语不符合"朕"字在上古汉语中的使用规范。参见洪波：《上古汉语第一人称代词"余（予）""我""朕"的分别》，《语言研究》1996年第1期，第80—87页。以此观之，当以简文作"余冲人"为是。《尚书·金縢》作"朕小子"盖讹误。

③ 《礼记正义》，阮刻《十三经注疏》，中华书局1980年版，第1257页。

④ 《论语注疏》，阮刻《十三经注疏》，中华书局1980年版，第2525页。

⑤ 曾运乾：《尚书正读》，中华书局1964年版，第231页。个别标点本书有所调整。

闵予小子，遭家不造，嬛嬛在疚。於乎皇考，永世克孝！念兹皇祖，陟降庭止。维予小子，夙夜敬止。於乎皇王，继序思不忘！

篇中"於乎皇考，永世克孝"，《郑笺》云："於乎我君考武王，长世能孝，谓能以孝行为子孙法度，使长见行也。"①郑玄将诗篇中的"孝"释为"孝行"，系汉代人的观念。"於乎皇王，继序思不忘"两句，《郑笺》解为"於乎君王，叹文王、武王也。我继其绪，思其所行不忘也"。②似为误解。

按，"於乎皇考""於乎皇王"两句中，"於乎"为叹美之词。"皇考"和"皇王"是"永世克孝"和"继序思不忘"的对象，而非如《郑笺》所言为"克孝"与"不忘"的主体。"继序思不忘"，言承续先人功业，与"永世克孝"互文。周人所言之孝与后世不完全相同。周代社会中，承续先人是孝的主要内容。这一点贯穿于全部《诗经》之中。③

"念兹皇祖，陟降庭止"，《毛传》："庭，直也。"《郑笺》："兹，此也。陟降，上下也……念此君祖文王，上以直道事天，下以直道治民，言无私枉。"④按，庭为"庭堂"之意。"陟降"《闵予小子》诸篇凡三见："念兹皇祖，陟降庭止"（《闵予小子》）、"绍庭上下，陟降厥家"（《访落》）、"无曰高高在上，陟降厥士，日监在兹"（《敬之》）。按，"陟降"系古人成语，表示特定的含义。王国维在《与友人论〈诗〉〈书〉中成语书》中说："古人颇用成语，其成语之意义，与其中单语分别之意义又不同。""古人言陟降，犹今人言往来，不必兼陟与降二义。"有"以降为主，而兼言陟者也"，有"以陟为主，而兼言降者也"。⑤两句言先祖降于庙。

---

① 《毛诗正义》，阮刻《十三经注疏》，中华书局1980年版，第598页。
② 《毛诗正义》，阮刻《十三经注疏》，中华书局1980年版，第598页。
③ 参见姚小鸥：《论〈诗经〉中的"孝"》（待刊）。
④ 《毛诗正义》，阮刻《十三经注疏》，中华书局1980年版，第598页。
⑤ 参见王国维：《与友人论〈诗〉〈书〉中成语书》，《观堂集林》，中华书局1959年版，第75—78页。

清代学者已注意到"陟降"的特殊含义。马瑞辰云："古者言天及祖宗之默佑，皆曰陟降。"①马瑞辰此说系因袭匡衡而来。②《汉书·匡衡传》记匡衡上疏曰：

> 昔者成王之嗣位，思述文武之道以养其心，休烈盛美皆归之二后而不敢专其名，是以上天歆享，鬼神祐焉。其《诗》曰："念我皇祖，陟降廷止。"言成王常思祖考之业，而鬼神祐助其治也。③

陟降言"鬼神祐助"为汉代以来经学家之共识。古人"祭如在，祭神如神在"④，"念兹皇祖，陟降庭止"形象地表达了"小子"（嗣王）对先人申告的虔诚。诗人用"永世克孝""继序思不忘"等语句表达其赓继先人遗则之志。这是周礼在意识形态方面的重要内容。

第三节 《访落》解题

《诗序》："《访落》，嗣王谋于庙也。"《笺》曰："于庙中与群臣谋我始即政之事。"⑤自《笺》以下多用此说⑥，实则大可商榷。为便于论述，现将《访落》全篇移录如下：

---

① 马瑞辰：《毛诗传笺通释》，中华书局1989年版，第794页。
② 据姜昆武先生《诗书成词考释》"绍庭解"，匡衡释陟降为鬼神佑助其治，马瑞辰因之。
③ 《汉书》，中华书局1980年版，第3338页。
④ 语见《论语注疏》，阮刻《十三经注疏》，中华书局1980年版，第2467页。
⑤ 《毛诗正义》，阮刻《十三经注疏》，中华书局1980年版，第598页。
⑥ 今人如高亨先生认为："《访落》之主旨，乃希群臣之辅助。"高亨先生之说虽无"谋事"之意，但其"群臣"之言显仍系旧说之影响。参见高亨：《周颂考释》（下），《中华文史论丛》1965年第6辑。

访予落止，率时昭考。於乎悠哉，朕未有艾。将予就之，继犹判涣。维予小子，未堪家多难。绍庭上下，陟降厥家。休矣皇考，以保明其身。

《毛传》《郑笺》相关词语的训释与《诗序》"谋于庙"之说相呼应。"访予落止，率时昭考"，《毛传》："访，谋。落，始。时，是。率，循。""访予落止"，《郑笺》："成王始即政，自以承圣父之业，惧不能遵其道德，故于庙中与群臣谋我始即政之事。"①"率时昭考"，郑玄以为乃群臣对成王之言："群臣曰：当循是明德之考所施行。"此说与前后诗句似难契合。

"访"字《诗经》《尚书》各一见，而不见于殷周金文。②《尚书·洪范》"王访于箕子"中的"访"，于省吾先生认为"本应作方"，并举《汉书·高五王传》"访以吕氏"颜师古注为例，解为"方"，意为"正""始"③。其与"访落"之"访"用法显然不同。

"落"，高亨说："落疑借为略，同声系，古通用……引申为方法策谋之义。"④高说与《毛传》于诗意之阐发各有补充。止，语辞。"访予落止"即"方予略"，意为始即政，与下句"率时昭考"连言，通达无碍。该句意为我今即政，将踵武先人之道。

"朕未有艾"，《郑笺》："艾，数。"郑玄并谓此句意为："於乎远哉，我于是未有数。言远不可及也。"⑤朱熹《集传》："艾，如'夜未艾'之艾。"此句言"予不能及也"。⑥马瑞辰云：

---

① 《毛诗正义》，阮刻《十三经注疏》，中华书局1980年版，第598页。
② 参见张亚初：《殷周金文集成引得》，中华书局2001年版。
③ 于省吾：《泽螺居诗经新证》，中华书局2003年版，第58页。《汉书·高五王传》相关段落原文为："大臣议欲立齐王，皆曰：'母家驷钧恶戾，虎而冠者也。访以吕氏故，几乱天下，今又立齐王，是欲复为吕氏也……'"《汉书》，中华书局1980年版，第1995页。
④ 高亨：《周颂考释》（下），《中华文史论丛》1965年第6辑，第86页。
⑤ 《毛诗正义》，阮刻《十三经注疏》，中华书局1980年版，第598页。
⑥ 朱熹：《诗集传》，中华书局1958年版，第232页。

《尔雅·释诂》："艾，历也。""历，数也。"又曰："艾、历，相也。"《郊特牲》曰："简其车徒而历其卒伍。"历当读为阅历之历。《说文》："阅，具数于门中也。"是知艾、历与数皆同义。《笺》释"未有艾"为未有数，犹云未有历也。未有历则难及，故《笺》又言"远不可及"。①

王国维《释辥》提出不同于前人的说法，他说："彝器多见辥字……此经典中乂艾之本字也。《释诂》：'乂，治也。艾，相也。'"②高亨承继此说："艾，相也，辅佐。"③于省吾《泽螺居诗经新证》亦申述王国维氏之说："艾之本字应作辥……金文凡言辥多系夹辅之意……朕未有辥，言朕未有辅。"④

按，旧说迂曲难通。"艾"字当如王国维等训为"相"，有辅助、夹辅之意。下面对此作进一步说明。

《访落》全篇中，除"朕未有艾"一句，第一人称代词均用"予"字。学者对上古汉语中"朕""予"等字用法的考察为我们判定"艾"字的含义提供了线索。有学者指出："'朕'有尊崇之义，在对话当中说者用这个称代自己会显得对听者不够尊重……但是当说者提到自己所尊崇的人或希望听者加以重视的事物的时候，说者就会使用这个代词。"⑤

《诗经》中，除"朕未有艾"以外，"朕"字尚有三见。《大雅·抑》第六章：

无易由言，无曰苟矣，莫扪朕舌，言不可逝矣。

---

① 马瑞辰：《毛诗传笺通释》，中华书局1989年版，第1094页。马瑞辰认为，义盖与《庭燎》《传》"艾，久也"同。马氏认为训艾为久、历、数同义，调和《传》《笺》之说，颇有牵强。
② 王国维：《观堂集林》，中华书局1959年版，第279页。
③ 高亨：《诗经今注》，上海古籍出版社1980年版，第498页。
④ 于省吾：《泽螺居诗经新证》，中华书局2004年版，第59页。
⑤ 洪波：《上古汉语第一人称代词"余（予）""我""朕"的分别》，《语言研究》1996年第1期。

以上是批评执政者的话。"苟"字，马瑞辰《毛诗传笺通释》据《说文段注》指出当为"茍"，释为"慎言"。[1] 扪，执持，使不得动。"无曰"之后"苟矣，莫扪朕舌"六字乃诗人所设被批评者之言，大意是"我自有道理，别挡我说话"，拒谏之貌毕现。

《大雅·韩奕》首章言韩侯入朝接受册命，篇中"朕"字两见：

韩侯受命，王亲命之：缵戎祖考，无废朕命。夙夜匪解，虔共尔位，朕命不易。

诗篇记述周王告诫韩侯要承继祖考绪业，勤于政事。"无废朕命"常见于周王对臣下的诰命中。"朕命不易"更体现出王命的权威。

总之，"朕"字的使用均含庄重之意。《访落》篇"朕未有艾"句中，"艾"若作阅历解，与"朕"字此义不相契合。故此处"艾"当训为"相""助"，指能辅助成王之人。诗篇下句云"将予就之"，将，扶持。就，趋赴。两句大意为：望得人扶助，踵继先人绪业。

"继犹判涣"，犹，谋，先王之道也。判涣，《毛传》谓："判，分。涣，散也。"《郑笺》云："继续其业，图我所失，分散者收敛之。"[2] 后代学者如朱熹《诗集传》、陈奂《诗毛氏传疏》、胡承珙《毛诗后笺》等诸家之说多由此而来。

按，"判涣"系叠韵联绵词，联绵词各词素一般不可分而论之。[3] 高亨先生《周颂考释》云"判涣"犹言"徘徊"：

---

[1] 马瑞辰：《毛诗传笺通释》，中华书局1989年版，第952页；段玉裁：《说文解字注》，上海古籍出版社1988年版，第434页。
[2] 《毛诗正义》，阮刻《十三经注疏》，中华书局1980年版，第598页。
[3] 清代学者已经认识到"判涣""畔换""伴奂"等叠韵。清人陈奂《诗毛氏传疏》中已经指出"判涣"是"叠韵联绵字"，惜乎仍未脱旧说之窠臼，以为："判从半声，故云分也。"《诗毛氏传疏》，中国书店1984年影印本。

判涣当读为般桓。判般古通用……涣桓古亦通用……《广雅·释训》："般桓，不进也。"……盖般桓、旁皇、徘徊乃一语之转耳。《卷阿》曰："伴奂尔游矣。游优尔休矣。"伴奂与此判涣同，亦般桓也。又《皇矣》曰："帝谓文王，无然畔援，无然歆羡，诞先登于岸。"畔援亦即般桓也。此言我仍尚徘徊，因无辅臣扶我就之尔。①

　　同一词族的联绵词书写形式不同，所表述的内涵亦有区别。与"判涣"同族的联绵词包括"般桓""伴奂""旁皇""徘徊""彷徨""徜徉""徜恍"等。分别使用时，这些词的意义有所区别。《大雅·卷阿》"伴奂尔游矣"一句中，"伴奂"是"从容自在，往来周游"之义，故《郑笺》云："伴奂，自纵弛之意也。"②《访落》之"继犹判涣"，则言困境中艰难前进，述其容与难进之态。

　　由上述可见，自"访予落止"至"继犹判涣"皆成王语，大意为："我今始即王政，循先人绪业。然道里悠远，乏人扶助。或有将余就之者，虽有艰难，余亦勉力为之。"言辞质朴，情感真挚。

　　"绍庭上下，陟降厥家"两句历来引人误解。《郑笺》："绍，继也。厥家，谓群臣也。继文王陟降庭止之道，上下群臣之职以次序者。"③于省吾先生《泽螺居诗经新证》指出：

　　　　按绍、卲、昭古通。陈侯因资敦"叴练高祖黄帝"，叴练即绍緟。㝬羌钟"㝬于天子"，㝬即昭。《书·大诰》："绍天明"，即昭天明。"昭庭上下，陟降厥家"，言昭显于庭之上下，往来其家，谓神灵之临莅也。笺说迂曲不

---

① 高亨：《周颂考释》（下），《中华文史论丛》1965 年第 6 辑，第 87 页。
② 《毛诗正义》，阮刻《十三经注疏》，中华书局 1980 年版，第 545 页。
③ 《毛诗正义》，阮刻《十三经注疏》，中华书局 1980 年版，第 598 页。

可从。①

于氏所说通达可从。"绍"通"昭",昭显之意。《尚书·文侯之命》"汝克绍乃显祖",句中"绍"一作"昭",亦可为证。②故"绍庭"即"昭庭",意为昭显于庭。

"上下"一语的含义,需要特别加以说明。对它的理解一般为"指上下级众官吏",或"升降官吏"。③这显然由《郑笺》"上下君臣之职以次序"之说而来,然实误。有学者指出:

> 绍庭上下,即上下于此明廷也……上下者神灵而上至自天,下至于地,其专名则曰陟降。④

"上下"一词在《诗》《书》中,有时可指称具体方位,但更多地表示"全、备"之意。《大雅·云汉》"上下奠瘗,靡神不宗",强调包括天地在内的山川百神。《尚书·召诰》"其作大邑,其自时配皇天,毖祀于上下",亦为此用。⑤可见"上下"涵盖的是一个概念广大的空间。本篇中,"绍庭上下"不仅言神灵之往来,更强调其无时无处不在之状,语中含有充盈于庭之义。

总之,《访落》所述,非《诗序》所言嗣王与群臣"谋于庙",而是成王本人的告庙之辞。篇中诉说时世屯邅,佐助乏人。"绍庭上下,陟降厥家。休矣皇考,以保明其身"四句,希冀先祖之庇佑,句中亦含将勉力尽责之意。

---

① 于省吾:《泽螺居诗经新证》卷上,中华书局2003年版,第59页。
② 参见孙星衍:《尚书今古文注疏》,中华书局2004年版,第547页。阮刻《尚书正义》作"绍",阮元出《校勘记》云:"唐石经本岳本宋板蔡传绍作昭,绍字非也。"参见阮刻《十三经注疏》,中华书局1980年版,第257页。按,绍作"继"解,亦可与"昭"意相通:绍继先人含有光耀之义。
③ 分别见于高亨:《诗经今注》,上海古籍出版社1980年版,第498页;程俊英、蒋见元:《诗经注析》,中华书局1991年版,第976页。
④ 姜昆武:《诗书成词考释》,齐鲁书社1989年版,第302—303页。
⑤ 曾运乾:《尚书正读》,中华书局1964年版,第195—196页。

第四节　周初王室政治与《小毖》主旨

《毛诗序》对颂诗的定义是"颂者,美盛德之形容,以其成功,告于神明者也"。什么叫"美颂德之形容,以其成功,告于神明"呢?孔颖达《毛诗正义》说:

> 太平之时,人民和乐讴歌吟咏而作颂者,皆人君德政之所致也。以人君法神以行政,归功于群神,明太平有所由,是故因人君祭其群神,则诗人颂其功德,故谓太平之祭为报功也。①

针对若干颂诗在形式或内容方面与上述标准不合的情况,孔颖达提出"颂体不一"的问题,并以此说解释《小毖》等篇列入颂诗之由:

> 颂之作也,主为显神明,多由祭祀而为,故颂叙称祀、告,泽及朝庙,于庙之事亦多矣。唯《敬之》《小毖》不言庙祀,而承谋庙之下,亦当于庙进戒、庙中求助者。然颂虽告神为主,但天下太平,歌颂君德,亦有非祭祀者。《臣工》《有客》《烈文》《振鹭》及《闵予小子》《小毖》之等,皆不论神明之事。是颂体不一,要是和乐之歌而已,不必皆是显神明也。②

具体到《小毖》列入颂诗之故,孔颖达谓:"经言创艾往过,戒慎将来,是求助之事也。"又说:"颂之大判,皆由神明而兴,此盖亦因祭在庙而求助也。"③纵观该篇,似无艰深难解之语,但历来说解歧繁,盖有值得咀嚼之历史文

---

① 《周颂谱》孔颖达《疏》。阮刻《十三经注疏》,中华书局1980年版,第582页。
② 《毛诗正义》,阮刻《十三经注疏》,中华书局1980年版,第582页。
③ 《毛诗正义》,阮刻《十三经注疏》,中华书局1980年版,第600页。

化内涵蕴于其中。

关于《小毖》篇的主旨，《诗序》曰："嗣王求助也。"《郑笺》："天下之事，当慎其小。小时而不慎，后为祸大，故成王求忠臣早辅助己为政，以救患难。"郑玄所言"后为祸大"，系指三监之乱。关于该篇与三监之乱的关系，《郑笺》对《小毖》篇首三句的说解为："始者，管叔及其群弟流言于国，成王信之，而疑周公。至后三监叛而作乱，周公以王命举兵诛之，历年乃已。故今周公归政，成王受之，而求贤臣以自辅助也。"①

考诸诗文，可知《传》《笺》所述未必确当。为论述方便，将《小毖》全篇移录如下，逐句加以阐释：

予其惩而毖后患，莫予荓蜂，自求辛螫。肇允彼桃虫，拚飞维鸟，未堪家多难，予又集于蓼。

"予其惩而毖后患"，《郑笺》："惩，艾也。"孔颖达《正义》进一步解释为"惩创"之意。②

按，除《小毖》外，《诗经》中"惩"字六见，即"民之讹言，宁莫之惩"（《小雅·沔水》）、"民言无嘉，憯莫惩嗟"（《小雅·节南山》）、"不惩其心，覆怨其正"（《小雅·节南山》）、"民之讹言，宁莫之惩"（《小雅·正月》）、"哀今之人，胡憯莫惩"（《小雅·十月之交》）、"戎狄是膺，荆舒是惩"（《鲁颂·閟宫》）。此六句中，唯《閟宫》"荆舒是惩"《郑笺》训为"惩，艾也"③，余者《传》《笺》皆释为"止"。

《小雅·沔水》"民之讹言，宁莫之惩"，《毛传》："惩，止也。"《郑笺》：

---

① 《毛诗正义》，阮刻《十三经注疏》，中华书局 1980 年版，第 600 页。
② 《毛诗正义》，阮刻《十三经注疏》，中华书局 1980 年版，第 600 页。
③ 《毛诗正义》，阮刻《十三经注疏》，中华书局 1980 年版，第 617 页。

"小人好诈伪，为交易之言，使见怨咎，安然无禁止。"① 高亨先生以为此处"惩"当训为"戒"。②"惩"径训"止"或"戒"，理解起来比较困难。马瑞辰以通假释之：

> 惩古通作征。《楚辞》"不清征其然否"，清征谓审察也。《左氏》襄二十八年《传》"以征过也"，杜《注》："征，审也。"征又通证，《中庸》"虽善无征"，郑《注》"征或作证"是也。此诗前二章皆言忧诸侯之不共职，三章乃言诸侯本循其职，而以为不率职者，实王误听讹言之故，故言飞隼犹率其常，而民之讹言乃莫之审，疾王不能察谗也。《正月》诗"民之讹言，宁莫之惩"义同。《传》《笺》并训为止，失之。③

"惩""征"通用。亦见于《荀子·正论》："凡刑人之本，禁暴恶恶，且征其未也。"杨倞注云："征，读为惩。"④段玉裁《说文解字注》："古亦假征为惩。"⑤马瑞辰指出《诗经》中多数"惩"字实为"征"字假借，与《閟宫》"荆舒是惩"句中训"创艾"之本字者不同，其意为审察、反省。所"惩"者或为自身言行。《小毖》篇"予其惩而毖后患"之"惩"当作此解。此句言当审察、反省已过，戒慎来日，系成王自诫。古人用语含义丰富，一字往往有多重内涵。⑥"察""戒""止"，三者看似不同，实联系密切：先有所察，继而知戒，讹

---

① 《毛诗正义》，阮刻《十三经注疏》，中华书局1980年版，第433页。
② 高亨：《诗经今注》，上海古籍出版社1980年版，第257页。
③ 马瑞辰：《毛诗传笺通释》，中华书局1989年版，第570页。马瑞辰所引《楚辞》系《九章·惜往日》中语。原句为"君含怒而待臣兮，不清澂其然否"。王逸注："澂，一作澈。"（洪兴祖：《楚辞补注》，中华书局1983年版，第150页）盖"徵（征）""澂"音近相同，故马瑞辰径作"徵"。
④ 王先谦：《荀子集释》，中华书局1988年版，第328页。
⑤ 段玉裁：《说文解字注》，上海古籍出版社1988年版，第515页。
⑥ 如《周颂·雝》"绥我眉寿，介以繁祉"，《郑笺》云："安助之以考寿与多福禄。""绥"为"安抚"，实则有"赐"之义。故"绥我眉寿"一句当理解为"赐我长寿以使我安"。高亨先生此处将"绥"释为"赏赐"，《诗经今注》，上海古籍出版社1980年版，第493页。

言恶行方能止焉。"惩"字三义皆备，用时或偏重其一。

"莫予荓蜂"，《毛传》谓："荓蜂，摩曳也。"《郑笺》："群臣小人无敢我摩曳，谓为谲诈诳欺，不可信也。"孔颖达《正义》引王肃、孙毓之说解与郑玄相反。"王肃云：'以言才薄，莫之藩援，则自得辛毒。'孙毓云：'群臣无肯牵引扶助我，我则自得辛螫之毒。'此二家以荓蜂为掣曳为善，自求为王身自求。"①孔颖达按语不同意王、孙之说，但此二家说实得篇旨。所不足者，唯于"辛螫"未得确解。朱熹以"蜂"为"小物而有毒"之蜂虿类，并解"莫予荓蜂"为"荓蜂而得辛螫"②，不确。

"予"当从《笺》训为"我"。"莫予荓蜂"即"莫荓蜂予"之倒，《正义》所引孙毓言正得其意。该句式中，主语是否定代词"莫"，宾语是"我""之"等代词。句中宾语置于动词前，构成倒装。此种句法《诗经》多见，如"莫之敢指"（《鄘风·蝃蝀》）、"亦莫我顾"（《王风·葛藟》）、"莫我肯顾"（《魏风·硕鼠》）、"宁莫之惩"（《小雅·正月》）、"宁莫我听"（《大雅·云汉》）、"则莫我敢承"（《鲁颂·閟宫》）等。

"自求辛螫"，《毛传》未作解释。《郑笺》："徒自求辛苦毒螫之害耳，谓将有刑诛。"马瑞辰指出"辛螫"当训为"辛勤、辛苦"。他说："此承上'莫予荓蜂'，盖谓任人者逸，自任者劳，莫与牵引扶助，徒自求辛勤耳。"③

关于"自求辛螫"的句意，《诗经》中有"自求多福"（《大雅·文王》）、"自求伊祜"（《鲁颂·泮水》）等结构相似的句例，可由彼入手，深入探究。其中"自求"一语皆言身体力行，黾勉从事。故《小毖》首句所言之"自求辛螫"并非完全被动之举，而是有自我选择的意味在其中。《孟子·公孙丑上》曾作过与此相关的论述：

---

① 《毛诗正义》，阮刻《十三经注疏》，中华书局 1980 年版，第 600 页。
② 朱熹：《诗集传》，中华书局 1958 年版，第 233 页。
③ 马瑞辰：《毛诗传笺通释》，中华书局 1989 年版，第 1100 页。

祸福无不自己求之者。《诗》云:"永言配命,自求多福。"……此之谓也。

孙奭《疏》云:"夫人必自畏然后人畏之,夫人必自侮然后人侮之,是其祸福无不自己求之意也。"[1] 孙奭所言甚是,然这一观念实有更为深刻的历史渊源。正如我们在前面所述,"予其惩而毖后患"乃成王自诫之语。言当反省已过,戒慎来日。盖就君子人格修养而言,"慎"实为周礼精神核心内容之一。

《诗经》三言"敬慎威仪":

敬慎威仪,以近有德。(《大雅·民劳》)
敬慎威仪,维民之则。(《大雅·抑》)
穆穆鲁侯,敬明其德,敬慎威仪,维民之则。(《鲁颂·泮水》)

先秦时期,在上位者不但是政治首脑、军事首长和宗教领袖,同时承担着道德楷模的责任,其行止对于臣民有垂范作用。慎于言行,不仅是"礼"对君子的外在要求,更是其内心时时戒惧的自觉。"敬慎威仪"方可"近有德"而为"民之则",亦即"人必自畏然后人畏之"。故"敬慎威仪"是"自求多福"与"自求伊祜"之必由。"自求辛螫"亦然。

由上述可知,"自求辛螫"乃成王自励当黾勉于事。该句所言,绝非《笺》所云"徒自求辛苦毒螫之害",马瑞辰所言"徒自求辛勤耳"亦未得肯綮。《郑笺》释"辛螫"之"螫"为"毒螫",盖为朱熹误解"莫予荓蜂"中"蜂"为蜂虿之根源。

"肇允彼桃虫,拚飞维鸟",《毛传》谓:"桃虫,鹪也,鸟之始小终大者。"《笺》云:"肇,始。允,信也。始者信以彼管、蔡之属,虽有流言之罪,

---

[1] 《孟子注疏》,阮刻《十三经注疏》,中华书局1980年版,第2690页。

如鷦鸟之小，不登诛之，后反叛而作乱，犹鷦之翻飞为大鸟也……"①方玉润《诗经原始》云："今为彼说，以'桃虫'为小鸟，势必以'鸟'为大鸟，增添语字，以就己说，可乎？总之，若使桃虫为鸟，诗决不又云'拚飞维鸟'矣。盖谓虫之小物忽变而为飞鸟，以喻武庚其始甚微，而臣服后乃鸱张也。"②方玉润虽指出以《传》《笺》以"鸟"为"大鸟"属增字解经，但其不解"桃虫"与下文"拚（翻）飞"之"鸟"实为一物，盖诗中互文。其结论亦不脱旧说之窠臼。

"肇允彼桃虫"句，高亨先生云："肇，发语词。"③杨树达先生据金文文献，认为"肇为句首语词"，"或有释肇为始为敏者，非也"。杨先生并举《尚书·酒诰》"肇牵车牛，远服贾，用孝养厥父母"为例，指出："《诗·周颂·小毖》曰：'肇允彼桃虫，拚飞维鸟。'肇字亦无义，《郑笺》释肇为始，非也。"④"允"字，高亨先生指出：

允疑当作似。《说文》："侣，象也，从人，吕声。𠃍，信也，从人，吕声。"据此似允皆人吕之合体，形相近，古或本一字也。⑤

联系上下诗句可见，"肇允彼桃虫"一句所省略的主语是"予又集于蓼"一句中之"予"。句中"允"作"似"解，"似"彼桃虫"乃成王自喻。桃虫，又称作"鷦鹩"，是一种体型极小的鸟，非"始小终大者"。

"拚飞维鸟"，旧注训"维"作"为"，有"化为"的意思。这一误解乃因上句"肇"字误训所致，实应解作"其"。"维"字的这一用法《诗经》常见。

---

① 《毛诗正义》，阮刻《十三经注疏》，中华书局1980年版，第601页。
② 方玉润：《诗经原始》，中华书局1986年版，第617页。
③ 高亨：《诗经今注》，上海古籍出版社1980年版，第500页。
④ 参见杨树达：《肇为语首词证》，《积微居小学述林全编》，上海古籍出版社2007年版，第373页。
⑤ 高亨：《周颂考释》（上），《时迈》篇"允王维后"一句注解，《中华文史论丛》1963年第4辑，第101页。

"十千维耦"（《周颂·噫嘻》）、"不显维德"（《周颂·烈文》）等句中，"维"皆作"其"解。"肇允彼桃虫，拚飞维鸟"二句当释为"好似鹪鹩，上下翻飞"，与下文"予又集于蓼"相呼应。

"予又集于蓼"，"蓼"字，《传》《笺》未解，孔颖达《正义》只云"辛苦之菜"①，未言究竟何物。高亨先生说："蓼，水草名，高二三尺，茎有节，秋天开红白花，根茎叶均有辣味。"②高先生又说："小鸟集于蓼上，微风则摇，厉风则折，以喻处境之危，与《荀子》所云：'系之苇苕'取譬略同，与辛苦无关。"③按，蓼草生于水滨，植株长且细，筑巢其上必随风飘摇。此即《毛传》所言"集于蓼，言辛苦也"。高亨先生所引《荀子·劝学》正是对"予又集于蓼"一句的生动注解。成王以鸟筑巢于蓼自喻身处风雨飘摇、动荡不安的处境中，正与前文"莫予荓蜂"相呼应，亦可见《诗序》"嗣王求助"之说有所本。

由上文可见，《小毖》是周成王在先祖神灵前诉说内心忧闷的诗篇。前三句写成王自我省察，又言其虽乏人辅助，亦当自励。后四句中，成王以鸟儿栖居蓼草弱枝比喻自己处在风雨飘摇的困境中。诗篇文字洗练，情感真挚，形象生动，信为三百篇中之上品。人们以往认为《颂》诗尤其《周颂》，皆形式板滞，语言单调，对《小毖》内容的这些分析将有助于对《周颂》艺术特点重加审视。

第五节 《敬之》与周礼核心精神的构成

"敬"是周礼的核心观念。《周颂·敬之》篇云：

---

① 《毛诗正义》，阮刻《十三经注疏》，中华书局1980年版，第601页。
② 高亨：《诗经今注》，上海古籍出版社1980年版，第500页。
③ 高亨：《周颂考释》（下），《中华文史论丛》1965年第6辑，第90页。按，《荀子·劝学》云："南方有鸟焉，名曰蒙鸠，以羽为巢而编之以发，系之苇苕，风至苕折，卵破子死。巢非不完也，所系者然也。"王先谦：《荀子集解》，中华书局1988年版，第4页。

敬之敬之，天维显思，命不易哉！无曰高高在上，陟降厥士，日监在兹。维予小子，不聪敬止。日就月将，学有缉熙于光明。佛时仔肩，示我显德行。

关于本篇诗旨，《诗序》云："群臣进戒嗣王也。"《郑笺》以为诗篇前六句系"群臣见王谋即政之事，故因时戒之"，后六句乃成王承答之谦辞。①

近人林义光否定《诗序》之说，以为："诗言'维予小子'，又言'示我显德行'，则是嗣王告群臣，非群臣戒嗣王也。"② 林氏之说为正确理解诗旨提供了启示。考核诗文，《敬之》全篇系成王自言，用语与《尚书》中某些篇章的风格相似。③《颂》诗各篇未见问答体制，《敬之》不出体例之外。

作为周王对臣下的告诫之辞，《敬之》篇强调了敬天与戒慎两方面的意义。为了能够清楚地说明这一问题，我们首先对"敬"字的含义稍作讨论。

《说文》：

敬，肃也。从攴苟。

《段注》：

肃部曰：肃者，持事振敬也。与此为转注。《心部》曰："忠，敬也。憼，敬也。愙，敬也。恭，肃也。憜，不敬也。"义皆相足。后儒或云主一无适为敬。夫主一与敬义无涉……攴犹迫也，迫而苟也。④

---

① 《毛诗正义》，阮刻《十三经注疏》，中华书局1980年版，第598—599页。
② 林义光：《诗经通解》，中西书局2012年版，第411—412页。
③ 如《尚书·康诰》篇是周公诰康叔文，即对康叔的诰命，使其治理殷余民。篇中多有告诫之语，如："呜呼，小子封，恫瘝乃身，敬哉。天畏棐忱，民情大可见。小人难保，往尽乃心。无康好逸豫，乃其乂民。"
④ 段玉裁：《说文解字注》，上海古籍出版社1988年版，第434页。

《说文》"敬"字在"苟部","苟"与"苟"形似而实不同。"苟,自急敕也。从芊省,从勹口。勹口,犹慎言也。从羊,与义善美同意。凡苟之属皆从苟。"《段注》:

> 急与苟双声,敕与苟叠韵。急者,褊也。敕者,诫也。此字不见经典,惟《释诂》:"寁、骏、肃、亟、遄,速也。"《释文》云:"亟字又作苟,同,居力反。经典亦作棘,同。"是其证。①

马瑞辰指出"苟""苟"之区别:"与苟且之苟从艹、句声者异字……苟为敬字所从得声。在耕清部,转入支部,读如几。"②

由前引《段注》可推知,"敬"包括特定的心理状态和行为方式。如,《说文》:"虪,敬也。""虪"或释为"恐"。《商颂·长发》"不虪不竦,百禄是緫",《毛传》:"虪,恐。"③按,"虪"字本义为"敬","敬"者有"畏",故《毛传》有此释。④

言语、行为是人们思想观念的外在显现。《论语·乡党》记孔子言行:

> 入公门,鞠躬如也,如不容。立不中门,行不履阈。过位,色勃如也,足躩如也,其言似不足者。摄齐升堂,鞠躬如也,屏气似不息者。出,降一等,逞颜色,怡怡如也。没阶,趋进,翼如也。复其位,踧踖如也。⑤

引文中,孔子以得体的举止反映了相应的思想与情感。敬则不以懈怠,故

---

① 段玉裁:《说文解字注》,上海古籍出版社 1988 年版,第 434 页。
② 马瑞辰:《毛诗传笺通释》,《大雅·抑》"无曰苟矣"句注解,中华书局 1989 年版,第 952 页。
③ 《毛诗正义》,阮刻《十三经注疏》,中华书局 1980 年版,第 621 页。
④ 段玉裁注《说文》"虪"字下云:"敬则必恐惧,故《传》说其引申之义。"段玉裁:《说文解字注》,上海古籍出版社 1988 年版,第 503 页。
⑤ 《论语注疏》,阮刻《十三经注疏》,中华书局 1980 年版,第 2494 页。

周人"奔走以疾为敬"。《周颂·清庙》"骏奔走在庙",马瑞辰云:

> 《尔雅·释诂》:"骏,速也。"速与疾义同。《正义》引《礼记·大传》"骏奔走"《注》:"骏,疾也。疾奔走言劝事。"骏、疾以声近为义,庙中奔走以疾为敬,其说较《传》《笺》为善。①

通过描写人们的行为来表现"敬"的观念,经典中常见。兹对《诗经》中"敬"字含义略作考辨。

《诗经》中"敬"字见于16篇中,凡21例,除《敬之》外,尚有:

> 我友敬矣,谗言其兴。(《小雅·沔水》)
> 凡百君子,各敬尔身。(《小雅·雨无正》)
> 各敬尔仪,天命不又。(《小雅·小宛》)
> 维桑与梓,必恭敬止。(《小雅·小弁》)
> 凡百君子,敬而听之。(《小雅·巷伯》)
> 穆穆文王,於缉熙敬止。(《大雅·文王》)
> 敬慎威仪,以近有德。(《大雅·民劳》)
> 敬天之怒,无敢戏豫。敬天之渝,无敢驰驱。(《大雅·板》)
> 敬慎威仪,维民之则。(《大雅·抑》)
> 慎尔出话,敬尔威仪,无不柔嘉。(《大雅·抑》)
> 敬恭明神,宜无悔怒。(《大雅·云汉》)
> 既敬既戒,惠此南国。(《大雅·常武》)
> 嗟嗟臣工,敬尔在公。(《周颂·臣工》)
> 维予小子,夙夜敬止。(《周颂·闵予小子》)

---

① 马瑞辰:《毛诗传笺通释》,中华书局1983年版,第1042页。

穆穆鲁侯，敬明其德。敬慎威仪，维民之则。(《鲁颂·泮水》)

汤降不迟，圣敬日跻。(《商颂·长发》)

以上所列"敬"字的使用情况可以归结为两方面的含义：一是表示对天命的敬畏和对先祖的崇拜，如敬天之怒、敬恭明神、必恭敬止；一是个人修养要达到的某种标准和要求，如敬尔身、敬尔仪、敬慎威仪、夙夜敬止、敬而听之。前者主要通过礼典仪程以及人们在仪式中的活动表现出来。后者通过人们日常"黾勉于事"的行为显现，这是"敬"的含义中更为重要的部分。

针对"敬"的第一方面的含义，我们要强调一点的是：虽然商人和周人皆崇拜上天和先祖，但对待祭祀对象的心理则有较大差异。从文化传承来看，夏商文化被继承和吸收而成为周文化的有机组成部分。我们曾指出，从民族性格来讲，商人较周人为浪漫。周文化显示出更多理性的特质，故受到孔子的推崇。[①]

《清华大学藏战国竹简》中含有丰富的《诗经》类文献，这些文献的发现与公布，为先秦《诗》学史的研究增添了可贵的新资料。《清华大学藏战国竹简（叁）》中所含《诗经》类文献中有《周公之琴舞》一种。它包括周公和成王所作两组诗，其开篇曰：

周公作多士敬毖，琴舞九絉。元内启曰："无悔享君，罔坠其孝，享惟慆丌，孝惟型丌。"

成王作敬毖，琴舞九絉。元内启曰："敬之敬之，天惟显丌，文非易丌。毋曰高高在上，陟降其事，卑监在兹。乱曰：遹我夙夜不逸，敬之，日就月将，教其光明。弼持其有肩，示告余显德之行。"（下略）[②]

[①] 参见本书第一章第四节。

[②] 李学勤主编：《清华大学藏战国竹简（叁）》，中西书局2012年版，第133页。引文尽量采用通行字体，本文重新进行了分段。

周公和成王所作"敬悫"前之小序皆有"琴舞九絉"字样，正文并以"元内启曰"开篇。周公所作"多士敬悫"仅存"元内启"以下四句，而成王所作"琴舞"九启皆存，可知此四句乃周公所作"多士敬悫"之残篇。我们将其命名为《周公之琴舞·孝享》篇。关于该篇的具体内容，有专文另述。① "成王作敬悫"完整地保留了下来，系以九启的形式连缀而成。每启开首有"元内启""再启""三启"等语。诸启原无标题，其中"元内启"为今本《周颂·敬之》别本。余八启，我们据其内容分别命名为"思慎""渊""文""思忧""辑余""有息""谟"和"庸"。②《周公之琴舞》成王所作"敬悫"诸启从不同角度申述了"敬"的理念及其具体内含，有助我们对《周颂·敬之》篇更深入的理解。以下对《敬之》篇逐句训释，以明诗篇蕴意。

"敬之敬之，天维显思，命不易哉。""天维显思"，马瑞辰谓"显"系美词，此句言天道显赫。"命不易哉"，《郑笺》："天乃光明，去恶与善，其命吉凶，不变易也。"句中"易"字，胡承珙《毛诗后笺》以《左传·僖公二十二年》及《成公四年》引《诗》为证，指出"命不易哉"中的"易"字，当读如难易之易。③ 按，"不易"一词亦见于《诗经》中其他篇章，《大雅·文王》：

> 殷之未丧师，克配上帝。宜鉴于殷，骏命不易。

骏命即大命、天命。篇中，周王告诫"多士""骏命不易"，当以殷为鉴。《礼记·大学》引此句作"仪监于殷，峻命不易"。郑玄《注》："天之大命，得之诚不易也。"④ 以此可知，上引《郑笺》"其命吉凶，不变易也"之说不确。

---

① 参见姚小鸥、杨晓丽：《〈周公之琴舞·孝享〉篇研究》，《中州学刊》2013年第7期。
② 参见姚小鸥、李文慧：《〈周公之琴舞〉诸篇释名》，《中国诗歌研究》第10辑，社会科学文献出版社2014年版。
③ 胡承珙：《毛诗后笺》，上海古籍出版社1996年版，第1564页。
④ 《诗经》中《文王》篇"骏命不易"一句，《郑笺》云"天之大命，不可改易"，与《大学》注不同，非是。

今本"天维显思，命不易哉"，清华简作"天惟显币，文非易币"。"不易"今本《诗经》凡五见，皆就天命或王命而言：

> 宜鉴于殷，骏命不易！(《大雅·文王》)
> 命之不易，无遏尔躬。(《大雅·文王》)
> 天难忱斯，不易维王。(《大雅·大明》)
> 夙夜匪解，虔共尔位，朕命不易。(《大雅·韩奕》)
> 敬之敬之，天维显思，命不易哉。(《周颂·敬之》)

查文献中无"文不易"之用例，简文用字可能系传抄之误。当以今本"命不易"为是。《左传·僖公二十二年》载：

> 邾人以须句故出师。公卑邾，不设备而御之。臧文仲曰："国无小，不可易也。无备，虽众不可恃也。《诗》曰：'战战兢兢，如临深渊，如履薄冰。'又曰：'敬之敬之，天惟显思，命不易哉！'"[1]

《左传·成公四年》云：

> 夏，公如晋，晋侯见公，不敬。季文子曰："晋侯必不免。《诗》曰：'敬之敬之，天惟显思，命不易哉！'夫晋侯之命在诸侯矣，可不敬乎？"[2]

《左传》两处引《敬之》皆作"'敬之敬之，天惟显思，命不易哉"，与今本同。这说明《左传》作者所熟悉的《诗经》传本与今本相同。关于《左传》的

---

[1] 《春秋左传正义》，阮刻《十三经注疏》，中华书局1980年版，第1813页。
[2] 《春秋左传正义》，阮刻《十三经注疏》，中华书局1980年版，第1901页。

成书年代，历来有所争议。王和先生考定当在战国中期的公元前375—前360年之间。① 其时《诗经》的儒家传本当已基本定型，但也不排除有别本流行。清华简《敬之》的语句与今本大体相同而有所出入，从文献流传的角度来说，不难理解。就其体制考察，《周公之琴舞》是诗家传本的早期形态。② 相比而言，今本《诗经》经历代学者整理，用字当更为可靠。

"无曰高高在上，陟降厥士（土），日监在兹"③，言天命不可怠慢。告诫人们不要以为上天高远不察人间，当时时自警。

"维予小子，不聪敬止"，马瑞辰《毛诗传笺通释》："《广雅》：'聪，听也。'不为语词。'不聪敬止'谓听而警戒也，正承上'敬之敬之'而言。"④ 按，《说文》"聪，察也"⑤，含有能辨是非之意。"聪""敬"二字平列，皆为成王自勉之辞。

"日就月将，学有缉熙于光明"，承前而言。"日就月将"，《毛传》："就，行也。"《郑笺》："日就月行，言当习之以积渐也。"⑥ 马瑞辰申述之："'日就月将'犹言日积月累耳。"⑦

按，《毛传》训"就"为"行"，意不甚明朗。《广韵》"就，即也"⑧，趋近、靠近之意。《小雅·无将大车》："无将大车，祗自尘兮。"《郑笺》："将，犹扶进也。"⑨ 就、将二字皆含"渐进"之意。《礼记·孔子闲居》："无体之礼，日就

---

① 参见王和：《〈左传〉的成书年代与编纂过程》，《中国史研究》2003年第4期。
② 参见姚小鸥、孟祥笑：《试论清华简〈周公之琴舞〉的文本性质》，《文艺研究》2014年第6期。
③ "士"当作"土"，形似而误。马瑞辰释《周颂·桓》篇"保有厥士"："士与土形近，古多互讹。《吕刑》'有邦有土'，《史记》作'士'。《周礼·大司徒》'其附于刑者归于士'，《注》'或谓归于圜土'，是其证也。此诗当作'保有厥土'与'克定厥家'为韵。保土犹言保邦也。"（《毛诗传笺通释》，中华书局1989年版，第1120页）
④ 马瑞辰：《毛诗传笺通释》，中华书局1989年版，第1097页。
⑤ 段玉裁：《说文解字注》，上海古籍出版社1988年版，第592页。
⑥ 《毛诗正义》，阮刻《十三经注疏》，中华书局1980年版，第599页。
⑦ 马瑞辰：《毛诗传笺通释》，中华书局1989年版，第1097页。
⑧ 《说文》："就，高也。"《段注》："《广韵》曰：'就，成也，迎也，即也。皆其引伸之义也。'"参见段玉裁：《说文解字注》，上海古籍出版社1988年版，第229页。
⑨ 《毛诗正义》，阮刻《十三经注疏》，中华书局1980年版，第463页。

月将。"孔颖达《疏》:"日就月将渐兴进也。"正用此意。"学有缉熙于光明",言唯有"日就月将",方可积渐广大而明于事理,马瑞辰对此有精当论述:

> 《尔雅·释诂》:"缉熙,光也。"光、广古通用。《周语》叔向释《昊天有成命》诗曰:"缉,明;熙,广也。"广即光也。此《传》又以光为广,广犹大也。"学有缉熙于光明"若释之曰"学有光明于光明",则不词。《说文》:"缉,绩也。"绩之言积,缉熙当谓积渐广大以至于光明,即《大戴礼》所云"积厚者其流光"也。《说文》:"熙,广臣也。"引申为凡广之称。熙即熙之假借,故训广,又训光。缉熙与光明散文则通,对文则缉熙者积渐之明,而光明者广大之明也。①

由上述可知,"日就月将,学有缉熙于光明",亦系成王自勉。

"佛时仔肩,示我显德行"两句,简文作"弼持其有肩,示告余显德之行"。高亨先生《诗经今注》云:"佛,通弼,大也。"② "持""时"音近形似,可通。"有""仔"形近。"仔肩",《毛传》云"克也",《郑笺》云"辅也"③,未单释"仔"字。以此观之,简文"有肩"于意为胜。

关于"示我显德行"中"行"字的读音,陆德明《释文》云"下孟反"。④对照简文"德之行"来看,此字当读如"周行"之"行"。周行,即大道。《小雅·鹿鸣》"示我周行",《毛传》:"周,至。行,道也。"⑤《释文》:"胡郎反。"简文"显德之行"中的"行"字,用法与《鹿鸣》相似,意指方向、大道,具有抽象的道德含义。

---

① 马瑞辰:《毛诗传笺通释》,中华书局1989年版,第1097—1098页。
② 高亨:《诗经今注》,上海古籍出版社1980年版,第499页。
③ 《毛诗正义》,阮刻《十三经注疏》,中华书局1980年版,第599页。
④ 《毛诗正义》,阮刻《十三经注疏》,中华书局1980年版,第463页。
⑤ 《毛诗正义》,阮刻《十三经注疏》,中华书局1980年版,第405页。

《敬之》全篇可由"维予小子"句分为两部分。前半部言敬天，后半部言慎戒。前者有浓厚的宗教意味，后者明显地反映出"敬"之观念的理性与自觉。马克思说："哲学最初在意识的宗教形式中形成，从而一方面它消灭宗教本身，另一方面从它的积极内容说来，它自己还只在这个理想化的、化为思想的宗教领域内活动。"[①]这一观点对于我们理解周人的天命观及"敬"的内涵有重要理论意义。

　　西周是中国历史上经典的礼乐社会，周公"制礼作乐"的完成，不但标志着周礼外在形态的成熟，更表明周人建设礼乐文化外在形态的同时，建立起了相应的核心价值观念。"敬"这一观念从发生、发展到成熟，寓于周代礼乐文化的发展过程中，具有强烈哲学意味和深刻思想内涵。

[①] 《马克思恩格斯全集》第 26 卷，第一册，人民出版社 1972 年版，第 26 页。

第五章 《周颂·臣工之什》与周代宾礼

经周公制礼作乐，西周时期逐渐形成一套完整的礼制体系，成为周人纲纪天下的基本规范。在礼乐文化框架内创作的《诗经》是周礼具体实践的重要组成部分，它多方面地反映了周礼在周代社会生活中的作用。《臣工之什》中《载见》《有客》《振鹭》和《有瞽》四篇有关宾礼的内容具有重要的研究价值。本章由此四篇诗入手，对相关宾礼仪节及周礼内涵的演变进行探讨。

第一节 《载见》与西周朝觐礼

《载见》一篇的诗旨，《诗序》谓："诸侯始见乎武王庙也。"孔颖达《正义》解释说："成王即政，诸侯来朝，于是率之以祭武王之庙……作者美其助祭，不美朝王，主意于见庙，故《序》特言之。但诸侯之来，必先朝而后助祭。"[①] 可知，《载见》一篇所载乃诸侯朝觐之事，助祭为其重点叙述的内容。为论述方便，谨将该篇移录如下：

载见辟王，曰求厥章。龙旂阳阳，和铃央央。鞗革有鸧，休有烈光。

---

① 《毛诗正义》，阮刻《十三经注疏》，中华书局1980年版，第596页。

率见昭考，以孝以享。以介眉寿，永言保之，思皇多祜。烈文辟公，绥以多福，俾缉熙于纯嘏。

古人言，"礼以体政"①，宾礼作为周代礼制的有机组成部分，显见于朝觐礼中。周礼规定诸侯定期朝见天子。《礼记·王制》："诸侯之于天子也，比年一小聘，三年一大聘，五年一朝。"②如若不遵制朝聘，将受到严厉的惩罚。《孟子·告子下》："一不朝，则贬其爵；再不朝，则削其地；三不朝，则六师移之。"③现存礼书中对朝觐礼有明确释义，《礼记·经解》："朝觐之礼，所以明君臣之义也。"④《礼记·乐记》："朝觐，然后诸侯知所以臣。"⑤朝觐礼体现了王室与诸侯之间的从属关系。

在周代，周天子为天下大宗，王室的礼乐制度为天下诸侯效法。诗篇中所言之"章"，即王室抚有天下的法度文章，具体来说，是指包括礼器、礼仪在内的礼乐制度。

"载见辟王，曰求厥章"叙述诸侯此次朝觐的主要目的。《郑笺》云："曰求其章者，求车服礼仪之文章制度也。"⑥

西周时期，诸侯国的文章制度须由王室颁赐。《左传·宣公十四年》载孟献子言："臣闻小国之免于大国也，聘而献物，于是有庭实旅百。朝而献功，于是有容貌、采章、嘉淑，而有加货。"⑦正如本书《导论》所指出，周礼的主要内容

---

① 《春秋左传正义》，阮刻《十三经注疏》，中华书局1980年版，第1743页。
② 《礼记正义》，阮刻《十三经注疏》，中华书局1980年版，第1327页。
③ 《孟子注疏》，阮刻《十三经注疏》，中华书局1980年版，第2759页。
④ 《礼记正义》，阮刻《十三经注疏》，中华书局1980年版，第1610页。
⑤ 《礼记正义》，阮刻《十三经注疏》，中华书局1980年版，第1543页。
⑥ 《毛诗正义》，阮刻《十三经注疏》，中华书局1980年版，第596页。"曰求其章者"，"者"原误作"也"，据阮元《十三经注疏校勘记》乙。"曰"，马瑞辰《毛诗传笺通释》言："《墨子·尚同中》引《周颂》'载来见彼王，聿求厥章'，释曰：'此语古者国君诸侯之以春秋来朝聘天子之庭，受天子之严教。'所云'受天子之严教'，即诗'聿求厥章'也。曰、聿古通用。"（《毛诗传笺通释》，中华书局1989年版，第1084页）王引之《经义述闻·粤于爰曰也》指出，"曰"读若聿，诠词也。（《经义述闻》，江苏古籍出版社2000年版，第615页）
⑦ 《春秋左传正义》，阮刻《十三经注疏》，中华书局1980年版，第1886页。

可用"礼乐征伐"四字来概括。① 诸侯朝觐献功,天子赐予车服礼仪等文章制度,诸侯由是而有礼乐征伐。

周王室向诸侯颁赐礼乐的制度明见于典籍。《礼记·王制》:

> 天子无事,与诸侯相见曰朝。考礼正刑,一德以尊于天子。天子赐诸侯乐,则以柷将之。赐伯子男乐,则以鼗将之。诸侯赐弓矢,然后征。赐鈇钺,然后杀。赐圭瓒,然后为鬯。②

天子赐命须形诸于器物,以彰其信。《资治通鉴》言:"夫礼,辨贵贱,序亲疏,裁群物,制庶事,非名不著,非器不形;名以命之,器以别之,然后上下粲然有伦,此礼之大经也。"③ 这种承载着礼的名物度数,古人称之为"礼器",上引《礼记·王制》所言弓矢、鈇钺、圭瓒以及《郑笺》所言之车服即属此类。

在周代礼乐制度中,礼器至关重要。《左传·成公二年》载新筑大夫有功于卫,"卫人赏之以邑,辞,请曲县、繁缨以朝。许之"。孔子闻之,曰:

> 惜也!不如多与之邑。唯器与名,不可以假人,君之所司也。名以出信,信以守器,器以藏礼,礼以行义,义以生利,利以平民,政之大节也。若以假人,与人政也。政亡,则国家从之,弗可止也已。④

由孔子的上述言论可知,先秦时期,礼器乃"政之大节",是权力和名位的

---

① 《论语·季氏》:"天下有道,则礼乐征伐自天子出。天下无道,则礼乐征伐自诸侯出。"(《论语注疏》,阮刻《十三经注疏》,中华书局1980年版,第2521页)
② 《礼记正义》,阮刻《十三经注疏》,中华书局1980年版,第1332页。
③ 司马光编著:《资治通鉴》,中华书局1956年版,第4页。
④ 《春秋左传正义》,阮刻《十三经注疏》,中华书局1980年版,第1894页。

象征，持之必慎。

天子赐诸侯车服礼器以任功量才。诸侯之功乃天子赐命的依据。《左传·襄公二十六年》载郑伯赏入陈之功，"享子展，赐之先路三命之服，先八邑。赐子产次路再命之服，先六邑"①。《白虎通·考黜》云："能安民者赐车马，能富民者赐衣服，能和民者赐乐则，民众多者赐朱户，能进善者赐纳陛，能退恶者赐虎贲，能诛有罪者赐鈇钺，能征不义者赐弓矢，孝道备者赐秬鬯。"②由此可知，天子赐车服礼器是对诸侯事功的嘉奖及对其才能的肯定。

天子赐诸侯礼乐，意在以德怀柔天下。《左传·襄公十一年》："夫乐以安德，义以处之，礼以行之，信以守之，仁以厉之。而后可以殿邦国，同福禄，来远人，所谓乐也。"③天子以能赐命为美。古人甚至以之作为衡量君主能否保惠天下的标准。《大雅·韩奕》记载韩侯来朝，天子赐以礼乐。《诗序》言："《韩奕》，尹吉甫美宣王也。能锡命诸侯。"④韩侯朝觐，天子以"淑旂绥章，簟茀错衡，玄衮赤舄，钩膺镂钖，鞹鞃浅幭，鞗革金厄"赐之，命曰："缵戎祖考，无废朕命。夙夜匪解，虔共尔位。朕命不易，榦不庭方，以佐戎辟。"韩侯受命于王室，匡正四方，献贡纳物，由是天下得安。《大雅》中《崧高》《烝民》《江汉》等篇亦有关于天子赐命以安天下的表述。

天子曰有赐，诸侯则曰有求。天子赐命是对诸侯的信任和权力的赐予，诸侯求章则是对王室礼乐制度的遵奉和承递。受命诸侯承担着辅佐王室的职责和义务。《左传·僖公四年》载管仲言齐人伐楚之由，曰："昔召康公命我先君大公曰：'五侯九伯，女实征之，以夹辅周室。'赐我先君履，东至于海，西至于河，南至于穆陵，北至于无棣。"⑤管仲之言表明了赐命系方伯代王室征伐权力之

---

① 《春秋左传正义》，阮刻《十三经注疏》，中华书局1980年版，第1989页。
② 陈立：《白虎通疏证》，中华书局1994年版，第303页。
③ 《春秋左传正义》，阮刻《十三经注疏》，中华书局1980年版，第1951页。
④ 《毛诗正义》，阮刻《十三经注疏》，中华书局1980年版，第570页。
⑤ 《春秋左传正义》，阮刻《十三经注疏》，中华书局1980年版，第1792页。

由来。

上文不惜笔墨对赐命的有关内容进行阐述，是因为孔颖达《正义》以为"载见辟王，曰求厥章"所言乃诸侯"能自求其章，谓能内修诸己，自求车服礼仪文章，使不失法度。以此之故，其所建交龙之旂阳阳然而有文章"。① 此说对后世有较大影响。陈子展先生即在此基础上将"求"释为"考求"。②

《正义》出现上述误解的原因是以为诗句"龙旂阳阳，和铃央央。鞗革有鸧，休有烈光"乃言诸侯来朝车服礼仪自有法度，不必更求于王室。

按，天子赐命与诸侯自有法度是西周朝觐制度的两个方面。一方面，天子赐命，诸侯由是而得礼乐。另一方面，诸侯朝觐时，车服合于礼法是天子赐命的必要条件。③《振鹭》《有客》等《周颂》诸篇中，周王室对来朝之"客"的赞美和礼遇与"客"敬慎虔恭的威仪密不可分。④

《小雅·采菽》二章所描写的内容与"龙旂"四句异曲同工："君子来朝，言观其旂。其旂淠淠，鸾声嘒嘒。载骖载驷，君子所届。"《采菽》三章言天子赐命来朝诸侯："赤芾在股，邪幅在下。彼交匪纾，天子所予。乐只君子，天子命之。乐只君子，福禄申之。"《毛传》："邪幅，幅，偪也，所以自偪束也。纾，缓也。"《郑笺》云："彼与人交接，自偪束如此，则非有解怠纾缓之心，天子以是故赐予之。"⑤ 由此可知，天子赐命与诸侯车服礼仪自有法度是一个相互作用的过程。前述孔颖达之说流于片面。

---

① 《毛诗正义》，阮刻《十三经注疏》，中华书局1980年版，第596页。按：孔颖达之说或有所本。《尔雅·释诂》："遹，自也。"邢昺《正义》以为遹、聿音义同，并引《大雅·绵》篇"聿来胥宇"为证。马瑞辰指出，曰、聿古通用。故知，曰可训为"自"。然训诂之道，不应以文害辞，以辞害志。《尔雅·释诂》："粤、于、爰，曰也。""曰求"与"爰求"义同。《豳风·七月》"爰求柔桑"之"爰"为诠词，不应以"自"作解，《载见》"曰求厥章"之"曰"亦如之。

② 参见陈子展：《诗经直解》，复旦大学出版社1983年版，第1107页。

③ 按：诸侯朝见天子，其车服礼仪必合于礼法。《周礼·典命》曰："王之三公八命，其卿六命，其大夫四命。及其出封，皆加一等。其国家、宫室、车旗、衣服、礼仪亦如之。"（《周礼注疏》，阮刻《十三经注疏》，中华书局1980年版，第780页）由此可知《载见》所言诸侯车服之盛乃赞其合于礼。

④ 参见本书第五章第二节及第三节。

⑤ 《毛诗正义》，阮刻《十三经注疏》，中华书局1980年版，第489页。

诗句"率见昭考,以孝以享"表明助祭是诸侯朝觐的重要内容。《郑笺》云:"诸侯既以朝礼见于成王,至祭时,伯又率之见于武王庙,使助祭也,以致孝子之事,以献祭祀之礼,以助考寿之福。"①"昭考",《毛传》解释为:"武王也。"②《尚书·酒诰》:"乃穆考文王,肇国在西土。"③ 马瑞辰《毛诗传笺通释》说:"《书·酒诰》称文王为穆考,则武王次居昭矣。"④ 由是可知,《郑笺》言助祭于武王庙不误。

"以孝以享",马瑞辰认为"孝"与"享"同义。"享祀亦曰孝祀,《楚茨》诗'苾芬孝祀'是也;致享亦曰致孝,《论语》'而致孝乎鬼神'是也。"⑤

诸侯助祭以致"孝",系诸侯之本分,且显示王室对其宗法地位的认可。王国维在《殷周制度论》中指出:周人制度之大异于商者,首曰立子立嫡之制。"由是而生宗法及丧服之制,并由是而有封建子弟之制,君天子臣诸侯之制。"⑥ 可以说,宗法是西周贵族社会的主要政治意识形态。祭典则是宗法等级的显著体现。大宗祭祀,小宗助祭,既是小宗对大宗的遵从,也是大宗对小宗身份地位及其拥戴之功的认同。

周王室举行重大祀典时,四方诸侯依例来朝助祭。《孝经·圣治章》云:"昔者周公郊祀后稷以配天,宗祀文王于明堂,以配上帝。是以四海之内,各以其职来助祭。"⑦ 王室祭祀以多士助祭为美。《周颂·清庙》:

> 於穆清庙,肃雝显相。济济多士,秉文之德,对越在天。骏奔走在庙,不显不承,无射于人斯。

---

① 《毛诗正义》,阮刻《十三经注疏》,中华书局1980年版,第596页。
② 《毛诗正义》,阮刻《十三经注疏》,中华书局1980年版,第596页。
③ 《尚书正义》,阮刻《十三经注疏》,中华书局1980年版,第205页。
④ 马瑞辰:《毛诗传笺通释》,中华书局1989年版,第1085页。
⑤ 马瑞辰:《毛诗传笺通释》,中华书局1989年版,第1085—1086页。
⑥ 王国维:《观堂集林》,中华书局1959年版,第453页。
⑦ 《孝经注疏》,阮刻《十三经注疏》,中华书局1980年版,第2553页。引文中"助"字,据阮元《十三经注疏校勘记》补。

关于《清庙》诗旨，《诗序》谓："祀文王也。周公既成洛邑，朝诸侯，率以祀文王焉。"篇中描述了"济济多士"助祭的盛大场面。《毛传》云："穆，美。肃，敬。雍，和。相，助也。"《郑笺》云："显，光也，见也。於乎美哉，周公之祭清庙也，其礼仪敬且和，又诸侯有光明著见之德者来助祭。……济济之众士，皆执行文王之德。"①

"对越在天"，《尔雅·释言》云："越，扬也。"②"对越"即"对扬"。③按，"对扬"是臣下对天子的敬答之语。④《尚书·君牙》："对扬文武之光命，追配于前人。"⑤可见，"对扬"有承袭发扬先祖美德之意，乃尊法先王之"孝"的一种表达。

诸侯助祭不仅是秉承先王之德的重要形式，从宾礼的角度来说，还是王室接遇以礼的最高规格。

祭祀之前，王室常举行射礼择俊乂之士以为助祭。《礼记·射义》："天子将祭，必先习射于泽。泽者，所以择士也。已射于泽，而后射于射宫，射中者得与于祭，不中者不得与于祭。"⑥来朝诸侯众，其才能有所等差，参与助祭者乃其中贤者。《大雅·棫朴》二章言："济济辟王，左右奉璋。奉璋峨峨，髦士攸宜。"《郑笺》云："祭祀之礼，王祼以圭瓒，诸臣助之，亚祼以璋瓒。……奉璋之仪峨峨然，故今俊士之所宜。"⑦"奉璋"是诸侯助祭的一种重要仪节，唯俊士（即诗中之"髦士"）所宜。

由以上论述可知，王室以济济之俊士参与助祭以致孝先王，秉承先人之志。先秦时期，在人们的观念中，"孝"的突出表现为追法先人。《礼记·中庸》载

---

① 《毛诗正义》，阮刻《十三经注疏》，中华书局 1980 年版，第 583 页。
② 《尔雅注疏》，阮刻《十三经注疏》，中华书局 1980 年版，第 2584 页。
③ 参见高亨：《诗经今注》，上海古籍出版社 1980 年版，第 475 页。
④ 沈文倬先生认为"对扬"之"对"乃贵族礼仪中的一种语言形式，"扬"是贵族礼仪中的一种动作形象。参见沈文倬：《对扬补释》，《考古》1963 年第 4 期。
⑤ 《尚书正义》，阮刻《十三经注疏》，中华书局 1980 年版，第 246 页。
⑥ 《礼记正义》，阮刻《十三经注疏》，中华书局 1980 年版，第 1689 页。
⑦ 《毛诗正义》，阮刻《十三经注疏》，中华书局 1980 年版，第 514 页。

孔子言："夫孝者，善继人之志，善述人之事者也。"孔颖达《正义》曰："人，谓先人。若文王有志伐纣，武王能继而承之。《尚书·武成》曰：'予小子，其承厥志'是'善继人之志'也。"① 可以说，法象先人是《周颂》的核心内容。② 相关内容亦见于金文，如《井侯簋》：

> 唯三月，王令荣眔内史，曰："箐（匄）井（邢）侯服。易（赐）臣三品……拜稽首，鲁天子受厥濒（频）福，克奔走上下帝，无冬（终）令（命）于有周，追考（孝）对，不敢坠。邵（昭）朕福盟。朕臣天子，用典王令（命），乍周公彝。"③

铭文言邢侯受天子赐命。"追孝对，不敢坠"，言邢侯追法先王，不敢失其职命。④

通过王室赐命、诸侯助祭等方式建立的"孝"的宗法伦理观念，从思想上维护了家族乃至社会的稳定。王国维《殷周制度论》指出："古之所谓国家者，非徒政治之枢机，亦道德之枢机也。使天子诸侯大夫士各奉其制度典礼，以亲亲、尊尊、贤贤，明男女之别于上，而民风化于下，此之谓治，反是则谓之乱。……制度典礼者，道德之器也。周人为政之精髓，实存于此。"⑤

"孝"作为周礼核心内涵的一个重要方面，在宾礼的具体实施过程中，突显出"亲诸侯"的政治意义。王室称"孝"的根本目的在于使政令通达，从伦理观念上确保受赐命的诸侯敬顺王室，无敢叛离。《尚书·君陈》言："惟孝，友于兄弟，克施有政。"⑥《论语·学而》载有子言："其为人也孝弟，而好犯上者

---

① 《礼记正义》，阮刻《十三经注疏》，中华书局1980年版，第1629页。
② 参见本书第三章。
③ 王辉：《商周金文》，文物出版社2006年版，第60—61页。
④ 参见王辉：《商周金文》，文物出版社2006年版，第62页。
⑤ 王国维：《观堂集林》，中华书局1959年版，第475页。
⑥ 《尚书正义》，阮刻《十三经注疏》，中华书局1980年版，第236页。

鲜矣。不好犯上，而好作乱者，未之有也。君子务本，本立而道生。孝弟也者，其为仁之本与！"①可见，"孝"不仅是仁之本，还是君主治乱之本。《白虎通》曰："所以制朝聘之礼何？所以尊君父，重孝道也。夫臣之制君，犹子之事父。欲同臣子之恩，一统尊君，故必朝聘也。"②

周代之"五礼"相互关联、相互融合，在周礼核心精神的统一下，以其在社会生活不同领域的具体仪节规范，构成了周代社会体系的基本准则。宾礼作为"五礼"之一，根植于周人的宗法伦理观念，并渗透于周人生活的各个方面，对维护周人宗法体系及伦理秩序有不可忽视的作用。由《载见》所反映的朝觐内容，可略知宾礼之义。从礼乐文化传承的角度来说，由此个案可略窥礼乐制度传播及传承的方式和过程，对我们理解《周颂》"以其成功告于神明"的性质也有所助益。

第二节 《有客》与周代宾礼

《周颂·有客》载有宾礼的若干仪节，其辞曰：

有客有客，亦白其马。有萋有且，敦琢其旅。有客宿宿，有客信信。言授之絷，以絷其马。薄言追之，左右绥之。既有淫威，降福孔夷。

《有客》的主旨，《诗序》谓："微子来见祖庙也。"《郑笺》："成王既黜殷命，杀武庚，命微子代殷后。既受命，来朝而见也。"③王先谦《诗三家义集疏》指出，三家诗说与之相同。④后人或有对《序》《笺》提出质疑者，多针对诗篇

---

① 《论语注疏》，阮刻《十三经注疏》，中华书局1980年版，第2457页。
② 李昉等：《太平御览》，中华书局1960年版，第2442页。
③ 《毛诗正义》，阮刻《十三经注疏》，中华书局1980年版，第597页。
④ 王先谦：《诗三家义集疏》，中华书局1987年版，第1033页。

中的"客"是否系微子而有所争议，对《序》"朝见"之说并无异辞。

诗开篇言"有客有客，亦白其马"，表明"客"的身份为宋国国君。宋为殷后，殷人尚白，在正式场合必乘白马。明人邹肇敏认为来朝的宋君应为箕子，其说与《序》所言虽稍有出入，但对认识《有客》一篇主旨来论，两者并无实质性的差别。故姚际恒认为这两种说法"皆可通"。①

包括宋君在内的四方诸侯见于周天子，通称"朝觐"。② 朝觐之礼在周代"五礼"中属宾礼。③ 宋君虽为"二王之后"，"于周为客"，但其身份仍是周王室所封之诸侯，故宋君来朝，行朝觐之礼。《诗序》及其《郑笺》言《有客》述宋君来周"朝见"，无误。

朝觐之礼既有对来朝者在礼节上的规定，也有对接待宾客所用仪节的规范。《有客》一篇即描述了周王与宋君主客间揖让周旋的过程中，若干宾礼仪节的施行。

诗篇描述了宋君朝见周天子时的威仪："有萋有且，敦琢其旅。"《郑笺》云："其来威仪萋萋且且，尽心力于其事。又选择众臣卿大夫之贤者，与之朝王。"④

"萋""且"，《毛传》："萋且，敬慎貌。"⑤ 马瑞辰认为"萋、且双声字，皆以状从者之盛"。《说文》："萋，艸盛也。"且与居同部义近，且且犹言裾裾，《荀子》杨倞注："裾裾，盛服貌。"由此，马瑞辰得出结论："草之盛曰萋萋，服之盛曰裾裾，人之盛曰萋且，其义一也。"⑥

---

① 姚际恒：《诗经通论》，中华书局 1958 年版，第 342 页。
② 《周礼·大行人》孔颖达《疏》："郑《答志》云：'朝觐四时通称，故觐礼亦云朝。'"（阮刻《十三经注疏》，中华书局 1980 年版，第 892 页）沈文倬先生指出，诸侯见于周天子，曰朝，曰觐。朝为通名。（沈文倬：《菿闇文存》，商务印书馆 2006 年版，第 393 页）
③ 《仪礼·觐礼》孔颖达《疏》："郑《目录》云：'觐，见也，诸侯秋见天子之礼。春见曰朝，夏见曰宗，秋见曰觐，冬见曰遇。朝宗礼备，觐遇礼省，是以享献不见焉。三时礼亡，唯此存尔。觐礼，于五礼属宾。'"（阮刻《十三经注疏》，中华书局 1980 年版，第 1087 页）
④ 《毛诗正义》，阮刻《十三经注疏》，中华书局 1980 年版，第 597 页。
⑤ 《毛诗正义》，阮刻《十三经注疏》，中华书局 1980 年版，第 597 页。
⑥ 马瑞辰：《毛诗传笺通释》，中华书局 1989 年版，第 1087 页。

"敦琢其旅"，《郑笺》："言'敦琢'者，以贤美之，故玉言之。"孔颖达《正义》："敦琢，治玉之名。"① 古代常以玉譬喻君子美德。《大雅·棫朴》："追琢其章，金玉其相。"《秦风·小戎》："言念君子，温其如玉。"《郑笺》云："念君子之性，温然如玉。玉有五德。"② 故《有客》言"敦琢"云云，谓宋君及其众臣皆有贤德。

威仪是礼的外在表现形式，承载着周代礼乐文化的道德伦理与审美要求。故古人对此非常重视，甚至将其视为君主治国的必备条件。《左传·襄公三十一年》："有威而可畏谓之威，有仪而可象谓之仪。君有君之威仪，其臣畏而爱之，则而象之，故能有其国家，令闻长世。臣有臣之威仪，其下畏而爱之，故能守其官职，保族宜家。顺是以下，皆如是，是以上下能相固也。"③《曹风·鸤鸠》中的国君因"其仪不忒"而被赞美为"淑人君子"。④

在诸侯邦交中，威仪尤为重要。《左传·文公十五年》：

> 三月，宋华耦来盟，其官皆从之。书曰"宋司马华孙"，贵之也。

杜预《注》：

> 古之盟会，必备威仪，崇贽币。宾主以成礼为敬，故传曰"卿行旅从"。春秋时率多不能备仪，华孙能率其属，以从古典，所以敬事而自重，使重而事敬，则鲁尊而礼笃，故贵而不名。⑤

司马华孙因为"备威仪"，符合周礼之伦理核心"敬"，故史册载之。《振

---

① 《毛诗正义》，阮刻《十三经注疏》，中华书局1980年版，第597页。
② 《毛诗正义》，阮刻《十三经注疏》，中华书局1980年版，第370页。
③ 《春秋左传正义》，阮刻《十三经注疏》，中华书局1980年版，第2016页。
④ 参见姚小鸥、陈潇：《先秦君子风范与〈曹风·鸤鸠〉篇的解读》，《中国文化研究》2008年秋之卷。
⑤ 《春秋左传正义》，阮刻《十三经注疏》，中华书局1980年版，第1854页。

鹭》篇中"于周为客"的宋君，正是因为威仪如鹭然而受到周王的赞赏。

《有客》中，前来朝觐的宋君"威仪萋萋且且"，以郑重的朝觐形式对周王室表现出诚挚的敬意，这是周王室以隆重的宾礼接待宋君的重要前提。

诸侯朝觐，周王室有专人负责接待。《周礼·司仪》郑注云："出接宾曰摈。"①《仪礼·聘礼》："卿为上摈，大夫为承摈，士为绍摈。摈者出请事。"《郑注》云："摈，谓主国之君所使出接宾者也。"②可知，周王室接宾客者为"摈"，即所谓"摈相"。

在周代，宋为诸侯国，但在当时人们的观念中，"二王之后"的宋君"于周为客"。在礼数上，周王待之如两君相见之礼，这种礼仪在礼书中也称为"儐"。《周礼》郑注云："上于下曰礼，敌者曰儐。"③段玉裁《说文解字注》解释说："上于下曰礼，谓如主国之礼聘宾是也。敌者曰儐，谓如儐劳者，儐归饔饩者等是也。"④又，《仪礼·有司彻》："主人洗、酌，酢尸，宾羞肝，皆如儐礼。"⑤

按，"宾"与"摈""儐"为古今字。汉字的发展中会出现文字的分化现象，即由一个字分化成两个或几个字，使原字承担的若干职务，分别由派生字来分担。⑥"宾"与"摈""儐"即是如此。段玉裁《说文解字注》谓："摈相字当从手，宾礼字当从人。"又"易宾为儐，取宾礼相待之义也"。⑦可知，宋君来朝，周王室出接之"摈"及所用礼节之"儐"，皆本于宾礼。

《有客》在描述宋君来朝威仪之后，描写了周王室以隆重的宾礼仪节接待宋君，尤其着力论述了"送宾"的仪节。这种宾礼仪节以"授縶"最具代表性，

---

① 《周礼注疏》，阮刻《十三经注疏》，中华书局1980年版，第896页。
② 《仪礼注疏》，阮刻《十三经注疏》，中华书局1980年版，第1052—1053页。
③ 《周礼注疏》，阮刻《十三经注疏》，中华书局1980年版，第897—898页。
④ 段玉裁：《说文解字注》，上海古籍出版社1988年版，第371页。
⑤ 《仪礼注疏》，阮刻《十三经注疏》，中华书局1980年版，第1216页。
⑥ 裘锡圭：《文字学概要》，商务印书馆1988年版，第223页。
⑦ 段玉裁：《说文解字注》，上海古籍出版社1988年版，第371页。

留客意味也最为浓厚。

诗篇"言授之絷，以絷其马"的诗句，即是对"授絷"仪节的描述。《郑笺》云："周之君臣皆爱微子，其所馆宿，可以去矣，而言绊其马，意各殷勤。"①

"言授之絷"的"絷"为名词，《郑笺》："絷，绊也。""絷"在《说文》中是"馽"的异体字。《说文》："馽，绊马足也。"② 承培元《说文引经证例》云"绊马当作马绊"，并以《说文》"绊，马絷也"为证。由此，沈文倬先生指出，馽（馽）、绊互训，其义当相同。③《春秋公羊传·襄公二十七年》何休注云："絷，马绊也。"④ 可以为证。

"以絷其马"的"絷"为动词，指用以绳索制成的马具"絷"限制马匹的行动。在周代，"絷"是礼典施行过程中所用之器物，沈文倬先生称为"礼物"，可从古人称"礼器"。"絷马"之仪节，在周初甲骨刻辞中即有反映。周原甲骨刻辞 H31:2：

> 唯衣（殷）鸡（箕）子来降。其执，暨氒（厥）史，在旂尔。卜曰：南宫辝其乍（作）。⑤

这篇刻辞的大意是说，殷王后裔箕子率领他的史人来到周王都邑，周王室卜问，是否可以派南宫辝做接待工作。

刻辞中"执"的释义，各家皆引《说文》"捕罪人也"为解。⑥ 陈成国教授

---

① 《毛诗正义》，阮刻《十三经注疏》，中华书局 1980 年版，第 597 页。
② 段玉裁：《说文解字注》，中华书局 1988 年版，第 467—468 页。
③ 沈文倬：《菿闇文存》，商务印书馆 2006 年版，第 733—734 页。
④ 《春秋公羊传注疏》，阮刻《十三经注疏》，中华书局 1980 年版，第 2312 页。
⑤ 王宇信：《西周甲骨探论》，中国社会科学出版社 1984 年版，第 147—149 页。该卜辞的释文、句读尚有歧说。
⑥ 参见王宇信：《西周甲骨探论》，中国社会科学出版社 1984 年版，第 147 页；徐锡台：《周原甲骨文综述》，三秦出版社 1987 年版，第 111—113 页。

认为"执"的意义与《有客》中的"縶"同。①

按,"执"与"縶"通。周原甲骨刻辞 H31:2 中的"执"显然不是"捕罪人"的意思,而是以縶客人乘马作为一种礼节。周王室特意占卜,问这项仪节由南宫筈来做是否合适,慎重如此。

"縶马"表示留客,亦见于《小雅·白驹》。诗之二章言:"皎皎白驹,食我场藿。縶之维之,以永今夕。所谓伊人,于焉嘉客?"②

先秦时期,乘舆必驾马。马匹与人们的交通出行密切相关。③马在古代是一种极贵重之物,铭文中有奴隶五人换"匹马束丝"的记载。④因此,先秦时期,人们必善待马匹,对与马匹有关的礼数非常重视。"縶马"的仪节郑重用于宾礼,表达对嘉宾的殷勤之意。

《有客》中,"縶马"并非作为一个既成事实出现,而是以"授縶"的仪节表示出来的一种意向。"言授之縶,以縶其马。"王室"授縶",欲縶客人乘马,从而表达主人对"客"即宋国国君的挽留之意。

"名位不同,礼亦异数。"⑤同是朝见周天子,其他诸侯与为"客"的诸侯受到的礼遇有所差别。《大雅·韩奕》记载了周王重臣韩侯来朝。韩侯是周王室同姓的股肱之臣,"榦不庭方,以佐戎辟",被授予匡正四方的权力。然诗篇描写周王派人为韩侯饯行的仪式上,并未见"授縶"等具有留客意味的仪节。

韩侯是周王的臣子,他的职责是为周王室守卫疆土。周王以宾礼相待,目的是使韩侯敬慎王事,勿有懈怠。《白虎通·王者不臣》:"王者不纯臣诸侯何?尊重之,以其列土传子孙,世世称君,南面而治。"⑥又《礼记·郊特牲》:

---

① 陈戌国:《中国礼制史·先秦卷》,湖南教育出版社 2002 年版,第 250 页。
② 郭沫若以为这是周人举行"执驹礼"时,青年男女幽会的诗,似有未妥。经学者研究,认为"执驹礼"可以说是马匹的"成丁礼"。两岁口的"驹"经过此礼,即被编入"王闲"(王室的马群编制)。参见姚小鸥:《〈鲁颂·駉〉篇与周礼的关系及其文化意义》,《文学遗产》2002 年第 6 期。
③ 姚小鸥:《论〈王风·大车〉》,《东北师大学报》1989 年第 2 期。
④ 张亚初:《殷周金文集成引得》5.2838,中华书局 2001 年版。
⑤ 《春秋左传正义》,阮刻《十三经注疏》,中华书局 1980 年版,第 1773 页。
⑥ 陈立:《白虎通疏证》,中华书局 1994 年版,第 320 页。

"觐礼，天子不下堂而见诸侯。下堂而见诸侯，天子之失礼也。"①王室对韩侯十分倚重，周全其礼，但在礼数上，周王不亲自殷勤留客。诗篇着力描述的是周王派"显父"以隆重的宴飨、厚重的赏赐为韩侯送别："显父饯之，清酒百壶。……其赠维何？乘马路车。笾豆有且，侯氏燕胥。"究其原因，是宋君与韩侯的名位不同。

宋君"于周为客"。周王室以"客"称之，以示不臣。《白虎通·王者不臣篇》载，王者"不臣二王之后者，尊先王，通天下之三统也"②。在施行宾礼的过程中，周王对为"客"的诸侯显得尤为慎重和厚待。相关邦国也以此自矜，宋国的右师乐大心就曾以"于周为客"为由，在诸侯的盟会上要求享受一些特殊待遇。③

"授绥"是周礼的一种重要仪节，不止用于宾礼。《左传·成公二年》记载齐晋鞌之战，齐师败绩，齐顷公败走，"将及华泉，骖絓于木而止"，为晋大夫韩厥追及。韩厥"执絷马前，再拜稽首，奉觞加璧以进"。④韩厥"执絷"进见齐侯，是以臣下的身份向战败的敌国国君行礼。⑤

《左传·襄公二十五年》记载郑国子展见战败的陈侯，亦"执絷"，"再拜稽首"。⑥杨伯峻先生指出，此为当时通礼。⑦

在上举《左传》的两个事例中，"絷"与"觞""璧"等皆是卿大夫进献敌国国君之礼物，卿大夫"执絷"是为了向战败的敌国国君"授绥"，表示对被俘

---

① 《礼记正义》，阮刻《十三经注疏》，中华书局1980年版，第1447页。
② 陈立：《白虎通疏证》，中华书局1994年版，第316页。
③ 《春秋左传正义》，阮刻《十三经注疏》，中华书局1980年版，第2109页。
④ 《春秋左传正义》，阮刻《十三经注疏》，中华书局1980年版，第1894页。"执絷马前"，阮刻《十三经注疏》所出校记云："臧琳《古文左氏》本作：'韩厥执䯐'，'䯐'即'絷'正字。今本讹为'马'，又别出'絷'字，'絷'当为衍文。"参见《十三经注疏》，中华书局1980年版，第1899页。可见原文当为"执絷前"。
⑤ 姚小鸥、王克家：《〈左传〉"摄官承乏"解》，《〈春秋〉三传与经学文化》，2009年两岸四地《春秋》三传与经学文化学术研讨会。
⑥ 《春秋左传正义》，阮刻《十三经注疏》，中华书局1980年版，第1984页。
⑦ 杨伯峻编著：《春秋左传注》，中华书局1990年版，第794页。

虏的国君以臣礼事之，不加屈辱。

《国语·晋语》韦昭注指出，这种伐国获君之献礼称之为"殡命之礼"①。《左传·成公二年》孔颖达《正义》：

> 盖古者有此礼。彼虽败绩，犹是国君，故战胜之将，示之以臣礼事之，不忍即加屈辱，所以申贵贱之义。……服虔引《司马法》："其有殡命，以行礼如会所，用仪也。若殡命，则左结旗，司马授饮，右持苞壶，左承饮以进。"②

由上述可见，"授絷"是相关诸礼的通用仪节，在不同的场合表示的具体含义虽有不同，但其共同的礼的内涵是"敬"。

《有客》一诗中，"授絷"的仪节只是周王室接待宋君所用的宾礼仪节的一部分，诗篇还有周王亲自为宋君饯行的描写："薄言追之，左右绥之。"《郑笺》云："追，送也。于微子去，王始言饯送之，左右之。"孔颖达《正义》进一步解释说："追，谓已发上道，逐而送之，故以追为送客。以王为主，故知于微子去，王始言饯送。"③

"左右绥之"，言周王安抚宋君，兼及其左右。按，"左右绥之"的句式与《关雎》篇"左右流之""左右采之""左右芼之"相同，其所言"左右"的意义也应相同。戴震释《关雎》二章曰："左右，谓身所瞻顾之左右也。"④又曰："（《关雎》）三言左右者，流水之左右，明其所产也，人于之左右，鼎俎之左右，明其取而用也。"⑤可知，《关雎》所言"左右"乃指所活动之方位⑥，《有客》

---

① 《国语》，上海古籍出版社2008年版，第188页。
② 《春秋左传正义》，阮刻《十三经注疏》，中华书局1980年版，第1895页。
③ 《毛诗正义》，阮刻《十三经注疏》，中华书局1980年版，第597页。
④ 戴震：《毛郑诗考正》，《清人诗说四种》，华中师范大学出版社1986年版，第2页。
⑤ 戴震：《戴氏诗经考》，《戴震全集》第四册，清华大学出版社1995年版，第1811—1812页。清人牟应震有与戴氏类似的看法而较为简略，参见《诗经质疑》，齐鲁书社1991年版，第7页。
⑥ 姚小鸥：《〈诗经·关雎〉篇与〈关雎序〉》，《文艺研究》2001年第6期。

所言"左右"亦如之。

《郑笺》《孔疏》皆以"安乐"释"绥"。《南有嘉鱼》:"君子有酒,嘉宾式燕绥之。"《郑笺》云:"绥,安也。与嘉宾燕饮而安之。"①《仪礼·燕礼》:"司正洗角觯,南面坐奠于中庭,升,东楹之东受命,西阶上北面,命卿大夫。君曰:'以我安'。卿大夫皆对曰:'诺,敢不安!'"②由《燕礼》可知,安抚群臣是君主与卿大夫宴饮的重要目的,此可为《有客》相关内容的注脚。

由上述可知,《有客》中,周王亲自为宋君饯行,"以王为主","左右"表示周王之活动方位,"绥"的具体执行者是周王。"左右绥之",言周王对宋君一行人表示安抚之意。《郑笺》及孔颖达《正义》皆以周之"群臣"释"左右"一语,误矣。

在周代,作为周礼的重要组成部分,宾礼仪节是周王室纲纪天下、怀柔诸侯的重要政治手段,即《周礼·大宗伯》所谓:"以宾礼亲邦国。"

"宾客之礼主于敬,故谓之宾礼。"③从周代贵族社会的道德规范来说,"敬"是礼的核心精神。《有客》所载威仪、"授綮"等宾礼仪节所反映的周礼内涵,基于周王抚有天下的伦理基础。《礼记·郊特牲》:"礼之所尊,尊其义也。……知其义而敬守之,天子之所以治天下也。"④周人以礼治天下,周王知宾礼之义,敬守其道,使诸侯亲附,而图共同维系天下之安定。

王国维在《殷周制度论》中指出:在周代,周天子为天下之大宗。⑤周王室所行之礼是"周礼"的典范。周礼的许多具体仪节在今存古代礼书中并未有全面的记载,宾礼亦然。从《有客》记载的"授綮"等具体仪节中,可略窥见宾礼的若干内涵。《有客》既列于《周颂》,则由该篇之讨论,可以窥见《周颂》

---

① 《毛诗正义》,阮刻《十三经注疏》,中华书局1980年版,第419页。
② 《仪礼注疏》,阮刻《十三经注疏》,中华书局1980年版,第1022页。
③ 孙诒让:《周礼正义》,中华书局1987年版,第1348页。
④ 《礼记正义》,阮刻《十三经注疏》,中华书局1980年版,第1455页。
⑤ 王国维:《观堂集林》,中华书局1959年版,第451—480页。

性质的一个侧面。

第三节 《诗》《书》成语与《振鹭》篇的文化解读

《振鹭》一篇的主旨，《诗序》说是"二王之后来助祭也"①。前代学者们对该篇诗旨的争议集中于《序》所言"二王之后"究竟为何人（说详后）。探究篇中助祭者之身份固然必要，然而并非理解该篇要义的急所。我们认为，从语言与文化的关系来说，《振鹭》一篇中的"成语"是应该特别留意之处。

王国维先生在《与友人论〈诗〉〈书〉中成语书》中指出，理解《诗》《书》的难点往往在于"古人颇用成语"。②这里所说的"成语"是指那些《诗》《书》中所习用的，在一定的历史语境中形成的具有特定内涵和固定搭配的词语。这些词语承载着古人关于社会、历史、文化、自然等方面的许多基本观念。王氏之前的学者对此重视不够，故对《诗》《书》相关内容的解读或不能达意。本文试从《振鹭》一篇中的成语入手，对该篇的历史文化内涵进行阐释。为论述方便，谨将该诗原文移录如下：

> 振鹭于飞，于彼西雝。我客戾止，亦有斯容。在彼无恶，在此无斁。庶几夙夜，以永终誉。

《振鹭》一章八句，依文意可以"亦有斯容"为止划为前后两部分。前段所述的是对来朝诸侯的赞美之辞，后段则是勖勉之语。

诗篇首先描述了一个群鹭奋飞、宾客云集的盛大礼乐场合。周王室举行重

---

① 《毛诗正义》，阮刻《十三经注疏》，中华书局1980年版，第594页。
② 王国维：《观堂集林》，中华书局1959年版，第75页。

大祀典时，四方诸侯皆依惯例前来朝见。《孝经·圣治章》云："昔者周公郊祀后稷以配天，宗祀文王于明堂，以配上帝。是以四海之内，各以其职来助祭。"①助祭是诸侯行朝觐之礼的重要内容。②

诸侯来朝助祭，王室则以宾礼接遇。由礼典场所之选择，可见所行宾礼之隆重。③

诗句中的"西雍"即"辟雍"，为此次礼典所举行的具体场所。辟雍是西周礼乐制度运行中的一种重要设施。根据传世文献和出土文献的记载，周王室在辟雍举行释奠礼、献俘礼、饮酒礼等重要礼典。④

对周人而言，辟雍的作用超出人们一般认识中的基本礼乐文化功能。《小雅·斯干》孔颖达《正义》引《郑志》答赵商云："文王迁丰，作灵台、辟雍而已，其余犹诸侯制度。"⑤克商之前，文王为周人制定了整体的战略构想，典籍称之为"文王谟"或"文王之德""文王之典"。⑥迁丰是文王军事战略的一个具体实施，辟雍则是其在文化方面的具体建构。《大雅·文王有声》载："镐京辟雍，自西自东，自南自北，无思不服。"《郑笺》云："武王于镐京行辟雍之礼，自四方来观者，皆感化其德，心无不归服者。"⑦周人于辟雍行礼而天下咸服。可见，辟雍之建制乃"文王之德"的有机组成部分。

作为礼的象征，辟雍在周人心目中有崇高的地位。故春秋礼崩乐坏之时，鲁僖公仿照辟雍修建泮宫，诗人作《泮水》之颂以美其能复兴周礼。⑧

---

① 《孝经注疏》，阮刻《十三经注疏》，中华书局1980年版，第2553页。引文中"助"字，据阮元《十三经注疏校勘记》补。
② 参见本章第一节。
③ 诗云"于彼西雍"，马瑞辰《毛诗传笺通释》解释说："盖祭毕而宴于辟雍也。"诸侯来朝助祭，王室以宾礼接遇，宴飨则是宾礼的重要环节。《毛诗传笺通释》，中华书局1989年版，第1072页。
④ 参见杨宽：《西周史》，上海人民出版社2003年版，第664—676页。并见本书第八章第二节。
⑤ 《毛诗正义》，阮刻《十三经注疏》，中华书局1980年版，第436页。
⑥ 参见本书第八章第二节。
⑦ 《毛诗正义》，阮刻《十三经注疏》，中华书局1980年版，第527页。
⑧ 参见本书第八章第二节。

诗句"我客戾止，亦有斯容"点明了"客"的身份，即宋国国君。[①]宋为殷后，殷人尚白，故诗句以翻飞的白鹭来形容宋君之威仪。

在周代人们的观念中，宋君为"二王之后"。据文献记载，武王既克殷，按照古之惯例，对先代之后进行了分封："封夏后氏之后于杞，投殷之后于宋。"[②]《礼记·郊特牲》云："天子存二代之后，犹尊贤也。"孔颖达《正义》引许慎《五经异义》解释说："古《春秋左氏》说周家封夏、殷二王之后以为上公。"[③]"名位不同，礼亦异数。"[④]由于为"客"者身份的特殊，周王在施行宾礼的过程中，对其尤为厚待。《周颂·有客》记载来朝的宋君将返回封地时，周王以郑重的"授縶"仪节表示殷勤留客之意，其因也在于此。[⑤]

《振鹭》中"于周为客"的宋君威仪如鹭然，具有十足的君子风范，故周王室在来朝助祭的众诸侯中，对其独美言之。

在周代贵族社会中，根据具体环境与交接对象的不同，人们的言语举止皆有相应的礼的要求。《仪礼·士相见礼》记载：

> 凡言非对也，妥而后传言。与君言，言使臣。与大人言，言事君。与老者言，言使弟子。与幼者言，言孝弟于父兄。与众言，言慈祥。与居官者言，言忠信。[⑥]

---

① 《郑笺》以为此处之"客"乃指杞、宋二国国君。姚际恒在《诗经通论》中认为此"客"应指宋君，其理由有三：周有三恪助祭，何以独二王后？一也；《诗》但言"我客"，不言"二客"，二也；《诗》言"客"有白鹭之容，《有客》中乘白马之"客"即指宋君，三也。参见《诗经通论》，中华书局1958年版，第338页。姚氏之论证尚不充分。文献有阙，且存疑，不作深究。

② 《礼记正义》，阮刻《十三经注疏》，中华书局1980年版，第1542页。

③ 《礼记正义》，阮刻《十三经注疏》，中华书局1980年版，第1448页。

④ 《春秋左传正义》，阮刻《十三经注疏》，中华书局1980年版，第1773页。

⑤ 参见本章第二节。

⑥ 《仪礼注疏》，阮刻《十三经注疏》，中华书局1980年版，第977页。"慈祥"上原衍"忠信"二字，据阮元《十三经注疏校勘记》删。

在辟雍之类的重大礼乐场合中，周天子作为天下之大宗，所行之礼是诸侯效法的典范。言语是礼的载体，王室宾礼用语为天下诸侯之表率。"成语"的使用能更有效地达到此种目的，并且以其"相沿之意义"显示礼的传承。

诗句"在彼无恶，在此无斁。庶几夙夜，以永终誉"的意思是希望"客"忠于王室，勤于政事。其中，"无斁""夙夜""永终"皆王国维先生所谓"成语"。

在前引《与友人论〈诗〉〈书〉中成语书》中，王国维先生指出，成语的意义不能以"其中单语分别之意义"比附，而一般应由前代书中"其成语之数数见者，得比校之而求其相沿之意义"。① 至于《诗》《书》中的成语，因其本身存于最古之书中，无由从前代典籍中考知其义，故必须以《诗》《书》本文比校知之"②，"旁见彝器者，亦得比校而定其意义"③。

杨公骥先生曾总结研究文献中古代语言的一般而且必要的方法，即"同书语自证""同代语互证"等。④ 这些论述在成语的训诂方面，具有方法论的意义，本文引为推求成语含义的基本方法。下面我们在《诗》《书》本文及金文材料的基础上，对《振鹭》一篇中的成语进行探讨。

"无斁"，《郑笺》云："在此，谓其来朝，人皆爱敬之，无厌之者。"⑤ 陆德明《经典释文》："斁音亦，厌也。"⑥《郑笺》言"无斁"即"无厌"。高亨、陈子展、程俊英等学者皆从之。

按，"无斁"在《诗经》中凡五见，除《振鹭》外，尚有如下诸例：

《周南·葛覃》："是刈是濩，为絺为绤，服之无斁。"

---

① 王国维：《观堂集林》，中华书局1959年版，第75页。
② 王国维：《观堂集林》，中华书局1959年版，第78页。
③ 王国维：《观堂集林》，中华书局1959年版，第80页。
④ 杨公骥：《杨公骥文集》，东北师范大学出版社1998年版，第687页。
⑤ 《毛诗正义》，阮刻《十三经注疏》，中华书局1980年版，第594页。
⑥ 陆德明：《经典释文》，中华书局1983年版，第102页。

《大雅·思齐》:"古之人无斁,誉髦斯士。"①
《鲁颂·駉》:"思无斁,思马斯作。"
《鲁颂·泮水》:"戎车孔博,徒御无斁。"

《葛覃》"服之无斁",《毛传》:"斁,厌也。"《郑笺》:"习之以絺绤烦辱之事,乃能整治之无厌倦,是其性贞专。"②有学者指出,《周南·葛覃》非一般戒妇人无怠纺织之谓,而重在告诫妇人"志在于女功之事"。此处,"无斁"意在美周人所贵之妇德。③

《駉》《泮水》言"思无斁""徒御无斁",意在美鲁侯尊先王之法。

"无斁",又写作"无射"。"无射"于《诗经》凡三见:

《小雅·车辖》:"式燕且誉,好尔无射。"
《大雅·思齐》:"不显亦临,无射亦保。"
《周颂·清庙》:"骏奔走在庙,不显不承,无射于人斯。"

《诗序》云,《车辖》乃:"周人思得贤女以配君子,故作是诗也。"④朱熹在《诗集传》中对此篇"无射"的解说是:"'辰彼硕女',则以令德来配己而教诲之。是以'式燕且誉',而悦慕之无厌也。"⑤由朱熹的解释来看,此处"无射"与《葛覃》"无斁"的意义和用法相同。

《思齐》"不显亦临,无射亦保"句,《毛传》谓:"以显临之,保安无厌

---

① 阮元《十三经注疏校勘记》认为此句中之"斁"当为"择"。马瑞辰《毛诗传笺通释》认为,古"斁""择""殬"三字同音通用,并引《郑笺》《经义述闻》的有关解释以及《孝经》等文献为证,此处"斁"应为"殬"。(《毛诗传笺通释》,中华书局1989年版,第837页)按:马说是也。限于本文篇幅和主要内容,《思齐》"古之人无斁"一例暂不予讨论,日后将撰专文进行详细论述。
② 《毛诗正义》,阮刻《十三经注疏》,中华书局1980年版,第276页。
③ 参见姜昆武:《诗书成词考释》,齐鲁书社1989年版,第81页。
④ 《毛诗正义》,阮刻《十三经注疏》,中华书局1980年版,第482页。
⑤ 朱熹:《诗集传》,上海古籍出版社1980年版,第162页。

也。"① 此处,《毛传》对"无射"的说解与"无斁"同。

《清庙》"骏奔走在庙,不显不承,无射于人斯"句,《郑笺》以为此言奔走于庙的助祭者对光大和承继文王之德无厌怠,则"无斁"是对助祭者敬顺文王之德的赞誉。

"无射"在金文中多写作"亡斁"。②《师訇簋》:

> 王若曰:师訇(询),不(丕)显文、武,膺受天令(命)。……肆皇帝亡斁,临保我又(有)周……

《毛公鼎》:

> 王若曰:父厝,不(丕)显文武……肆皇天亡斁,临保我有周……

上述两篇铭文皆为史官所宣王命。"皇天无射,临保我有周"是天子向上天祈祷保佑下邦的一种格式用语。"无射"乃天子称颂上天之言。金文中,亦可用于歌颂祖先,如:

> 梁其曰:……皇祖考其严在上……降余大鲁福亡斁……(《殷周金文集成》1.187-8)

这篇铭文是说先祖德被子孙,赐予大福。"无射"是梁其对先祖赐福之大德的美敬之词。

由上述内容可知,《诗经》诸篇所言"无斁(无射)",是对人们"无怠于

---

① 《毛诗正义》,阮刻《十三经注疏》,中华书局 1980 年版,第 517 页。
② "射"与"斁"乃一字的不同写法,有关这一问题参见姜昆武:《诗书成词考释》,齐鲁书社 1989 年版,第 85 页。

事"之美德的赞语。上引金文所言"无射"乃子孙所陈先祖之德。姜昆武在考证《诗》《书》以及相关金文材料后,得出结论:"无斁"乃"贵族阶级歌颂其德行隽美,承业事君无怠及上天无怠其国祚福禄之常命之专用成词。乃统治阶级之雅言"。① 其说是。

"夙夜"一词见于《诗经》十二篇中,凡十六例。该词的字面意思是指早和晚,核心内涵是"敬"。详见本书第九章第一节《〈有駜〉与西周礼乐制度的文化精神》,这里不再赘述。

《诗经》中,与"夙夜"相类的另一个词语是"朝夕"。《小雅·雨无正》二章曰:"三事大夫,莫肯夙夜。邦君诸侯,莫肯朝夕。"诗篇言邦君诸侯皆不肯尽心于王事。"朝夕"与"夙夜"对举,意义相同。《商颂·那》:"温恭朝夕,执事有恪。""温恭""恪"皆言"敬","朝夕"与"温恭"对举,意义通达。

"夙夜""朝夕"亦常见于金文中:

> 伯龢父若曰:师獣,乃祖考又(有)爵(勋)于我家,女(汝)有佳(虽)小子,余令女(汝)死(尸)我家……敬乃夙夜,用事,獣拜稽首,敢对扬皇君休……(《殷周金文集成》8.4311)

"敬乃夙夜",是伯龢父对师獣的期许之辞,意在告诫师獣敬于从事,不可疏忽。又如:

> 仲殷父铸段,用朝夕亨考(孝)宗室,其子子孙永宝用。(《殷周金文集成》7.3964)

---

① 姜昆武:《诗书成词考释》,齐鲁书社1989年版,第79页。按,马瑞辰《毛诗传笺通释》认为"斁""殬"二字同音通用,《说文》云:"殬,败也。"故,"无斁"意为"无败"。此解与前述"无斁"的解释相类。

这篇铭文中说明了仲殷父铸毁的目的,即用于宗室祭祀,向先祖敬孝。"朝夕"用于此,显示其祭祖时时不忘恭敬,无有怠慢。

金文中,与"夙夜""朝夕"相类之词还有"夙夕"① 一语:

> 梁其曰:不(丕)显皇祖考,穆穆翼翼……秉明德,虔夙夕,辟天子……(《殷周金文集成》1.187-8)

这篇铭文是说"梁其"秉承先祖明德,"夙夕"虔敬于事。"虔"有"敬"意。"虔夙夕"连用,其意明了。此外,金文中尚有"敬夙夕""恪夙夕"连用之例,其意显豁,兹不备举。

由"朝夕""夙夕"等词的讨论,更可凸显"夙夜"礼敬之意。

通过以上论述可知,"夙夜"一词在使用时,虽然有时字面还含有"早晚"的含义,但其精神主要是表示"敬"的思想文化内涵。《振鹭》所言"夙夜",即希望"客"能始终敬慎于王事。

"永终",《诗》言:"以永终誉。"《郑笺》:"永,长也。誉,声美也。"孔颖达《正义》:"以此而能长终美誉。言其善于终始,为可爱之极也。"② 可见,《郑笺》和孔氏《正义》皆释"永终"为"长终"。

清人马瑞辰在《毛诗传笺通释》中提出了不同的看法。他认为,"终与众双声,古通用","终"系"众"的假借字,"终誉"即"众誉"。③ 后代学者多从之,然此解实误。

"永终"于《诗经》中仅此一见,而《尚书》中"永终"凡二见。按《诗》、

---

① "夙夜""朝夕""夙夕"用字虽稍有不同,但意义无甚差别。金文中,三词皆有出现,而《诗经》中只见"夙夜"和"朝夕"二语。可能由于"夙夜"与"夙夕"二词过于相近,故于《诗经》经文中统一使用前者,待详考。

② 《毛诗正义》,阮刻《十三经注疏》,中华书局1980年版,第594页。

③ 马瑞辰:《毛诗传笺通释》,中华书局1989年版,第1072页。

《书》同为最古之书，其语可互证。①《尚书·大禹谟》：

> 钦哉！慎乃有位，敬修其可愿，四海困穷，天禄永终。

《孔传》：

> 有位，天子位。可愿，谓道德之美。困穷，谓天民之无告者。言为天子勤此三者，则天之禄籍长终汝身。②

上引《大禹谟》为帝舜教导禹为王之道的训诫之词，意在告诫禹慎摄天子之位，敬修美德，这样上天才能赐予"长终"。

《尚书·金縢》：

> 予小子新命于三王，惟永终是图。

《孔传》：

> 周公言，我小子新受三王之命，武王惟长终是谋周之道。③

《金縢》言武王有疾不豫，周公欲以身代之，告于太王、王季、文王而受之命，武王能够"长终"才是周人之福祉。

---

① 《文心雕龙·宗经》云："《诗》主言志，诂训同《书》。"范文澜：《文心雕龙注》，人民文学出版社1958年版，第22页。
② 《尚书正义》，阮刻《十三经注疏》，中华书局1980年版，第136页。于省吾先生指出，"永终古人讔语，终亦永也"。参见于省吾：《泽螺居诗经新证》，中华书局1982年版，第80页。
③ 《尚书正义》，阮刻《十三经注疏》，中华书局1980年版，第196页。

金文中亦有"永终"连用之例：

井人人妄曰：覬（景）盄（淑）文祖、皇考，克臂（哲）厥德，得屯（纯）用鲁，永冬（终）于吉……（《殷周金文集成》1.111）

这篇铭文的意思是，井人人妄说自己的先祖有美好的德行，故能长有吉瑞。"永终"是井人人妄对先祖终身享有福瑞的赞美。

《尚书》所见两处"永终"，其发言者皆为大德。① 《大禹谟》"天禄永终"是帝舜对禹的告诫，《金縢》所载乃周公之言，二者所图"永终"之事莫不与王政有关。前引金文中，"永终"是对先祖德行的赞美。综而论之，"永终"是对已经达成或意欲达成的终生功业的赞语。

由以上论述可知，成语在使用时，虽然有时还保留着其中单语的字面意思，但主要内涵是某种特定的思想内涵。这些思想内涵在作为礼乐文化的有机组成部分的《诗》《书》中，统一以周礼的核心精神为根本指向。

作为抽象概念的礼的精神，需要借助一定的形式体现出来，即礼之"体"。《礼记·礼器》云："礼也者，犹体也。体不备，君子谓之不成人。"②

言语是礼之体的重要组成部分。《易·系辞》曰："言行，君子之枢机。枢机之发，荣辱之主也。"③ 古人的言语必遵循一定的礼法。《左传·昭公十五年》："言以考典，典以志经。"孔颖达《正义》解释说："人之出言，所以成典法也。典法所以记礼经也。"④

礼法在词汇方面突出表现为成语的形成和使用。成语是在礼的揖让周旋的

---

① "大德"谓君子。《礼记·学记》："大德不官。"《郑注》云："谓君也。"《礼记正义》，阮刻《十三经注疏》，中华书局1980年版，第1525页。
② 《礼记正义》，阮刻《十三经注疏》，中华书局1980年版，第1435页。
③ 《周易正义》，阮刻《十三经注疏》，中华书局1980年版，第79页。
④ 《春秋左传正义》，阮刻《十三经注疏》，中华书局1980年版，第2078页。

过程中，为表达特定的礼的内涵，而形成的具有固定搭配的词语。成语的产生过程反映了礼法用语逐渐典章化的过程。

"礼以体政"[1]，作为礼之体的重要表现，成语的意义与政治有密切关联。就《振鹭》一篇而言，"无斁""夙夜""永终"等成语是在"以宾礼亲邦国"这一观念的基础上使用的。该篇成语的效果即如孙诒让《周礼正义》所言："使诸侯亲附，王亦使诸侯自相亲附也。"[2]

综上所述，《振鹭》一篇多处运用成语，使诗篇在语言方面表现出灵动而不失典雅的特色。理解该篇成语的文化内涵对我们认识先秦时期语言的发展以及周礼的精神的体现皆有助益。

第四节 《有瞽》与周代观乐制度

在《周颂》中，《有瞽》篇的意义似较为显豁，而实蕴含着先秦礼乐文化的深刻内涵。该篇所描述的大合乐是与周代祭礼、宾礼相关的重要礼典，反映了周代集大成的礼乐思想。为便论述，先移录《有瞽》全篇如下：

> 有瞽有瞽，在周之庭。设业设虡，崇牙树羽。应田县鼓，鞉磬柷圉。既备乃奏，箫管备举。喤喤厥声，肃雝和鸣，先祖是听。我客戾止，永观厥成。

《诗序》："《有瞽》，始作乐而合乎祖也。"《郑笺》："王者治定制礼，功成作乐。合者，大合诸乐而奏之。"[3] 大合乐是祭祀先祖仪式的一部分，也是王室以

---

[1] 《春秋左传正义》，阮刻《十三经注疏》，中华书局1980年版，第1743页。
[2] 孙诒让：《周礼正义》，中华书局1987年版，第1348页。
[3] 《毛诗正义》，阮刻《十三经注疏》，中华书局1980年版，第594页。

宾礼接遇诸侯的重要仪节。所谓"大合乐",《孔疏》言:"大合诸乐而奏之,谓合诸乐器一时奏之,即经所云'鞉磬柷圉''箫管'之属是也。"① 然细考可知,《孔疏》以"合诸乐器"释"大合乐",未尽其义。

从技术层面来看,大合乐集合了应、田、悬鼓、鞉、磬、柷、圉、箫、管等多种乐器。这些乐器是礼典的重要组成部分和表现形式,属于古人所谓"礼器"。诸器齐备乃大合乐的前提,然并不能充分表达其内涵。《礼记·乐记》:"乐者,非谓黄钟、大吕、弦歌、干扬也,乐之末节也。"② 前述《孔疏》仅注目于诗篇中所陈述的"乐之末节",不免流于片面。

"合乐"是先秦时期礼乐盛典中演出的综合形态的艺术。它包含了堂上歌诗、堂下吹笙、众声俱作等几个方面。③ 同时,往往还包括相关的舞容。"大合乐"是较一般意义上的合乐更为盛大的礼乐活动。《周礼·大司乐》:

> 以六律、六同、五声、八音、六舞,大合乐,以致鬼神示,以和邦国,以谐万民,以安宾客,以说远人,以作动物。

《郑注》:

> 大合乐者,谓遍作六代之乐,以冬日至作之,致天神人鬼,以夏日至作之,致地祇物魅。④

据上引《周礼》经传,大合乐含"六代之乐"⑤,用于祭礼、宾礼等多种重要

---

① 《毛诗正义》,阮刻《十三经注疏》,中华书局1980年版,第594页。
② 《礼记正义》,阮刻《十三经注疏》,中华书局1980年版,第1538页。
③ 傅道彬:《诗可以观——礼乐文化与周代诗学精神》,中华书局2010年版,第72—73页。
④ 《周礼注疏》,阮刻《十三经注疏》,中华书局1980年版,第788页。
⑤ 据《周礼·大司乐》,"六代之乐"指《云门》《大卷》《大咸》《大磬》《大夏》《大濩》《大武》。《周礼注疏》,阮刻《十三经注疏》,中华书局1980年版,第787页。

礼典。

先秦时期，王室皆集数代之乐。《吕氏春秋·古乐》记载，《九招》《六列》《六英》作于帝喾时期。帝舜时，质修此三乐，"以明帝德"。至殷汤时，"伊尹作为《大护》，歌《晨露》，修《九招》《六列》，以见其善"。①《墨子·三辩》云："汤放桀于大水，环天下自立以为王，事成功立，无大后患，因先王之乐，又自作乐，命曰《护》，又修《九招》。"②上述情况表明，殷商王室在保存了先代之乐的同时，对其有所增订和修饰。

周王室依例存先代之乐。这些乐章保存了前代的礼乐文化成果，周人借鉴和吸收，成为周代礼乐文化的重要组成部分，在礼的实际运作中有着举足轻重的作用。据《周礼》记载，周王室所存六代之乐用于祭祀，所祭祀对象各有不同，《周礼·大司乐》：

> 乃分乐而序之，以祭，以享，以祀。乃奏黄钟，歌大吕，舞《云门》，以祀天神。乃奏大蔟，歌应钟，舞《咸池》，以祭地示。乃奏姑洗，歌南吕，舞《大磬》，以祀四望。乃奏蕤宾，歌函钟，舞《大夏》，以祭山川。乃奏夷则，歌小吕，舞《大濩》，以享先妣。乃奏无射，歌夹钟，舞《大武》，以享先祖。③

王室祭祀往往诸乐并用。因周公的特殊功绩，周王室特许鲁人享有天子礼乐，故鲁人所存之礼乐可以在相当程度上反映周王室用乐的情况。④《礼记·明堂位》载鲁人以禘礼祀周公.

---

① 陈奇猷：《吕氏春秋新校释》，上海古籍出版社 2002 年版，第 288—289 页。
② 孙诒让：《墨子间诂》，《诸子集成》第四册，中华书局 1954 年版，第 23 页。
③ 《周礼注疏》，阮刻《十三经注疏》，中华书局 1980 年版，第 788—789 页。
④ 《礼记·明堂位》："凡四代之服、器、官，鲁兼用之。是故鲁，王礼也，天下传之久矣，君臣未尝相弑也。礼乐、刑法、政俗，未尝相变也。天下以为有道之国，是故天下资礼乐焉。"《礼记正义》，阮刻《十三经注疏》，中华书局 1980 年版，第 1492 页。

升歌《清庙》，下管《象》，朱干玉戚，冕而舞《大武》。皮弁素积，裼而舞《大夏》。《昧》，东夷之乐也。《任》，南蛮之乐也。纳夷蛮之乐于大庙，言广鲁于天下也。①

上述合乐除《大武》《大夏》等华夏之乐外，尚有《昧》《任》等夷蛮之乐。由此可知，大合乐的内容集合了中原地区华夏主流文化及周边诸族文化，具有丰富的文化内涵。

《诗序》认为，《有瞽》篇之"大合乐"是在"始作乐"的前提下进行的。先秦时期，"作乐"是一个具有特殊含义的概念。它的所指不仅是一般意义上的创制新乐，而往往包含对整个社会制度与文化的整合与创新。《礼记·乐记》说："王者功成作乐，治定制礼，其功大者其乐备，其治辩者其礼具。"②《礼记·明堂位》记载，周公摄政六年，"朝诸侯于明堂，制礼作乐，颁度量，而天下大服"③。制礼作乐与"颁度量"相联系，其意在确立规范天下的制度体系和思想观念。

《大武》是周代王者之乐，故孔颖达以为"始作乐"乃"始作《大武》之乐"。④据前文所引《郑笺》"大合诸乐"之说，我们认为孔氏以《大武》概指"始作乐"之"乐"，有以偏概全之嫌。就《大武》而言，根据周人制礼作乐的历史意义与《大武》之乐的发展演变来看，《有瞽》篇之"大合乐"反映了周代中期以后的礼乐思想。对《有瞽》一篇的讨论，应建立在这一历史事实的基础上。

在周人礼乐制度的发展完善过程中，《大武》之乐有一个不断充实和演变的过程。我们在本书第二章第一节《〈大武乐章〉的作年与篇章归属》中

---

① 《礼记正义》，阮刻《十三经注疏》，中华书局1980年版，第1489页。
② 《礼记正义》，阮刻《十三经注疏》，中华书局1980年版，第1530页。
③ 《礼记正义》，阮刻《十三经注疏》，中华书局1980年版，第1488页。
④ 《毛诗正义》，阮刻《十三经注疏》，中华书局1980年版，第595页。

已经指出，《大武》的部分内容在克商后 50 天内已经创作出来了。古人多认为《大武》创作于周公摄政六年制礼作乐之时。《酌》系《大武》之一章，为学术界所公认。《酌》之《诗序》云："告成《大武》也。"《郑笺》解释说："周公居摄六年，制礼作乐，归政成王，乃后祭于庙而奏之。其始成告之而已。"①

按，上述两种说法并不相矛盾。根据相关记载可推知，《大武》的创作经历了一个较长的历史时间。《礼记·乐记》记载孔子与宾牟贾论乐时，对《大武》的内容作了被广为称引的经典描述。孔子说："夫《武》，始而北出，再成而灭商，三成而南，四成而南国是疆，五成而分周公左、召公右，六成复缀，以崇天子。"②孔子的上述描述显示出，春秋时期人们所认识的《大武》乐，除了武王克商外，还有"南国是疆"，周、召分治等内容。其中，"南国是疆"是一个历时长久的历史发展过程。周人疆理南国在克商不久即已开始。《史墙盘》叙述昭王功绩："宏（宏）鲁邵（昭）王，广敝（惩）楚荆，唯寏（焕）南行。"③（《殷周金文集成》16.10175）可见，昭王时，南国仍是周王朝着力经营的对象。有学者认为，至周宣王时，汉北、淮西等"南土"才正式疆理为周王朝统治范围。④《大雅·崧高》《江汉》诸篇对相关历史事件进行过描述。

由《大武》文本及不同时期人们对它的描述，见《大武》之乐在不同历史时期体现出的不同思想内涵。从中可以看出周初及以后一段时期内的礼乐建设过程中，周人对该乐增订修饰的痕迹。

周初，《大武》的首要内容是颂扬武功。⑤《周礼·大司乐》郑注云："《大

---

① 《毛诗正义》，阮刻《十三经注疏》，中华书局 1980 年版，第 604 页。
② 《礼记正义》，阮刻《十三经注疏》，中华书局 1980 年版，第 1542 页。
③ "敝（惩）"字释读据李学勤：《通向文明之路》，商务印书馆 2010 年版，第 177 页。
④ 李学勤先生指出，昭王时，周人势力已经进入湖南北部。宣王二十三年，南方业已稳定。参见李学勤：《文盨与周宣王中兴》《论西周的南国湘侯》等，《通向文明之路》，商务印书馆 2010 年版，第 151—179 页。
⑤ 参见本书第二章第二节。

武》，武王乐也。武王伐纣以除其害，言其德能成武功。"① 武王克商，大肆杀伐，流血漂杵之事载于史书。《逸周书·世俘》记载克商之役及连带征伐杀戮俘掠：斩杀"亿有万七千七百七十有九"，"俘人三亿万有二百三十"。② 《武》篇"胜殷遏刘"一句，马瑞辰指出，"遏刘"二字皆是"灭杀"意，此句"谓胜殷而灭杀之，犹《周语》云'蔑杀其民人'也"。③ 《大武》杀伐之气浓重，故孔子对其颇有微词，认为其"尽美矣，未尽善也"④。

随着克商大业的完成，周人的统治进入了敬守天下的历史阶段，《大武》所宣示的内容也发生了相应的改变。《左传·宣公十二年》记载，楚人战胜了晋人，楚臣潘党根据"克敌，必示子孙，以无忘武功"的传统，提出"收晋尸以为京观"。楚庄王否定了这一提议，其理由是："夫文，止戈为武。……夫武，禁暴、戢兵、保大、定功、安民、和众、丰财者也。"《杜注》云："此武七德。"⑤ 潘党与楚庄王对"武"这一观念的不同表达，反映了先秦时期人们对《大武》的不同理解，也反映出到春秋时期，人们所见之《大武》已明确地具有了"安民""和众"等内容。

《大武》思想倾向的改变使其在西周中期以后各种礼典场合得以有效运用。作为"王者功成作乐"的代表，《大武》宣扬武功的内容决定了其气势的庄严雄壮而不可亵渎。《礼记·郊特牲》云："《武》壮，而不可乐也。"孔颖达《正义》解释说："《武》是万舞，大武也，以示壮勇之容，不可常为娱乐。"⑥ 周代中后期，这种情况在礼乐的实际运用中已经有所改变。《左传·襄公二十九年》记载，吴公子季札观乐时，《大武》即是其所观乐舞之一。这一事实说明，春秋时期人们所见《大武》反映了一个较为完备的政治与历史体系，在它的实际运用

---

① 《周礼注疏》，阮刻《十三经注疏》，中华书局1980年版，第787页。
② 黄怀信等：《逸周书汇校集注》，上海古籍出版社2007年版，第424页。
③ 马瑞辰：《毛诗传笺通释》，中华书局1989年版，第1089页。
④ 《论语注疏》，阮刻《十三经注疏》，中华书局1980年版，第2469页。
⑤ 《春秋左传正义》，阮刻《十三经注疏》，中华书局1980年版，第1882页。
⑥ 《礼记正义》，阮刻《十三经注疏》，中华书局1980年版，第1455页。

过程中，人们更注重其观赏效果，即乐的"和同"功能。

由《大武》内涵的历史演变与先秦时期人们审美观念的发展，反观《有瞽》一篇，大合乐的效果是"喤喤厥声，肃雍和鸣"，显示出乐之"敬""和"的功能①，这与周代中期以后人们对《大武》的理解是相符合的。

在周代政治体系中，乐的主要功能是"和同"。《礼记·乐记》：

> 乐在宗庙之中，君臣上下同听之，则莫不和敬；在族长乡里之中，长幼同听之，则莫不和顺；在闺门之内，父子兄弟同听之，则莫不和亲。故乐者，审一以定和，比物以饰节，节奏合以成文，所以合和父子君臣，附亲万民也。②

《乐记》的上述言论反映出，乐的独特功能通过一定的仪节而展现。《有瞽》篇所涉及的观乐仪节即为其例。

王室祭祀合乐之时，诸侯助祭、观乐是历代的惯例。《尚书·益稷》载帝舜时期合乐时："（夔）戛击鸣球，搏拊琴瑟以咏。祖考来格。虞宾在位，群后德让。下管鼗鼓，合止柷敔，笙镛以间，鸟兽跄跄。箫韶九成，凤皇来仪。"③

《诗经》中，与上述《益稷》的有关内容，甚至与《有瞽》全篇相类的是《商颂·那》。《那》描写殷人祭祀成汤时，商朝的先代即虞夏二代的后裔助祭并观乐的情景：

> 猗与那与，置我鞉鼓。奏鼓简简，衎我烈祖。汤孙奏假，绥我思成。鞉鼓渊渊，嘒嘒管声。既和且平，依我磬声。於赫汤孙，穆穆厥声。庸鼓

---

① 《礼记·乐记》："《诗》云：'肃雍和鸣，先祖是听。'夫肃肃，敬也。雍雍，和也。夫敬以和，何事不行？"《礼记正义》，阮刻《十三经注疏》，中华书局1980年版，第1541页。
② 《礼记正义》，阮刻《十三经注疏》，中华书局1980年版，第1545页。
③ 《尚书正义》，阮刻《十三经注疏》，中华书局1980年版，第144页。

有戠，万舞有奕。我有嘉客，亦不夷怿。自古在昔，先民有作。温恭朝夕，执事有恪，顾予烝尝，汤孙之将。

结合上述《尚书·益稷》《商颂·那》篇的相关内容可看出，观乐绝非仅仅为参与者提供一般意义上的感官享受，而是为了通过这种仪式发挥乐的"和同"功能。乐的"和同"功能表现在谐和自然与社会两个方面的关系，所以《尚书·舜典》言乐曰："八音克谐，无相夺伦，神人以和。"[1]

乐是沟通天人之际的独特方式。在先秦人们的思维中，乐是在万物"流而不息，合同而化"的自然状态下应运而兴。《礼记·乐记》："地气上齐，天气下降，阴阳相摩，天地相荡，鼓之以雷霆，奋之以风雨，动之以四时，暖之以日月，而百化兴焉。如此，则乐者，天地之和也。"[2] 乐的这种自然属性使它能够引起受众的共鸣与深思，进而使礼的精神深入人心。所以《乐记》说："乐也者，圣人之所乐也，而可以善民心。其感人深，其移风易俗，故先王著其教焉。"[3] 人们感于乐之伦理教化，守礼慎行，则天下可得而治。《乐记》："乐行而伦清，耳目聪明，血气和平，移风易俗，天下皆宁。"[4]

《有瞽》篇之"我客戾止，永观厥成"，与《那》篇之"我有嘉客，亦不夷怿"，从"客"的角度描写了乐的"和同"功能所达到的良好效果，从而突出了观乐仪节在整个礼典中的特殊作用。

先秦时期，王者根据灭国不绝祀的原则，对先代后裔给予宽厚的待遇，尊其为"客"，并允其保有先代之礼乐。《礼记·郊特牲》云："天子存二代之后，犹尊贤也。尊贤不过二代。"[5] 周人所谓的"二代之后"是指夏、商后裔杞、宋两

---

[1] 《尚书正义》，阮刻《十三经注疏》，中华书局1980年版，第131页。
[2] 《礼记正义》，阮刻《十三经注疏》，中华书局1980年版，第1531页。
[3] 《礼记正义》，阮刻《十三经注疏》，中华书局1980年版，第1534页。
[4] 《礼记正义》，阮刻《十三经注疏》，中华书局1980年版，第1536页。
[5] 《礼记正义》，阮刻《十三经注疏》，中华书局1980年版，第1448页。

国国君。①王室在举行重大祀典时，四方诸侯依例皆来朝助祭。为"客"诸侯地位尊贵，王室以最高规格——大合乐作为此次礼典程序的一部分②，故《有瞽》篇特言"客"往观乐成。

观乐以其慎重的形式显示出王室对宾客的重视，另一方面，意味着要求"客"及其他观乐诸侯在德行上具备与之身份相符的君子风范，从而达到纲纪天下的目的。《左传·襄公十一年》："夫乐以安德，义以处之，礼以行之，信以守之，仁以厉之。而后可以殿邦国，同福禄，来远人，所谓乐也。"③《周易》"观"卦六四爻辞说："观国之光，利用宾于王。"④反映出周代社会对于王室宾礼观乐功能的共识。

在周代，周天子为天下大宗，王室之礼乐为天下诸侯效法。周代中期以后，观乐作为一种重要的礼乐制度，在诸侯邦交中具有不可忽视的作用。《左传·襄公二十九年》记载的季札观乐，即为其著例。为充分发挥乐之"和同"的功用，周人建立并逐渐发展完善了礼乐制度，观乐与赐乐及各种礼典用乐等共同构成了周代用乐规范。

综上所述，作为礼乐制度中不可或缺的一个方面，乐通过"治心"使人从根本上提升伦理道德修养，进而达到天下大治。《乐记》："致乐以治心，则易、直、子、谅之心油然生矣。易、直、子、谅之心生则乐，乐则安，安则久，久则天，天则神。天则不言而信，神则不怒而威，致乐以治心者也。"礼则更注重揖让周旋的仪节。《乐记》："致礼以治躬，则庄敬，庄敬则严威。"由上可见礼、乐二者之间浑言则同、析言则异、互有区别又互为表里的辩证关系。⑤

---

① 《有瞽》之"客"，《郑笺》解释说："我客，二王之后也。"《商颂·那》中的二王之后指虞、夏二代，而周所谓二王之后指夏、商二代。有关"客"的其他内容，参见本章第二节。
② 大合乐作为观乐仪式的典型，是周代历年举行的重大礼典。《礼记·月令》记载大合乐在每年的季春举行，"天子乃率三公、九卿、诸侯、大夫，亲往视之"。《礼记正义》，阮刻《十三经注疏》，中华书局1980年版，第1362页。
③ 《春秋左传正义》，阮刻《十三经注疏》，中华书局1980年版，第1951页。
④ 《周易正义》，阮刻《十三经注疏》，中华书局1980年版，第36页。
⑤ 《礼记正义》，阮刻《十三经注疏》，中华书局1980年版，第1543、1544页。

从狭义的角度来看，乐乃礼之文。《礼记·仲尼燕居》载孔子言："不能《诗》，于礼缪。不能乐，于礼素。"《郑注》云："缪，误也。素，犹质也。歌《诗》，所以通礼意也。作乐，所以同成礼文也。"[1] 大合乐给以"礼乐征伐"为内涵的周礼赋予了一个庄重而亲和的形式。《有瞽》篇所描述的这一礼典，上承虞舜、殷商时期诸侯助祭观乐的传统，下启春秋宾礼中的观乐仪式，在周代礼乐制度中，具有极重要的经典意义。由该篇之讨论，可以窥见《周颂》性质的一个侧面，对我们理解周代礼乐文化的内涵和周人审美观念的演变，亦有所助益。

---

[1] 《礼记正义》，阮刻《十三经注疏》，中华书局 1980 年版，第 1614 页。

第六章 《周颂》农事诗与周代礼乐制度

第一节 《载芟》与周代籍礼

作为周代礼乐文化的产物和有机组成部分，《诗经》中的农事诗是记载周代礼乐制度的重要文献，尤其是周代的籍礼，在《诗经》中多有记载。前人就此进行过许多深入的研究，我们所撰写的《田畯农神考》一文[①]对此也进行过一些探讨。本节拟结合《周颂·载芟》一篇，对相关问题作进一步的讨论。

《载芟》的主旨，据《毛诗序》说是"春籍田而祈社稷也"[②]。王先谦《诗三家义集疏》指出，三家诗说与之相同。[③] 从诗篇的内容来看，《序》说是正确的。然而自汉代郑玄以来的说诗各家大多对此缺乏认识，有关笺注，尤其是对诗篇中关键词语的训释，与诗篇本意相差很大。

由于汉儒注经的权威性，上述误释导致后代学者往往忽略诗篇中描述籍田之礼的内容，而将篇中相关内容别作错误的解释。例如朱熹《诗集传》即认为"此诗未详所用，然辞意与《丰年》相似，其用应亦不殊"[④]。而朱熹对《丰年》

[①] 姚小鸥：《田畯农神考》，《古典文学论丛》第4辑，齐鲁书社1986年版，第20—27页。
[②] 《毛诗正义》，阮刻《十三经注疏》，中华书局1980年版，第601页。
[③] 王先谦：《诗三家义集疏》，中华书局1987年版，第1045页。
[④] 朱熹：《诗集传》，上海古籍出版社1980年版，第234页。

则述之曰："《序》以此为始作乐而合乎祖之诗。"① 清代学者中甚至有人认为本诗中无描述籍田之词，说见姚际恒《诗经通论》、魏源《诗古微》、牟应震《毛诗质疑》等。② 这种不正确的认识当今几成定说，可参见高亨先生《诗经今注》、陈子展《诗经直解》等。③

汉代以来对《载芟》一诗的误解，其根本原因在于汉人对周代有关礼乐制度的隔膜，直接原因则源于对该诗有关词语的训解。本文的探讨就此两方面入手。为了叙述方便起见，先将该诗原文移录如下：

载芟载柞，其耕泽泽。千耦其耘，徂隰徂畛。侯主侯伯，侯亚侯旅，侯强侯以。有嗿其馌，思媚其妇，有依其士。有略其耜，俶载南亩。播厥百谷，实函斯活。驿驿其达，有厌其杰。厌厌其苗，绵绵其麃。载获济济，有实其积，万亿及秭。为酒为醴，烝畀祖妣，以洽百礼。有飶其香，邦家之光。有椒其馨，胡考之宁。匪且有且，匪今斯今，振古如兹。

《载芟》一篇三十一句，句四字，不分章，如《周颂》通例。姚际恒《诗经通论》将其分为三章。第一章至"俶载南亩"，第二章至"以洽百礼"，余为第三章。郭沫若分其为五章。第一章至"侯强侯以"，第二章至"实函斯活"，第三章至"绵绵其麃"，第四章至"以洽百礼"，余为第五章。姚、郭所分皆无文献根据，姚际恒所分尚合文意，郭氏所分至为繁琐，且不得要领，故不可取。

按，此诗不分章，若大体划分段落，依文意可以"俶载南亩"止划为前后两部分。前段所描述的是籍礼的过程，后段是祝祷之词。由于历来对该诗的误

---

① 朱熹：《诗集传》，上海古籍出版社1980年版，第229页。
② 姚际恒：《诗经通论》，中华书局1958年版；魏源：《诗古微》，《清经解续编》卷1292—1308，上海书店1988年版；牟应震：《毛诗质疑》，齐鲁书社1991年版。
③ 高亨：《诗经今注》，上海古籍出版社1980年版；陈子展：《诗经直解》，复旦大学出版社1983年版。

解主要产生在前段，故这里首先结合周代礼乐制度对此进行探讨。

大家知道，籍礼是周代礼乐制度的重要内容之一。周代天子所行的籍礼是一个相当隆重的宏大仪式。籍礼在春耕、耨耘和收获时都要举行。[1] 文献记载最多、最典型的是《载芟》所叙述的"春籍"。《国语·周语》"虢文公谏宣王不籍千亩"条对籍礼（春籍）进行了较为详尽的描述。下面我们将其中可与《载芟》直接对应的内容摘录如下：

宣王即位，不籍千亩。虢文公谏曰："不可。夫民之大事在农……古者……王乃使司徒咸戒公卿、百吏、庶民，司空除坛于籍，命农大夫咸戒农用。……及期，郁人荐鬯，牺人荐醴，王祼鬯，飨醴乃行，百吏、庶民毕从。及籍，后稷监之，膳夫、农正陈籍礼，太史赞王，王敬从之。王耕一墢，班三之，庶民终于千亩。……毕，宰夫陈飨，膳宰监之。膳夫赞王，王歆大牢，班尝之，庶人终食。"[2]

由上引文我们可以知道，周代行籍礼时，由周王亲自率领上自高级贵族中的公卿大夫，下至包括庶人在内的国人各阶层共同参加。其内容有耕作仪式及祭祀礼仪等，祭礼中包括"尝食"的仪节。

两相对照，可知《载芟》前段所描述的正是籍礼的有关过程。古今说诗各家对此多有不解。对该诗误解历来集中在此段的"侯主侯伯，侯亚侯旅，侯强侯以。有嗿其馌，思媚其妇，有依其士"数句。尤其对"有嗿其馌，思媚其妇，有依其士"三句误解尤甚。

范文澜说："《周颂·载芟篇》'有嗿其馌，思媚其妇，有依其士'，译意为老婆送饭上地，孩子跟着一起，吃饭吞咽有劲，好让老婆看了喜欢。"[3] 郭沫若的

---

[1] 参见杨宽：《古史新探》，中华书局1965年版，第218—233页。
[2] 《国语》，上海古籍出版社1978年版，第15—18页。
[3] 范文澜：《中国通史简编》第一编，人民出版社1965年版，第146页。

译文是："送饭的娘子真是多呵！打扮得多漂亮呵！男子们好高兴呵！"①余冠英的译文是："送饭的说说笑笑，妇女人人美好。男子干劲旺盛。"②诸家译释，直如方玉润所谓"一幅田家乐图"③。综观之，皆不合于诗篇的主旨。近人其他《诗经》研究著作所译释者多与之相类，不一一列举。

按，"侯主侯伯"的"主"当释为《周易·震卦·彖》所谓的"祭主"。④这里指周王。"主"的这一用法在《诗经》中屡次出现。如《大雅·行苇》的"曾孙维主"、《大雅·卷阿》的"百神尔主"等。⑤其他经典中亦屡见，如《论语》中的"东蒙主"等。⑥《毛传》将"主"释为"家长"不很准确。家长固然通常充当祭主，但其含义并不等同。关于这一点可参考《召南·采蘋》经传。今人或将"主"理解为如后世意义的家长⑦，离题更远。于省吾先生《泽螺居诗经新证》说："按主谓君主。"并引《礼记·曲礼下》"凡执主器"注"主，君也"及《吕氏春秋》为证。郭沫若前举文将"主"译为"国王"。两位先生的解释较旧注有天壤之别，但似不如本文释为"祭主"确当。

《毛传》释"伯"为"长子"，释"侯亚侯旅"的"亚"为"仲"，释"旅"为"子弟"。凡此种种，皆大误。兹分述如下。

按，"侯主侯伯"的"伯"当解为"长"：

家伯维宰。(《小雅·十月之交》)
庶士有正，越庶伯君子，其尔典听朕教。(《尚书·酒诰》)⑧

---

① 郭沫若：《由周代农事诗论到周代社会》，《郭沫若全集·历史编》第1卷，人民出版社1982年版，第410页。
② 余冠英注译：《诗经选》，人民文学出版社1979年版，第274页。
③ 方玉润：《诗经原始》，中华书局1986年版，第618页。
④ 《周易正义》，阮刻《十三经注疏》，中华书局1980年版，第62页。
⑤ 《毛诗正义》，阮刻《十三经注疏》，中华书局1980年版，第535、546页。
⑥ 《论语注疏》，阮刻《十三经注疏》，中华书局1980年版，第2520页。
⑦ 余冠英注译：《诗经选》，人民文学出版社1979年版，第273页。
⑧ 《尚书正义》，阮刻《十三经注疏》，中华书局1980年版，第206页。

越惟有胥伯小大多正。(《尚书·多方》)①

上举文例中,"伯"明显皆当训为"长"。"伯"字此义在经典中出现甚多,不一一列举。

"亚""旅"和"伯"一样,都是官职的名称,而不是指家庭中长幼的排序。于省吾先生指出,此处之"亚旅"为经典中习见之称谓,系当时大夫之称,举出《尚书·牧誓》《立政》《左传·成公二年》等多种传统文献与金文为证。②兹转引于下,《尚书·牧誓》:

嗟!我友邦冢君,御事:司徒、司马、司空、亚旅、师氏、千夫长、百夫长。③

《尚书·立政》:

立政:任人、准夫、牧、作三事。虎贲、缀衣、趣马、小尹、左右携仆、百司庶府。大都小伯、艺人、表臣百司、太史、尹伯,庶常吉士。司徒、司马、司空、亚、旅。夷、微、卢烝。三亳阪尹。④

《左传·成公二年》:

司马、司空、舆师、候正、亚旅皆受一命之服。⑤

---

① 《尚书正义》,阮刻《十三经注疏》,中华书局1980年版,第229页。
② 于省吾:《泽螺居诗经新证》,中华书局1982年版,第85—86页。
③ 《尚书正义》,阮刻《十三经注疏》,中华书局1980年版,第183页。
④ 《尚书正义》,阮刻《十三经注疏》,中华书局1980年版,第231页。
⑤ 《春秋左传正义》,阮刻《十三经注疏》,中华书局1980年版,第1896页。

除上引于省吾先生所举证外，关于"亚、旅"的这一意义，在经典及新出金文中尚有他证，兹列举如下。《左传·文公十五年》：

请承命于亚旅。

《杜注》：

亚旅，上大夫也。①

《晋侯稣编钟铭》：

晋侯率厥亚旅、小子、戡（秩）人先，陷入，折首百，执讯十又一夫。②

"亚"和"旅"皆可以单列成词，都表示一定的社会身份。其中，"亚"的身份较"旅"为高。二者统言皆属于大夫，析言则前者为大夫，后者或可称为士。于省吾先生在前引《泽螺居诗经新证》中曾列举多种传世文献和金文材料对此加以证明。

早在商代的金文和甲骨文中已屡见"亚"这一身份。"亚某"是金文中较为常见的族氏称谓。李学勤先生曾考证《双剑誃古器物图录》所收"亚罗"氏的玺印为传自商代的可信文物。③《周礼·天官·宰夫》：

掌百官府之征令，辨其八职。……四曰旅，掌官常以治数。

---

① 《春秋左传正义》，阮刻《十三经注疏》，中华书局1980年版，第2274页。
② 李学勤：《晋侯苏编钟的时、地、人》，《缀古集》，上海古籍出版社1998年版，第102页。
③ 李学勤：《玺印的起源》，《缀古集》，上海古籍出版社1998年版，第78—81页。

《郑注》：

> 旅，辟下士也。①

《左传·昭公七年》中"亚大夫"连用②，而《周礼》中"旅下士"则出现频繁。如《周礼·天官·冢宰》：

> 治官之属：大宰，卿一人；小宰，中大夫二人；宰夫，下大夫四人。上士八人，中士十有六人，旅下士三十有二人。③

从训诂学的角度来说，"亚"有"次"的意思，而"旅"有"众"的意思，这一训诂现象可以帮助说明"亚"的身份较"旅"为高。

郭沫若在前举文中将"主、伯、亚、旅"译为"国王、公卿、大夫"，于省吾先生则正确指出了"主、伯、亚、旅四者，皆略举当时自天子以下卿大夫之禄食公田者"。郭、于二氏的成果并未被当代《诗经》学界所广泛接受。因为甚至连郭沫若自己也没有将本诗全篇的主旨搞清楚，致使他对本诗的解释上下不能贯通。于氏也未触及传统上对本篇的其他误训，致使其说难以为他人理解。我们发现，从训诂的角度来说，《载芟》一篇的问题主要在于前面所指出的，对"有嗿其馌，思媚其妇，有依其士"三句的训释上。《毛传》：

> 嗿，众貌。士，子弟也。

《郑笺》：

---

① 《周礼注疏》，阮刻《十三经注疏》，中华书局1980年版，第655页。
② 《春秋左传正义》，阮刻《十三经注疏》，中华书局1980年版，第2050页。
③ 《周礼注疏》，阮刻《十三经注疏》，中华书局1980年版，第640页。

馌，馈饷也。依之言爱也。妇子来馈饷其农人于田野，乃逆而媚爱之。言劝其事劳不自苦。

《孔疏》：

以耘者千耦，饷者必多，故知噞为众貌。士者，男子之称，而不在耕芸之中，宜是幼者行饷，故为子弟。此经言"有噞其馌"，以目之妇、士，俱是行饷之人。《七月》云"同我妇子"，"子"即此之士也。①

朱熹《诗集传》：

噞，众饮食声也。媚，顺。依，爱。士，夫也。言饷妇与耕夫相慰劳也。②

此数句中的关键词语有"馌""噞""媚""妇""依""士"等。其中最为关键的是"馌"和"媚"。我们首先解决头一个关键字"馌"。《说文》：

馌，饷田也。

《段注》：

《释诂》《豳传》皆曰"馌，馈也"。孙炎云："馌，野之饷。"③

由上可见释"馌"为"馈"系先秦旧说，而将"馌"进一步解说为"饷田"

---

① 《毛诗正义》，阮刻《十三经注疏》，中华书局1980年版，第602页。
② 朱熹：《诗集传》，上海古籍出版社1980年版，第234页。
③ 段玉裁：《说文解字注》，上海古籍出版社1981年版，第220页。

则为汉代以来的通识。我们曾经在《田畯农神考》一文中指出，实际上，"馈"与"饎"一样，在这里都是指一种郊野之祭祀。①《周礼·小宗伯》：

若大甸，则帅有司而饎兽于郊，遂颁禽。

《郑注》：

饎，馈也。以禽馈四方之神于郊，郊有群神之兆。

《贾疏》：

云则帅有司而饎兽于郊者，谓田在四郊之外……四郊皆有天地日月山川之位，便以兽荐于神位。②

《周礼·甸祝》：

师甸，致禽于虞中，乃属禽，及郊饎兽。③

《甸祝》的《郑注》《贾疏》等与《小宗伯》略同。裘锡圭先生以为此"饎兽"与《月令》的"祭禽"意义相近，"饎"也是"祭"的意思，并引甲骨卜辞说为证。④

按，"饎礼"是"籍礼"的一个必不可少的组成部分。以致有学者在叙述籍

---

① 姚小鸥：《田畯农神考》，《古典文学论丛》第4辑，齐鲁书社1986年版，第20—27页。
② 《周礼注疏》，阮刻《十三经注疏》，中华书局1980年版，第767页。
③ 《周礼注疏》，阮刻《十三经注疏》，中华书局1980年版，第815页。
④ 裘锡圭：《祭禽解》，《文史丛稿》，上海远东出版社1996年版。

礼时径用"馌礼"一词。范文澜说:"始耕时举行馌礼,收获后举行飨礼,成康时还保持这种惯例。"①"尝食"是"馌礼"的重要组成部分,前引《国语》对其记述甚详,可以对照参看。历代学者将"尝食"误为"饷田",是对《诗经》相关内容误解的重要原因。

这里应该谈一谈《孔疏》所提到的《豳风·七月》一诗的有关内容。《七月》"同我妇子,馌彼南亩,田畯至喜"三句,旧说皆以为农夫率妇子饷田,或供田官酒食。我们在《田畯农神考》中,承先师创说,详加辨析,考定"田畯"为农神,"馌彼南亩"即在南亩行野祭之馌礼。以使农神田畯欢悦,而祈求获得丰收。在该文中,我们曾引《小雅》的《甫田》《大田》两诗相关语句为证。《甫田》第三章说:

> 曾孙来止,以其妇子,馌彼南亩,田畯至喜。攘其左右,尝其旨否。禾易长亩,终善且有。曾孙不怒,农夫克敏。②

诗中记述了"曾孙"携"妇子"在南亩行籍礼,祭祀农神田畯的情形。典礼过程中有"尝食"的情节。《大田》说:

> 曾孙来止,以其妇子,馌彼南亩,田畯至喜。来方禋祀,以其骍黑,与其黍稷,以享以祀,以介景福。③

诗中记述了"曾孙"所行籍礼中祭祀场面的隆重。凡此,皆可与《载芟》对照参看。这里的"曾孙"是主祭者之称。《礼记·曲礼下》:

---

① 范文澜:《中国通史简编》第一编,人民出版社 1965 年版,第 147 页。
② 《毛诗正义》,阮刻《十三经注疏》,中华书局 1980 年版,第 475 页。
③ 《毛诗正义》,阮刻《十三经注疏》,中华书局 1980 年版,第 477 页。

临祭祀，内事，曰孝子某侯某；外事，曰曾孙某侯某。①

《小雅·信南山》：

畇畇原隰，曾孙田之。

《毛传》：

曾孙，成王也。②

这里的"曾孙"是否成王，固然可以讨论，但为某位周王或其他主祭的大贵族应无疑问。诗中说"曾孙"到南亩行"馌礼"即"籍礼"，与前引《国语》所述周代制度相一致。如此，前述有关诗句中的"妇"为祭主的配偶也就不必怀疑了。

前举各诗所叙述相关内容和《载芟》高度一致，已经有力地证明了"思媚其妇"一语中"妇"的身份。由于这一问题对解决本诗解读中存在的疑难非常重要，我们在后面对此还要作进一步的阐述。至于《孔疏》中所提到的《七月》篇中"同我妇子"的"子"与此篇中"有依其士"的"士"究竟是何关系，我们也将在后面予以适当的讨论。

解决了"馌"字的训释，"喷"字就较容易讲明白了。马瑞辰在《毛诗传笺通释》中曾综述各家的意见：

"有喷其馌"，《传》："喷，众貌。"《说文》："喷，声也。"《朱子集传》：

---

① 《礼记正义》，阮刻《十三经注疏》，中华书局1980年版，第1266页。
② 《毛诗正义》，阮刻《十三经注疏》，中华书局1980年版，第470页。

"噂，众饮食声。"盖兼取《毛传》《说文》之义。①

《诗集传》的所谓"众饮食声"，是朱子依据自己对诗意的理解并参照前人训解所杜撰，这是朱子说诗的一个基本方法。就本诗而言，是不足为训的。《毛传》释"噂"为"众貌"，当有所本，然而不够详明。按，"有噂"犹言"噂噂"（承黄笑山博士见告），乃馌礼规模的形容语。

《毛诗传笺通释》引"王尚书（按即王引之）曰"指出："'有噂其馌'四语皆形容之词。"②本诗开篇即言行籍礼时耕者"千耦其芸"，又列举"侯主侯伯，侯亚侯旅"等出场的阵容，其规模可知。又"噂"字从口，贪声。《说文》："贪，欲物也。"③"欲物"乃人的某种意识的扩张。而凡字所得声往往兼得义。此可为本篇中"噂"字意义的旁证。

"思媚其妇"一语，为本诗中最令人误解之处。前人或曰妇女漂亮，或曰"耕夫与饷妇相慰劳"，皆未得正解。此语正解可于《大雅·思齐》中觅得线索。《大雅·思齐》：

> 思齐大任，文王之母。思媚周姜，京室之妇。

《毛传》：

> 齐，庄。媚，爱也。周姜，大姜也。京室，王室也。

《郑笺》：

---

① 马瑞辰：《毛诗传笺通释》，中华书局 1989 年版，第 1103 页。
② 马瑞辰：《毛诗传笺通释》，中华书局 1989 年版，第 1103 页。
③ 段玉裁：《说文解字注》，上海古籍出版社 1981 年版，第 282 页。

常思庄敬者，大任也，乃为文王之母，又常思爱大姜之配大王之礼，故能为京室之妇。①

按《毛传》所训已有一定问题，《郑笺》所误更甚。马瑞辰《毛诗传笺通释》指出：

古人行文自有错综，不必以"思媚周姜"为大任思爱大姜配大王之礼。

马氏在解释《思齐》和《载芟》时，两次引《说文》"娓，顺也。读若媚"，又解为美德，此距正解仅一步之遥。②《诗集传》虽释"媚"为"顺"，惜其全句解说仍如《笺》《疏》，远离正解。③

《郑笺》指出，《思齐》有关语句是歌颂周王配偶的"德行纯备"。而该诗全篇皆歌颂以文王为主的周王室的德行，以其作为周人领有天下的根据，即该篇《诗序》所言"文王所以圣也"④。

《毛诗传笺通释》指出，"刑于寡妻"的"刑"，《毛传》训"法也"，和《韩诗》训"正也"，都应如《广雅》训为"治也"。⑤诗中说周王长于治家，历代周王的配偶也都有值得歌颂的德行。大任的德行主要是"齐"。前引《郑笺》将"齐"释为"庄敬"。为什么"齐"可以释为"庄敬"呢？《礼记·郊特牲》说："信，妇德也。壹与之齐，终身不改。"⑥古代婚姻伦理中，着重强调的是妇女对男子的忠实与顺从。诗篇所述周姜的德行则主要是"媚"即"顺"，即顺从、和顺。

---

① 《毛诗正义》，阮刻《十三经注疏》，中华书局 1980 年版，第 516 页。
② 马瑞辰：《毛诗传笺通释》，中华书局 1989 年版，第 832、1104 页。
③ 朱熹：《诗集传》，上海古籍出版社 1980 年版，第 183 页。
④ 《毛诗正义》，阮刻《十三经注疏》，中华书局 1980 年版，第 516 页。
⑤ 马瑞辰：《毛诗传笺通释》，中华书局 1989 年版，第 833—834 页。
⑥ 《礼记正义》，阮刻《十三经注疏》，中华书局 1980 年版，第 1456 页。

"男帅女，女从男"是中国古代伦理哲学的核心。《礼记·郊特牲》：

> 天地合，而后万物兴焉。……男帅女，女从男，夫妇之义由此始也。①

文王以及历代周王的配偶皆具备具体出色的德行，足供后人效法。"庄敬恭顺，礼之制也。"②而"嘉德足以合礼"③。在以男性为中心的家长制的古代社会里强调这些具有特别重要的意义。

我们注意到，在《诗经》中，"媚"字出现时都应当解作"顺从""和顺"的意思。兹将《诗经》中有"媚"字出现的句子胪列如下：

（1）公之媚子，从公于狩。（《秦风·驷驖》）
（2）思媚周姜。（《大雅·思齐》）
（3）媚兹一人，应侯顺德。（《大雅·下武》）
（4）百辟卿士，媚于天子。（《大雅·假乐》）
（5）蔼蔼王多吉士，维君子使，媚于天子。（《大雅·卷阿》）
（6）蔼蔼王多吉人，维君子命，媚于庶人。（《大雅·卷阿》）
（7）思媚其妇。（《周颂·载芟》）

在上列含有"媚"字的诗句中，除我们讨论过的两例外，其余五例可分为三类。"一人"即"天子"，故两例"媚于天子"、一例"媚兹一人"可归为一类。"媚于天子"或"媚兹一人"言臣下当顺从天子，这似乎不难理解。尤其"媚兹一人，应侯顺德"句直与本题密合。其余两例则须加以讨论。第一例"公之媚子"出自《秦风·驷驖》。其诗曰：

---

① 《礼记正义》，阮刻《十三经注疏》，中华书局1980年版，第1456页。
② 《礼记正义》，阮刻《十三经注疏》，中华书局1980年版，第1530页。
③ 《春秋左传正义》，阮刻《十三经注疏》，中华书局1980年版，第1942页。

驷驖孔阜，六辔在手。公之媚子，从公于狩。
奉时辰牡，辰牡孔硕。公曰："左之！"舍拔则获。
游于北园，四马既闲。輶车鸾镳，载猃歇骄。

本诗中的"媚"字，《毛传》解为："能以道媚于上下者。"《郑笺》："媚于上下，谓使君臣和合也。"毛、郑对《诗经》其他各篇中出现的"媚"字均释为"爱"，与此判然有别，两相比较，释"爱"不当，而以本篇所释为是。毛、郑在本篇中对"媚"字的解释和我们前述对"媚"字的训释是相似的。《周易·蒙·上九》：

击蒙，不利为寇，利御寇。

《象》曰：

利用御寇，上下顺也。[①]

按，《秦风·驷驖》所描述的是带有军事演习性质的狩猎，它要求参加者的行动高度一致，即前引《周易》所说的"上下顺"。所以诗中强调"从公于狩"的"公子"具有"媚"这一德行，即上能禀承秦公的意志，下能协调众人的行动。诗中上句言"媚"，下句言"从"，互文见义，正是训诂的嘉例。似乎比较难以解释的是《大雅·卷阿》中"媚于庶人"一语。《毛传》对此无释。《郑笺》："善士亲爱庶人谓无扰之。令不失职。"[②] 这一解释显然过于牵强。

[①] 《周易正义》，阮刻《十三经注疏》，中华书局 1980 年版，第 20—21 页。
[②] 《毛诗正义》，阮刻《十三经注疏》，中华书局 1980 年版，第 547 页。

按,"媚于庶人"是周代社会中一个相当重要的思想方法和施政原则。类似的概念在《尚书》《周易》等各种早期古代典籍中不止一次地出现。《左传·昭公七年》"郑人相惊以伯有",郑国的执政大臣子产因而立伯有及子孔之后。子大叔问其故,子产回答说:"从政有所反之,以取媚也。不媚不信。不信,民不从也。"① 这几句话的大意是说,在施政中,当有所权变,以求理顺执政者与人民的关系,如此才能取得人民的信任和服从。这里的"媚"即作"顺从"讲。旧注在这里以"爱"释"媚",是不正确的。《论语》:"子贡问政。子曰:'足食,足兵,民信之矣。'"② 孔子所说的施政原则是以给予人民切实的好处,从而求取人民的信任与服从,其大意与子产所说的原则是相近的。

这一理念在先秦时代存在已久,是一个相当重要的哲学范畴。早在周初的文献中,已可见将顺从庶人的意愿,作为国家政治运作的重要方略。《尚书·洪范》讲到执政稽疑的办法:

> 汝则有大疑,谋及乃心,谋及卿士,谋及庶人,谋及卜筮。汝则从,龟从,筮从,卿士从,庶民从,是之谓大同,身其康强,子孙其逢,吉。汝则从,龟从,筮从,卿士逆,庶民逆,吉。卿士从,龟从,筮从,汝则逆,庶民逆,吉。庶民从,龟从,筮从,汝则逆,卿士逆,吉。汝则从,龟从,筮逆,卿士逆,庶民逆,作内吉,作外凶。龟、筮共违于人,用静吉,用作凶。③

《洪范》的可信性由于近年来古文献研究的进展而得到肯定④,上引文的内容

---

① 《春秋左传正义》,阮刻《十三经注疏》,中华书局1980年版,第2050页。
② 《论语注疏》,阮刻《十三经注疏》,中华书局1980年版,第2503页。
③ 《尚书正义》,阮刻《十三经注疏》,中华书局1980年版,第191页。
④ 李学勤:《卿事寮、太史寮》,《缀古集》,上海古籍出版社1998年版,第28—34页。

相信对《诗经》中关于"媚于庶人"的理解有所帮助。

退一步说，即使"思媚其妇"和"思媚周姜"中"媚"字不能确定训为"顺"，它也必然是用于歌颂"妇"和"周姜"的类似德行。我们之所以将二者相提并论，除了同部作品中相同语境中相同语词当作同样训解外，还因为如前所述，此处的"妇"并不能理解为一般意义上的"妇女"或"妻子"，而是古代社会中一种具有特定身份的女性，即男性家长主要配偶的专用称谓。"妇"的这一意义在商代已见其端，商代金、甲文中出现过不少相关的称谓，如"妇好""妇井""妇羊""妇丰""妇良"等，可资证明。①

在《载芟》一篇中，"妇"作为助祭的"主妇"出现，地位显然是很重要的。综上所述，可以论定，"思媚周姜"之"媚"，绝不可能是歌颂周姜的美貌，而只能是歌颂其德行之可资效法。足当为周王之配偶而无愧。这一训解同样可以用来解说《载芟》中"思媚其妇"一语。

关于"妇"在周代社会中的地位及在礼乐制度中的作用，"三礼"中记载甚夥。《礼记·礼器》：

> 君亲制祭，夫人荐盎。君亲割牲，夫人荐酒。卿大夫从君，命妇从夫人。洞洞乎其敬也，属属乎其忠也，勿勿乎其欲其飨之也。②

这里的"夫人"即君的嫡妻亦即"君妇"或简称"妇"。《诗经》中不少篇章对此也有所记载。下面引《小雅·楚茨》的有关内容，以进一步说明"妇"的身份及其在祭祀中的重要作用。《楚茨》两次提到了在祭祀活动中"君妇"的作用。其第三章说：

---

① 参见宋镇豪：《夏商社会生活史》第三章第三节，中国社会科学出版社 1994 年版。
② 《礼记正义》，阮刻《十三经注疏》，中华书局 1980 年版，第 1441 页。

执爨踖踖，为俎孔硕，或燔或炙，君妇莫莫。

《毛传》：

莫莫，言清静而敬至也。

《郑笺》：

君妇，谓后也。①

"君妇"不一定实指为"后"，但必为参与祭典的已婚贵族女性。此诗的"君妇""清静而敬至"，与《思齐》中所歌颂的大任的美德"庄敬"相类。与《载芟》中"妇"的"媚"足资比较。诗中又说到"君妇"在典礼的祭神部分结束前后，为典礼的宴飨阶段所作的准备活动："礼仪既备……诸宰君妇，废彻不迟。"由此可知，"妇"在整个祭祀活动中并非可有可无，而是不可或缺的重要角色。

下面我们谈谈《载芟》中"有依其士"的"士"和《七月》中"同我妇子"的"子"有何关系，并就此略略谈一谈周代社会礼乐制度体系中的礼俗关系。

前人已经讲过，"有依其士"的"依"当读为"殷"。②"有依"犹言"殷殷"，众多的样子。《周礼·遂人》：

遂人掌邦之野。……以岁时稽其人民，而授之田野，简其兵器，教之

---

① 《毛诗正义》，阮刻《十三经注疏》，中华书局1980年版，第468页。
② 马瑞辰：《毛诗传笺通释》，中华书局1989年版，第1103页。

稼穑。凡治野，以下剂致甿，以田里安甿，以乐昏扰甿，以土宜教甿稼穑，以兴锄利甿，以时器劝甿，以强予任甿，以土均平政。……若起野役，则令各帅其所治之民而至，以遂之大旗致之，其不用命者诛之。凡国祭祀，共野牲，令野职。①

对照《国语》的有关记载，可知《载芟》中的"强予"是参加籍礼的庶人。此辈庶人在战时既有执干戈以卫社稷的义务，当然应当属于广义的"士"的范畴。《载芟》一诗中所言"千耦其耘"者正是此辈，所谓"有依其士"当然也包括此辈在内。

《载芟》中的"士"以自立于社会的成人资格跟随祭主参加籍礼，而《七月》中跟随家长参加馌礼的"子"，据《孔疏》分析，是年幼而不能自立者。在古代社会中，年龄是决定人们社会地位的重要因素，所以《载芟》中的"士"与《七月》中的"子"两者之间的社会地位不完全等同。

《七月》的有关诗句是以第一人称的口气来写的，其主人公的社会身份不详，但可以肯定是属于周代社会中"国人"的较下层。故其行"馌礼"的规模较小，参加者的身份与《载芟》当然也有很大不同，这是容易理解的。

我们在《田畯农神考》一文中曾指出，周代社会中，贵族有携妻带子行春籍之礼，农人有携妻带子行野祭之俗，上下同风（注："上下同风"四字在拙文原稿中为先师华钟彦教授所手定），乃是社会文化统一性的一个重要表现。孔子曾经讲到过君子之德与小人之德的关系，认为君子之德对小人之德有着统率和引导的作用。② 一般来说，上层社会的文化行为对下层社会足以产生强烈的影响。

---

① 《周礼注疏》，阮刻《十三经注疏》，中华书局1980年版，第740—741页。
② 《论语·颜渊》载，季康子问政于孔子曰："如杀无道，以就有道，何如？"孔子对曰："子为政，焉用杀？子欲善而民善矣。君子之德风，小人之德草，草上之风，必偃。"《论语注疏》，阮刻《十三经注疏》，中华书局1980年版，第2504页。

但同时下层文化对上层文化的影响也不容忽视。况且就本题而言，周代上层社会中实行的籍礼与下层社会中实践的馌礼享有着共同的悠久的历史传承，两者之间的关系非常复杂，当容异日申论之。

第二节 《良耜》与《周颂》中的祭祀文化传承

《良耜》一诗，是《载芟》的姊妹篇。学术史上，《载芟》被曲解的内容，已在前节得到纠正。本节继之研究《良耜》，以对《周颂》中所记载的周代祭祀文化传承作进一步的阐释。

历史上对《良耜》误解的关键，有与《载芟》相似之处，就是将有关农事活动中的祭礼，说成是农家送饭到田头之类。为了较为清楚地说明这一错误看法的普遍性，并阐明此说的误解之处，我们先移录该诗全篇，再将历史上有影响的研究者对此诗的解释加以征引，最后再列出我们的考证。《良耜》全篇如下：

> 畟畟良耜，俶载南亩。播厥百谷，实函斯活。或来瞻女，载筐及筥，其饟伊黍。其笠伊纠，其镈斯赵，以薅荼蓼。荼蓼朽止，黍稷茂止，获之挃挃，积之栗栗。其崇如墉，其比如栉。以开百室，百室盈止，妇子宁止。杀时犉牡，有捄其角。以似以续，续古之人。

本诗主旨，《毛诗序》以为是"秋报社稷也"①。比较《载芟》之《诗序》"春籍田而祈社稷也"，可知两者为同类诗歌。我们在上节谈到历史上对《载芟》错误理解的关键之一，是以农家的所谓"饷田"来解释诗篇中记载的祭礼。在历

---

① 《毛诗正义》，阮刻《十三经注疏》，中华书局1980年版，第602页。

史上，本诗的阐释也有类似情况。本篇有关的词语，《毛传》无释，《郑笺》是历史上对此篇较早的阐释。对于"或来瞻女，载筐及筥，其饟伊黍。其笠伊纠，其镈斯赵，以薅荼蓼"数句，《郑笺》的解释是：

> 瞻，视也。有来视女，谓妇子来馌者也。筐筥所以盛黍也。丰年之时，虽贱者犹食黍。馌者见戴纠然之笠，以田器刺地，薅去荼蓼之事，言闵其勤苦。

《郑笺》所释，可谓用心良苦，似乎可以弥缝误说。不过在包括《周颂·载芟》、《小雅》的《大田》《甫田》与《豳风·七月》在内的《诗经》诸篇中，"馌"都不作"饷田"解，提醒我们对此篇相关内容重作审视。

我们发现，近代以来说诗诸家，在对本篇语译时，许多都没有注意到诗句话语的叙述者，或者说没有处理好相关诗句的主语归属这样十分重要的问题。如范文澜说："《周颂·良耜篇》'或来瞻女，载筐及筥，其饟伊黍'，译意为你老婆快来看你了，拿着筐子，盛着黍米饭给你吃。"[①] 范氏译文所涉及的"或来瞻女，载筐及筥，其饟伊黍"数句，省略了话语的叙述者。范氏在作译文时，显然以为这是旁白口吻的叙述。这种修辞方式，在《诗经》中并没有其他例子。

关于此数句及下面紧按着几句的主语，就语句本身来说，"或"是主语。"瞻女"及"载筐及筥"的主语为"或"，"其饟伊黍"的"其"也必当为"或"的另一种表达。那么，"其笠伊纠，其镈斯赵"的"其"也必当为"或"。这是从语言形式上唯一合乎逻辑的解释。但是，如此理解，又产生了新的矛盾。这就是"馌者见戴纠然之笠，以田器刺地"云云，使说诗者理解的语句的语言形式，省略了主语"馌者"。这种说法，并未交待主语转换的理由，过于勉强。著

---

① 范文澜：《中国通史简编》第一编，人民出版社1965年版，第144页。

名的《诗经》农事诗的研究者和翻译者郭沫若的译文是:

> 有人来看望你们,背起筐子,提起篮子。
> 送来的是小米饭,戴的笠子多别致呵。
> 男子们的锄头加劲赵(平声)起来了,加劲的在薅杂草了。①

郭氏的译法,从诗句主语转换的角度来说,显然与《郑笺》的解说相近。但在他的翻译中,将"其笠伊纠"的主语算成是"馌者",认为耕者作为主语是从"其镈斯赵"算起的。"笠子"由谁来戴,并不是一个重要问题,问题是为什么这样区分。我们认为,这是由于对诗篇内容理解错误而勉强弥合误解造成的。郭氏以后的《诗经》译者,多数在翻译这篇诗时,干脆采取"有人"以下,全部省略主语的办法。如余冠英《诗经选》译为:

> 有人前来看望,
> 拿着方筐圆筐,
> 送来热饭黄粱。
> 笠子草绳缭绕,
> 锄具正把土削,
> 薅除水陆杂草。②

程俊英《诗经译注》译为:

> 那边有人来看你,

---

① 郭沫若:《由周代农事诗论到周代社会》,《郭沫若全集·历史编》第1卷,人民出版社1982年版。
② 余冠英注译:《诗经选》,人民文学出版社1979年版,第277页。

背着方筐挎着筥,
送来米饭冒热气。
头戴草编圆斗笠,
挥锄翻土人心齐。
除去杂草清田畦。①

现代《诗经》研究者中,也有将"其"译为"那"者,则是将"其"视为修饰"笠""鎛"等的指示代词,则更不可取。②

既然古今说诗诸家对本篇的解说皆不达意,解决这一问题,还是要在理解诗篇大旨的前提下,首先正确训释关键语词。

本篇大旨,我们在本节开头实际已经点明:这是一篇与农业有关的祭祀诗。这是古人及近代学者如郭沫若等都已明确了的。既然如此,"农家饷田"之类的观点,首先要被纠正。与此相关,在词语的训释上,首先要纠正的是《郑笺》关于"瞻"的训解。马瑞辰《毛诗传笺通释》:

"或来瞻女",《笺》:"瞻,视也。"瑞辰按:据下"载筐及筥,其饟伊黍"谓来饁者,瞻当读赡给之赡,来饁正所以赡之也。赡字《说文》所无,《新附》始有之,古通作澹,又作瞻、作詹与儋。《史记·司马相如传》"滫沈瞻蓄",《汉书》作"滫沈澹灾"。《汉书·食货志》"犹未足以澹其欲也",《注》:"澹,古赡字。"《荀子·王制篇》"物不能澹则必争",《注》:"澹读为赡。"此赡古作澹之证也。《礼记大传》"民无不足无不赡者",《释文》本作瞻,云"本又作儋"。《小尔雅》:"赡,足也。"《吕氏春秋·适音篇》"不充则不詹",《高注》:"詹,足也。"此赡古通作瞻、儋及詹之证也。此诗正

---

① 程俊英:《诗经译注》,上海古籍出版社 1985 年版,第 648 页。
② 陈子展:《诗经直解》,复旦大学出版社 1983 年版,第 1134 页。

假瞻为赡，《笺》训为视，失之。①

马瑞辰对于此篇中"或来瞻女"之"瞻"字的读法作出了详赡的解说，足以令人信服。但马氏理解的"馌"，还是"饷田"之意，因此他也不能将本篇的全篇大旨给予恰当的解说。

按，本篇此处之"瞻"即"赡"，不是一般的"赠给"，而与《周颂·载芟》《豳风·七月》及《小雅·大田》《甫田》之"馌"同解，皆为祭祀飨食之意。

郭沫若在前引文的其他部分，已经正确指出本篇所述是周天子所主持的农事祭祀。他还指出本篇中"妇子宁止"的"妇子"与前引诸篇中"妇子"的用法一样，"是指后妃和王子，古人素朴，在这些地方还没有感觉着有用特殊敬语的必要"。前人的有关论述，启发我们注意到本篇所述祭礼之飨食部分的规模。

诗篇中说"载筐及筥"，明言"筐"与"筥"是以车"载"来的，其数量规模可知。所以，无论是范文澜氏所译的"拿着筐子"（余冠英所译同），还是郭沫若氏的"背起筅子，提起篮子"（程俊英所译类似）都不能达意，而且从文献记载来看，"筐"与"筥"也不是一家一户农民送饭所用器具。已经有学者指出：

> 筐和筥都是较大的容器，只有在祭祀或燕享时才用它盛饭，一般情况下很少用它作送饭器物。普通送饭的器物是"箪"，"一箪"正是一个人的饭器。《论语》说颜回"一箪食"（颜回即使贫穷也不会次于一个农奴的生活）；孟子说："箪食壶浆以迎王师"，正是人民拿常用的食器盛饭慰劳军队的。当时贵族也常用箪，象赵盾给灵辄母亲送饭"为之箪食与肉，置诸橐

---

① 马瑞辰：《毛诗传笺通释》，中华书局1989年版，第1108页。

以与之"(《左传·宣公二年》)。①

上引文所论,应该说已经非常透彻了。《左传·隐公三年》"君子曰"所谓的"筐、筥、锜、釜之器"②,正是祭器的称呼。《诗经》中,筐、筥连用出现三次,都用作祭器或为盛大典礼的飨食之用。除本篇外,其余两次分别出现在《召南·采蘋》和《小雅·采菽》中,《采蘋》:

> 于以采蘋?南涧之滨。于以采藻?于彼行潦。(一章)
> 于以盛之?维筐及筥。于以湘之?维锜及釜。(二章)
> 于以奠之?宗室牖下。谁其尸之?有齐季女。(三章)

《采菽》第一章:

> 采菽采菽,筐之筥之。君子来朝,何锡予之?虽无予之,路车乘马。又何予之,玄衮及黼。

《采蘋》所述为祭祀,历来无异义。《采菽》所描写为天子欢迎来朝诸侯的情形,据《毛传》《郑笺》可知,"采菽"并且以筐、筥盛之,是为举行盛大典礼而准备。《毛传》:

> 菽所以芼大牢而侍君子也。

《郑笺》:

---

① 李松筠:《论〈无羊〉〈良耜〉两诗》,《河北师院学报》1991年第4期。
② 《春秋左传正义》,阮刻《十三经注疏》,中华书局1980年版,第1723页。

王飨宾客有生俎，乃用铏羹，故使采之。①

"芼"是祭礼中的一个重要仪节"奠菜"的内容。②《毛传》所言"芼大牢而待君子"，是说天子为欢迎来朝诸侯所行宾礼中有祭礼。③由此可见篇中筐、筥之意义。《诗经》与史传经典中记述筐、筥的用法皆如此，可见绝非偶然。据文献记载，一般情况下，《诗经》时期，"饷田"不当以黍，黍通常为祭礼所用。《孔疏》指出："《少牢》《特牲》大夫士之祭礼食有黍，明黍是贵也。"《郑笺》为了自圆其说，提出所谓"丰年贱者犹食黍"④一说，立论软弱。

下面，我们讨论一下诗篇中"笠"的问题。在古代社会中，服制是礼制的重要内容，它包括衣冠、服饰、车器等方面。"笠"属于"服"中之冠冕部分。本篇"其笠伊纠"一句，对诗篇中的人物衣饰有所描述，为论此诗者所注意。近代以来的《诗经》研究者，尤其不肯遗漏这一宝贵的细节。"其笠伊纠"，《毛传》：

笠所以御暑雨也。

《郑笺》：

见戴纠然之笠。⑤

毛、郑只在"笠"的用途、用料及形制等方面下功夫，较少涉及其社会历

---

① 《毛诗正义》，阮刻《十三经注疏》，中华书局1980年版，第489页。
② 参见姚小鸥：《〈诗经·关雎〉篇与〈关雎序〉》，《文艺研究》2001年第6期。
③ 有关宾礼中的祭礼，参见本书第五章。
④ 《毛诗正义》，阮刻《十三经注疏》，中华书局1980年版，第602页。
⑤ 《毛诗正义》，阮刻《十三经注疏》，中华书局1980年版，第602页。

史文化内涵，后来说诗者亦然。按，此处之"笠"，实含有特定的文化内涵。《礼记·郊特牲》：

> 大罗氏，天子之掌鸟兽者也。诸侯贡属焉，草笠而至，尊野服也。

《郑注》：

> 诸侯于蜡，使使者戴草笠贡鸟兽也。《诗》云："彼都人士，台笠缁撮。"又曰："其饷伊黍，其笠伊纠。"皆言野人之服也。①

上引《郑注》所言，《诗》"又曰"之"其饷伊黍，其笠伊纠"，即《良耜》之"其饟伊黍，其笠伊纠"句。所引另一则诗句出自《小雅·都人士》，其全篇如下：

> 彼都人士，狐裘黄黄。其容不改，出言有章。行归于周，万民所望。
> 彼都人士，台笠缁撮。彼君子女，绸直如发。我不见兮，我心不说。
> 彼都人士，充耳琇实。彼君子女，谓之尹吉。我不见兮，我心苑结。
> 彼都人士，垂带而厉。彼君子女，卷发如虿。我不见兮，言从之迈。
> 匪伊垂之，带则有余。匪伊卷之，发则有旟。我不见兮，云何盱矣。

《郑笺》说："台皮为笠，缁布为冠，古明王之时俭且节也。"② 从诗篇中的描写可以看出，其所歌颂的"都人士"是"万民所望"的君子，绝非野人。这位君子所穿戴的除"台笠缁撮"外，还有"狐裘黄黄"。其所佩饰的是"充耳琇

---

① 《礼记正义》，阮刻《十三经注疏》，中华书局1980年版，第1454页。
② 《毛诗正义》，阮刻《十三经注疏》，中华书局1980年版，第493页。

实""垂带而厉"。其穿着、服用为贵族之服饰无疑。所以，认为这里的"笠"为"野人之服"是绝对讲不通的。

那么，《郊特牲》所说的"尊野服"是怎么回事呢？我们认为，应当注意到《郊特牲》所叙述的内容都与祭祀有关。

祭礼所服，往往有悠久的历史传承。《周礼·司服》言天子"祀四望山川则毳冕"[1]。"毳冕"是一种以粗麻或兽类的粗毛制成的冕，天子在祭祀四望山川时服用"毳冕"，这种今天看来相当粗陋的冕服为天子在祭礼中采用，同样由于它来源于古老的传统。[2]《郊特牲》所谈到的祭礼中所戴的"皮弁""黄冠"之类，都有类似的文化含义。

具体到《郊特牲》中"野服"的字面意义，也不应当是"野人之服"。"野人"在周代是一种与"国人"相对而言的社会身份，用今天的话来说，是不具有公民身份的人群。参考《周礼·遂人》等，可知把《郊特牲》中的"野服"定为"野人之服"不当。这里的"野服"之"野"，并非"野人"之野，而是用如《周礼·遂人》所说的"野役""野牲""野职"之"野"，与《豳风·七月》中"上入执宫功"之类的活动场所、活动性质相对而言。所以《郊特牲》的"野服"当为一种"野祭"之祭服。明了这一点，对我们理解《良耜》一篇很有帮助。

《良耜》一篇所描述的既为周代之农事祭礼，所祭对象当然也是农神。如此，我们就可以明白，本节开头所说到的诗篇在称谓上出现的难以调和的矛盾事实上是不存在的。诗篇有关内容是祭祀时的祝祷之词，诗篇中的"或"及下文的几个"其"也都有共同的指向，即指参与祭祀者，尤其指主祭者。

我们在上节分析《载芟》时已经指出，这类祭礼实质上都是"籍礼"（或可称"馌礼"）。在这种典礼中，有大量的庶人参与耕田仪式。这些参与耕田仪式

---

[1] 《周礼注疏》，阮刻《十三经注疏》，中华书局1980年版，第781页。
[2] 参见姚小鸥：《论〈王风·大车〉》，《东北师大学报》1989年第2期。

的庶人也是整个祭礼的合法参与者，享有在献祭后分食献祭食物等权力。①《良耜》一篇的"或""其"等代词所指，也包括此类参与祭礼者。

如此，诗篇中"或来瞻女，载筐及莒，其饟伊黍。其笠伊纠，其镈斯赵，以薅荼蓼"，与上文"畟畟良耜，俶载南亩。播厥百谷，实函斯活"可以完全贯通；和下文"荼蓼朽止，黍稷茂止，获之挃挃，积之栗栗。其崇如墉，其比如栉。以开百室，百室盈止，妇子宁止。杀时犉牡，有捄其角。以似以续，续古之人"，更是浑然一体，密合无间。

《载芟》与《良耜》所产生的时代相同，所描写的事件相同，它们的主要内容相同或相似不难理解。两篇在具体的叙述上小有出入，正可互相阐发。这不但证明周代文化的高度统一，历史文化传承的连续可靠，也证明我们对于相关诗篇的阐释符合诗篇的真正含义和历史的真实面貌。反过来说，更可以证明《诗经》作为我们最古老的可靠的历史文献，其价值的无比宝贵。

第三节　礼乐文化与《周颂》农事诗的历史演变

《诗经》中"农事诗"的概念是由郭沫若先生首先提出的。郭沫若在研究中国古代社会时，列举《豳风·七月》和《小雅》中的《楚茨》《信南山》《甫田》《大田》及《周颂》中的《臣工》《噫嘻》《丰年》《载芟》《良耜》等共十篇诗，认为这些是"纯粹关于农事的诗"。② 郭沫若研究周代农事诗的主要目的，是要在这些诗篇中找出有关周代社会性质问题，尤其是周代社会生产关系的历史资料。所以，有些在他看来与上述问题关系不大的诗篇就被忽略了。从本文的角度来看，郭氏对《周颂》中农事诗篇目的罗列是不完全的，其解说中也不少误

---

① 参见姚小鸥：《田畯农神考》，《古典文学论丛》第 4 辑，齐鲁书社 1986 年版。
② 郭沫若：《由周代农事诗论到周代社会》，《郭沫若全集·历史编》第 1 卷，人民出版社 1982 年版，第 405—433 页。本章中郭氏关于农事诗的意见皆出自此文。

解。在研究周代礼乐文化的视角下，我们有必要重新审视《周颂》中的全部农事诗，并对其进行更深一步的探讨。

《周颂》中农事诗的篇目，除郭沫若氏谈到的五篇外，当再加上《思文》，共计六篇。这样，在全部《周颂》三十一篇中，农事诗几乎要占到五分之一的篇幅，其数量是很可观的。

在周代社会中，农业是最重要的生产部门，所谓"民之大事在农"[①]，这一社会现实在意识形态上必然有相应的反映。前举六篇农事诗，几乎都和祭祀有关，这是由于古人的思想观念所促成，同时也与当时的礼乐制度运作实践有关。

对上述六篇《周颂》农事诗进行分析，可以发现其具体内容各有侧重。《思文》一篇是祭祀祖先兼农神后稷的诗歌。《丰年》是烝祭的祝祷之辞。《臣工》《噫嘻》《载芟》和《良耜》四篇是描写籍田仪程的诗歌。后四篇诗中，《臣工》和《噫嘻》多描写仪式过程与人们的社会关系；《载芟》和《良耜》侧重籍礼中馌祭之礼的内容，并兼有祝祷之辞。这些诗篇内容互补性很强，这是它们得以并列于《周颂》中的重要原因。

《思文》一篇在《诗经·周颂》的农事诗中，排列在最前面。其全文是：

思文后稷，克配彼天。立我烝民，莫匪尔极。贻我来牟，帝命率育。无此疆尔界，陈常于时夏。

"立我烝民"，《郑笺》：

立当作粒。

《孔疏》：

[①] 《国语·周语上》，《国语》，上海古籍出版社1978年版，第15页。

《传》不解立，但毛无破字之理，必其不与郑同，宜为存立众民也。①

马瑞辰《毛诗传笺通释》引诸典籍辨正，以为"立"当训为"定"。"训立为定，正与'莫匪尔极'训极为中义相贯。"②

按，《郑笺》据《尚书·益稷》"烝民乃粒"，将《思文》"立我烝民"的"立"训为"粒"，是错误的，马氏所训近是。尤其马氏将前后两句贯联解释，更具启发性。

《说文》："极，栋也。"③"栋"本为房屋建筑结构中处于最高位置的部分，"极"由此房屋中最高部分引申出最高、最远之意。在建房屋时，必先将栋安正，否则整个房屋的结构都会受到影响，所以极又引申为标准之意。本篇三、四两句相联贯，意为：后稷为众民树立了标准或曰准则。我们在本书前几章已经反复谈到，《周颂》中对祖先的歌颂，其核心之一就是以祖先为自己的楷模、法象；而对后人道德的要求之一是追步前王，效法典型。从《诗经》中《生民》篇等可知，周人特别强调后稷开创农业之功，故可知，将《思文》列入《周颂》"农事诗"之中，应无疑义。

我们之所以强调《思文》当属农事诗，因为它对祖先后稷所赞美的主要是农事方面的内容，而周人以农业立国，以农为国之大事。所以诗歌开篇即赞美后稷"克配彼天"，而为天下烝民立极。对于后稷的功绩，则指出他"贻我来牟"，即赐予周人小麦和大麦。麦类本不是周人最重要的传统作物，在描写后稷传奇经历的《大雅·生民》中，所列举的最主要的农作物是豆类和黍类。该诗虽然也顺便提到了麦，但并没有予以强调，况且"麦"字本作"来"，可见《生民》的这一叙述及其传写有可研究之处。

一般认为，《生民》属于史诗。史诗在传唱过程中，往往有后人逐渐添加的

---

① 《毛诗正义》，阮刻《十三经注疏》，中华书局1980年版，第590页。
② 马瑞辰：《毛诗传笺通释》，中华书局1989年版，第1060页。
③ 段玉裁：《说文解字注》，上海古籍出版社1981年版，第253页。

成分，综合相关文献，对《诗经》中与"麦"有关的内容应当结合其他文献重加研究。

《竹书纪年》："夏四月，初尝麦。"王国维《疏证》："《逸周书·尝麦解》：'惟四年孟夏，王乃尝麦于大祖。'"①《逸周书》："维四年孟夏，王初祈祷于宗庙，乃尝麦于太祖。"②有学者指出，克商之后，周人得到了好的麦种，连年大获丰收。史载"祈祷于宗庙"而"尝麦"，说明周人此时开始重视这一作物。③

周人在丰收喜悦之余，将功劳系之于祖先后稷，对其大加歌颂。"陈常于时夏"句中的"常"，马瑞辰《毛诗传笺通释》以为当训为"政"，近是。我们以为，训如《商颂·殷武》篇"曰商是常"之"常"更为准确。"常"训为"尚"，"陈常于时夏"，亦言立此标准于有夏，与前面"莫匪尔极"句正相呼应。马氏还认为本句"承上'贻我来牟，帝命率育，无此疆尔界'言之，谓遍布其农政，所以布利于是中夏也"④。

"无此疆尔界，陈常于时夏"，在文意和气势上类似于《小雅·北山》的"溥天之下，莫非王土"之句，二者的细微不同在于本句还流露出周人抚有天下不久的心情。《思文》尚谈到"此疆尔界"的问题，至《小雅·北山》则已大而化之，仅言"溥天之下"了。

慎终追远，是古人伦理道德中的重要原则之一，周人陈述在农业方面的成就，而时刻不忘先人，与这一原则完全相符。高亨先生说：

《毛诗序》："《思文》，后稷配天也。"《独断》说同。此说是也。……唯余谓郊天配稷之礼当于春季举行，意在报上帝先祖，亦兼以祈谷。《左传·襄公七年》："夫郊祀后稷，以祈农事也。"即其明证。更考《礼记·月

---

① 王国维：《今本竹书纪年疏证》，《古本竹书纪年辑证》，上海古籍出版社 2005 年版，第 244 页。
② 黄怀信等：《逸周书汇校集注》，上海古籍出版社 2007 年版，第 720 页。
③ 憨之：《"周颂臣工"篇发微》，《文学遗产增刊》第 4 辑，作家出版社 1957 年版。
④ 马瑞辰：《毛诗传笺通释》，中华书局 1989 年版，第 1062 页。

令》："孟春之月……天子乃择元日祈谷于上帝。"此祈谷则祀上帝之征。《左传·昭公二十九年》："稷，田正也。有烈山氏之子曰柱为稷，自夏以上祀之，周弃亦为稷，自商以来祀之。"……弃生为稷官，死为稷神。祈谷乌有不祀稷神者，此祈谷必兼祀后稷之征。周人郊天之祭乃祀上帝与后稷，祈谷之祭亦祀上帝与后稷，故余疑周初郊天与祈谷本为一个祭礼。行此礼时，歌《思文》之诗。……其颂扬上帝者，田亩之词也。其为祀上帝与后稷以祈谷之乐歌，明矣。①

高先生又说：

又据《月令》祈谷之祭在前，耕籍之礼在后，故《周颂》《思文》、《臣工》、《噫嘻》三篇相次也。②

考诸文献，当以高先生所言为是。

《丰年》一篇，全文如下：

丰年多黍多稌，亦有高廪，万亿及秭。为酒为醴，烝畀祖妣。以洽百礼，降福孔皆。

郭沫若认为："这首诗没有什么好解释的，时代要晚些，辞句多与《载芟》相同。'万亿及秭'的情形同样表示着土地国有的大规模耕作，决不是所谓小有产或大有产的个人所能企及的。"

这首诗本身可解释之处的确不多，但围绕它的问题并不少。比如郭沫若以

---

① 高亨：《周颂考释》（上），《中华文史论丛》1963年第4辑，第106页。
② 高亨：《周颂考释》（中），《中华文史论丛》1964年第5辑，第72页。

为它的"时代要晚些",显然是指该篇与《周颂》其他农事诗时代相比要晚,而这一结论并不见得可靠。

前面我们讲过,周人的传统农作物是豆类和黍类,麦类在周人的早期农作物中显得并不重要。究其原因,一是早期人们不懂得吃面粉,而是如同吃豆类、黍类一样地整粒蒸煮食用麦粒。这样,和黍类等相比,麦子在食用时口味上就没有优势。二是周人早期没有好的麦子品种,产量又不高。所以《思文》一篇可能是在周初成王时期行尝麦之礼时所唱。而本篇所歌唱的是"丰年多黍多稌",强调的是黍、稻,并没有提及麦子。这是与《思文》相异之处。这一看似细微的区别,透露出本篇较《思文》有较长久的历史传承。

从形式来看,《丰年》是以七句构成的单章诗篇。从内容来看,本篇完全是祝祷之辞。郭沫若曾经指出,它的内容与《载芟》的结尾有相似之处。这种相似之处提示我们,应该注意到《丰年》与《载芟》的共同来源。古代的诗歌没有著作权的问题,所以后世的诗人往往原封不动地套用前人作品中的句子或片段,甚至有整篇几乎原封不动地搬用者。本篇与《载芟》的对比,及《载芟》与《良耜》的对比,都很明显地可以看出这种情况。

《载芟》所描写的场面比较大,典礼的过程比较清楚;《良耜》与之相似,但场面描写被以祝祷的形式较为简略地代替了;《丰年》则仅仅撷取其中的祝祷之辞。

《载芟》《良耜》与《丰年》三篇形式内容方面的联系与区别,对《周颂》的内容及形式的研究都是有启发意义的。比如,前人多提到《周颂》不分章的问题。从本篇和《载芟》等的对比可知,《载芟》和《良耜》不分章的形式,其实是人为编排的结果。

《丰年》既然可以是一个完整的诗篇(从乐歌的角度来说则是一个完整的乐章),那么,可见《载芟》等篇原本都是以若干独立章节连缀而成。关于这一点,《大武乐章》的构成已经给予了我们一个很好的启发,《载芟》《良耜》与《丰年》等农事诗的比较,不过是再次证明了这一点。

《大武乐章》的构成启发我们，《丰年》之类的短小篇章，在实际使用时，如果作为独立乐章，一定是连套演唱的。当然，如果更清楚地阐释《诗经》相关诸篇之间的关系及其形式的演变过程，需要进行更为细致深入的探索。

　　高亨先生认为，《臣工》和《噫嘻》都是周成王时举行籍田之礼时在宴会上所唱的乐歌。他说："《臣工》是告戒群臣百官，《噫嘻》是告戒农奴，所以分为两篇，实际是一篇的两章。"① 高先生对此两篇诗歌的性质及相互关系的分析很富于启发性。当然，它们一定是一篇中的两章，尽管如我们前面所分析的，经过适当的编排，作较大的改动以后，将它们编入一篇是有可能的。下面，我们对上述两篇作一些简单的分析。

　　《臣工》在《周颂》中是存在异义较多的一篇，在进行分析之前，我们先对它的若干词语作一些适当的解释。该诗全篇如下：

　　　　嗟嗟臣工，敬尔在公。王釐尔成，来咨来茹。嗟嗟保介，维莫之春，亦又何求？如何新畬。於皇来牟，将受厥明。明昭上帝，迄用康年。命我众人，庤乃钱镈，奄观铚艾。

"嗟嗟臣工"，《毛传》：

　　　　嗟嗟，敕之也。工，官也。②

　　高亨先生以为"嗟嗟"系叹词。③ 我们认为"嗟嗟"应当是带有呼唤之意的发端语气词。本篇下文的"嗟嗟保介"，《商颂·烈祖》的"嗟嗟烈祖"，都是这种用法。"嗟"字单用时也有类似意义。如《尚书·秦誓》的"嗟！我士。听无

---

① 高亨：《诗经今注》，上海古籍出版社1980年版，第486页。
② 《毛诗正义》，阮刻《十三经注疏》，中华书局1980年版，第590页。
③ 高亨：《诗经今注》，上海古籍出版社1980年版，第486页。

哗！"① 即为此用。

"臣工"，此处指参与籍礼的百官。百官参加籍礼，《国语·周语》有详细的记载。②

"敬尔在公"是"尔敬在公"的意思，言诸臣工敬于王事。釐，通赉，赐予之意。本句与上句连在一起，是说诸臣工敬于王事，王则对其成绩给予赏赐。"咨"为询问，"茹"为商度。本句和上句联系起来，是说王将要来询问有关农事的情况。此处特指籍礼及与之相连的春耕准备。

本篇的语气，是出纳王命者代王发布命令。这几句诗，郭沫若译为：

啊啊，你们这些耕作的人们！好生当心你们的工作。国王赏识你们的成就，亲自来慰问你们来了！

郭译尽管有些地方不准确，但却非常传神。有人以为诗篇所用的是第三者的口气，证明当时"成王尚未至成周，周公先至，预言成王先至也"③。此说似为猜度之词。

"嗟嗟保介"以下四句，言春耕的具体安排。"保介"，《郑笺》训为"车右"，憩之先生引明代何楷《诗经世本古义》，以为当是管理田间经界的官职，类似《周礼·遂人》中所述"遂人"的职掌。④ 郭沫若则译为"管田的官"，较旧说近是。

"莫"，通"暮"，周历的暮春相当于夏历的孟春，正是开始春耕的时候。

"如何新畬"指田地换茬等的安排。依《毛传》，"新"指开垦二年的田地，"畬"指三年的田地。⑤ 古代施肥不足，要用安排轮种等办法来有效利用地力，

---

① 《尚书正义》，阮刻《十三经注疏》，中华书局1980年版，第256页。
② 《国语·周语上》，《国语》，上海古籍出版社1978年版，第15—20页。并参见本章第一节。
③ 憩之：《"周颂臣工"篇发微》，《文学遗产增刊》第4辑，作家出版社1957年版。
④ 憩之：《"周颂臣工"篇发微》，《文学遗产增刊》第4辑，作家出版社1957年版。
⑤ 《毛诗正义》，阮刻《十三经注疏》，中华书局1980年版，第591页。

提高作物产量。农业是周代社会最重要的生产部门,轮种则是一种最为重要的农业生产安排,所以王要亲自过问。

"於皇来牟,将受厥明。明昭上帝,迄用康年。"是王的祝祷之辞。"於皇"是赞叹之辞。"厥明"之"明"训为"成"。"迄"是赐予的意思,"用"是"以"的意思,"康年"犹言"丰年"。这四句说:光明的上帝将要给周人的麦子降下一个好年成。马瑞辰《毛诗传笺通释》对此解释说:

> 古者嘉谷丰年多归功于天降,如云"诞降嘉种""自天降康",语皆相类,非真种自天来也。《笺》据《周书》"赤乌以牟麦俱来"释之,殊非诗义。又按"将受厥明"对下"迄用康年"而言,谓将且受厥成也。《笺》训大,亦非。

马氏之说通达。郭沫若谓"受"当为"抽穗"之"抽",释"明"为"芒",改字太多,且与诗篇所述时令不符,故不可取。

"命我众人,庤乃钱镈,奄观铚艾"三句,是王发布的另一重命令。"庤"训为"储"。"钱"为锹类,"镈"为锄头之属。本句言土地已经耕过,可将有关农具收藏好。"奄"训"爰",乃也。"观"训"聚",或如字。"铚、艾"皆收割用的农具。本句联系上句是说:耕具用过了要收藏好,现在快准备收割用的农具吧。

综上可知,《臣工》一篇固然有祝祷成分在内,但它的特色是描述了周王亲自参加籍礼,尤其是亲自督促农事的情况。前人言六经皆史,由此篇可知,《诗经》不但是可信的史料,作为艺术作品,且具有一般史书所难以传达的生动与真切。

《噫嘻》一篇,在今本《诗经》中列于《臣工》之后。郭沫若《由周代农事诗论到周代社会》将其列为论述的第一篇诗作,显然郭氏认为它与《臣工》相比,所叙述之籍礼过程有先后之分。该篇说:

噫嘻成王，既昭假尔。率时农夫，播厥百谷。骏发尔私，终三十里。亦服尔耕，十千维耦。

"噫嘻"一词，《郑笺》以为是"有所多大之声也"。① "有所多大之声"意即赞叹声。"成王"，郭沫若认为是"周成王"。② 本篇是反映周成王亲行籍礼的诗篇，为《诗经》中西周早期诗篇之一。

"昭假"的含义是本篇中歧见较多的一个问题。有人以为是招请人，有人认为是招请神。按本词在《诗经》中出现五次，皆作招请神或祖先讲（在周人的意识中，祖先也是神的一类）。

（1）瞻仰昊天，有嘒其星。大夫君子，昭假无赢。（《大雅·云汉》）
（2）天监有周，昭假于下。（《大雅·烝民》）
（3）噫嘻成王，既昭假尔。（《周颂·噫嘻》）
（4）允文允武，昭假烈祖。（《鲁颂·泮水》）
（5）昭假迟迟，上帝是祗。（《商颂·长发》）

《云汉》："瞻仰昊天，有嘒其星。大夫君子，昭假无赢。"《毛传》："假，至也。"③ 这四句诗说，在严重的天灾面前，人们束手无策，大夫君子们向上天祈祷，神也不来降临。

《烝民》："天监有周，昭假于下。"《郑笺》："监，视。假，至也。天监周王之政教，其光明乃至于下，谓及众民也。"④ 《郑笺》在释《云汉》篇时，将

---

① 《毛诗正义》，阮刻《十三经注疏》，中华书局1980年版，第592页。
② 按：清人如马瑞辰《毛诗传笺通释》等已有此说，王国维首先指出西周王号皆生称，在此基础上，郭氏又加补证。
③ 《毛诗正义》，阮刻《十三经注疏》，中华书局1980年版，第563页。
④ 《毛诗正义》，阮刻《十三经注疏》，中华书局1980年版，第568页。

"假"释为"升",不若《毛传》释"至"为当。

《鲁颂·泮水》:"允文允武,昭假烈祖。"意为鲁僖公有"允文允武"之功业,祭祀时,招请列祖降临。

《商颂·长发》:"昭假迟迟,上帝是祗。""迟"训为"久"[1],此言商人祝祷上帝长久虔诚之状。

以上所举例,凡言"昭假",正如学者所指出:"皆言人神通感交往及神灵降临,本为古宗教意识中之专用成词。""凡《诗》《书》作假字者,金文皆作'格'","'格'者周以前用为心灵有趋向往来之义。心灵能有趋向往来者,在古代惟司祭祝之巫,即所谓'格人'","'格'字实为天人相与之际意识情感相通之术语"。故"此一词乃天神祖先与祭者上下皆互通用之词"。[2]《周颂·噫嘻》中此词的用法也不例外。

《周颂·噫嘻》中,"昭假"的主语是周成王,"昭假"的对象是"尔"。这里的"尔"曾有人认为是指周王朝的有关官吏。如郭沫若将有关句子译为:"啊啊,我们的主子周成王既已经召集了你们来,要你们率领着这些耕田的人去播种百谷。"还有人引《大雅·烝民》"天监有周,昭假于下,保兹天子,生仲山甫",认为"这是说周王的光明下及于民,这样就和神完全无关"。[3]从而认为本篇之"昭假"不是招请神祇,得出和郭氏相似的结论。其实,《烝民》此处正是说上天保佑周天子得到仲山甫这样的良才,即上天的神灵下达于周天子,使其得到仲山甫。诗句中的"昭假"一词与神的关系密切,而绝非无关。

还有人认为"尔"不是敬称,不当用于祖先神祇。其实,"尔"字完全可以用于对神或祖先的呼唤。《思文》"莫匪尔极"就是这种用法。所以本句是说:"神啊,成王已经招请到诸位了。"招请神到来,并请神享用祭品,是整个籍礼中的重要一环。《豳风·七月》和《小雅》的《甫田》《大田》中的"田畯至

---

[1] 马瑞辰:《毛诗传笺通释》,中华书局1989年版,第1174页。
[2] 姜昆武:《诗书成词考释》,齐鲁书社1989年版,第128—131页。
[3] 梁园东:《关于诗经噫嘻篇的解释问题》,《山西师范学院学报》1957年第1期。

喜"，即为反映这一环节的祝祷之词。若神不降临享用祭品，那就大祸临头了。①所以这是籍礼中必有的祷词，不能作其他意思讲。本篇和《臣工》篇一样，没有直接描写籍礼中"馌尝"的内容，所以后代的人们比较难以联想到古礼中的这一部分。

"率时农夫，播厥百谷"，言"馌尝"之后，开始率领农夫耕种。"率"有人认为当释为"循"②，但《韩诗》作"帅时农夫"，可证此字当解为"统率"之意。那么，率领农夫耕种的是谁呢？郭沫若以为是王招集来的农官之类。

清人多将"农夫"解为农官，以为是周王率农官播种百谷。③我们以为，在对神祝祷时，声称率领农夫"播厥百谷"的自然是周王，因为在这种场合只有周王才有资格与神对话。"赞王"者，如《国语·周语》所说的"太史"，代王发言，也必须以王的名义。耕作仪式开始后，先由王象征性地开耕，然后百官依其班爵从之。当然，这只是一种仪式，真正耕作的完成，要籍"庶民"之力，即"庶民终于千亩"④。

"骏发尔私，终三十里"，《郑笺》："骏，疾也。发，伐也。"⑤"发""伐"皆解为耕田发土，可见所谓"骏发"指应当赶快耕田发土，勿失农时。《吕氏春秋·音律篇》：

> 太簇之月，阳气始生，草木萌动，令农发土，无或失时。⑥

《吕氏春秋》所说，与《噫嘻》此句正合。所谓"终三十里"者，言农夫各耕其私田。《郑笺》：

---

① 参见《春秋左传正义》，阮刻《十三经注疏》，中华书局1980年版，第1795页。
② 梁园东：《关于诗经噫嘻篇的解释问题》，《山西师范学院学报》1957年第1期。
③ 马瑞辰：《毛诗传笺通释》，中华书局1989年版，第1064页。
④ 《国语·周语上》，《国语》，上海古籍出版社1978年版，第15—20页。
⑤ 《毛诗正义》，阮刻《十三经注疏》，中华书局1980年版，第592页。
⑥ 《吕氏春秋》，《诸子集成》第六册，上海书店1986年版，第57页。

《周礼》曰:"凡治野田,夫间有遂,遂上有径;十夫有沟,沟上有畛;百夫有洫,洫上有涂;千夫有浍,浍上有道;万夫有川,川上有路。"计此万夫之地,方三十三里少半里也。……耕言三十里者,举其成数。①

上引诗句言农夫当及时各耕其私田,与下文"亦服尔耕,十千维耦"对举。"亦服尔耕"之"服"读为"服役"之"服"。言万名农夫,共耕于王家之公田。《小雅·大田》说"雨我公田,遂及我私",该篇中所言"公""私"次序与此相反,这是因为叙述者立场不同。《大田》是从耕者立场发言,故先公后私。此篇从官方立场出发,故先言私,后言公。因为"溥天之下,莫非王土",王者自当有此气度。

《诗经·周颂》中的农事诗所记载的古代史绩多可与史传互证。它们所记载的周代农事中最重要的礼典——籍礼,与《国语·周语》的有关记述几乎完全一致。《国语·周语》描写周初籍礼的仪程说,籍礼前九天,就开始为典礼作准备:

先时九日,太史告稷曰:"自今至于初吉,阳气俱蒸,土膏其动。弗震弗渝,脉其满眚,谷乃不殖。"稷以告王曰:"史帅阳官以命我司事曰:'距今九日,土其俱动,王其祗祓,监农不易。'"王乃使司徒咸戒公卿、百吏、庶民,司空除坛于籍,命农大夫咸戒农用。

……及期,郁人荐鬯,牺人荐醴,王祼鬯,飨醴乃行。百吏、庶民毕从。及籍,后稷监之,膳夫、农正陈籍礼,太史赞王,王敬从之。王耕一墢,班三之,庶民终于千亩。……毕,宰夫陈飨,膳宰监之。膳夫赞王,王歆大牢,班尝之,庶人终食。②

---

① 《毛诗正义》,阮刻《十三经注疏》,中华书局1980年版,第592页。
② 《国语·周语上》,《国语》,上海古籍出版社1978年版,第15—20页。

将上引《国语》与《周颂》中的农事诗对读，可知《臣工》《噫嘻》两篇叙述了籍礼中"馌尝"之外的大部分仪程。包括周王"昭假"诸神、享神、戒农用与耕作等内容。《载芟》《良耜》则叙述了周王携王后与百官、庶民共同参加籍礼的宏大场面，诗篇突出了仪式中的尝食部分及祝祷之词，也表现了仪式中耕作部分的情景。《思文》与《丰年》则是在籍礼之外的其他祭祀场合使用的农事祭歌。它们与《载芟》《良耜》《臣工》《噫嘻》等篇在表现周代农业祭祀文明方面有着互补的作用。

从时代来讲，《臣工》《噫嘻》及《思文》当为周初作品。《载芟》及《良耜》，杨公骥先生认为作于周人居豳时期。[①] 从作品内容所描述的社会生活及其作品风格来看，它们的确应当是那一时期的产物。当然，一些迹象表明，在后代的使用中，可能有一定的加工改造成分在里头。至于《丰年》，则是从较早的祭祀乐歌中撷取的片断，我们在前面已有谈及，这里不再详述了。

总之，《周颂》中的农事诗的创作时代都比较早，具有可贵的史料价值。它们不但较为全面地记载了周代礼乐制度的一个重要方面，而且在一定程度上表现了这一制度本身的来源及其历史演变。深入了解这一点，不但使我们对《周颂》的史料价值有更进一步的认识，而且还启发我们从新的视角来探索《周颂》在文学史上的价值。关于这一方面的深入探讨，将成为《诗经》研究中有巨大潜力的新课题。

---

① 杨公骥：《杨公骥文集》，东北师范大学出版社1998年版，第66页。

第七章 《閟宫》与礼乐制度在鲁国的传承

第一节 《鲁颂》的历史批评及其与商周文化的联系

从《商颂》到《鲁颂》,《诗经》的创作经历了漫长的历史年代。在这相当长的历史年代中,中国的礼乐制度经历了从滥觞、发展到成熟乃至走向衰落的过程。作为从成熟走向衰落阶段的周代礼乐文化的产物,《鲁颂》与《诗经》三《颂》的其他部分——《商颂》与《周颂》相比,无论在形式还是内容方面都有很大的不同。这些相异之点在历史上不为人们所理解,从而使《鲁颂》在相当长的时期里不能得到正确的历史与文化批评。

首先,历史上的一些批评者从他们所理解的礼乐制度着眼,认为《鲁颂》根本就不应该称为"颂"。称它为"颂"是不合礼制、名不符实的。这种说法最早见于唐代孔颖达为《鲁颂谱》所作的《疏》中。孔氏引舒瑗的话说:"鲁不合作颂,故每篇言颂,以名生于不足故也。"[1]

其次,从诗篇的体裁形制着眼,批评者认为《鲁颂》诗体驳杂不纯,不合颂诗之体例。在《鲁颂·駉》的《疏》中,孔颖达说:"此虽借名为'颂',而体实《国风》,非告神之歌。"[2] 降至宋代,类似看法已经非常流行。北宋欧阳修

---

[1] 《毛诗正义》,阮刻《十三经注疏》,中华书局1980年版,第608页。
[2] 《毛诗正义》,阮刻《十三经注疏》,中华书局1980年版,第609页。

在《鲁颂解》中提出："或问诸侯无正风而鲁有颂，何也？曰：非颂也，不得已而名之也。四篇之体，不免变风之例尔，何颂乎？"①南宋朱熹继之。他说：

> 成王以周公有大勋劳于天下，故赐伯禽以天子之礼乐。鲁于是乎有颂，以为庙乐。其后又自作诗以美其君，亦谓之颂。……夫以其诗之僭如此，然夫子犹录之者，盖其体固列国之风，而所歌者，乃当时之事，则犹未纯于天子之颂。若其所歌之事，又皆有先王礼乐教化之遗意焉。②

朱熹的三传弟子王柏则认为"夫鲁之有颂，亦变颂也"③。他又说，"《鲁颂》四篇，有《风》体，有《小雅》体，有《大雅》体，颂之变体也"④。态度最为激烈的是陈鹏飞，据陈振孙《直斋书录解题》，陈鹏飞撰有《诗解》二十卷，"不解《商》《鲁》二颂，以为《商颂》当阙，而《鲁颂》可废"⑤。

清代今文学家魏源，承袭前说，在《诗古微》中反复陈述《鲁颂》之是非："《鲁颂》，颂之变也，无宗庙告神之乐歌，皆谀颂祝愿之泛词，且皆不颂先君而颂生存之君，名颂实风也。"⑥魏源还对《鲁颂》诸篇内容逐一贬斥。并认为孔子将《鲁颂》录入《诗经》中乃出于批判的目的。他说："《駉》颂僖公恤牧也，不颂养民而颂养马，其所以为奚斯之颂欤？""《泮水》，颂僖公能修泮宫也，学校之地，不言造士育材，而惟献馘讯囚……君子为奚斯惭焉。""《閟宫》，颂僖公僭郊祀用王礼，侈武功也。……夫子录其诗罪之也。"⑦

对《鲁颂》的批评可以追溯到汉代。汉代扬雄在《法言·学行篇》中说：

---

① 《欧阳修全集·居士外集》卷10，《欧阳修全集》（上），中国书店1986年版，第434页。
② 朱熹：《诗集传》，上海古籍出版社1980年版，第237页。
③ 王柏：《诗疑·鲁颂辨》，《诗疑》，中华书局1985年版，第25页。
④ 王柏：《诗疑·颂有两体》，《诗疑》，中华书局1985年版，第12页。
⑤ 陈振孙：《直斋书录解题》，上海古籍出版社1987年版，第40页。
⑥ 魏源：《诗古微》，《清经解续编》第五册，上海书店1988年版，第770页。
⑦ 魏源：《诗古微》，《清经解续编》第五册，上海书店1988年版，第770—771页。

"正考甫常晞尹吉甫矣，公子奚斯常晞正考甫矣。"①这一评论已经暗示了《鲁颂》在风格体式方面与《风》《雅》同畴。后人由此产生了对《鲁颂》的另一指责，即认为它不过是《商颂》的仿制品而已。如清人牟应震《毛诗质疑》在谈到《閟宫》时说：

> 此诗之作，全是剽窃《商颂》。《閟宫》追及姜嫄是自《元鸟》（引者按：即《玄鸟》）、《濬哲》（引者按：即《长发》）二诗脱胎，中间铺叙，亦不脱二诗窠臼。其畅言寿者，是自《殷武》"寿考且宁，以保我后生"生出。"徂来"一章，则全袭《殷武》矣。表奚斯者，亦由《濬哲》有"实维阿衡"一语也。②

上述对《鲁颂》的批评，往往脱离了古代社会的历史实际，特别是脱离了周代社会礼乐文化演变的背景，所以很难对《鲁颂》的性质、特点及历史文化意义进行正确的估价。关于《鲁颂》与《风》《雅》及《商颂》的关系，批评者往往也缺乏具体的积极分析。比如，《鲁颂》与《商颂》的关系，反映了殷商文化对周代礼乐文化的深刻影响，而论者很少从历史文化传承与地域文化因素两方面对此进行较为全面的研究。

我们在前面谈到过，在商代，商文化是华夏主流文化。武王克商以后，商在华夏文化圈中退居次要地位，周文化成为主流文化。商、周文化在历史舞台上的这一角色转换，固有"周革殷命"这一突发历史事件的契机，同时又是经历了一个长期的历史演变过程才完成的。③众所周知，周初，周代的统治者曾有意识地采择殷商文化，来为建立周代礼乐制度服务。孔子将之总结为"周因于

---

① 扬雄：《法言》，《汉魏丛书》，吉林大学出版社1992年版，第505页。
② 牟应震：《毛诗质疑》，齐鲁书社1991年版，第279—280页。
③ 参见本书《导论》。

殷礼"和"周监于二代"。① 这主要是就纵向的文化承继关系而言的。从横向的文化联系,即从部族文化与地域文化的角度来看,周代的商、宋文化对周文化,特别是对周人东土诸邦国的影响更是长期而深远的。

现存文献表明,武王克商以后,商人的宗族组织仍然完整地保存着。这些组织除作为特定政治实体的基础,整体保存在宋国外,还大规模地保存在卫、鲁等周人所封建的邦国中。据《左传·定公四年》的记载,周公之子伯禽"因商奄之民"而被封于鲁国。当时分赐给鲁国的"殷民六族,条氏、徐氏、萧氏、索氏、长勺氏、尾勺氏"的宗族组织并未被周人破坏。反之,周人出于政治稳定等目的,有意识地使它们保存下来,而"使帅其宗氏,辑其分族,将其类丑,以法则周公。用即命于周。是使之职事于鲁,以昭周公之明德"②。这些聚族而居的殷商旧民,由是而得以保存自己的文化传统,使之在新的历史时期——周代,继续成为华夏文化的有机组成部分,并对周文化,特别是对鲁国的文化施予了重大的文化影响。

《左传·定公四年》的记载还说,当时周王朝分赐给鲁国的还有"祝、宗、卜、史"等司礼人员。从所引《左传·定公四年》的上下文来看,这些司礼人员必为殷商旧吏。因为从《尚书·洛诰》及《大雅·文王》等可靠的周代早期历史文献中,我们可以知道当时周王室使用大批的"殷士"和"殷庶"来助行祭礼。西周中央王朝采取这样的措施,邦国亦必定如此。

在古代社会中,宗庙社稷是国家的象征,祀典是国家政权的重要存在方式。这就是《礼记·祭统》所说的"凡治人之道,莫急于礼,礼有五经,莫重于祭"③。周人以西土之"小邦"一日而尽有商之地,尽有商之民。其领有天下的手段是文武并用。在"武"的方面,有大家所熟知的武王克商后的大肆征伐(参见本书第二章《〈周颂·大武乐章〉与西周礼乐制度的奠基》)与著名的周公东

---

① 《论语·为政》《八佾》。《论语注疏》,阮刻《十三经注疏》,中华书局1980年版,第2463、2467页。
② 《春秋左传正义》,阮刻《十三经注疏》,中华书局1980年版,第2134页。
③ 《礼记正义》,阮刻《十三经注疏》,中华书局1980年版,第1602页。

征。在"文"的方面，有新制度的建立，即周公的制礼作乐。

新制度的建立，需要大量的祝、宗、卜、史等专门人才。这些人才短期内难以培养，所以周人只好大量起用胜国旧民，以应急需。由于古代社会中，政治与文化制度的运作掌握在世袭的专职人群手中，所以周人的这项措施也是承继、借鉴商代制度、文化的最为有效手段。

在封建东方时，周人为了缓和新的统治区域内的公开和潜在反抗，对抗周边地区，尤其是东土殷商与国的威胁，还不得不因地制宜，大量采用殷商时期旧有的、传统的社会政治文化制度。《尚书·康诰》记载周公告诫康叔说，在治理殷商旧地的卫国时，要实行殷人传统的司法制度，"外事，汝陈时臬，司师兹殷罚有伦"，"事罚蔽殷彝"。① 事实上，连卫国的国名，也是殷人旧称，因为"卫"实际上就是"殷"字。②

《左传·定公四年》的记载还说，鲁、卫两国"皆启以商政，疆以周索"。按照杜预的解释，这就是说：鲁、卫"居殷故地，因其风俗，开用其政"，唯"疆理土地以周法"③而已。《左传》的这一记载可与前引《尚书·康诰》互证。

包括鲁人在内的周人，在祭祀这个古代礼乐文化的操作核心问题上深受殷商文化的影响，见于许多经典文献的记述。《礼记·乐记》说："宗祝辨乎宗庙之礼，故后尸。商祝辨乎丧礼，故后主人。"《孔疏》说："商祝谓习商礼而为祝者。"④ 这就是说，因周人宗法与商人有所不同，故周人的宗庙之礼不用商人为祝；而其他礼仪，包括丧礼，则因为商人排场大，讲究多，非用"商祝"不易究其礼。

其实，即便是宗庙之礼，鲁人也受到殷商文化的相当影响。比如，本来周人尚赤、商人尚白，《礼记·明堂位》："殷之大白，周之大赤。""殷白牡，周

---

① 《尚书正义》，阮刻《十三经注疏》，中华书局1980年版，第204页。
② 陈梦家：《殷虚卜辞综述》，中华书局1988年版，第263页。
③ 《春秋左传正义》，阮刻《十三经注疏》，中华书局1980年版，第2135页。
④ 《礼记正义》，阮刻《十三经注疏》，中华书局1980年版，第1538页。

骍刚。"但鲁人"以禘礼祀周公于大庙，牲用白牡"①。《鲁颂·閟宫》中也提到鲁人祭祀时用"白牡骍刚"，杂用殷人礼俗。这应该说是鲁人"居殷故地，因其风俗"的具体表现之一。《国语·鲁语》：

> 夏父弗忌为宗，蒸将跻僖公。宗有司曰："非昭穆也。"曰："我为宗伯，明者为昭，其次为穆，何常之有。"有司曰："夫宗庙之有昭穆也，以次世之长幼，而等胄之亲疏也。夫祀，昭孝也。各致齐敬于其皇祖，昭孝之至也。故工史书世，宗祝书昭穆，犹恐其逾也。今将先明而后祖，自玄王以及主癸莫若汤，自稷以及王季莫若文、武。商、周之蒸也，未尝跻汤与文、武，为不逾也。鲁未若商、周而改其常，无乃不可乎？"②

按照《周礼》与金文的记载，宗伯是负责管理礼制的。③上引《国语》的韦昭《注》说"宗有司"为"宗官司事臣"。在礼制上，宗有司将商人先祖与周人先祖作为成例并举，以在坚持祭祀制度的问题上与宗伯抗争，可证殷商祭祀文化在文化心理上对鲁人的相当影响。

殷商祭祀文化对鲁国的影响还可以从祭祀用乐考见。大家知道，万舞本是殷人的传统祭祀乐舞（参见本书第一章第一节），而鲁人在祭祀时却普遍用之。《鲁颂·閟宫》：

> 秋而载尝，夏而楅衡。……笾豆大房，万舞洋洋，孝孙有庆。

《閟宫》所记，是鲁人在鲁国具有太庙性质的祭祀场所閟宫祭祀周公时的场

---

① 《礼记正义》，阮刻《十三经注疏》，中华书局1980年版，第1490、1489页。
② 《国语》，上海古籍出版社1978年版，第173—174页。
③ 参见《周礼·大宗伯》《小宗伯》《周礼正义》，阮刻《十三经注疏》，中华书局1980年版，第757—764、766—770页；李学勤：《古代的礼制和宗法》，《中国古代文化史讲座》，中央广播电视大学出版社1984年版，第128页。

面。诗中记载祭祀中有万舞演出的热烈情景。鲁国国史《春秋》中也有祭祀用万舞的记载。《春秋·宣公八年》记：

> 辛巳，有事于大庙，仲遂卒于垂。壬午，犹绎。万入，去籥。

根据《孔疏》，这里所言之"有事"即为鲁人祭祀先祖之禘祭。当时"因祭之日仲遂卒"，"鲁人知卿佐之丧不宜作乐，故去其有声而不知废绎，纳舞去籥，恶其声闻也。"[①] 所以在演奏祭祀乐舞时将管乐器"籥"的伴奏省去。又，《左传·隐公五年》：

> 九月，考仲子之宫，将万焉。公问羽数于众仲。对曰："天子用八，诸侯用六，大夫四，士二。夫舞，所以节八音而行八风，故自八以下。"公从之，于是初献六羽，始用六佾也。[②]

以上所引文献表明，鲁人在祭祀先祖时使用殷商祭祀乐舞万舞的情况非常普遍，由上引文中鲁隐公与众仲所问对可知，在鲁国的贵族社会中，祭祀用万舞的阶层也相当广泛。如此重要的应用场所和如此广泛的使用人群，可以推知商代祭祀乐舞文化在鲁国影响的深远程度。

尽管殷商文化对鲁国文化包括《鲁颂》在内具有不可争辩的巨大影响，但在周公所制定的礼乐制度中，周文化仍然是主干部分，而周人的礼乐文化仍然是鲁国的主流文化。就周诗内部而言，《周颂》乃至《风》《雅》诸篇与《商颂》相比，对《鲁颂》的影响还是以前者为大。试看以下《鲁颂·閟宫》与周诗比较的句子：

[①] 《左传·宣公八年》《孔疏》语。《春秋左传正义》，阮刻《十三经注疏》，中华书局1980年版，第1873页。

[②] 《春秋左传正义》，阮刻《十三经注疏》，中华书局1980年版，第1727—1728页。

"无灾无害，弥月不迟。"比较："诞弥厥月""无灾无害"。(《大雅·生民》)

"黍稷重穋，稙稚菽麦。"比较："黍稷重穋，禾麻菽麦。"(《豳风·七月》)

"无贰无虞，上帝临汝。"比较："上帝临汝，无贰尔心。"(《大雅·大明》)

"周公之孙，庄公之子。"比较："平王之孙，齐侯之子。"(《召南·何彼秾矣》)

"俾尔炽而昌，俾尔寿而臧。""不亏不崩"，"三寿作朋，如冈如陵"。比较："俾尔多益""俾尔戬谷""如冈如陵""不骞不崩"。(《小雅·天保》)

以上所列虽非全面的统计，但仅就已涉及内容来看，在《鲁颂》的一篇之中就有这样多与周人传统诗歌相同、相似的句子，已经能在很大程度上说明它们之间的关系了。如果深入分析，必能让我们更深刻地理解周代礼乐文化在鲁国的传承。

前人对《鲁颂》诸篇所存在的许多歧见，即在于对上述内容缺乏足够的认识所致。所以，只有认清鲁国文化特殊的血缘因素与政治地缘因素，从部族文化与地域文化的综合运动中考察鲁国的文化源流及其发展，才能对《鲁颂》的文化意义予以正确的总结，给予其合乎实际的历史文化批评。

第二节 《閟宫》"缵禹之绪"与春秋中期的礼乐文化复兴运动

文献中关于禹的记载，最早见于《诗经》。近代学者的研究认为，关于禹，《诗经》非仅言其治水之功，而主要是记述了与之相关的创世神话[1]，《鲁颂·閟

---

① 参见顾颉刚：《讨论古史答刘胡二先生》，《古史辨》第一册，上海古籍出版社1982年版，第105—114页；顾颉刚、童书业：《鲧禹的传说》，《古史辨》第七册下编，上海古籍出版社1982年版，第144—152页；姚小鸥、李永娜：《〈诗经〉中禹的创世神话》，《文化遗产》2012年第3期。

宫》中的禹则有所不同。《閟宫》首章叙述周人历史，以"缵禹之绪"作结，诗句蕴涵着周代礼乐文化精神的深刻内涵。对此，研究者鲜有论及。

为了方便讨论，先将《閟宫》首章移录于下：

閟宫有侐，实实枚枚。赫赫姜嫄，其德不回。上帝是依，无灾无害。弥月不迟，是生后稷，降之百福：黍稷重穋，稙稚菽麦。奄有下国，俾民稼穑。有稷有黍，有稻有秬。奄有下土，缵禹之绪。

"缵禹之绪"，《毛传》："绪，业也。"①《郑笺》："绪，事也。尧时洪水为灾，民不粒食。天神多予后稷以五谷。禹平水土，乃教民播种之，于是天下大有，故云继禹之事也。"②

上述以禹治洪水为历史背景的相关解释为唐代以后的多数学者，如朱熹、陈奂、方玉润等采信。③近人刘掞藜、马持盈、陈子展亦持此说。④或主张"缵禹之绪"意为"继续了大禹治水的事业"⑤，或以为指"继续禹王平水土之功而发展农业"⑥。总之，诸家所论均未能表达出诗句的确切含义。下面对此略加考述。

"缵禹之绪"中的"缵"字，《说文》言："继也。从糸，赞声。"⑦《诗经》中"缵"字多见，皆训为"继"，如"载缵武功"（《豳风·七月》）、"缵女维莘"（《大雅·大明》）、"王缵之事"（《大雅·崧高》）、"缵戎祖考"（《大

---

① 《毛诗正义》，阮刻《十三经注疏》，中华书局1980年版，第614页。
② 《毛诗正义》，阮刻《十三经注疏》，中华书局1980年版，第614页。
③ 参见朱熹：《诗集传》，中华书局1958年版，第240页；陈奂：《诗毛氏传疏》，中国书店1984年影印本；方玉润撰，李先耕点校：《诗经原始》，中华书局1986年版，第637—642页。
④ 刘掞藜：《读顾颉刚君"与钱玄同先生论古史书"的疑问》，《古史辨》第一册，上海古籍出版社1982年版，第85页；马持盈注译：《诗经今注今译》，台湾商务印书馆1979年版，第544页；陈子展：《诗经直解》，复旦大学出版社1983年版，第1169页。
⑤ 陈子展：《诗经直解》，复旦大学出版社1983年版，第1169页。
⑥ 马持盈注译：《诗经今注今译》，台湾商务印书馆1979年版，第544页。
⑦ 段玉裁：《说文解字注》，上海古籍出版社1988年版，第646页。

雅·韩奕》）等。

"缵禹之绪"中的"绪"字，《说文》："绪，丝耑也。从糸，者声。"《段注》："耑者，草木初生之题也。因为凡首之称。抽丝者得绪而可引。引申之，凡事皆有绪可缵。"①《尔雅·释诂上》："绪，事也。"邢昺《疏》："绪者，事业也。"②《诗经》中的"绪"字皆可训为"事""业"。"三事就绪"（《大雅·常武》）、"汤孙之绪"（《商颂·殷武》）等皆为此用。

"缵……绪"为古文献中的常见搭配，"缵"与"纂"通假③，或作"纂……绪"，意为"继承……的功业"。古籍中多见其例，如"至于文武，缵大王之绪"（《鲁颂·閟宫》）、"纂修其绪"（《国语·周语上》）④、"武王缵大王、王季、文王之绪"（《礼记·中庸》）⑤、"纂就前绪"（《楚辞·天问》）⑥等。

《閟宫》"奄有下土，缵禹之绪"句承上文省略了主语"后稷"。"缵禹之绪"意为后稷继承了禹的功业。前引学者所论以"禹治水的事业"及"禹王平水土之功"释"禹之绪"，皆未得其意。

探究"禹之绪"究竟何指，应将"奄有下土，缵禹之绪"句与篇中"奄有下国，俾民稼穑"句对读。

"奄有下国，俾民稼穑"，《郑笺》："奄，犹覆也。姜嫄用是而生子后稷，天神多与之福，以五谷终覆盖天下，使民知稼穑之道。"⑦严粲《诗缉》引刘氏语："奄有下国，《书》言'后稷建邦启土'是也。夫如是，则民附之，而无此疆尔界矣，故能奄有下土也。《语》言'稷躬稼而有天下'是也。奄有下国，所以原其始。奄有下土，所以要其终。"⑧ "下国"与"下土"，皆谓"天下"。"缵禹之

---

① 段玉裁：《说文解字注》，上海古籍出版社1988年版，第643页。
② 《尔雅注疏》，阮刻《十三经注疏》，中华书局1980年版，第2570页。
③ "缵"与"纂"互为通假，见高亨纂著，董治安整理：《古字通假会典》，齐鲁书社1989年版，第214页。
④ 徐元诰撰，王树民、沈长云点校：《国语集解》，中华书局2002年版，第5页。
⑤ 《礼记正义》，阮刻《十三经注疏》，中华书局1980年版，第1628页。
⑥ 洪兴祖撰，白化文等点校：《楚辞补注》，中华书局1983年版，第90页。
⑦ 《毛诗正义》，阮刻《十三经注疏》，中华书局1980年版，第614页。
⑧ 严粲：《味经堂严氏诗缉》卷35，明赵府味经堂刻本。

绪"言后稷"俾民稼穑"而"奄有下国""奄有下土",乃继承"禹之绪"而来,后稷在周人的一般传统观念中是始事耕稼的人王,禹既与后稷相类,自然是一位人王。①

关于文献中禹的不同形象,顾颉刚先生曾据《诗经》《尚书》《论语》及其他先秦文献指出,先秦时期,禹的形象先后经历了创世神、神性英雄及人王的发展演变过程。②仅就《诗经》而言,年代最早的《商颂·长发》"洪水芒芒,禹敷下土方",叙述了禹创生大地的神话。而大小《雅》中的禹,则带有神性英雄的色彩。③在《閟宫》"缵禹之绪"的叙述中,禹既"奄有天下",又涉及其耕稼之功,遂显现为人王的形象。

相关金文文献的研判,有助于加深对禹形象这一演变的认识。与《閟宫》年代相近的"叔尸钟"铭文中的若干语句和《閟宫》"奄有下土,缵禹之绪"句字面相似而含意迥异。"叔尸钟"铭文:

成唐,有严在帝所,尃受天命……咸有九州,处禹之堵。④

上引铭文"咸有九州"与《閟宫》中的"奄有下土"意思相近,"咸"即"奄","九州""下土"皆为"天下"之称。⑤"处禹之堵"与《閟宫》中的"缵禹之绪"字面相似。"处禹之堵"中的"堵"字与"缵禹之绪"中的"绪"字皆

---

① 关于《閟宫》中的人工形象,参见顾颉刚等:《与钱玄同先生论古史书》,《古史辨》第一册,上海古籍出版社1982年版,第62页;顾颉刚、童书业:《鲧禹的传说》,《古史辨》第七册下编,上海古籍出版社1982年版,第158页。
② 参见顾颉刚:《古史辨·自序》,《古史辨》第一册,上海古籍出版社1982年版,第52页。顾颉刚、童书业:《鲧禹的传说》,《古史辨》第七册下编,上海古籍出版社1982年版,第159—172页。
③ 关于大小《雅》中禹的神性英雄色彩,参见本书第一章第三节。
④ "叔尸钟"又称"叔夷钟""齐侯钟"。与"叔尸钟"同出的还有"叔尸镈","叔尸镈"又称"叔夷镈""齐侯镈"。"叔尸钟"铭文作"咸有九州,处禹之堵"(《殷周金文集成》1.272-8),"叔尸镈"铭文作"咸有九州,处禹之都"(中国社会科学院考古研究所编:《殷周金文集成释文》第一卷,香港中文大学中国文化研究所2001年版,第244—245、252页)。
⑤ 姚小鸥、李永娜:《〈诗经〉中禹的创世神话》,《文化遗产》2012年第3期。

从"者"得声①，读音相近。由此，王国维先生说："'处禹之堵'，亦犹《鲁颂》言'缵禹之绪'也。"②静安先生未注意到二者意义的差别，乃智者之偶失。实际上，"叔尸钟"铭文"处禹之堵"句与《閟宫》"缵禹之绪"句意蕴悬殊："禹之堵"，即文献中常见的"禹之绩""禹之迹"或"禹迹"，讲述的是与禹相关的创世神话。③顾颉刚等指出，"叔尸钟"铭文"……成唐，有严在帝所，尃受天命……咸有九州，处禹之堵"句是说："成汤受了天命，就享有了九州，住在禹的土地上。"④在铭文中，禹是创世神的形象，而《閟宫》"奄有下土，缵禹之绪"句中的禹是人王的形象。

关于"叔尸钟"的年代，学术界普遍认为是春秋晚期⑤，而《閟宫》的创作时间大致在春秋中期。二者所显示出的禹的形象差异似与前述禹形象演变的历史逻辑顺序有违，这一现象显示了文化演变中思想要素的复杂存留。先秦文献中禹多种形象并存的情况并不罕见。《离骚》中将禹和商汤及周文王并举，而《天问》中将禹的神话和传说分散在两处记载，显示了禹作为创世神和神性英雄的两种形象。⑥

"燹公盨"铭文是记述禹形象变化之迹的西周中期的文献材料：

---

① 《说文》："堵，垣也。五版为堵。从土，者声。""绪，丝耑也。从糸，者声。"段玉裁：《说文解字注》，上海古籍出版社1988年版，第685、643页。

② 王国维：《古史新证——王国维最后的讲义》，清华大学出版社1994年版，第5—6页。

③ 《商颂·殷武》："天命多辟，设都于禹之绩。"《尚书·立政》："其克诘尔戎兵，以陟禹之迹，方行天下，至于海表，罔有不服。"（《尚书正义》，阮刻《十三经注疏》，中华书局1980年版，第232页）春秋时期"秦公簋"铭文："鼏（宓）宅禹賷（迹）。"（马承源主编：《商周青铜器铭文选·四》，文物出版社1990年版，第610页）

④ "成唐"即"成汤"，参见郭沫若著作编辑出版委员会编：《两周金文辞大系》，《郭沫若全集·考古编》第8卷，科学出版社1982年版，第203页；顾颉刚、童书业：《鲧禹的传说》，《古史辨》第七册下编，上海古籍出版社1982年版，第148页。

⑤ "叔尸钟"的年代，郭沫若、陈梦家等学者认为在齐灵公时期，周昌富认为在齐景公时期。参见郭沫若著作编辑出版委员会编：《两周金文辞大系》，《郭沫若全集·考古编》第8卷，科学出版社1982年版，第205页；陈梦家：《西周铜器断代·五》，《考古学报》1956年第3期；周昌富：《东莱古国史研究》第1辑，三秦出版社1988年版，第161页。

⑥ 参见姚小鸥、孟祥笑：《"文义次序"与〈天问〉中的禹》，《山西大学学报》2013年第6期。

天令（命）禹専（敷）土，隓（堕）山叡（濬）川……降民监德，迺（乃）自乍（作）配鄉（饗）民，成父女（母）。①

"天令（命）禹専（敷）土"及"隓（堕）山叡（濬）川"句，分别讲述了禹的创世过程及治水事迹。②盨铭中的"乍（作）配鄉（饗）民"，"是指禹践位为王而言"。③"成父女（母）"句与传世文献中常见的"民之父母"句意思相近④，其中的"父母"，朱凤瀚先生认为是指"王"或"君主"⑤。李学勤先生指出："盨铭所以要讲述禹的事迹，是以禹作为君王的典范，说明治民者应该有德于民，为民父母。"⑥

对于"叔尸钟"铭文与《閟宫》中禹的不同形象，除上述解释外，还有值得注意的另一个重要方面，即顾颉刚先生从地域文化的角度对其作出的解释。顾氏说："鲁国人对于禹的观念是最平常的，不似王朝与宋国人的想像中的禹那样伟大。""邹鲁间人神权思想甚是淡薄，读《论语》《孟子》可知。一读《左传》《楚词》《郊祀志》等，就觉得齐晋秦楚诸国的神话的发达了。"⑦顾氏未及在理论上就此进行更深入的探究，所以又说"这个缘故须得考究"⑧。下面，我们在顾氏研究的基础上，试作阐述。

武王克商后，周公制定了作为中国古代社会中礼制典型的周礼。鲁国作为姬姓"宗邦"和诸侯"望国"，在挽救、保存周礼方面贡献卓越，故《左传》称

---

① 参见裘锡圭：《燹公盨铭文考释》，《中国历史文物》2002年第6期；李学勤：《论燹公盨及其重要意义》，《中国历史文物》2002年第6期。
② 姚小鸥、李永娜：《〈诗经〉中禹的创世神话》，《文化遗产》2012年第3期。
③ 李学勤：《论燹公盨及其重要意义》，《中国历史文物》2002年第6期。
④ "民之父母"见于《诗经》《尚书》《大戴礼记》等先秦文献中。《毛诗正义》，阮刻《十三经注疏》，中华书局1980年版。《尚书正义》，阮刻《十三经注疏》，中华书局1980年版。王聘珍：《大戴礼记解诂》，中华书局1983年版。
⑤ 朱凤瀚：《燹公盨铭文初释》，《中国历史文物》2002年第6期。
⑥ 参见李学勤：《论燹公盨及其重要意义》，《中国历史文物》2002年第6期。
⑦ 顾颉刚：《讨论古史答刘胡二先生》，《古史辨》第一册，上海古籍出版社1982年版，第108页。
⑧ 顾颉刚：《讨论古史答刘胡二先生》，《古史辨》第一册，上海古籍出版社1982年版，第108页。

"周礼尽在鲁矣"。①

鲁国作为周王室最为近密的宗邦,"有天子礼乐者,以褒周公之德"②,"是周之最亲莫如鲁,而鲁所宜翼戴者莫如周也"③,故《閟宫》中充满夸耀之词,如"王曰'叔父',建尔元子,俾侯于鲁。大启尔宇,为周室辅","锡之山川,土田附庸"以及"保彼东方,鲁邦是常"④。春秋时期,礼崩乐坏,鲁人为了彰显其作为周礼维护者和施行者的神圣使命感,故《閟宫》首章在叙述周人历史时,以"缵禹之绪"作结。"禹之绪(堵)"即"禹之业",它是鲁人对夏、商、周三代以来礼乐传承认识的组成部分。

礼乐传统自夏代以来就体现在整个社会的生活方式之中。⑤关于夏、商、周三代的礼乐传统,《论语·为政》篇记载孔子之言曰:"殷因于夏礼,所损益可知也。周因于殷礼,所损益可知也。其或继周者,虽百世可知也。"⑥《论语·八佾》篇说:"周监于二代,郁郁乎文哉,吾从周。"⑦孔子的思想无疑来源于鲁人中长期存在的以复兴周礼为口号的文化浪漫主义的传统理想⑧,体现出僖公以降鲁人复兴周礼的不遗余力及对周礼文化精神的集成与发扬。

从现代社会学的观点看,僖公之世所倡导的礼乐文化复兴运动正处在古代文明发展史上最为关键的时期。其时,存在着世界性的"哲学的突破"问题。有学者指出:

---

① 《春秋左传正义》,阮刻《十三经注疏》,中华书局1980年版,第2029页。
② 《史记》,中华书局1959年版,第1523页。
③ 高士奇:《左传纪事本末》,中华书局1979年版,第5页。
④ 《毛诗正义》,阮刻《十三经注疏》,中华书局1980年版,第615页。
⑤ 余英时先生认为:"礼乐传统从夏代以来就体现在统治阶层的生活方式之中。"实际上,礼乐传统并不仅仅体现在"统治阶层"的生活方式之中,而是体现在整个社会的生活方式之中。余英时:《文化评论与中国情怀(下)》,广西师范大学出版社2006年版,第88页。
⑥ 《论语注疏》,阮刻《十三经注疏》,中华书局1980年版,第2463页。
⑦ 《论语注疏》,阮刻《十三经注疏》,中华书局1980年版,第2467页。
⑧ 相关问题参见本书第八章。

在公元前一千年之内，古希腊、以色列、印度和中国四大古代文明，都曾先后各不相谋而方式各异地经历了一个"哲学的突破"的阶段。所谓"哲学的突破"即对构成人类处境之宇宙的本质发生了一种理性的认识，而这种认识所达到的层次之高，则是从来都未曾有的。与这种认识俱来的是对人类处境的本身及其基本意义有了新的解释。①

用这一理论观察春秋时期鲁国的文化复兴，不难发现《閟宫》中禹形象的转变，"意味着思维方式的变化，意味着打开了一片完全不同的思想视野"②，显示理性思维开始突破神话思维的桎梏，呈现出诠释人类世界的全新气象。

由上述分析可知，《閟宫》"缵禹之绪"句中禹的人王形象与鲁僖公复兴周礼的文化运动相关，创生大地的禹这时明确地被尊为先圣王不是偶然的现象。有关禹的业绩由此固化在中国传统文化之中。

第三节 《閟宫》"土田附庸"的历史记忆

《閟宫》言："乃命鲁公，俾侯于东，锡之山川，土田附庸。"③孙诒让、王国维认为"土田附庸"含义与琱生簋铭"仆墉土田"及《左传·定公四年》"土田陪敦"同。④近代学者多从此说，而对其中"附庸"一词的解释尚有较大争议。

---

① 余英时：《中国知识人之史的考察》，广西师范大学出版社2004年版，第44页。
② 〔法〕让-皮埃尔·韦尔南著，秦海鹰译：《希腊思想的起源》，生活·读书·新知三联书店1996年版，第4页。
③ 《毛诗正义》，阮刻《十三经注疏》，中华书局1980年版，第615页。
④ 孙诒让：《召伯虎敦》，《古籀余论》，中华书局1989年版，第30页；王国维：《毛公鼎铭考释》，《王国维全集》第11卷，浙江教育出版社2009年版，第293页。"倍"，孙诒让《召伯虎敦》、王国维《毛公鼎考释》皆作"陪"。

传统认为"附庸"指依附于大国的城邑或小国。① 郭沫若始对"附庸"一词的训释提出质疑。他将"仆庸"（附庸）释为"附属于土田的农夫"，后更释为"臣仆"。② 陈梦家、林沄、裘锡圭、王辉、童书业等均以此作为解读"仆墉"（附庸）的出发点。③ 沈长云《瑚生簋铭"仆墉土田"新释》一文则认为"附庸"既不可作某种身份之人解，也不可按旧注释为"附庸小国"。该文认为"仆墉"即"负郭"，"仆墉土田"即靠近城垣的土田。④ 这一新说值得研究。

沈氏说："《左传·定公四年》祝佗所述鲁公受封时被赏赐的情况，既已言及鲁公被分封予殷民六族……这'殷民六族'实在就是属于鲁公的'依附民'或'被役使的劳动者'，则其后随之记载的鲁公分得的'土田陪敦'绝不应当再理解为包含有'依附民'或'被役使的劳动者'的意思，而只能是指授与鲁公的土田。"⑤ 从逻辑上看，此说似无罅隙，然仔细考校所涉及的《左传》原文，事实并非如此简单。

关于鲁国分封之情事，《左传·定公四年》所载祝佗的追述如下：

> 分鲁公以大路、大旂。夏后氏之璜，封父之繁弱。殷民六族，条氏、徐氏、萧氏、索氏、长勺氏、尾勺氏，使帅其宗氏，辑其分族，将其类丑。

---

① 《礼记·王制》："天子之元士视附庸。"郑玄《注》："小城曰附庸。附庸者，以国事附于大国，未能以其名通也。"孔颖达《疏》："庸，城也，谓小国之城，不能自通，以其国事附于大国，故曰附庸。"《礼记正义》，阮刻《十三经注疏》，中华书局1980年版，第1322页。今人陈汉平、王人聪等犹持此说。参见陈汉平：《仆甬非仆庸辩》，《屠龙绝绪》，黑龙江教育出版社1989年版，第239—246页；陈汉平：《瑚生殷二器铭文简注》，《金文编订补》，中国社会科学出版社1993年版，第610—619页；王人聪：《瑚生簋铭"仆墉土田"辨析》，《考古》1994年第5期。

② 郭沫若：《诗书时代的社会变革与其思想上之反映》，《中国古代社会研究》，人民出版社1954年版，第130页；郭沫若：《附庸土田之另一解》，《中国古代社会研究》，人民出版社1954年版，第257页。

③ 参见陈梦家：《殷虚卜辞综述》，中华书局1988年版，第624页；陈梦家：《瑚生簋二器》，《西周铜器断代》，中华书局2004年版，第233页；林沄：《瑚生簋新释》，《古文字研究》第3辑，中华书局1980年版，第120—133页；裘锡圭：《说"仆庸"》，《古代文史研究新探》，江苏古籍出版社1992年版，第366—386页；王辉：《五年瑚生簋》，《商周金文》，文物出版社2006年版，第189—193页；童书业：《春秋左传研究》，上海人民出版社1980年版，第129页。

④ 沈长云：《瑚生簋铭"仆墉土田"新释》，《古文字研究》第22辑，中华书局2000年版，第73—78页。

⑤ 沈长云：《瑚生簋铭"仆墉土田"新释》，《古文字研究》第22辑，中华书局2000年版，第74—75页。

以法则周公，用即命于周。是使之职事于鲁，以昭周公之明德。分之土田陪敦，祝宗卜史，备物典策，官司彝器。因商奄之民，命以《伯禽》，而封于少皞之虚。①

这段话可分为两层，从"分鲁公以大路、大旂"到"以昭周公之明德"，是第一部分。叙述周王分封鲁公以重器与民人，使殷民六族各率其本宗，集合小宗，统治所部之民人，以效法周公，听命于周，而职事于鲁，以宣扬周公之明德。从"分之土田陪敦"到"封于少皞之虚"，是本段第二部分。这一部分再次叙述周王分封鲁公以土地民人、职司、重器，以商奄之民，用《伯禽之命》而将其封于少皞故地。比较可知，两部分所述皆为分封鲁公时所赐予之重器、民人等。

第一部分所言之"大路、大旂、夏后氏之璜、封父之繁弱"，系车辇、龙旗、美玉、良弓，皆重器之属。重器包含礼器、乐器、祭器、军器等。《周礼·小子》："衅邦器，及军器。"郑玄《注》："邦器，谓礼乐之器及祭器之属。"贾公彦《疏》："邦器者，是礼乐之器也。郑云礼器者，即射器之等，乐器即钟鼓之等，祭器即笾、豆、俎、簋、尊、彝器皆是。"②《礼记·明堂位》："崇鼎，贯鼎，大璜，封父龟，天子之器也。越棘、大弓，天子之戎器也。"郑玄《注》："崇、贯、封父，皆国名。文王伐崇。古者伐国，迁其重器，以分同姓。"③

关于第二部分所言"备物典策，官司彝器"，孔颖达《疏》："服虔云：'备物，国之职物之备也。当谓国君威仪之物，若今伞扇之属。'……官司彝器，谓百官常用之器，盖樽、罍、俎、豆之属。"④可见，"备物典策，官司彝器"是对前一部分"大路、大旂、夏后氏之璜、封父之繁弱"的概括、补充与重述。

————————
① 《春秋左传正义》，阮刻《十三经注疏》，中华书局1980年版，第2134页。
② 《周礼注疏》，阮刻《十三经注疏》，中华书局1980年版，第843页。
③ 《礼记正义》，阮刻《十三经注疏》，中华书局1980年版，第1491页。
④ 《春秋左传正义》，阮刻《十三经注疏》，中华书局1980年版，第2134页。

第一部分所言之"殷民六族"指民人族群。第二部分之"土田陪敦"即《閟宫》所言"土田附庸",包括土田及附属之上的居民。《左传·昭公九年》:"武王克商,蒲姑、商奄,吾东土也。"孔颖达《疏》:"服虔云:'蒲姑、商奄,滨东海者也。蒲姑,齐也。商奄,鲁也。'"① 前述"殷民六族"就居地而言则为"商奄之民"。

由上述可见,第二部分所言"封之以土田陪敦……封于少皞之虚",系从另一个角度谈周初裂土授民以封鲁公,使之"职事于鲁"的事实,两者叙述的内容相类。

《左传》类似叙事还见于分封康叔的情事中:

> 分康叔以大路、少帛、綪茷、旃旌、大吕,殷民七族,陶氏、施氏、繁氏、锜氏、樊氏、饥氏、终葵氏。封畛土略,自武父以南,及圃田之北竟,取于有阎之土,以共王职。取于相土之东都,以会王之东蒐。聃季授土,陶叔授民,命以《康诰》,而封于殷虚。②

这段话亦可分为两层。从"分康叔以大路"到"以会王之东蒐"是第一部分,讲述分封康叔以重器、民人、土地。从"聃季授土"到"封于殷虚"是第二部分,补充及重述封康叔以土地、民人,用《康诰》来告诫他而封在殷朝的故城。③

第二部分所言之"聃季授土"是对第一部分"封畛土略……会王之东蒐"的概述。"封畛土略""圃田之北竟""相土之东都"指其疆域。"略",杜预《注》:"界也。"④《周颂·思文》:"无此疆尔界。"郑玄《笺》:"无此封竟于女

---

① 《春秋左传正义》,阮刻《十三经注疏》,中华书局1980年版,第2056页。
② 《春秋左传正义》,阮刻《十三经注疏》,中华书局1980年版,第2134—2135页。
③ 沈玉成:《左传译文》,中华书局1981年版,第522页。
④ 《春秋左传正义》,阮刻《十三经注疏》,中华书局1980年版,第2135页。

今之经界。"① "略""界"均训为"竟",指疆域范围。段玉裁《说文解字注》释"竟"曰:"土地之所止。"②《谷梁传·昭公元年》:"疆之为言犹竟也。"范宁《集解》:"为之境界。"③ 在分封邦国时,赐予诸侯的是整个境内之域,山川土田是境内的具体内容。第二部分所言之"陶叔授民",言赐予民人,是对该段第一部分之"殷民七族"的复述。"聃季授土,陶叔授民,命以《康诰》,而封于殷虚",言授土授民,是对本段第一部分所言分封康叔全部内容的概括。

为眉目清晰起见,将《左传·定公四年》分封鲁公、康叔的叙述列表如下:

对象 层次	分封鲁公	分封康叔	备注
第一次叙述内容	大路,大旂。夏后氏之璜,封父之繁弱。殷民六族……使帅其宗氏,辑其分族,将其类丑。以法则周公,用即命于周。是使之职事于鲁,以昭周公之明德	大路、少帛、綪茷、旃旌、大吕,殷民七族……封畛土略,自武父以南,及圃田之北竟,取于有阎之土,以共王职。取于相土之东都,以会王之东蒐	细数分封内容
第二次叙述内容	土田陪敦,祝宗卜史,备物典策,官司彝器。因商奄之民,命以伯禽,而封于少皞之虚	聃季授土,陶叔授民,命以《康诰》,而封于殷虚	概括分封事件
名物	重器、民人、土地	重器、民人、土地	

上述《左传·定公四年》祝佗在追述周初分封诸侯的历史时,叙事话语有所重复,这在《左传》中并非孤立现象。《左传·昭公十五年》周景王向荀跞追述周王分封晋国先祖时,也有类似表述:

> 叔父唐叔,成王之母弟也,其反无分乎?密须之鼓与其大路,文所以大蒐也;阙巩之甲,武所以克商也,唐叔受之,以处参虚,匡有戎狄。其后襄之二路,鏚钺秬鬯、彤弓虎贲,文公受之,以有南阳之田,抚征东夏,

---

① 《毛诗正义》,阮刻《十三经注疏》,中华书局1980年版,第590页。
② 段玉裁:《说文解字注》,上海古籍出版社1988年版,第102页。
③ 《春秋谷梁传注疏》,阮刻《十三经注疏》,中华书局1980年版,第2433页。

非分而何？夫有勋而不废，有绩而载，奉之以土田，抚之以彝器，旌之以车服，明之以文章，子孙不忘。①

上述引文亦可分为两部分。第一部分细数分封内容：分唐叔以密须之鼓、大路、阙巩之甲；分文公以襄之二路、鏚钺秬鬯、彤弓虎贲、南阳之田。第二部分补充概括分封内容：土田、彝器、车服、旌旗。

第二部分是对第一部分的概述。"奉之以土田"，杜预《注》："有南阳。"由《杜注》可知，此即指第一部分所言"南阳之田"。"抚之以彝器"，杜预《注》："弓钺之属。"即第一部分之"密须之鼓""阙巩之甲""鏚钺秬鬯、彤弓虎贲"。"旌之以车服"，杜预《注》："襄之二路。"即第一部分之大路、戎路。"明之以文章"，杜预《注》："旌旗。"即第一部分之车旗等物。②

《左传·定公四年》追述分封事件时，话语前后有所重沓，实为当时人们表述重大事件时的特定呈述方式。《左传》如实记述，成为其书法体例的组成部分。由上可知，《左传·定公四年》中"土田陪敦"一语乃"殷民六族"的重述，沈氏所谓的"土田陪敦"不包含"殷民六族"，盖因未解《左传》书法体例之故。

分封诸侯乃重大历史事件。《左传》对重大历史事件的追述有特定表述方式，这一书法体例有着悠久的历史传承，在金文文献及《诗经》中皆可觅得其踪：

锡鬯卣一卣，商嚞一枚，彤弓一、彤矢百、旅弓十、旅矢千。锡土、厥川（甽）三百囗，厥囗百又廿，厥囗邑卅又五，[厥]囗百又卌。锡在宜王人囗又七生（姓）。锡奠七伯，厥庐囗又五十夫。锡宜庶人六百又六[十]夫。（《宜侯夨簋》铭文）③

---

① 《春秋左传正义》，阮刻《十三经注疏》，中华书局1980年版，第2078页。
② 《春秋左传正义》，阮刻《十三经注疏》，中华书局1980年版，第2078页。
③ 铭文内容引自郭沫若：《夨簋铭考释》，《考古学报》1956年第1期。

赐汝矩鬯一卣，圭瓒，夷讯三百人。（《师询簋》铭文）①

王命召伯，彻申伯土田。王命傅御，迁其私人。（《大雅·崧高》）

肇敏戎公，用锡尔祉。釐尔圭瓒，秬鬯一卣，告于文人。锡山土田。于周受命，自召祖命。（《大雅·江汉》）

《宜侯夨簋》铭文记载以重器民人分封诸侯。其中"商鬲""旅弓"等物皆为重器。"赐土厥川"句，谓除赐给的某川某邑土地人民外又将在俎王人徒从之类几家赐交于宜侯夨管理。②"王人""庶人"等是民人族群。《师询簋》铭文中"矩鬯一卣，圭瓒"为重器之属，"夷讯三百人"为民人族群。《崧高》"彻申伯土田""迁其私人"，叙述以土田民人分封申伯。《江汉》"釐尔圭瓒，秬鬯一卣"，所言系重器。陈梦家先生指出："《诗·大雅·常武》'锡山土田'，释文曰'本或作锡之山川、土田、附庸'，则附庸与山川、土田并列。"③也就是说，"锡山土田"，类乎《閟宫》的"锡之山川，土田附庸"的缩略。

以山川土田附庸分封诸侯，体现了周王室分邦定国、以藩屏周的施政准则。《周礼·巾车》："金路，钩，樊缨九就，建大旂，以宾，同姓以封。"④《左传·昭公十五年》："诸侯之封也，皆受明器于王室，以镇抚其社稷。"⑤作为封赏内容之一的"附庸"，体现了周代礼乐文化的基本内涵。

有学者指出，"附庸土田"是"姬周族通过战争征服并俘获掠取的淮夷、徐楚等地区的原始农业公社的成员及其土田"。⑥周王封赐鲁公以"土田附庸"，实为周王室镇抚东方的重要战略措施。孔颖达《正义》曰："言封鲁于少皞之墟，则商奄非鲁地也。非鲁地而言囚其民，是诛商奄之日，民或逬散在鲁，皆

---

① 何景成：《论师询簋的史实和年代》，《南方文物》2008 年第 4 期。
② 陈邦福：《夨簋考释》，《文物参考资料》1955 年第 5 期。
③ 陈梦家：《琱生簋二器》，《西周铜器断代》，中华书局 2004 年版，第 233 页。
④ 《周礼注疏》，阮刻《十三经注疏》，中华书局 1980 年版，第 823 页。
⑤ 《春秋左传正义》，阮刻《十三经注疏》，中华书局 1980 年版，第 2077 页。
⑥ 方述鑫：《召伯虎簋铭文新释》，《考古与文物》1997 年第 1 期。

命使即属于鲁，令鲁怀柔之。"①

王国维《殷周制度论》说，周人"克商践奄，灭国五十，乃建康叔于卫，伯禽于鲁，太公望于齐，召公之子于燕，其余蔡、郕、郜、雍、曹、滕、凡、蒋、邢、茅诸国，棋置于殷之畿内及其侯甸。而齐、鲁、卫三国，以王室懿亲，并有勋伐，居蒲姑、商奄故地，为诸侯长"②。王氏指出，在周初的分封中，由于齐、鲁、卫三国先君或有大功于周王室，或为王室懿亲，故获封于要地。《閟宫》于此特为铭记。

《閟宫·诗序》："颂僖公能复周公之宇也。"《孔疏》："周公之时土境特大，异于其余诸侯也。伯禽之后，君德渐衰，邻国侵削，境界狭小。至今僖公有德更能复之。故作诗以颂之也。"③鲁国初封时，拥有广大的境界及山川土田附庸。春秋之后，渐沦为二流强国。鲁僖公在此历史背景下，提及当年"锡之山川，土田附庸"等荣耀，以缅怀先祖的功业，作为复兴鲁国的动因。这是《閟宫》一篇意义之所在。

---

① 《春秋左传正义》，阮刻《十三经注疏》，中华书局1980年版，第2134页。
② 王国维：《观堂集林》，中华书局1980年版，第452页。
③ 《毛诗正义》，阮刻《十三经注疏》，中华书局1959年版，第614页。

第八章 《駉》《泮水》与礼乐文化在鲁国的"中兴"

第一节 《駉》篇与礼乐国家的布政原则

前人以为《鲁颂》四篇，就有两篇言养马，尤其《駉》篇，纯言马政，故对此颇有非议。比如，魏源《诗古微》十六《鲁颂答问》说："《駉》《駜》但颂养马，不及养民，何楷虽傅会'岁其有'一语，岂能以嘏祝代忧勤？"① 魏源之说，源于诗家对该篇的传统认识。《毛诗序》：

> 《駉》，颂僖公也。僖公能遵伯禽之法，俭以足用，宽以爱民，务农重谷，牧于坰野，鲁人尊之。于是季孙行父请命于周，而史克作是颂。

《孔疏》：

> 伯禽者，鲁之始封贤君，其法可传于后。僖公以前，莫能遵用。至于僖公乃遵奉行之，故能性自节俭，以足其用，情又宽恕，以爱于民，务劝农业，贵重田谷，牧其马于坰远之野，使不害民田。其为美政如此，故既薨之后，鲁国之人慕而尊之。……僖公之爱民务农，遵伯禽之法，非独牧

---

① 魏源：《诗古微》，《清经解续编》第五册，上海书店1988年版，第756页。

马而已。以马畜之贱，尚思使之善，则其于人事，无所不思明矣。①

无论以为颂僖公务农重谷之美政，还是认为"但颂养马，不及养民"，对于《駉》篇的主旨，都不是正确的解释。而这种不正确的解说，又源于对古代社会制度及诗篇创作背景的误解。故应就此进行深入探讨。首先将《駉》篇全文移录如下：

一

駉駉牡马，在坰之野。薄言駉者：有驈有皇，有骊有黄，以车彭彭。思无疆，思马斯臧。

二

駉駉牡马，在坰之野。薄言駉者：有骓有駓，有骍有骐，以车伾伾。思无期，思马斯才。

三

駉駉牡马，在坰之野。薄言駉者：有驒有骆，有駵有雒，以车绎绎。思无斁，思马斯作。

四

駉駉牡马，在坰之野。薄言駉者：有骃有騢，有驔有鱼，以车祛祛。思无邪，思马斯徂。

将本篇与古代制度联系起来的现存最早的评论出自《毛传》：

---

① 《毛诗正义》，阮刻《十三经注疏》，中华书局1980年版，第608—609页。

诸侯六闲，马四种。有良马、有戎马、有田马、有驽马。彭彭，有力有容也。

《孔疏》则对《毛传》所言内容作了具体的说明，"首章言良马，朝祀所乘"，"二章言戎马，齐力尚强"，"三章言其田马，田猎齐足尚疾"，"卒章言驽马，主给杂使，贵其肥壮"。① 按《毛传》所述与《周礼》相似。《孔疏》所言，多采《周礼》郑玄《注》成说。《周礼·夏官·校人》：

校人掌王马之政，辨六马之属。种马一物，戎马一物，齐马一物，道马一物，田马一物，驽马一物。

《郑注》：

种谓上善似母者。以次差之。玉路驾种马，戎路驾戎马，金路驾齐马，象路驾道马，田路驾田马，驽马给宫中之役。②

《毛传》与《周礼》及其《郑注》虽小有出入，但都没有说到《駉》篇中所论马政与农业有何关系。后人所论，最多言其不害民田，而这一点绝非诗篇大旨所在。

我国古代役使牲畜很早，王亥服牛，见于《竹书纪年》《世本》及《楚辞·天问》等多种先秦文献。文献所见牛之用于农业，始于春秋时期。《论语·雍也》："犁牛之子骍且角，虽欲勿用，山川其舍诸？"③ 又孔子弟子冉耕

---

① 《毛诗正义》，阮刻《十三经注疏》，中华书局1980年版，第609页。
② 《周礼注疏》，阮刻《十三经注疏》，中华书局1980年版，第860页。
③ 《论语注疏》，阮刻《十三经注疏》，中华书局1980年版，第2478页。

字伯牛，司马耕字子牛，都是例证。马之为乘亦有较早记载①，但目前尚未见春秋以前以马为耕畜的记载。古代的中国是一个农业社会，马不耕田，为什么《駉》篇要以咏马为主题呢？这要从古代社会中马匹的作用，特别是车、马关系谈起。

古代中国的车辆，发明使用很早，以马驾车不晚于商代。② 先秦的车大体可以分为驾马的乘舆和服牛的大车两个系统。《周礼·考工记》有《舆人》和《车人》。舆人造乘舆，车人造大车。乘舆欲其乘载舒适安全，故其论述详于车体的形制。大车用于载重运输，希其坚固可靠，故其论述详于轮毂的制造工艺。下面，我们谈谈前人较少注意到的乘舆与大车的一些带有根本性的区别。

牛车之所以叫"大车"，是和它的形状分不开的。也就是说，它的形制较大。所谓大，首先又表现在与乘舆相比，大车的车身较高。《周礼·考工记》载：

> 兵车之轮，六尺有六寸。田车之轮，六尺有三寸。乘车之轮，六尺有六寸。③

兵车、田车、乘车都是各种乘人的乘舆。其车轮直径一般六尺六寸。古尺约相当近代市尺六寸，河南省三门峡市上村岭春秋虢国墓地1727号车马坑所出土的最完整的3号车，轮径126厘米，与文献相符。④ 而大车之轮和乘舆之轮相比，明显为大。《考工记·车人》：

> 车人为车，柯长三尺……辐长一柯有半。⑤

---

① 《周易·屯·六二》："屯如邅如，乘马班如。匪寇，婚媾。女子贞不字，十年乃字。"一般认为是骑马较早的记录。《周易正义》，阮刻《十三经注疏》，中华书局1980年版，第19页。
② 参见陈梦家：《殷虚卜辞综述》，中华书局1988年版，第558—559页。
③ 《周礼注疏》，阮刻《十三经注疏》，中华书局1980年版，第907页。
④ 参见杨英杰：《战车与车战》，东北师范大学出版社1986年版，第19页。
⑤ 《周礼注疏》，阮刻《十三经注疏》，中华书局1980年版，第934页。

柯就是斧柄，工匠造车轮时，斧柄兼作量尺之用。柯长三尺，辐长一柯有半，不计轮毂，则轮径已有九尺。乘舆与大车之所以有如此差别，是因为乘舆之设计为乘者上下方便。同时，为了保持车身平衡，要考虑"以马大小为节"①。而大车的车轮，则是为"大车平地载任者"②所需。车轮大，则便于重载越野，近代农村中使用的胶皮轮马车与牛引之木轮大车尚有此种区别。正因为形制上的这种差异，所以古代文献中描述牛车与马车行驶状态时所用之词语也不相同。《诗经·王风·大车》以"大车槛槛""大车啍啍"形容牛车行驶时发出的鲁钝之声③；而《駉》篇四章"以车彭彭""以车伾伾""以车绎绎""以车祛祛"等句，"状其善驰驱之貌"④。李学勤先生在《中国和中亚的马车》一文中谈到，1981年在陕西扶风县下务子出土的师同鼎铭文中说：

> 师同从征，与戎人交战，所俘有"车马五乘，大车廿"，就是5辆马车、20辆牛车。这证明西周时期实有牛车。这种牛车的构造一定和马车不同，以致铭文两个"车"字写法也不一样，"车马"的"车"像单辕车形，"大车"的"车"只表现轮子。⑤

李先生的以上论述，正可与文献互证，也与我们前述分析相合。李先生在上引文中还说："牛车的主要用途是载重，所以不会像马车那样作为王公贵族的随葬品，这是这种车难于在考古发掘中出现的原因。"

牛车难以在考古发掘中出现，而马车出现得较多。除礼制方面的原因外，还因为马车制造考究，是一种贵重的器物。《周礼·考工记》说："一器而工聚

---

① 参见《周礼·考工记》"兵车之轮，六尺有六寸"《郑注》。《周礼注疏》，阮刻《十三经注疏》，中华书局1980年版，第906页。
② 参见《考工记·车人》《孔疏》。《周礼注疏》，阮刻《十三经注疏》，中华书局1980年版，第934页。
③ 参见姚小鸥：《论〈王风·大车〉》，《东北师范大学学报》1989年第2期。
④ 王先谦：《诗三家义集疏》，中华书局1987年版，第1067页。
⑤ 李学勤：《比较考古学随笔》，广西师范大学出版社1997年版，第79页。

焉者车为多。"这里的"车"显然主要指的是马车。所以《考工记》中记述参与制造乘舆者除舆人外,还有"轮人"及"辀人"等。牛车的制造则不及马车考究远矣。据《周礼·考工记·辀人》的有关论述,直到《考工记》撰写的时代,牛车的设计及工艺还都远不及马车合理、讲究[1],这种粗制的器物显然不宜作为陪葬品。

《考工记》在论及造车工艺时,注意顾及车与马的关系,除了考虑乘员的舒适外,也是为了保障车乘的行驶速度。因为古代的马车主要用于作战、田猎之类的活动,田猎实际也是一种军事活动。至于《穆天子传》所述周穆王远征之类,实际上是通过天子巡守,以控制四国的一种手段,有军事示威的性质。此外的其他礼仪性活动的用车,其仪容也多源于军事。这种以军事礼仪用于一般礼典的情况,在近代社会的礼仪活动,尤其是国际性的重大礼仪活动中,尚可见其遗意。

据《史记》等可靠的历史著作的记载,中国古代自夏、商、周三代以来,已有了具有高度权威的中央王朝。史书记载的商代历史多由考古发现所证实,夏代虽尚未获得出土文献的印证,但考古所得文物,包括城邑、宫殿遗址与器物发现,基本与文献相符。夏代以来战争中的车战记录,应当认为可靠。战车在古代战争中的作用相当于近代战争中的重型装甲车辆,往往决定战斗的胜败。由于车战的重要,战车及马匹也受到全社会,尤其是统治者的高度重视。武王克商就是以檀车三百五十乘冲击商纣军阵,克敌制胜的。[2]

古人治军赋,数甲兵,马政为其首务,见于《司马法》《管子·乘马篇》等。[3] 从《周礼》看,周人极为重视马政。《周礼》有"牧人牧六牲",又有"牛人""羊人""犬人""鸡人"各司一物。"唯马是国之大用"[4],故《周礼》所述

---

[1] 参见《周礼·辀人》。《周礼注疏》,阮刻《十三经注疏》,中华书局1980年版,第913页。
[2] 《诗经·大雅·大明》,《毛诗正义》,阮刻《十三经注疏》,中华书局1980年版,第508页;《史记正义》,《史记》,中华书局1982年版,第125页。
[3] 参见李学勤:《论蒍掩治赋》,《江汉论坛》1984年第3期。
[4] 《诗经·小雅·无羊》孔颖达《疏》。《毛诗正义》,阮刻《十三经注疏》,中华书局1980年版,第438页。

之周代马政除设"校人"主理外，又有"趣马""巫马""牧师""廋人""圉人""马质"分司有关诸事。马匹的饲养及蕃育，是古代社会生活的重要内容，也自然成为古代礼典的重要内容之一。

周代与马匹相关的礼典，有"执驹"之礼，《周礼》凡两见。《周礼·校人》：

> 春祭马祖，执驹。①

《周礼·廋人》：

> 掌十有二闲之政教，以阜马、佚特、教駣、攻驹，及祭马祖，祭闲之先牧，及执驹，散马耳、圉马。②

对于"执驹"礼，古人有各种异说，经今人研究，认为它可以说是马匹的"成丁礼"。两岁口的"驹"经过此礼，即被编入"王闲"（王室的马群编制），经调教后，可供役使。"执驹"礼为出土金文文献所证实。1956年，陕西郿县李村出土的《驹尊铭》，及1985年陕西长安张家坡出土的《达盨盖铭》，都记载了周王亲自参加的"执驹"之礼。周王亲自参加，可见执驹礼为国之重典。上述二器或以为周懿王时器，或以为孝王时器③，总之它们所反映的是西周中期的制度。

郭沫若将《驹尊铭》所记载的西周制度与《鲁颂》之《駉》《有駜》及《小雅·白驹》相联系。以为《白驹》当为行执驹礼时，参与典礼者在牧场所作的

---

① 《周礼注疏》，阮刻《十三经注疏》，中华书局1980年版，第860页。
② 《周礼注疏》，阮刻《十三经注疏》，中华书局1980年版，第861页。
③ 张长寿：《达盨盖铭》，《燕京学报》新2期，北京大学出版社1996年版。

恋诗，而《駉》与《有駜》则是行执驹礼时所作的颂诗。① 郭氏的上述认识是过去没有看到有关金文的人难以想象的。尽管它的某些结论大有商榷的余地，但总体来说是富于启发性的。

由于《周颂》中没有内容与《駉》相似之篇，所以，正如前面所述，历史上有人认为《駉》篇作为颂诗出现在《诗经》中为不类。但仔细绎读之后，可知它不仅从基本的文化精神上来说与周代礼制相合，而且从具体内容上，也完全与《周颂》相侔。

旧说《駉》篇者，多将其与《鄘风·定之方中》相比。《定之方中》一篇与《駉》在表面上并无大的相同之点，但在内在精神上是相通的。《定之方中》一篇全文如下：

> 定之方中，作于楚宫。揆之以日，作于楚室。树之榛栗，椅桐梓漆，爰伐琴瑟。
>
> 升彼虚矣，以望楚矣。望楚与堂，景山与京，降观于桑。卜云其吉，终然允臧。
>
> 灵雨既零，命彼倌人，星言夙驾，说于桑田。匪直也人，秉心塞渊。騋牝三千。②

《毛诗序》：

> 《定之方中》，美卫文公也。卫为狄所灭，东徙渡河，野处漕邑。齐桓公攘戎狄而封之。文公徙居楚丘，始建城市而营宫室。得其时制，百姓说之，国家殷富焉。③

---

① 郭沫若：《盠器铭考释》，《考古学报》1957 年第 2 期。
② 《毛诗正义》，阮刻《十三经注疏》，中华书局 1980 年版，第 315—316 页。
③ 《毛诗正义》，阮刻《十三经注疏》，中华书局 1980 年版，第 315 页。

《左传·闵公二年》：

> 卫文公大布之衣，大帛之冠，务材训农，通商惠工，敬教劝学，授方任能。元年，革车三十乘，季年，乃三百乘。①

两相比较，《毛诗序》"始建城市而营宫室"比较表面，而《左传》的"敬教劝学"，最终落实在"騋牝三千"即军赋上。故《左传》特别指出其"元年，革车三十乘，季年，乃三百乘"。这完全符合古代社会对国家施政的核心要求。这一点，从诗篇本身也能分析出来。诗篇第一章首先讲卫文公重视宗庙的建筑与乐器的制造。这些都是祭祀所必需，为礼制国家运作之首务。属于"文"的一面。二章与三章言其重视农桑，最后以马匹大为蕃庶作结。

马匹是装备战车之必备，畜有"騋牝三千"才能有"革车三百乘"的国力，这属于"武"的内容。本篇文武兼言，主要着眼于武的方面。因为古代社会之"劝学"，主要是训练贵族子弟，而教育贵族子弟之"学"，与贵族子弟之所"学"，都极为重视军事内容。我们在后面对此还要专门论述，这里就不多谈了。

总之，《鲁颂》中的《駉》篇之所以列为颂诗，是因为它符合礼制社会对国家主政者的布政要求。从《鲁颂》的作者与编者的角度来看，鲁君这方面的成就足以告慰先人。所以，虽然《駉》篇并非战争时期之告成诗，但它所反映的鲁国国家军力的成就，就其性质来说，与"以其成功告于神明"的《周颂》略可相当。故《駉》篇列入《鲁颂》之中，绝非某人随心所欲之举。至于《有駜》一篇与马政的关系，尽管前人多有其议，其结论未必恰当，这一问题放在本书第九章中再谈。

---

① 《春秋左传正义》，阮刻《十三经注疏》，中华书局1980年版，第1789页。

第二节 《泮水》与西周礼乐制度在鲁国的中兴

《泮水》是在对《鲁颂》进行的文化解读中较为关键的一篇诗作。关于它的主旨，《诗序》以为是"颂僖公能修泮宫也"。《孔疏》："泮宫，学名。能修其宫，又修其化。经八章，言民思往泮水，乐见僖公。至于克服淮夷，恶人感化，皆修泮宫所致。"① 《诗集传》以为"此饮于泮宫而颂祷之辞也"②。

清人为此聚讼不已，或以为泮宫乃僖公在泮水上所造之宫，而非学宫，如姚际恒《诗经通论》、方玉润《诗经原始》、戴震《毛郑诗考正》③；或承认其为学宫，但以为"泮宫为造士之地，不详礼陶乐淑而惟侈俘馘之功，金琛之赂"④，而深以为非。现当代治《诗经》者，多依前人成说。高亨先生的《诗经今注》说："这是歌颂鲁僖公的诗。主要内容是鲁僖公派兵征伐淮夷，取得胜利；群臣在泮宫报告战功，淮夷派使者来朝进贡，诗人大力颂扬僖公的才略与美德。"⑤ 对泮宫的性质，则未作进一步的探究。

纵观上述古今诸说中，除《诗序》语焉未详外，其他皆未得要领。《泮水》五章有"既作泮宫，淮夷攸服"之句，当是《诗序》"颂僖公能修泮宫也"所据之本。或问，《诗序》为何将此似乎一笔带过之句定为本诗要旨呢？"能修泮宫"背后究竟还有什么更深刻的历史内涵呢？要弄清这一点，需要从周代的"辟雍"制度入手，深入考察古代的礼乐制度及其演变。

"辟雍"是西周礼乐制度运行所需的一种重要设施，是周礼不可或缺的有机

---

① 《毛诗正义》，阮刻《十三经注疏》，中华书局1980年版，第610页。
② 朱熹：《诗集传》，上海古籍出版社1980年版，第239页。
③ 姚际恒：《诗经通论》，中华书局1958年版，第356页；方玉润：《诗经原始》，中华书局1986年版，第634—635页；戴震：《毛郑诗考正》，《清人诗说四种》，华中师范大学出版社1986年版，第103—104页；戴震：《戴氏诗经考》，《戴震全集》第四册，清华大学出版社1995年版，第2154—2155页。
④ 魏源：《诗古微》，《清经解续编》，上海书店1988年版，第771页。
⑤ 高亨：《诗经今注》，上海古籍出版社1980年版，第513页。

组成部分。古代文献如《诗经》《礼记》①《大戴礼记》②，乃至《白虎通》③等对其书之不绝。金文文献中也有不少对它的描述，见于《静簋铭》《大丰簋铭》《作册麦方尊铭》《遹簋铭》④等。

根据古代文献记载及现代学者的研究，我们可以知道辟雍的结构大致如下：一、高地及其上的厅堂式建筑，《诗经》中称为"灵台"，见于《大雅·灵台》。后世一般称为"明堂"，见于《大戴礼》等。二、环绕高地四周的水池，《诗经》中称为"灵沼"（《大雅·灵台》）。池相当宽大，可以泛舟、捕鱼、射猎水鸟，见《大雅·灵台》《静簋铭》《大丰簋铭》等。三、附属的广大园林，《诗经·灵台》中称为"灵囿"⑤，据孟子说"灵囿"有"方七十里"之大⑥，其中有鸟兽集居，可供祭品的猎捕。

辟雍的形制由带有防御设施的上古居民点演化而来。辟雍的性质和用途，也承继了原始社会中前礼乐制度的余绪，从而发展成为一种实施西周礼乐制度所规定的多种活动的综合性的典礼场所。射礼、乡饮酒礼、大蒐礼乃至谋兵、献俘等都在其中举行或与之有密切关系。举行这些典礼时，有隆重的"乐"的演出。⑦

辟雍还是古代贵族的"大学"。贵族应习的"六艺"，即"礼、乐、书、数、御、射"中，除"书""数"应在"小学"习得外，其余皆应在"大学"即辟雍学习。⑧

在古代文献的记述中，泮宫与辟雍具有极为密切的关系。《礼记·王制》：

---

① 《礼记·王制》。《礼记正义》，阮刻《十三经注疏》，中华书局 1980 年版，第 1332 页。
② 《大戴礼记·明堂》。王聘珍：《大戴礼记解诂》，中华书局 1983 年版，第 150 页。
③ 《白虎通·辟雍》。陈立：《白虎通疏证》，中华书局 1984 年版，第 253—267 页。
④ 《静簋》，《殷周金文集成》8·4273；《大丰簋》，《殷周金文集成》8·4261；《作册麦方尊》，《殷周金文集成》11·6015；《遹簋》，《殷周金文集成》8·4207。
⑤ 参见《诗经·大雅·灵台》及其《传》《笺》。《毛诗正义》，阮刻《十三经注疏》，中华书局 1980 年版，第 525 页。
⑥ 《孟子·梁惠王下》。《孟子注疏》，阮刻《十三经注疏》，中华书局 1980 年版，第 2674 页。
⑦ 参见《诗经·大雅·灵台》。《毛诗正义》，阮刻《十三经注疏》，中华书局 1980 年版，第 525 页。
⑧ 参见杨宽：《西周大学（辟雍）的特点及其起源》，《西周史》，上海人民出版社 1999 年版，第 664—684 页。

天子命之教，然后为学。小学在公宫南之左，大学在郊。天子曰辟雍，诸侯曰頖宫。①

頖宫即泮宫，显然《王制》的作者认为，辟雍与泮宫二者性质相同，但是由于等级的差异而有不同的称谓。汉代以后的学者认为，由于等级不同，辟雍和泮宫二者在形制上有很大的差别。《毛传》只讲到了"水旋丘如璧曰辟雍"②，对"泮宫"的形制未作说明。《郑笺》则认为"泮之言半也。半水者，盖东西门以南通水，北无也。天子诸侯宫异制，因形然"③。《郑笺》大概是取自两汉诸家之说而加以调和的结果。

汉代学者论此者甚多，如班固《白虎通》、蔡邕《独断》等。④ 今人或以为辟雍与泮宫形制相同，皆三面环水，见闻一多《大丰簋考释》。⑤

这里，我们需要谈一下《水经注》所载郦道元见到的"泮宫"。因为它与汉代以后人们对泮宫的认识很有关系。《水经注·泗水》言：

（汉鲁灵光）殿之东南，即泮宫也。在高门直北道西，宫中有台，高八十尺，台南水东西百步，南北六十步，台西水南北四百步，东西六十步，台池咸结石为之，《诗》所谓"思乐泮水"也。⑥

按，"高门"即《春秋·僖公二十年》的"新作南门"。⑦ 如此，则可知郦道元所见之"泮宫"在曲阜城中心地带。《王制》言"大学在郊"，揆之以情理，

---

① 《礼记正义》，阮刻《十三经注疏》，中华书局 1980 年版，第 1332 页。
② 《毛诗正义》，阮刻《十三经注疏》，中华书局 1980 年版，第 525 页。
③ 《毛诗正义》，阮刻《十三经注疏》，中华书局 1980 年版，第 610 页。
④ 《白虎通·辟雍》。陈立：《白虎通疏证》，中华书局 1994 年版，第 252—257 页；蔡邕：《独断》，《汉魏丛书》，吉林大学出版社 1992 年版，第 183 页。
⑤ 闻一多：《大丰簋考释》，《闻一多全集》第 10 卷，湖北人民出版社 1993 年版，第 608—609 页。
⑥ 陈桥驿：《水经注校释》，杭州大学出版社 1999 年版，第 448 页。
⑦ 《春秋左传正义》，阮刻《十三经注疏》，中华书局 1980 年版，第 1810 页。

考之以文献,是可信的。①陈奂《诗毛氏传疏》言,周制大学在国,小学在郊;殷制大学在郊,小学在国。鲁用殷制,故泮宫在郊。②《泮水》言"无大无小,从公于迈",明示泮宫离鲁国的国都曲阜甚远。"迈"字此训,文献证据甚多。

> 迈,远行也。(《说文》)③
> 周王于迈,六师及之。(《大雅·棫朴》)
> 申伯信迈,王饯于郿。(《大雅·崧高》)

《大雅·棫朴》言周王帅六师巡行各地。《崧高》言申伯远行归谢邑时,周王在郿地为其饯行。凡此,皆可证"于迈"作远行讲,并无例外。况且郦道元所见"泮宫"若果真为先秦旧物,则不当"结石为之",而当如《老子》所言:"九层之台,起于垒土。"④ 这是建筑史的常识,为文献及考古发掘所证实,无可置疑。所以,郦道元所见到的"泮宫"必为汉以后之建筑,不能作为解释泮宫制度的依据。

《王制》所谓"天子曰辟雍,诸侯曰頖宫"的说法,宋代以后,不断引起人们的怀疑。清人戴震指出:"鲁有泮水,作宫其上,故他国绝不闻有泮宫,独鲁有之。"⑤ 也就是说,泮宫并非是一种在周代普遍实行的制度,仅见于鲁国。而据《诗序》可知,鲁国的泮宫也是鲁僖公才开始修建的。那么,泮宫到底具有什么性质,鲁僖公为什么要修泮宫,修泮宫和《泮水》一诗乃至《鲁颂》其他各篇所叙述的历史文化现象又有何关系呢?下面我们结合周代礼乐制度,勾稽文献,

---

① 李学勤先生《黄帝与河图洛书》一文,记《太平御览》卷五三三引《礼记外传》:"明堂,古者天子布政之宫,在国南十里之内,七里之外。黄帝享百神于明廷是也。"李学勤:《黄帝与河图洛书》,《古文献论丛》,上海远东出版社1996年版,第232页。
② 陈奂:《诗毛氏传疏》卷29,中国书店1984年影印本。
③ 段玉裁:《说文解字注》,上海古籍出版社1988年版,第70页。
④ 高亨:《老子注译》,河南人民出版社1980年版,第137—138页。
⑤ 戴震:《毛郑诗考正》,《清人诗说四种》,华中师范大学出版社1986年版,第103页。

试作阐述。

我们认为，泮宫是鲁僖公依照西周辟雍所建造的复兴西周礼乐制度的典礼场所。它的历史文化背景是，西周初年，周王室为褒奖周公之勋劳，特许鲁国施用天子礼乐。①而直接的文化背景是，在春秋时期礼乐崩坏的情况下，鲁国为了挽救、保存和施行"周礼"，实现其政治与文化中兴的理想与思潮。

鲁僖公以修泮宫作为复兴周礼的表征并不是偶然的。首先，由于辟雍的性质和用途，从某种意义上，它可以说是周礼的一种象征。西周倾覆，平王东迁，西周的文物制度受到很大的破坏，建于沣、滈之间的辟雍②，当然不可能迁到东都洛邑。以复兴周礼为己任的鲁人由是而企图在东方再造辟雍是很容易理解的。当然，从平王东迁（前770年）到鲁僖公之立（前659年），已经过了一百多年的漫长岁月。千里之外原封不动地再现一个久已湮没的古迹，几乎是不可能的。所以，鲁国泮宫所继承的主要是辟雍的文化精神，至于其具体形制，则完全可能如戴震等所言是南依泮水③而建。但无论如何绝不会是如后世半面挖池的假古董。因为鲁国原本特许用天子之礼，况且鲁僖公以复兴周礼为己任，绝无后世儒生所谓"诸侯不得观四方""半天子之学"之类的拘谨。

我们知道，周礼的实施绝非单单是"玉帛云乎哉"与"钟鼓云乎哉"④的"礼乐"，而是加之以"朱干玉戚"的"礼乐征伐"。而鲁人"既作泮宫，淮夷攸服"（《泮水》五章），这样，鲁僖公作泮宫的意义就显示出来了：泮宫，是周礼的象征；作泮宫，象征鲁国的复兴周礼。"一日克己复礼，天下归仁焉。"⑤对于这样的丰功伟绩，自然要大加赞颂，荐之于宗庙，并书之于竹帛，而使垂范后世。

---

① 参见《史记·鲁周公世家》。《史记》，中华书局1959年版，第1523页。
② 参见《周颂·振鹭》"振鹭于飞"句《郑笺》及《孔疏》(《毛诗正义》，阮刻《十三经注疏》，中华书局1980年版，第594页)。《大雅·文王有声》"丰水东注"句，《郑笺》："丰邑在丰水之西，镐京在丰水之东。"(《毛诗正义》，阮刻《十三经注疏》，中华书局1980年版，第526页）
③ 泮水，河流名。《通典·州郡志》"泗水"条："有泮水也。"杜佑：《通典》，中华书局1988年版，第4782页。
④ 《论语·阳货》。《论语注疏》，阮刻《十三经注疏》，中华书局1980年版，第2525页。
⑤ 《论语·颜渊》。《论语注疏》，阮刻《十三经注疏》，中华书局1980年版，第2502页。

这也是《诗经》的编辑者认定《鲁颂》当与《周颂》《商颂》并列为《诗经》三《颂》的原因所在。

在本书第二章,我们曾论及周礼的伦理核心即周人之"德"有从"武"到"文"的发展趋势。《鲁颂》诸篇则是这种历史性的文化发展的鲜活标本。《泮水》所述,绝非一般的宴饮僖乐,而是鲁僖公依周礼行事,"允文允武"的"中兴"之举的一部分。《礼记·王制》:

> 天子将出征,……受命于祖(《郑注》:"告祖也。"),受成于学(《郑注》:"定兵谋也。")。出征执有罪,反,释奠于学,以讯馘告。①

以上可看作是《泮水》的注解。《泮水》一曰"思乐泮水,薄采其芹";二曰"思乐泮水,薄采其藻";三曰"思乐泮水,薄采其茆"。又曰:"鲁侯戾止,在泮饮酒,既饮旨酒,永锡难老。"诗篇中的"采芹""采藻""采茆"并非一般的起兴,而是实写为行礼而作的准备。陈奂《诗毛氏传疏》指实为"释菜"之礼。前引《王制》"释奠于学",郑玄注为"释菜、奠币"。考之《诗经·召南》中《采蘩》《采蘋》及《大雅·采菽》诸篇,可以相信陈说有据。"饮酒"诸句,《郑笺》:"在泮饮酒者,征先生君子,与之行饮酒之礼,而因以谋事也。"②《泮水》五章之"在泮献馘"云云,更与《王制》之说洽合无间。

据文献记载,古代献俘庆赏,一般在宗庙中讲行。《左传·隐公五年》:"三年而治兵,入而振旅,归而饮至,以数军实。"③《春秋·庄公六年》:"公至自伐卫。"《杜注》:"告于庙也。"④《春秋·僖公四年》:"公至自伐楚。"《杜注》:"告

---

① 《礼记·王制》。《礼记正义》,阮刻《十三经注疏》,中华书局1980年版,第1333页。
② 《毛诗正义》,阮刻《十三经注疏》,中华书局1980年版,第611页。
③ 《春秋左传正义》,阮刻《十三经注疏》,中华书局1980年版,第1727页。
④ 《春秋左传正义》,阮刻《十三经注疏》,中华书局1980年版,第1764页。

于庙。"①《左传·桓公二年》:"凡公行,告于宗庙。反行,饮至、舍爵、策勋焉。礼也。"②西周金文中,也记有关于战胜归来,在宗庙中进行献俘和饮酒奏乐的典礼,且不限于国君的亲征。③

《泮水》所记似与《左传》及金文文献不甚相合,而与《礼记》所述一致,怎样解释这种现象呢?我们认为,首先应该了解辟雍与泮宫的综合性典礼场所的特点。《礼记·礼器》:

故鲁人将有事于上帝,必先有事于頖宫。

《郑注》:

先有事于頖宫,告后稷也。告之者,将以配天,先仁也。頖宫,郊之学也,《诗》所谓頖宫也,字或为郊宫。④

《经典释文》:

頖,本或作泮,依注音判。⑤

可见,鲁国所修之泮宫,文献明确记载其有"庙"的性质。所以汉代学者如"卢植、蔡邕、颖子容、贾逵、服虔皆以庙、学、明堂、灵台为一"⑥。其次,《礼记》所依据的材料,由于学术传承的关系,会较多地采自鲁国,而鲁人在

---

① 《春秋左传正义》,阮刻《十三经注疏》,中华书局1980年版,第1792页。
② 《春秋左传正义》,阮刻《十三经注疏》,中华书局1980年版,第1743页。
③ 参见李学勤:《小盂鼎与西周制度》,《历史研究》1987年第5期。
④ 《礼记正义》,阮刻《十三经注疏》,中华书局1980年版,第1439页。
⑤ 陆德明:《经典释文》,中华书局1983年版,第184页。
⑥ 惠栋:《明堂大道录》,《清经解续编》第一册,上海书店1988年版,第802页。

继承西周辟雍制度的同时，也会因时势而有所损益。但从《泮水》等诗篇看来，鲁人确实继承了周礼的基本文化精神，且有所集成和发扬。

《泮水》一诗，重在颂扬鲁僖公能复兴周礼。但这位被称为"允文允武"的"中兴"之君，此时因时势已变，国力已衰，"武"只能成其外表，"文"才是其弘扬的重心。《鲁颂》中明显看出其所复兴的周礼的内容，与西周，尤其是周初相比，已大有不同了。周初所言的"克明德慎罚"，主要是"敬明乃罚"[①]的意思。而《泮水》所言的"敬明其德"（四章）、"克明其德"（五章），则主要是"克广德心"（六章）了。

《周颂》中对武力的炫耀，是赤裸而血腥的。如《武》的"胜殷遏刘，耆定尔功"。马瑞辰《毛诗传笺通释》曾正确指出它的含义："谓胜殷而灭杀之，犹《周语》云蔑杀其民人也。"[②]而《泮水》中，国君的形象却是"载色载笑，匪怒伊教"。即使是"在泮献馘"之类颂扬武功的场面，也要描绘成"淑问如皋陶"这样至仁至义的典型。尤其是《泮水》末章："翩彼飞鸮，集于泮林，食我桑葚，怀我好音。憬彼淮夷，来献其琛。元龟象齿，大赂南金。"更直现了春秋以后鲁人"远人不服，则修文德以来之"[③]的人文理想。无论这种"食我桑葚，怀我好音"的教化结果有多么令人可疑，施政者与诗人所依据的政治与伦理原则却是明确而无可怀疑的。

众所周知，春秋时期的鲁国已不再是一个强国了。鲁僖公复兴周礼的希望在后人看来无疑是极为渺茫的。然而对于当事人来说，这种努力又绝非一种儿戏，而是极为虔诚的。这首先由于在西周初年所分封的诸侯国中，鲁国与周王室的关系最为特殊亲近。它是周王朝在东土最为坚固可靠的堡垒。故《鲁颂·閟宫》夸耀说："王曰叔父，建尔元子。俾侯于鲁，大启尔宇，为周室辅。"

---

① 《尚书·康诰》。《尚书正义》，阮刻《十三经注疏》，中华书局1980年版，第203页。
② 马瑞辰：《毛诗传笺通释》，中华书局1989年版，第1089页。
③ 《论语·季氏》。《论语注疏》，阮刻《十三经注疏》，中华书局1980年版，第2520页。

又说:"保彼东方,鲁邦是常。"①鲁人对周礼的尊奉又最为虔诚、恭谨,长期形成传统。《史记·鲁周公世家》说:"鲁公伯禽之初受封之鲁,三年而后报政周公。"而齐国的"太公亦封于齐,五月而报政周公"。②齐、鲁两国在完成政治整合方面所花费的时间相差如此之大,是因为鲁国要"变其俗,革其礼,丧三年然后除之,故迟"。由是可见鲁人在推行周礼方面的不遗余力。

夷厉以降,周礼渐颓。平王东迁,周王室的地位更是一落千丈。至春秋时,由"周郑交质""射王中肩"起,诸侯已可与王室相颉颃。《左传·隐公三年》君子曰:"而况君子结二国之信,行之以礼,又焉用质。"③《左传》将王室与诸侯相提并论,并非偶然。其后,礼乐崩坏的局面遂如洪水之溃堤,不可阻挡。

由于鲁国与周王室的特殊关系,周公的勋业,及鲁人于周初封建时在平定东方时所起的巨大作用,鲁人对周王室、对周礼并对自己光荣的过去怀有极大的眷恋,对可能继而为"东周"怀有热烈的憧憬。这光荣与梦想,作为宝贵的精神财富施惠于一代代的鲁人,最后的集大成者是伟大的思想家孔子。孔子对周文化的景仰可以说是无以复加了。《论语》中记载他反复赞美周礼之盛,"周监于二代,郁郁乎文哉,吾从周"④。表达对周礼制定者周公的崇拜,"久矣,吾不复梦见周公"⑤。申述自己的"东周"之志,"如有用我者,吾其为东周乎!"⑥孔子的思想无疑来源于鲁人中长期存在的以复兴周礼为口号的文化浪漫主义的传统理想。

然而,终鲁僖公之世及其后,鲁国人复现西周盛世的政治理想一直没有能够实现。这是时势使然,所谓"殆天数,非人力"(笔者借张孝祥《六州歌头》语)。

---

① 《毛诗正义》,阮刻《十三经注疏》,中华书局1980年版,第615页。
② 《史记》,中华书局1982年版,第1524页。
③ 《春秋左传正义》,阮刻《十三经注疏》,中华书局1980年版,第1723页。
④ 《论语·八佾》。《论语注疏》,阮刻《十三经注疏》,中华书局1980年版,第2467页。
⑤ 《论语·述而》。《论语注疏》,阮刻《十三经注疏》,中华书局1980年版,第2481页。
⑥ 《论语·阳货》。《论语注疏》,阮刻《十三经注疏》,中华书局1980年版,第2524页。

据《春秋》及《左传》僖公十三年、十六年，鲁僖公两次参与齐桓公为防御淮夷对诸夏造成的威胁而召集的会盟，两次皆无功而返。实际上，春秋中期的淮夷，已经不是诸夏更非周王室的主要敌人。在《泮水》一诗中，淮夷作为以周王室为代表的诸夏的传统敌人这一反面角色出现，其作用是用来衬托鲁僖公这位西周礼乐文化传人的正面形象。在《鲁颂》的另一篇诗《閟宫》中，鲁人还大肆歌颂鲁僖公的"戎狄是膺，荆舒是惩"。而事实是，到僖公的晚年，还不得不乞楚师为援而自保（《左传·僖公二十六年》），这真是一个绝大的讽刺！在《泮水》等长篇巨制的夸饰之词的背后，是一个无可奈何地败落下去的故家之子。

尽管如此，僖公在鲁国仍然受到人们的尊崇。《鲁颂》也不能简单地视为"颂生存之君"（魏源语）的媚上之词，因为在僖公身后，人们对僖公仍然持此种尊崇的态度。《左传·文公二年》记鲁国的宗伯夏父弗忌在谈到祭祀时"跻僖公"的理由时，将其称为"圣贤"。时人及《左传》的"君子曰"对此并无异词，人们所以反对祭祀典礼中的这种安排，仅在于其逆长幼之序。这固然是由于鲁国长期以来缺乏大有建树的明君，而僖公之世则竭尽其力进行了复兴国家的一系列重要的军事与外交活动。① 就本文所述而言，另一个重要的理由当是由于僖公复兴周礼努力的文化意义——为一个国家倡导了一种具有历史渊源的精神寄托。今天看来，更在于其成为华夏礼乐文化精神的一位维护者和传递者。

鲁僖公之后的75年，伟大的思想家孔子出生在鲁国。在孔子一生的政治探索中，一度曾对鲁国寄予相当的希望："我观周道，幽厉伤之，吾舍鲁何适矣。"② 当然，孔子所谓"齐一变，至于鲁；鲁一变，至于道"③ 的理想最终没有

---

① 参见郭克煜等：《鲁国史》，人民出版社1994年版。
② 《礼记·礼运》。《礼记正义》，阮刻《十三经注疏》，中华书局1980年版，第1417页。
③ 《论语·雍也》。《论语注疏》，阮刻《十三经注疏》，中华书局1980年版，第2479页。

能够实现。"凤鸟不至,河不出图"[①],圣人只有以"删述"作为寄托理想的手段。于是春秋时期先秦礼乐制度中兴颂歌的《鲁颂》作为先秦礼乐文化的绝唱被编入《诗经》这部文化经典之中,与整个先秦礼乐文化一起,经过战国烈火的焚烧,涅槃而为新时期的华夏文化。

---

① 《论语·子罕》。《论语注疏》,阮刻《十三经注疏》,中华书局1980年版,第2490页。

第九章 《有駜》"成相"与西周礼乐制度的渊源及流变

第一节 《有駜》与西周礼乐制度的文化精神

《鲁颂·有駜》是《诗经》中是很有特色的一篇。它的形式及内容与典型的颂诗《周颂》有很大不同,前人曾经讥刺说《鲁颂》有杂以风体者,有杂以雅体者,似主要是指本篇而言。这是因为它多样的句式和生动活泼的风格与《国风》中的一些作品相似,而所描写的内容与《小雅》某些篇章相类。然而人们较少注意到,本篇在内容与形式方面的上述特殊之点中,蕴含着周代礼乐文化的深刻内涵,以及其所透露出的《鲁颂》与西周礼乐制度的渊源关系。本节拟就此略作阐述。兹录本篇全文如下:

一

有駜有駜,駜彼乘黄。夙夜在公,在公明明。振振鹭,鹭于下,鼓咽咽,醉言舞。于胥乐兮。

二

有駜有駜,駜彼乘牡。夙夜在公,在公饮酒。振振鹭,鹭于飞,鼓咽咽,醉言归。于胥乐兮。

三

有駜有駜，駜彼乘黄。夙夜在公，在公载燕。自今以始岁其有，君子有谷诒孙子。于胥乐兮。

关于《有駜》一篇的主旨，古今颇有歧说。《毛诗序》：

《有駜》，颂僖公君臣之有道也。

《郑笺》：

有道者，以礼义相与之谓也。

《孔疏》：

君以恩惠及臣，臣则尽忠事君，君臣相与皆有礼矣，是君臣有道也。经三章，皆陈君能禄食其臣，臣能忧念事君，夙夜在公，是有道之事也。此主颂僖公而兼言臣者，明君之所为美由与臣有道。道成于臣，故连臣而言之。……蹈履有法谓之礼，行允事宜谓之义。君能致其禄食与之燕饮，是君以礼义与臣也；臣能夙夜在公，尽其忠敬，是臣以礼义与君也。[①]

《毛诗序》说《有駜》的主旨是"颂僖公君臣之有道"，为《郑笺》及《孔疏》所肯定。但什么是"君臣有道"，二者在理解上却有很大不同。《郑笺》以"礼义相与"来释"有道"。《孔疏》又将"礼义相与"进一步阐释为"君能禄食

---

① 《毛诗正义》，阮刻《十三经注疏》，中华书局1980年版，第610页。

其臣，臣能忧念事君"，又说，"君能致其禄食与之燕饮，是君以礼义与臣也；臣能夙夜在公，尽其忠敬，是臣以礼义与君也"。这样，就将"夙夜在公"理解为臣的行为。《孔疏》之说，未必尽合于诗意。

《诗集传》以"此宴饮而颂祷之辞也"①来解说本篇大意。朱熹在解说诗篇大意时没有涉及关于"礼义"的内容，这不能认为是偶然的，当是一种否定《序》说的表现。

清代的学者中有不少人更明确地认为本篇所述内容与礼义无关。如姚际恒《诗经通论》说："云'僖公'，未有据；云'君、臣之有道'，尤不切合。"②至于魏源所谓"但颂养马，不及养民"③云云，就离《毛诗序》等的说法更远了。

今人对本篇的解释在否定《序》说方面多与《孔疏》以下诸说相仿。比如高亨先生《诗经今注》说此篇"描写贵族官僚办事与宴饮的生活，有颂德祝福的意味"④。陈子展《诗经直解》引范家相《诗瀋》"三章俱君臣燕乐之词，亦不见称其有道意"等论，认为"此皆疑《序》之不可信据"。陈氏又略引明人何楷《诗经世本古义》"此诗疑僖公饮酒泮宫而作"，"又疑为喜丰年而作"的说法，认为："《春秋》于僖公三年书不雨，既而书六月大雨。岁其有者，始有年也。可知何氏疑此诗为僖公喜雨置酒泮宫而作。似亦可谓持之有故，言之成理者矣。"⑤程俊英《诗经译注》更据此而加以发挥，在《有駜》一篇的《题解》中说："这是颂祷鲁僖公和群臣宴会饮酒的诗。鲁国多年饥荒，自从僖公才采取了一些措施，克服了自然灾害，获得了丰收。所以诗人写了这首诗。"⑥

上引古今诸说中，《诗序》所说语焉未详，《郑笺》所言相当表面，《孔疏》则丌始偏离正题，朱子以下，除何楷"喜雨"之说部分难以证伪外，皆不中肯

---

① 朱熹：《诗集传》，上海古籍出版社 1980 年版，第 238 页。
② 姚际恒：《诗经通论》，中华书局 1958 年版，第 355 页。
③ 魏源：《诗古微》，《清经解续编》第五册，上海书店 1988 年版，第 756 页。
④ 高亨：《诗经今注》，上海古籍出版社 1980 年版，第 512 页。
⑤ 陈子展：《诗经直解》，复旦大学出版社 1983 年版，第 1161 页。
⑥ 程俊英：《诗经译注》，上海古籍出版社 1985 年版，第 659 页。

繁。现代《诗经》学者们则很少注意到《有駜》诗中反复运用的兴象——翻飞的鹭鸟所具有的特殊意义，自然人们也就很难注意到《有駜》一篇与周代礼乐制度的关系及《鲁颂》收入本篇的意义所在。

我们认为，《有駜》一篇反复运用翻飞的鹭鸟这一兴象绝非偶然，因为它是与西周礼典紧密联系的。

《周颂》中有《振鹭》一篇，是周王宴飨来朝诸侯所唱的乐歌，这篇诗歌所描述的周代礼乐制度就透露了不少解读《有駜》内涵的信息。该篇全文如下：

> 振鹭于飞，于彼西雝。我客戾止，亦有斯容。在彼无恶，在此无斁。庶几夙夜，以永终誉。

《毛诗序》："《振鹭》，二王之后来助祭也。"[1] 二王之后，即夏、商两代后裔杞、宋两国的国君，杞、宋为周代的诸侯国。诸侯助祭，周王必飨以宴乐。推绎诗意，可知《序》说不误。

《振鹭》一篇的开头两句是"振鹭于飞，于彼西雝"。从字面上来讲，这两句是说，在"西雝上空，翻飞着一群群的白色鹭鸟"。分析之后可知，这些句子不是一般的写景，也不是泛泛的比兴，而是有着西周礼乐制度的深刻内涵。

为了说明这一点，我们首先来看什么是"西雝"。简单来说，"西雝"即"辟雝"（按，"辟雝"今通作"辟雍"）。

"振鹭于飞，于彼西雝。"《毛传》："兴也。振振，群飞貌。鹭，白鸟也。雝，泽也。"《郑笺》："白鸟集于西雝之泽，言所集得其处也。兴者，喻杞宋之君有洁白之德，来助祭于周之庙，得礼之宜也。"[2]《毛传》仅言"雝"为"泽"，但究竟为何泽，则未予阐说。《郑笺》提出了"西雝"与"周庙"及周"礼"的

---

[1] 《毛诗正义》，阮刻《十三经注疏》，中华书局1980年版，第594页。
[2] 《毛诗正义》，阮刻《十三经注疏》，中华书局1980年版，第594页。

关系。马瑞辰《毛诗传笺通释》更明确"西雝"就是"辟雍"。①

综合考古成果与文献记载,"辟雍"之所以称为"西雝",是因为其位于丰、镐之西。② 这种以地理方位命以地名的情况在我国是一个惯例,如"东山""北海""南国""西昆"之类皆是。

我们在前面说到过,辟雍是西周实施其礼乐制度的一种重要设施,是容纳周代礼乐制度中多种活动的综合性典礼场所。辟雍本身包括环绕高地及其上建筑(明堂或称灵台)的宽大水池,并有附属的广大园林。园林中生长着大量的鱼类和水鸟,这些水鸟中当然包括鹭鸟在内。《大雅·灵台》说:"麀鹿濯濯,白鸟翯翯。王在灵沼,於牣鱼跃。"③ 诗中生动地描写了这些情况。其中,"白鸟"应该就是《振鹭》中的鹭鸟。

鹭鸟为食鱼的水鸟,这类水鸟在史前时期即为原始信仰的组成部分,并为原始艺术所反映。水鸟与鱼象征生殖与收获,在《诗经》中则常作为描写爱情内容的兴象而出现,例证甚多,不一一列举。④

由此可以推知,《周颂·振鹭》所取的这一兴象有着悠久的历史文化传承。⑤ 前代学者或将辟雍与"庙"分而言之,如《毛诗传笺通释》说:"《序》言'助祭',当于宗庙,而诗云'于彼西雝',盖祭毕而宴于辟雍也。"⑥ 我们在前面已引惠栋《明堂大道录》,说明"庙、学、明堂、灵台为一",证明辟雍与庙都具有祭祀方面的功能。况且古人之祭礼必有宴飨,宴飨则必先以祭,如史传、礼书及本文前引《诗经》诸篇所言。当然,诗篇既用"于彼"限制"西雝",而非言"于此"西雝,虽可能是套用传统乐句⑦,但也有可能是在辟雍以

---

① 马瑞辰:《毛诗传笺通释》,中华书局1989年版,第1072页。
② 参见胡谦盈:《丰镐地区诸水道的踏查——兼论周都丰镐位置》,《考古》1963年第4期。
③ 《毛诗正义》,阮刻《十三经注疏》,中华书局1980年版,第525页。
④ 参见姚小鸥:《说〈曹风·候人〉》,《沈阳师范学院学报》1989年第4期。
⑤ 《诗经》的《周颂》《大雅》及《豳风》中撷取先周时期古谣甚多,说见先师华钟彦:《东京梦华之馆论稿》,河南大学出版社1991年版;杨公骥:《中国文学》(第一分册),吉林人民出版社1980年版。
⑥ 马瑞辰:《毛诗传笺通释》,中华书局1989年版,第1072页。
⑦ 参见姚小鸥:《田畯农神考》,《古典文学论丛》第4辑,齐鲁书社1986年版。

外的场所歌唱。所以,《郑笺》以"来助祭于周之庙"释之,对本篇来说,是合乎逻辑的。

"我客戾止,亦有斯容"。来到西周王朝的助祭者,为"二王之后"即杞、宋两国的国君。周人虽称"溥天之下,莫非王土。率土之滨,莫非王臣"[1],但同时前代之后可以享受一些特殊的礼遇,被周人尊称为"客",所以宋国的右师乐大心曾以"我于周为客"为由,在诸侯的盟会上要求享有一些特殊待遇。[2] 在《周颂·有客》中,乘白马的宋国国君也受到周王的相当礼遇。《有客》说:"有客有客,亦白其马。"宋人为殷人之后,殷人尚白,故可知此"客"与《振鹭》之"客"均指宋君。"戾"训为"止"。"亦有斯容",《郑笺》解为:"言威仪之善如鹭然。"鹭为白色,客乘白马,而且又被认为有"洁白之德"(见前引《郑笺》),所以《郑笺》认为诗句是以翻飞的白鹭来形容助祭诸侯的威仪。关于这两句诗,还有另外的说法,即被认为是描写羽舞之舞容的句子。这一说法对理解《鲁颂·有駜》的相关内容也有极大的帮助。马瑞辰《毛诗传笺通释》:

> 《鲁颂·有駜篇》"振振鹭,鹭于飞",朱子《集传》以鹭为鹭羽,舞者所持,盖据下文"醉言舞",知振鹭为羽舞也。今按此诗"振鹭于飞"亦当指羽舞言。《陈风·宛丘篇》"值其鹭羽",是鹭羽可为舞也。庄二十八年《左传》:"楚令尹子元欲蛊文夫人,为馆于其宫侧,而振万焉。"是舞可称振也。"振鹭于飞"盖状振羽之容与飞无异。于、如古通用,(原文夹注:《尔雅·释诂》:"如,往也。"《诗笺》:"于,往也。"于即如之假借。)于飞即如飞也。振鹭一名振羽。《仲尼燕居篇》"彻以振羽",《郑注》"振羽当为振鹭"是也。盖因其为羽舞,故一名振羽耳。舞以习容,故下云"亦有斯容",言如舞者之动容中节也。[3]

---

[1] 《毛诗正义》,阮刻《十三经注疏》,中华书局1980年版,第463页。
[2] 《左传·昭公二十五年》,《春秋左传正义》,阮刻《十三经注疏》,中华书局1980年版,第2109页。
[3] 马瑞辰:《毛诗传笺通释》,中华书局1989年版,第1072页。

《有駜》中的舞容是否羽舞，它的寓意究竟如何，我们留待后面讨论，但综上所述，已经可以知道《周颂·振鹭》记载了西周礼乐制度实施过程的一部分，而《鲁颂·有駜》的"振振鹭，鹭于飞"脱胎于《周颂·振鹭》的"振鹭于飞，于彼西雝"，仅由此点即可推知二者之间的关系。《周颂·振鹭》的"振鹭于飞"未必是指舞容。因为《诗经》中此类"于"字一般都用作动词词头，所以此"于飞"似不当作"如飞"解。本篇中上承"我客戾止"的"斯容"，当如《郑笺》释为威仪、仪容为当，因为本篇下文有接续描写来客"斯容"的句子。"在彼无恶，在此无斁。庶几夙夜，以永终誉。"这几句是说，希望"客"更加忠于王室、勤于政事，从而在邦国与王朝都得到长久的美名。诗句中"鹭鸟"与"西雝"联言，由前面所述辟雍的形制，可知这两句诗最初是写实的歌唱，后又演变为表现周代礼乐制度有关内容的起兴句。虽然《周颂》中的"振鹭"不一定作舞容解，但《鲁颂·有駜》中的"振振鹭"却完全有可能如马氏等所说，系指舞容而言。

　　首先，《鲁颂·有駜》首章言："振振鹭，鹭于下，鼓咽咽，醉言舞。"二章言："振振鹭，鹭于飞，鼓咽咽，醉言归。"诗篇已经明确地将"振鹭于飞"与"鼓"和"舞"联系在一起。有关"鼓"在本篇中的解释及其在我们所讨论的周代礼乐文化中的地位和作用，本文将在后面述及，"舞"与本题的关系之明确则是显而易见的。

　　其次，如前所述，前人已经指出《鲁颂·有駜》为描述鲁僖公置酒泮宫宴饮群臣的诗篇。在此类饮宴中，都伴有乐舞的表演。而所表演乐舞，往往为羽舞，如《邶风·简兮》所记载：

一

　　简兮简兮，方将万舞。日之方中，在前上处。硕人俣俣，公庭万舞。

二

　　有力如虎，执辔如组。左手执籥，右手秉翟，赫如渥赭。公言锡爵。

三

山有榛，隰有苓。云谁之思，西方美人。彼美人兮，西方之人兮。

在《简兮》中，舞蹈者手持翟羽及籥为舞具（其象征意义参见本书第三章第三节），在"公庭"中教授万舞。诗中特别指明这位舞师是位"西方之人"。《简兮》是周代东方邦国之诗，其所谓"西方之人"当指周人而言（狭义的周人）。《诗经》中所言"西"字，有不少特指周地，如《小雅·大东》的"西人之子"，《桧风·匪风》的"谁将西归"以及《简兮》的"西方美人"皆为此用。由这一个案还可考见周代礼乐文明的传播，既有通过西周王朝强盛时以行政体制的垂直下达，更是通过作为主流文化的周文化的各具体形态在周王室与各诸侯国之间的多向交流来实现的，在周王室的王权衰落时期尤其如此。《简兮》所载周人舞师在东方邦国教授万舞，即为这种文化传播的一个实例。就本文所讨论的问题而言，它也可以作为《鲁颂·有駜》篇中与《周颂》相类内容来源的一个合理解释。

舞为周代礼乐文化的有机组成部分，舞由前述途径传播，礼乐文明其他因子的传播途径也可考见。联系到《鲁颂》诸篇的内容，鲁国群臣"在泮饮酒"，除夸耀武功外（《鲁颂·泮水》），还有《有駜》一篇所描写的"醉言舞"的内容。对后者的认识则进一步显示了鲁国文化与周文化的血肉联系及鲁国在复兴周礼过程中的全方位努力。

就其功用而言，《诗经》中所记载的舞有两种，一种是供他人观赏的娱人舞蹈，如前引《邶风·简兮》与前引马瑞辰氏所述及的《陈风·宛丘》皆是。另一种为篇中人物自娱之自舞。《有駜》一篇中的舞蹈明显属于后者。诗中第一章曰"醉言舞"，第二章曰"醉言归"。"言"读为"焉"，"醉言舞""醉言归"即"醉而舞""醉而归"。[①] 醉而舞者，必为参与宴饮者无异，醉而归者，更必为此辈。

---

① 参见高亨：《诗经今注》，上海古籍出版社1980年版，第513页。

本诗的主旨为何，诗篇所言与宴者醉而舞的情节与诗的主旨有何关系，要从此点与诗篇其他内容的关联入手来分析解决。《有駜》首章"夙夜在公，在公明明"的正确解释，是解决这一问题的关键之点。"夙夜在公，在公明明"，《郑笺》：

> 夙，早也，言时臣忧念君事，早起夜寐，在于公之所。在于公之所，但明义明德也。《礼记》曰："大学之道，在明明德。"①

按，"夙夜在公，在公明明"两句，看似文意显豁，其实内涵隐藏很深。这里先说"夙夜"。

"夙夜"为《诗经》中多见之词，除三见于《有駜》一篇者外，尚有下例：

（1）《召南·采蘩》："被之僮僮，夙夜在公。"
（2）《召南·小星》："夙夜在公，寔命不同。"
（3）《召南·行露》："岂不夙夜，谓行多露。"
（4）《魏风·陟岵》："夙夜无已""夙夜无寐""夙夜必偕"。
（5）《小雅·雨无正》："三事大夫，莫肯夙夜。"
（6）《大雅·烝民》："夙夜匪解，以事一人。"
（7）《大雅·韩奕》："夙夜匪解，虔共尔位。"
（8）《周颂·昊天有成命》："成王不敢康，夙夜基命宥密。"
（9）《周颂·我将》："我其夙夜，畏天之威，于时保之。"
（10）《周颂·振鹭》："庶几夙夜，以永终誉。"
（11）《周颂·闵予小子》："维予小子，夙夜敬止。"

---

① 《毛诗正义》，阮刻《十三经注疏》，中华书局1980年版，第610页。

"夙夜"从字面上讲就是"早晚"或者"早起晚睡",似乎比较简单,并无深意。其实它属于前人所谓的"成语",有着固定的搭配与特定的内涵,其意义不能由其组成的单字含义比附。王国维先生曾对此类词语的性质及其演变等作过精辟的分析。他指出,《诗》《书》之所以难读,其原因之一就是"古人颇用成语,其成语之意义与其中单语分别之意义又不同"。王国维说,成语的内涵一般得由前代之书中得到解释,但《诗》《书》因本身即为最古之书,无由从前代典籍中考知其义,所以必须以"其成语之数数见者,得比校之而求其相沿之意义"①。王氏曾用"古之成语有可由《诗》《书》本文比校知之"②的方法,讨论和解释了不少这种词语。当代学者姜昆武《诗书成词考释》集此类词语 156 条,称为"成词",详加考绎。③然诸人所论尚未及"夙夜"一词,兹由本书之撰写,略加阐释。

上引诸例,除《召南·行露》之"岂不夙夜,谓行多露"疑为断简,义不能明外,其他皆含"敬"意。《召南·采蘩》"被之僮僮,夙夜在公",《毛传》:"僮僮,竦敬也。夙,早也。"《郑笺》:"公,事也。早夜在事,谓视濯溉饎爨之事。"④按,本篇所写为祭祀之事,故特别要强调"敬"。《魏风·陟岵》中"夙夜"三见,使用情况比较复杂,需作专门分析,全诗如下:

一

陟彼岵兮,瞻望父兮。父曰:"嗟!予子行役,夙夜无已。上慎旃哉!犹来无止。"

二

陟彼屺兮,瞻望母兮。母曰:"嗟!予季行役,夙夜无寐。上慎旃哉!

---

① 王国维:《与友人论〈诗〉〈书〉中成语书》,《观堂集林》,中华书局 1959 年版,第 75 页。
② 王国维:《与友人论〈诗〉〈书〉中成语书》,《观堂集林》,中华书局 1959 年版,第 78 页。
③ 姜昆武:《诗书成词考释》,齐鲁书社 1989 年版。
④ 《毛诗正义》,阮刻《十三经注疏》,中华书局 1980 年版,第 284 页。

犹来无弃！"

三

陟彼冈兮，瞻望兄兮。兄曰："嗟！予弟行役，夙夜必偕。上慎旃哉！犹来无死！"

诗篇一章言"夙夜无已"。"无已"，《郑笺》释为"无懈倦"。二章言"夙夜无寐"。"无寐"，《毛传》释为"无耆寐也"。三章言"夙夜必偕"。"必偕"，《毛传》释为"俱也"。①《诗集传》解作"与其侪同作同止"②，深得《传》旨。

诗中，父亲勉励儿子应黾勉王事，毋战败归来。③ 母亲嘱咐小儿子在服军役之危险境地睡觉警醒，保重自己，活着回来。哥哥叮咛弟弟作战时须臾不离卒伍，以保证自己的人身安全。本篇三章皆言"上慎旃哉"。"上"读为尚，"慎"为"敬"的重要内涵之一，可释为敬慎。本篇以三章篇幅，使父、母、兄各言所虑，其中心归一，即都希望征人在战场上持敬慎之态度，最后安全归来。

《小雅·雨无正》"三事大夫，莫肯夙夜"，高亨先生指出此二句是说：应当承担责任的大臣们都不肯尽心王事。④ 大臣中没有人肯敬于王事，造成天灾人祸，此是反面用法。《大雅·烝民》"夙夜匪解，以事一人"，诗中所说的臣子与《雨无正》相反，都是敬于王事的。《大雅·韩奕》"夙夜匪解，虔共尔位"，《郑笺》："古之恭字或作共。"⑤ 是此二句言韩侯当不懈于位，敬于职守。《昊天有成

---

① 《毛诗正义》，阮刻《十三经注疏》，中华书局 1980 年版，第 358 页。
② 朱熹：《诗集传》，上海古籍出版社 1980 年版，第 65 页。
③ "止"训为败退。说见马瑞辰：《毛诗传笺通释》，中华书局 1989 年版，第 326 页。
④ 高亨：《诗经今注》，上海古籍出版社 1980 年版，第 286 页。
⑤ 《毛诗正义》，阮刻《十三经注疏》，中华书局 1980 年版，第 570 页。

命》:"成王不敢康,夙夜基命宥密。"《国语·周语》载晋大夫叔向说此诗,相当深刻:"成王不敢康,敬百姓也。夙夜,恭也。基,始也。命,信也。宥,宽也。密,宁也……其始也,翼上德让,而敬百姓。其中也,恭俭信宽,帅归于宁……始于德让,中于信宽,终于固和,故曰成。"① 戴震《毛郑诗考正》指出:"古人谓全而无亏曰成。……有始未竟之谓基命。凡德盛礼恭,皆终身如始以为未竟者也。"② 由此可知,"夙夜基命宥密"言成王终身恭敬于事,堪为嗣王模范。《我将》上言"仪式刑文王之典",下言"畏天之威,于时保之",可见"我其夙夜"的畏天敬祖之意("畏"亦"敬"意,今天尚有"敬畏"一词)。《振鹭》"庶几夙夜,以永终誉"中,"庶几"为希冀之词,结合《振鹭》通篇大意,可知此两句是说,希望对方能够敬慎守礼,以长保令誉。《闵予小子》"夙夜敬止"中"夙夜"一词的文意显豁,这里就不再分析了。

"夙夜"的核心是言其"敬"。从周代贵族社会的道德规范来说,"敬"是礼的精神核心。所以子路引孔子的话说"祭礼与其敬不足而礼有余也,不若礼不足而敬有余也"③。

在古代社会中,礼是普遍遵守的行为规范,尽管每个人在特定的礼的结构中所处的位置不同,但都同样受到礼的约束。《礼记·大学》说:"《诗》云'穆穆文王,於缉熙敬止。'为人君止于仁,为人臣止于敬,为人子止于孝,为人父止于慈,与国人交止于信。"④《大学》所引《大雅·文王》强调文王的德行为"敬",但《大学》的叙事者却将"敬"只解作"为人臣"的品德,其所论虽有浑言与析言的区别,但还可见是后出的思想。

"敬"的思想与精神贯穿在整个《周颂》之中,是《周颂》许多篇章的中心内容。在《敬之》一篇中,它甚至还作为篇名出现。

---

① 《国语》,上海古籍出版社1978年版,第116页。
② 戴震:《毛郑诗考正》,《清人诗说四种》,华中师范大学出版社1986年版,第91页。
③ 《礼记·檀弓》。《礼记正义》,阮刻《十三经注疏》,中华书局1980年版,第1285页。
④ 《礼记正义》,阮刻《十三经注疏》,中华书局1980年版,第1673页。

敬之敬之，天维显思。命不易哉。无曰高高在上，陟降厥士，日监在兹。维予小子，不聪敬止。日就月将，学有缉熙于光明。佛时仔肩，示我显德行。

　　本篇主旨，《毛诗序》以为是"群臣进戒嗣王也"。本篇开篇首句，《郑笺》解为"故因时戒之曰：'敬之哉！敬之哉！'"①《毛诗传笺通释》引《大雅·常武》"既敬既戒"句的《郑笺》"敬之言警也"，以为当解为"警戒"之意。②其意为：能自警，时时敬慎警惧，方可长保天下。

　　综合考察以上所引《诗经》含"夙夜"一词的文句，结合对《周颂》相关内容的分析，可以明显看出在整个《诗经》中，"夙夜"一词在使用时，虽然有时字面还含有"早晚"的含义，但其精神主要是表示"敬"的思想文化内涵。如《小雅·雨无正》中"三事大夫，莫肯夙夜"之"夙夜"一词，即作"敬于王事"解，而非强调大臣们的睡眠早晚问题。《周颂·振鹭》中"庶几夙夜，以永终誉"，并非是说希望诸侯少睡觉，而是说希望他们能慎始慎终之意。如此，《鲁颂·有駜》中"夙夜在公"一语的含义就比较容易理解了。

　　至于"在公"的表面意思，如《郑笺》所说是"在于公之所"，深层的含义在《召南·采蘩》所记为操持祭祀之事，而《有駜》所记则为行飨礼而言。一为祭，一为飨，皆需持"敬"意为之，故皆与"夙夜"联言。《有駜》的"夙夜在公"即《周颂·臣工》的"敬尔在公"之意。这里的"夙夜"与"敬之"完全可以互换，由此可见"夙夜"一词的精神实质。

　　由"夙夜"的解析又可见"明明"一词的含义。《郑笺》以"大学之道，在明明德"来解说"明明"，近是。清人陈奂《诗毛氏传疏》、马瑞辰《毛诗传笺通释》、王先谦《诗三家义集疏》等则皆释为"勉勉"。如《毛诗传笺通释》说：

---

①　《毛诗正义》，阮刻《十三经注疏》，中华书局 1980 年版，第 598—599 页。并参见本书第四章第五节。

②　马瑞辰：《毛诗传笺通释》，中华书局 1989 年版，第 1096 页。

"明、勉一声之转，明明即勉勉之假借，谓其在公尽力也。"[1] 按，清人此说不确，兹略加考辨。

《诗经》中除《有駜》外，用"明明"一语者尚有如下诗句：

（1）明明上天（《小雅·小明》）
（2）明明在下（《大雅·大明》）
（3）明明天子（《大雅·江汉》）
（4）赫赫明明（《大雅·常武》）
（5）明明鲁侯（《鲁颂·泮水》）

由上各例，可见"明明"用为赞美上天、周王或鲁侯（仅用于《鲁颂》）之语，皆不作"勉勉"义。尤其"明明天子"与"明明鲁侯"及"在公明明"用法相近，乃用来歌颂有关对象的一种抽象的道德，而非歌颂其具体的工作勤勉之类的行为特征。段玉裁《说文解字注》对此有精当的见解。他在注"明"字时说：

> 火部曰："照，明也。"小徐作昭。日部曰："昭，明也。"《大雅·皇矣》《传》曰："照临四方曰明。"凡明之至则曰明明，明明犹昭昭也。《大雅·大明》、《常武》《传》皆云："明明，察也。"《诗》言明明者五（引者按：五当作六），《尧典》言明明者一。《礼记·大学篇》曰："大学之道，在明明德。"郑云："明明德，谓显明其至德也。"《有駜》"在公明明"，《郑笺》云："在于公之所，但明明德也。"引《礼记》"大学之道在明明德"，夫由微而著，由著而极，光被四表，是谓明明德于天下。自孔颖达不得其

---

[1] 马瑞辰：《毛诗传笺通释》，中华书局1989年版，第1131页。

读而经义隐矣。①

段说至为允当,《有駜》之"在公明明",下联乐舞与饮酒的内容,无论为飨为祭,如作"勉勉"解,言其所述是臣下尽力公事,都是讲不通的。所以《诗集传》以"辨治也"释"明明",绝对不当。《礼记》的《郑注》说:"明明德,谓显明其至德也。"②《郑注》将"明明"分而为二,前一"明"字用为动词,后一"明"字作修饰"德"字之用,这一理解当然是不正确的,虽然如此,但他指出了本句所歌颂的是周礼规定下的传统道德内容。《郑笺》还提示我们注意到《有駜》一篇所示"礼"的精神内涵,非如《孔疏》所谓的君致以禄食,臣下忠于公事之类的简单的物质交换关系。

由上述对"夙夜在公,在公明明"二句的解析,已可初步明了《有駜》一篇在思想内涵方面对西周礼乐精神的继承关系。综合其他分析,则可明了《有駜》为何能够被编入《鲁颂》之中,这一分析亦可作为《鲁颂》文化性质的一个说明。

第二节 《有駜》"成相"及其周代礼乐制度的渊源与流变

上节对《有駜》一篇的分析主要着眼于思想与文化精神。该篇的形式,也可提示我们注意其与西周礼乐制度的深远关系。从《有駜》的句式来看,它包括三、四、七等三种句式。人家都知道,《诗经》的常规句式是四言,或间有杂言,《有駜》这种带有规律性的三、四、七句式错出的情况,却是绝无仅有的。历来的研究者,对此注意较少,对该篇诗歌艺术形式中所包含的特定文化内涵,

---

① 段玉裁:《说文解字注》,上海古籍出版社1988年版,第314页。
② 《礼记正义》,阮刻《十三经注疏》,中华书局1980年版,第1673页。

谈到的人就更少一些。

我们在对先秦礼乐文化的研究中，注意到先秦时期的一种独特的文体"成相"。"成相"在内容和形式两方面，都和《诗经》有一定的渊源，在艺术形式方面更与《鲁颂·有駜》相近。

"成相"是一种以三、三、七、四、七的句式联套演唱的艺术形式。关于它和《诗经》的关系，前人进行过探索。姜书阁先生说：

> 《三百篇》本为周诗，其《国风》更是各诸侯国的民歌，而《周南》《召南》已有江汉土风，或包括一部分楚地，或接近楚境。以此而论，《荀子·成相》在形式上和音调上即不能不与《诗》也有一定的继承关系。《诗》以四言为主，三言句较少，而《周南》《召南》共二十五篇，其以三言句为章首者就有《葛覃》（"葛之覃兮"）、《螽斯》（"螽斯羽，诜诜兮。宜尔子孙，振振兮"）、《麟之趾》（"麟之趾，振振公子，于嗟麟兮"）、《江有汜》（"江有汜，子之归，不我以。不我以，其后也悔"）、《击鼓》（五章中之第四章："于嗟阔兮，不我活兮。于嗟洵兮，不我信兮。"）、《简兮》（四章中之末章："山有榛，隰有苓。"）。这难道不能从中看出一点消息吗？①

清代学者已经指出，"成相"这一文体"大约托于瞽矇讽诵之词，亦古诗之流也"。②姜先生据此从《诗经》中寻摭"成相"源流，方向是正确的，但所引文例与"成相"却差别较大，也没有能从周代礼乐制度的层次探索"成相"与《诗经》在体裁与内容两方面的源流关系。我们在前人探索的启发下，在周代礼乐制度的文化框架内，对"成相"与《诗经》的关系进行研究，发现了前面所说的"成相"与《鲁颂·有駜》具有的特殊关系。现就此具体分析如下。

---

① 姜书阁：《先秦辞赋原论》，齐鲁书社1983年版，第176—177页。
② 王先谦《荀子集解》引卢文弨语。《荀子集解》，中华书局1988年版，第455页。

我们在前面谈到过，"成相"的通常句式是三、三、七、四、七。姜先生在前引《先秦辞赋原论》中虽曾竭力搜寻《诗经》中与"成相"这种句式相近的篇章，但其前举《诗经》诸篇，除四字句外，有些含有三字句，有些只含有带"兮"字的四字句，在句式上与"成相"差别很大。《诗经》中同时含有三、四、七这三种句式的诗篇只有《鲁颂·有駜》一篇，而本篇却为姜先生所遗漏。这是因为他依据的理论有较大问题，所以难以获得正确的结论。

在对《诗经》与"成相"关系的研究中，姜先生的重要出发点，是《国风》和"成相"同为民歌。

我们知道，20世纪初期以后，学术界依据《诗集传》等的说法，在白话文学的浪潮中将《国风》认定为所谓的"民歌"。虽然从20世纪30年代以来，不断有学者对此说进行批判和质疑[①]，但在20世纪中期以后的中国特定历史条件下，一个相当长的时期内，所谓《国风》民歌说并没有受到大的动摇。

《诗经》中今人称为《国风》的那些诗篇，在战国以前的文献中只称为"风"，或只以国名、地名为称，如《左传·襄公二十九年》季札观乐时，鲁国乐工"为之歌《王》""为之歌《郑》""为之歌《齐》""为之歌《豳》"[②]等。战国以后的文献中称为《国风》，乃是对《雅》《颂》以外《诗经》中成分与来源复杂的诸组诗篇的一种简便的称呼。[③]后人不察，竟将《国风》全部解为邦国之风。甚至有称之为民间歌谣者。在这一问题上，影响最大的是朱熹《诗集传》对"国风"一词的解释。《诗集传》说：

> 国者，诸侯所封之域，而风者，民俗歌谣之诗也。谓之风者，以其被

[①] 参见朱东润：《国风出于民间论质疑》，《诗三百篇探故》，上海古籍出版社1981年版；胡念贻：《关于诗经大部分是否民歌问题》，《文学遗产增刊》第7辑，中华书局1959年版。

[②] 《春秋左传正义》，阮刻《十三经注疏》，中华书局1980年版，第2006—2008页。

[③] 近年出土的简帛文献中，往往称"国风"为"邦风"，与传世文献相比勘，可见"国风"一名汉代以后为避刘邦之讳而改称。有关"邦风"的资料，参见马承源主编：《上海博物馆藏战国楚竹书（一）》，上海古籍出版社2001年版。

上之化以有言，而其言又足以感人，如物因风之动以有声，而其声又足以动物也。是以诸侯采之以贡于天子，天子受之而列于乐官，于以考其俗尚之美恶，而知其政治之得失焉。旧说二南为正风，所以用之闺门乡党邦国而化天下也。十三国为变风，则亦领在乐官，以时存肄，备观者而垂监戒耳。合之凡十五国云。①

按，"十五国风"是一种通行的简单的说法。这里的"国"通常被认为是指诗篇来自的各诸侯国，如上引《诗集传》所言，但这种说法并不准确。

我们今天称为"中国"的这块广袤的土地，古代称为"天下"，当时所说的"中国"主要是指华夏民族的核心区域即中原地区。《诗经》中"溥天之下，莫非王土"的诗句，就是建立在这一观念之上的。

"溥天之下"分为很多诸侯国，若干个诸侯国可以构成一个较大的区域，这些区域有其独特的文化地理特征。每个诸侯国中往往又包含有许多小的区域，这些区域也各有其独特的历史及文化传承。也就是说，"十五国风"中，虽然有很多是一国之"风"，但也有一些是包括若干诸侯国的较大的区域内诗篇的集合，如《周南》和《召南》。还有一些是比诸侯国小的地区的诗歌，《魏》《唐》《豳》诸风即为此类（晋虽始封于唐，然晋地又有《魏风》，足证《唐风》之"唐"非"晋"之又称）。所谓"国风"包括《王风》，《王风》本出王畿。《国风》若为邦国之风，王畿之风何以能称为"国风"？② 诸侯又何以能将王畿之内的诗施展"采之以贡天子"？天子又何须借此而考察俗尚、政治之美恶得失？

更重要的是，从《国风》内容考察，至少其中的大多数作品并非出于社会下层人士之手。我们以前曾经论述过，"雅"有"正"的意思，它为各邦国的诗

---

① 朱熹：《诗集传》，上海古籍出版社1980年版，第1页。
② 《王风》得名问题比较复杂，可参见马瑞辰：《毛诗传笺通释·王降为风辨》，《毛诗传笺通释》，中华书局1989年版，第15—16页。

歌创作提供了典范。①《国风》既为贵族社会各阶层的创作,以《国风》为民歌实属误解。

姜书阁先生采用的"成相"也属于民间歌谣的说法,影响相当广泛,说者还将其指实为"舂米歌"。②从现存文献记载来看,这一说法最早出于北宋苏轼、南宋朱熹。清人及近人多采此说,然而它却是不正确的。经研究,我们发现"成相"原是一种出于周代宫廷的说唱艺术形式。它的来源与用途等与《诗经》中的一些诗歌有极为相似之处,可见前人说它是"古诗之流"不是没有根据的。③

我们之所以提出《鲁颂·有駜》与"成相"的关系问题,绝不是仅就其句式方面的相合而言的,而是由于它们所共同具有的周代礼乐文化的背景。下面,我们先对"成相"的特点及其产生的历史文化背景作一分析,然后再联系《诗经》,尤其具体到《鲁颂·有駜》的内容及形式试作阐释,而探究两者之间的关联与区别。

"成相"名称的由来,源于这种艺术形式表演时的伴奏方式。"成"是"打"的意思,在演唱"成相"时,表演者击打名为"相"的乐器伴奏,故名"成相"。④击"相"而歌的人是被称为"瞽"的盲人歌者。荀子《成相篇》首章言"如瞽无相何伥伥",就说明了"瞽"与"相"两者之间的密切关系。

在文献中,与"相"关系密切的乐器有"拊"和"舂牍"两种。"拊"是一种形状和作用都类似鼓的打击乐器。《礼记·乐记》:"治乱以相。"《郑注》:"相即拊也,亦以节乐。拊者,以韦为表,装之以糠,糠一名相,因以名焉。"⑤这种名为"拊"的"相"在演奏时是以手拊拍,故又名"搏拊"或"拊搏"。因其功用为击打节拍,故又名"节"。《宋书·乐志一》:"《伎录》并云,丝竹合作,

---

① 姚小鸥:《论大小雅的文学价值》,河南大学硕士学位论文,1985年。
② 赵明主编:《先秦大文学史》,吉林大学出版社1993年版,第800页。
③ 姚小鸥:《成相杂辞考》,《文艺研究》2000年第1期。
④ 章太炎说。参见《成相杂辞考》,《文艺研究》2000年第1期。
⑤ 《礼记正义》,阮刻《十三经注疏》,中华书局1980年版,第1538页。

执节者哥（歌）。"《宋书·乐志三》："相和，汉旧歌也，丝竹更相合，执节者哥（歌）。"① 上述有关记载证明，直到汉代，"拊节"（即"打相"）而歌的古老传统仍然保存着。

另一种名为"舂牍"的"相"，与"瞽"的渊源可能更为深远。它可能来自作为盲人乐师"瞽"扶助之物的竹木杖类，并在这种盲人乐师演唱时以之顿地助节。关于这一点，文献中有所记载。《周礼·笙师》：

笙师掌教吹竽、笙……舂牍、应、雅，以教祴乐。

《郑注》：

教，教视瞭也。郑司农云："竽，三十六簧。笙，十三簧。簏，七空。舂牍以竹，大五六寸，长七尺，短者一二尺，其端有两空，髹画，以两手筑地。应，长六尺五寸，其中有椎。雅，状如漆筩而弇口，大二围，长五尺六寸，以羊韦鞔之，有两组，疏画。"杜子春读笛为荡涤之涤，今时所吹五空竹笛。玄谓籥如笛。三空。祴乐，《祴夏》之乐。牍、应、雅教其舂者，谓以筑地。笙师教之，则三器在庭可知矣。宾醉而出，奏《祴夏》，以此三器筑地，为之行节，明不失礼。②

《旧唐书·音乐志》：

舂牍，虚中如筩，无底，举以顿地如舂杵，亦谓之顿相。相，助也，以节乐也。③

---

① 沈约：《宋书》，中华书局1974年版，第558—559、603页。
② 《周礼注疏》，阮刻《十三经注疏》，中华书局1980年版，第801页。
③ 《旧唐书》，中华书局1975年版，第1075页。

由上引《周礼》及其《注》《疏》，我们还可以知道，在周代举行的乡饮酒礼、乡射礼等场合，当典礼结束，参与典礼者醉酒退场时，由非盲人的低级乐师"视瞭"击打春牍等乐器，"为之行节，明不失礼"。

关于前述典礼及其结束时参与者的各种情态，《小雅·宾之初筵》有生动的描写：

一

宾之初筵，左右秩秩。笾豆有楚，肴核维旅。酒既和旨，饮酒孔偕。钟鼓既设，举酬逸逸。大侯既抗，弓矢斯张。射夫既同，献尔发功。发彼有的，以祈尔爵。

二

籥舞笙鼓，乐既和奏。烝衎烈祖，以洽百礼。百礼既至，有壬有林。锡尔纯嘏，子孙其湛。其湛曰乐，各奏尔能。宾载手仇，室人入又。酌彼康爵，以奏尔时。

三

宾之初筵，温温其恭。其未醉止，威仪反反；曰既醉止，威仪幡幡。舍其坐迁，屡舞僊僊。其未醉止，威仪抑抑；曰既醉止，威仪怭怭。是曰既醉，不知其秩。

四

宾既醉止，载号载呶。乱我笾豆，屡舞僛僛。是曰既醉，不知其邮。侧弁之俄，屡舞傞傞，既醉而出，并受其福。醉而不出，是谓伐德。饮酒孔嘉，维其令仪。

五

凡此饮酒，或醉或否。既立之监，或佐之史。彼醉不臧，不醉反耻。式勿从谓，无俾大怠。匪言勿言，匪由勿语，由醉之言，俾出童羖。三爵不识，矧敢多又。

本篇描写了周代贵族社会中飨礼与射礼的情形。诗的第一章说筵席初开，秩序井然。第二章说到古礼的一项必备内容，即奏进乐舞以娱祖先，然后与宴者各寻对手，尽展其能。第三章说与宴者醉酒前后行为不同，醉后大为失态。第四章进一步描写醉酒者的丑态，特别指出其"屡舞僛僛""屡舞傞傞"，即醉后舞蹈不能自持之状。诗中说，醉酒之后就应当及时退场，否则将损及贵族应有之良好行为规范。诗人认为，饮酒本身并不是坏事，但要保持良好的仪容。第五章说饮酒时设有监、史，本为维持秩序，但有人却以大醉为荣，不醉为耻。诗篇的作者认为，由于人们醉后往往失言，所以还是饮酒有度为好。

《宾之初筵》，《毛诗序》以为是"卫武公刺时也"[1]，《韩诗》以为言"卫武公饮酒悔过也"[2]。品味诗意，两说皆未必能够指实，但由《诗》《书》所载有关材料推测，此说当有类似事实作为诗篇背景。我们所注意的是，在这类宴会中有舞，并有与宴者醉后舞而不止，不能体面地退场的情形。可见前引《周礼》所言乐人在"宾醉而出"时，以春牍等"筑地，为之行节，明不失礼"，是有针对性的制度，并非无的放矢。

上述引文很容易引起我们联系《鲁颂·有駜》的相关内容。《有駜》在讲到"在公载燕"时，也谈到了宴饮时"醉"和"舞"的情况。其一章曰："振振鹭，鹭于下。鼓咽咽，醉言舞。"二章曰："振振鹭，鹭于飞。鼓咽咽，醉言归。"这些都能与瞽的职责建立一定的联系。并可由是而发现《鲁颂·有駜》一篇所述

---

[1] 《毛诗正义》，阮刻《十三经注疏》，中华书局1980年版，第484页。
[2] 参见王先谦：《诗三家义集疏》，中华书局1987年版，第782页。

内容与周代礼乐制度之间的密切关联。

文献中多记载周代典礼中用鼓助兴以及舞时以"相"助节的情形。如前面我们述及《宾之初筵》部分内容的例子。更重要的是，我们在研究中发现，"瞽""成相"与《诗经》都与周礼有着密切的关系。

据《国语》《周礼》等文献记载，古代宫廷中由瞽矇吟唱"诗""歌""谣""曲"，清代学者已经指出"成相"是"矇瞽讽诵之词"。我们知道，周代礼乐制度中的"瞽矇"不同于后世的一般盲艺人，他们是古代社会礼乐文化的积极参与者。为了说明上述各种关系，下面，我们勾稽有关文献，对此试作阐述。《国语·周语》：

> 故天子听政，使公卿至于列士献诗，瞽献曲，史献书，师箴，瞍赋，矇诵，百工谏，庶人传语，近臣尽规，亲戚补察，瞽、史教诲，……①

这段话里提到瞽的职责是"献曲"，献曲的功能是对王进行"教诲"。这里的"曲"与"诗""书"相提并论，显然是一种"歌曲"，而非《韦注》所说的"乐曲"。这种"曲"何以具有对王"教诲"的功能，《周礼》提供了解答的线索。《周礼·春官·瞽矇》：

> 瞽矇掌播鼗、柷、敔、埙、箫、管、弦、歌。讽诵诗，世奠系，鼓琴瑟。掌九德六诗之歌，以役大师。

上引《周礼》之文的《郑注》引杜子春说：

> 世奠系谓帝系，诸侯、卿大夫世本之属是也。小史主次序先王之世，

---

① 《国语》，上海古籍出版社1978年版，第9—10页。

昭穆之系，述其德行，瞽矇主诵诗并诵世系以戒劝人君也。故《国语》曰："教之世，而为之昭明德而废幽昏焉。以休惧其动。"①

杜子春所引《国语》为《楚语》。《楚语》韦昭《注》说："世，谓先王之世系也。昭，显也。幽，暗也。昏，乱也。为之陈有明德者世显，而暗乱者世废也。"②杜子春所引《国语》下文还有"教之故志，使知废兴者而戒惧焉"。韦昭《注》："故志，谓所记前世成败之书。"③由此可知，"瞽献曲"的主要内容是陈述王室的历史，以"有明德者世显，而暗乱者世废"的历史教训来约束王的行为。"瞽、史教诲"可以使王"知兴废而戒惧"。这是一种神圣的职责，这种职责的履行过程当然不同于后世一般的文艺活动，而是古代礼乐社会运转机制的重要组成部分。这一活动的形式及内容理所当然地也就逐渐形成古代礼乐社会的重要文化传统。瞽何以掌握所献"曲"中上述内容的原因，亦见于《周礼》。《周礼·春官·大师》：

大丧，帅瞽而廞；作柩，谥。凡国之瞽矇正焉。

《郑注》：

廞，兴也。兴言王之行，谓讽诵其治功之诗。故书廞为淫。郑司农云："淫，陈也。陈其生时行迹为作谥。"④

孙诒让《周礼正义》引王引之说，以为"廞"当释为"陈"。⑤"作柩"为将

---

① 《周礼注疏》，阮刻《十三经注疏》，中华书局1980年版，第797页。
② 《国语》，上海古籍出版社1978年版，第528页。
③ 《国语》，上海古籍出版社1978年版，第528—529页。
④ 《周礼注疏》，阮刻《十三经注疏》，中华书局1980年版，第796页。
⑤ 孙诒让：《周礼正义》，中华书局1987年版，第1855—1856页。

葬之时。按照礼制社会的传统，为每位去世的王制定谥号的时候，都需要瞽矇以歌谣的形式公开陈述该王的行迹，故其德行的昭明幽昏，具显而无隐。由于古代职官的知识由其职守而世代相传，瞽矇之职自然就积累掌握了相关的历史知识。

荀子《成相篇》是传世文献中主要的"成相"作品。对它的研究表明，"成相"这种文体的主要内容与瞽矇向王所献"曲"的要求是一致的，"成相"的用语和表述也完全符合瞽矇向王劝谏告诫的需要。

《成相篇》开篇所说"如瞽无相何伥伥"，显然是瞽在吟唱"成相"时的常用套语。第二章"请布基，慎圣人，愚而自专事不治。主忌苟胜，群臣莫谏必逢灾"。"布基"即发表对人主的警戒之词，由此可知，《成相篇》中的"基"字是一个往往用于人君的、含有"始""俭"等合乎"礼"的要求的特定道德规范用语，在这里可以训为"德"字。"德"在一定意义上可训为"道"，故《成相篇》第十二章"请牧基，贤者思，尧在万世如见之。谗人罔极，险陂倾侧此之疑"。以尧之正道与"谗人"险陂倾侧之邪径相对。第十三章："基必施，辨贤罢，文武之道同伏戏。由之者治，不由者乱何疑为？""施"训为"张"，言必张大文武之道，方可天下大治，否则必将导致祸乱。①

《成相篇》中又有"春申道缀基毕输""道古圣贤基必张"之句，由于历史条件的变化，与前述套语相比较，这两句中的"基"字已经含有较多形而下的味道，这种演变更衬托了前述套语的悠久历史传承。由此可知，"成相"这种文体有悠久的历史，它和古代社会中瞽矇向王告诫谏劝所用的吟唱形式"曲"有着极为密切的渊源关系。

就目前我们掌握的资料，"成相"肇初于西周时期。其时，贵族专制政体中还存在着浓郁的原始民主制的遗迹。各级贵族乃至被称为"庶人"的平民，对于国家的政治生活，还拥有大小不一的参与权力，这种权力包括议政和参政在内。

前引《国语·周语》所载"天子听政"时，"公卿""列士""瞽""史"

---

① 王先谦：《荀子集解》，中华书局1988年版，第455—472页。

乃至"百工""庶人"献"诗""曲""书",以及"传语""补察""教诲"的活动,其实质都是这种议政活动的具体表现。由于议政的背后是直至放逐王的参政权力,所以"瞽献曲"内容的权威性在西周社会中是毋庸置疑的。在王权恢张的时期,它得以作为古代礼乐社会的重要文化传统而长期保留。

春秋以后,礼崩乐坏,所谓"天子失官,学在四夷"①的表现之一就是周朝的乐官流散到各个诸侯国中。《论语》说当时"大师挚适齐,亚饭干适楚,三饭缭适蔡,四饭缺适秦,鼓方叔入于河,播鼗武入于汉,少师阳、击磬襄入于海"②。《论语》所述就是这一现象的真实记录。乐师们流入各诸侯国,在新的生存环境中,自然要使自己所操之艺适应新的服务对象的需要。尤其到了战国时期,游说之风大盛,"成相"这种文体不可避免地要受到影响。《荀子·成相篇》中每章开头所用的套语往往以"请"字、"愿"字为首,如"请成相""请布基""请牧基""愿陈词"等。这种叙述语气的使用与其内容中强调君主的御下之术相互照应,是由与西周时期有着很大不同的战国时期的社会政治背景所决定的。但"成相"的基本精神至战国时期仍有这样的保留,实在令人惊叹!

"成相"在形式上与《诗经》一致的方面,首先要提到它的用韵。清代学者卢文弨已经指出,《荀子·成相篇》"全篇与《诗》三百篇中韵同"③。这一发现对于认识"成相"的性质具有很重要的意义。

我们知道,对于《诗经》的用韵,曾经有一种流传甚广的错误看法,以为《诗经》用韵的一致,是由于人为整理的结果。④从文化史的角度来看,这一错误看法的根源在于对中国古代社会的文化统一性缺乏足够的认识。已经有学者对此进行了澄清。⑤

---

① 《左传·昭十七年》载孔子语。《春秋左传正义》,阮刻《十三经注疏》,中华书局1980年版,第2084页。
② 《论语·微子》。《论语注疏》,阮刻《十三经注疏》,中华书局1980年版,第2530页。
③ 王先谦:《荀子集释》,中华书局1988年版,第472页。
④ 郭沫若:《简单地谈谈〈诗经〉》,《奴隶制时代》,《沫若文集》第十七卷,人民文学出版社1963年版,第136页;余冠英:《关于改"诗"的问题》,《文学评论》1963年第1期。
⑤ 李学勤:《古乐与文化史》,《人民音乐》1986年第6期。

简单说来，《诗经》用韵的一致在于它们都是用雅言创作的。这是不采用官方规范语言形式创作的古代一般讴谣不能与之相比的。在古代，"诗"是"乐"的一部分，而"乐"与"礼"是互为表里的。西周时代，礼乐与征伐的兼用并施，是"溥天之下，莫非王土。率土之滨，莫非王臣"的大一统前提。由此可知，周代的雅言不但是礼乐的施行手段，而且是它的有机组成部分。

从政治上来说，雅言一度作为王权在文化方面的表现而存在。所以，直到礼崩乐坏的春秋时期，渴望恢复周礼的孔子还恪守这一传统。《论语》说："子所雅言，《诗》、《书》、执礼，皆雅言也。"① 类似事实说明，直到春秋晚期，包括《诗经》在内的"礼乐"中的雅言传统仍然不绝如缕。

特别应予指出，周代瞽矇除职掌"献曲"，以及"讽诵诗""掌九德六诗之歌"以外，还参与声韵的校正。《周礼·秋官·大行人》：

> 王之所以抚邦国诸侯者：岁遍存；三岁遍頫；五岁遍省；七岁属象胥，谕言语，协辞命；九岁属瞽史，谕书名，听声音；十有一岁达瑞节，同度量，成牢礼，同数器，修法则；十有二岁王巡守殷国。

《郑注》：

> 属犹聚也。自五岁之后，遂间岁遍省也。七岁省而召其象胥，九岁省而召其瞽史，皆聚于天子之宫，教习之也。……书名，书之字也，古曰名，《聘礼》曰"百名以上"。②

由天子之命定期校正字体书法和语音，是王权得以畅行天下的必要条件和

---

① 《论语注疏》，阮刻《十三经注疏》，中华书局1980年版，第2482页。
② 《周礼注疏》，阮刻《十三经注疏》，中华书局1980年版，第892页。

重要内容。瞽矇职司所在，对雅言的掌握自然无可怀疑。

考诸文献可知，瞽矇所献之"曲"和"诗"一样，也是"礼乐"的有机组成部分。"曲"的文辞当然和"诗"一样是用雅言创作的。其用韵与"诗"相类也就是顺理成章的事了。我们前面已经论证过"成相"与瞽矇所献之"曲"的密切关系，那么，这种关系当然可以用来解释"成相"与《诗经》用韵一致的问题。

上述"成相"与《诗经》用韵一致的现象，由《秦简成相篇》的发现及研究得到了进一步的证实。《秦简成相篇》是《睡虎地秦墓竹简成相篇》的简称。1975年12月，在湖北省云梦县睡虎地11号墓出土。[①]它当是久已亡佚的流行于秦汉间的《成相杂辞》的一种。《秦简成相篇》共由八章组成，其中第八章仅存13字，文意不完整，由此看来很可能不是完篇，但已弥足珍贵。其全文如下：

一

凡治事，敢为固，谒（遏）私图，画局陈棋以为耤（藉）。宵人聂心，不敢徒语恐见恶。

二

凡戾人，表以身，民将望表以戾真。表若不正，民心将移乃难亲。

三

操邦柄，慎度量，来者有稽莫敢忘。贤鄙既乂，禄立（位）有续孰瞖上。

四

邦之急，在体级，掇民之欲政乃立。上毋间隙，下虽善欲独何急？

---

① 睡虎地秦墓竹简整理小组编：《睡虎地秦墓竹简》，文物出版社1978年版，第290—292页。

五

审民能，以赁（任）吏，非以官禄使助治。不赁（任）其人，及官之瞽岂可悔？

六

申之义，以击畸，欲令之具下勿议。彼邦之倾，下恒行巧而威故移。

七

将发令，索其政，毋发可异使烦请。令数究环，百姓摇贰乃难请。

八

听有方，辨短长，困造之士久不阳。……

以上所引据《睡虎地秦墓竹简》一书，采用了该书的校勘成果，并尽量使用通行字体写出。《秦简成相篇》各章句尾字及所属韵部为：

第一章：事（之）、固（鱼）、图（鱼）、藉（铎）、恶（铎）

第二章：人（真）、身（真）、真（真）、亲（真）

第三章：柄（阳）、量（阳）、忘（阳）、上（阳）

第四章：急（缉）、级（缉）、立（缉）、急（缉）

第五章：能（之）、吏（之）、治（之）、悔（之）

第六章：义（歌）、畸（歌）、议（歌）、移（歌）

第七章：令（真）、政（耕）、请（耕）、请（耕）

第八章：方（阳）、长（阳）、阳（阳）

上列各章用韵情况是：二、三、四、五、六、八押同一韵部。第七章为耕真合韵。只有第一章情况比较特殊，基本上是鱼铎通韵，唯首句尾"事"字为"之"部。本章多首句"凡治事"三字，不符合"成相"这种文体的规范标准。或是衍文，这样情况就简明多了，不过，《荀子·成相篇》也常有一些变例。从上下文来看，这里的文意是连贯的，是否衍文，难下遽断。若非衍文，则可以将"事"看作是和"固""图""之""鱼"合韵。① 总之，从以上所列可以看出，《秦简成相篇》的用韵与《诗经》的用韵完全一致，是无可怀疑的。

众所周知，从春秋到秦统一，是中国文化的一个重要的整合时期。许慎《说文解字序》讲到春秋以后"诸侯力政，不统于王"，天下"言语异声，文字异形"的情形。段玉裁《说文解字注》对这种多元政治所造成的文化上的分化现象，作出了如下解说："谓《大行人》'属瞽史，喻书名，听声音'之制废而各用其方俗语言，各用其私意省改之文字也。言语异声则音韵歧，文字异形则体制惑，车同轨，书同文之盛于是乎变矣。"②

段氏这一解说应该说是十分透彻的，但是还应该注意到，作为文化变异现象，"言语异声"和"文字异形"的形成过程和原因，以及主流文化应对这种文化分异现象的手段都是不同的。"文字异形"的现象在政权分裂的情况下能够很快形成，这种传播手段的混乱现象也可以在政治统一后，依靠行政命令，颁布规范字体来迅速得到纠正。前者在西周和战国文字之间的对比中可以得到非常鲜明的印证，后者有秦代的成功实践。"言语异声"则是一个较"文字异形"远为复杂的文化现象。

在华夏民族的形成及发展过程中，一直存在着由于地域及族属不同而造成的方音歧异，我们对此有过论述。③ 关于先秦时期因族属造成的方音问题，除传

---

① 韵部分类依据王力：《诗经韵读·谐声表》，上海古籍出版社1980年版。
② 段玉裁：《说文解字注》，上海古籍出版社1981年版，第758页。
③ 姚小鸥：《论〈左传〉对于〈诗经〉研究的价值》，《诗经三颂与先秦礼乐文化》附录，北京广播学院出版社2000年版。

统文献如《左传·庄公二十八年》的记载①外，可参看饶宗颐《上古塞种史若干问题》②等。

方音是一种复杂的文化现象，这种现象不能简单地以行政命令的方式来予以消除。在周代社会中，主流文化及其在政治上的代表中央王朝应对这一文化分异现象的主要手段之一是雅言的采用及推广。

历史证明，作为华夏民族特征之一存在并作为华夏民族成员间的重要联系手段，雅言在先秦时期的权威性并不因周王室的衰落而消失。在周王室与周礼具有实际或名义权威的时候，雅言作为施政手段之一显要作用于飨礼朝觐、周旋揖让之际；而在王权衰落以至逐渐消亡的春秋战国时期，作为经典文献的诵读解说标准和传统文体的创作规范，雅言将各方言统系于同一个民族共同体语言体系之中，从而在文化上发挥其对华夏民族的重要维系作用。《诗经》的成书过程本身及其在中国文化史上的影响都是这一作用的重要证明，"成相"的用韵是雅言发挥这一作用的又一个具体例证。

"成相"虽被前人目为"古诗之流"，但它与《诗经》之间在礼制的框架内存在着明显的区别。"诗"为"公卿至于列士"所献，而"瞽"所献之"曲"从命名上就显示了和"诗"的等级差别。《礼记·文王世子》："凡语于郊者，……曲艺皆誓之。"《郑注》："曲艺为小技能也。"③可见"曲"有"卑小"的意思。经过考察，我们可以说，历代各种"诗"和"曲"在创作主体和形式内容等方面，在其肇始的初期已经先天地存在着了，因而《鲁颂·有駜》与"成相"的相似之处更为引人注目。

前面我们已经提到，《有駜》一篇中有"振振鹭，鹭于下，鼓咽咽，醉言

---

① 《左传·庄公二十八年》记楚伐郑之战，"秋，子元以车六百乘伐郑，入于桔柣之门。子元、斗御疆、斗梧、耿之不比为旆，斗班、王孙游、王孙喜殿。众车入自纯门，及逵市。悬门不发，楚言而出"。《春秋左传正义》，阮刻《十三经注疏》，中华书局1980年版，第1781页。

② 饶宗颐：《上古塞种史若干问题》，《中国文化》1993年第8期。

③ 《礼记正义》，阮刻《十三经注疏》，中华书局1980年版，第1406页。

舞"和"振振鹭,鹭于飞,鼓咽咽,醉言归"等诗句,证明该篇所描写的飨礼与"鼓"和"舞"有内在的联系。实际上,《有駜》篇"三字句"的句式本身也与鼓、舞相关,而它们又都和瞽有密切的联系。

瞽与"成相"的关系我们在前面已经作了较为充分的阐述,前引"如瞽无相何伥伥"之句,说明瞽矇与竹、木类的"相"有密切关系。而瞽与鼓和类鼓的"相"即"拊"的关系在文献中也有明确记载。

最早记载瞽矇与鼓关系的文献是《诗经》。《周颂·有瞽》和《大雅·灵台》都说到"瞽"或"矇"在典礼时用鼓奏乐。《小雅·伐木》中"坎坎鼓我,蹲蹲舞我"之句与前引《宾之初筵》中"籥舞笙鼓"则都明确地记载了周人在舞时以"鼓"助兴的情形。

鼓是人类使用历史最为悠久、使用范围最为广泛的一种乐器。在考古发掘及古代文献记载中,鼓的踪迹到处可见。

据《周礼·鼓人》,"鼓人"所掌共有六种重要的鼓,如雷鼓、灵鼓、路鼓、鼖鼓、鼛鼓、晋鼓等。在《周礼》的框架内还有其他种类的鼓。《有駜》所述"鼓咽咽,醉言舞"时所击的鼓——鼗鼓,即为其中的一种。在《商颂·那》中,"鼗鼓渊渊"与"万舞有奕"对举,可见其在古代礼乐制度中的地位。

"鼓咽咽",《毛传》:"咽咽,鼓节也。"马瑞辰《毛诗传笺通释》指出《有駜》"鼓咽咽"之"咽咽"即《商颂》"鼗鼓渊渊"之"渊渊",证成"咽咽"为"鼓节",即伴舞之鼓点。①《有駜》之三字句正合此轻重相间之三音节鼓点数,与"成相"三字句之由来亦正同源。

既然《诗经》文体与"成相"之类的"曲"本有区别,那么为什么《有駜》一篇句式又与"成相"接近?其来由究竟如何呢?文献有阙,只能依据现在掌握的若干线索试作分析。

---

① 马瑞辰:《毛诗传笺通释》,中华书局1989年版,第1131页。

我们认为,"诗"与"成相"在周礼的框架之内区别明显,但在语言形式等方面,二者又有所联系,《诗经》中多用杂言即为表现之一。从文化史的角度来说,二者都是周代礼乐制度的产物,其共同的历史渊源更为重要。我们在前面已经谈到,在春秋时期的礼乐崩坏之际,"大师挚适齐,亚饭干适楚,三饭缭适蔡,四饭缺适秦,鼓方叔入于河,播鼗武入于汉,少师阳、击磬襄入于海"[①]。周王朝的乐师流散到各诸侯国,带去了操作层面的周王朝的礼乐文化。如果我们联系到《鲁颂》的制作年代——春秋时期的礼乐文化的种种变异现象,对此就更易于理解了。

总之,从《有駜》与"成相"的关系及其共同的周代礼乐制度渊源来看,该篇的制作既有西周礼乐制度的远源,又有春秋时期礼乐崩坏背景下的文化变异近因,其外在形式与内在精神都与之相关。就此而言,该篇很能代表《鲁颂》的若干文化特点。

从《商颂》到《鲁颂》,中国的礼乐文化经历了千年的历史变迁,尽管有时代的不同、族属的区别,但其间的一脉相承显而易见。这些不同时期、不同部族的文化,共同构成了历史时期意义上的中国文化的最早源头,并可由此而上溯原史时期的中国早期文化。就《周颂》《鲁颂》与《商颂》而言,尽管它们在《诗经》本身的框架内,曾在历史上受到人们的不同评价,但作为一部完整的文化经典的有机组成部分,它们又共同对整个中国历史和文化施予过重大的影响,并将永远存在于中国历史文化之中,继续浸染我们民族的心灵,这一认识也是本书撰作的最初动因及其核心意义之所在。

---

① 《论语注疏》,阮刻《十三经注疏》,中华书局1980年版,第2530页。

主要参考文献

古籍及相关著作类

《毛诗正义》，阮刻《十三经注疏》本。

胡平生、韩自强编著：《阜阳汉简诗经研究》，上海古籍出版社1988年版。

屈守元笺疏：《韩诗外传笺释》，巴蜀书社1996年版。

欧阳修：《鲁颂解》，《欧阳修文集》，中国书店1986年版。

王安石著，丘汉生辑校：《诗义钩沉》，中华书局1982年版。

朱熹：《诗集传》，上海古籍出版社1958年版。

黎靖德编：《朱子语类》，中华书局1994年版。

王柏撰，顾颉刚校点：《诗疑》，朴社1935年版。

严粲：《诗辑》，《北京图书馆古籍珍本丛刊》本，书目文献出版社影印本。

王夫之：《诗广传》，中华书局1964年版。

陈奂：《诗毛氏传疏》，中国书店1984年影印本。

马瑞辰：《毛诗传笺通释》，《清人十三经注疏》本，中华书局1989年版。

牟应震撰，袁梅校点：《诗经质疑》，齐鲁书社1991年版。

魏源：《诗古微》，《清经解续编》本，上海书店1988年版。

戴震：《戴氏诗经考》，《戴震全集》第四册，清华大学出版社1995年版。

戴震：《毛郑诗考正》，《清人诗说四种》本，华中师范大学出版社1986年版。

段玉裁：《诗经小学》，《清人诗说四种》本，华中师范大学出版社 1986 年版。

方玉润：《诗经原始》，中华书局 1986 年版。

王先谦：《诗三家义集疏》，中华书局 1987 年版。

皮锡瑞：《经学通论》，中华书局 1954 年版。

高亨：《诗经今注》，上海古籍出版社 1980 年版。

于省吾：《泽螺居诗经新证》，中华书局 1982 年版。

陈子展：《诗经直解》，复旦大学出版社 1983 年版。

余冠英注译：《诗经选》，人民文学出版社 1979 年版。

袁梅：《诗经译注》，齐鲁书社 1980 年版。

程俊英：《诗经译注》，上海古籍出版社 1985 年版。

褚斌杰：《诗经全注》，人民文学出版社 1999 年版。

杨公骥：《中国文学》（第一分册），吉林人民出版社 1980 年版。

杨公骥：《杨公骥文集》，东北师范大学出版社 1998 年版。

华钟彦：《东京梦华之馆论稿》，河南大学出版社 1991 年版。

华钟彦主编：《诗歌精选》，高等教育出版社 1990 年版。

华钟彦选注：《中国历史文选》，东北师范大学教务处 1953 年版。

朱东润：《诗三百篇探故》，上海古籍出版社 1981 年版。

孙作云：《诗经与周代社会研究》，中华书局 1966 年版。

夏传才：《诗经研究史概要》，中州书画社 1982 年版。

张松如：《商颂研究》，南开大学出版社 1995 年版。

张松如、郭杰：《周族史诗研究》，长春出版社 1998 年版。

《周易正义》，阮刻《十三经注疏》本。

高亨：《周易古经今注》，上海书店 1991 年版。

高亨：《周易大传今注》，齐鲁书社 1983 年版。

李学勤：《周易经传溯源》，长春出版社 1992 年版。

《尚书正义》，阮刻《十三经注疏》本。

孙星衍：《尚书今古文注疏》，《清人十三经注疏》本。

朱右曾：《逸周书集训校释》，《清经解续编》本，上海书店1988年版。

《周礼注疏》，阮刻《十三经注疏》本。

《仪礼注疏》，阮刻《十三经注疏》本。

《礼记正义》，阮刻《十三经注疏》本。

孙希旦：《礼记集解》，《清人十三经注疏》本。

王聘珍：《大戴礼记解诂》，《清人十三经注疏》本。

《春秋左传正义》，阮刻《十三经注疏》本。

杨伯峻编著：《春秋左传注》，中华书局1981年版。

童书业：《春秋左传研究》，上海人民出版社1980年版。

《春秋公羊传注疏》，阮刻《十三经注疏》本。

《春秋谷梁传注疏》，阮刻《十三经注疏》本。

《论语注疏》，阮刻《十三经注疏》本。

杨伯峻译注：《论语译注》，中华书局1980年版。

《尔雅注疏》，阮刻《十三经注疏》本。

《孟子注疏》，阮刻《十三经注疏》本。

杨伯峻译注：《孟子译注》，中华书局1984年版。

《国语》，上海古籍出版社1978年版。

《战国策》，上海古籍出版社1985年版。

朱谦之：《老子校释》，《新编诸子集成》本。

孙诒让：《墨子间诂》，《诸子集成》本。

郭庆藩：《庄子集释》，《新编诸子集成》本。

陈奇猷校释：《吕氏春秋校释》，学林出版社1984年版。

王先谦：《荀子集解》，《新编诸子集成》本。

《淮南子》，《诸子集成》本。

陈立：《白虎通疏证》，《新编诸子集成》本。

蔡邕：《独断》，《汉魏丛书》本。

《史记》，中华书局1982年版。

方诗铭、王修龄辑证：《古本竹书纪年辑证》，上海古籍出版社1981年版。

应劭撰，吴树平校释：《风俗通义校释》，天津人民出版社1980年版。

王国维校：《水经注校》，上海人民出版社1984年版。

常璩撰，任乃强校注：《华阳国志校补图注》，上海古籍出版社1987年版。

杜佑：《通典》，中华书局1988年版。

《册府元龟》，中华书局1960年版。

陈振孙：《直斋书录解题》，上海古籍出版社1982年版。

宋应星：《天工开物》，广东人民出版社1976年版。

顾炎武：《历代宅京记》，中华书局1984年版。

崔述著，顾颉刚编订：《崔东壁遗书》，上海古籍出版社1983年版。

章学诚：《文史通义》，上海书店1988年影印本。

王国维：《观堂集林》，中华书局1959年版。

王国维：《古史新证》，清华大学出版社1994年版。

郭沫若主编：《中国史稿》，人民出版社1976年版。

尚钺主编：《中国历史纲要》，人民出版社1954年版。

范文澜：《中国通史简编》，人民出版社1965年版。

许倬云：《西周史》（增订本），生活·读书·新知三联书店1994年版。

郭克煜等：《鲁国史》，人民出版社1994年版。

宋镇豪：《夏商社会生活史》，中国社会科学出版社1994年版。

郭沫若：《中国古代社会研究》，《郭沫若全集》本，人民出版社1982年版。

郭沫若：《青铜时代》，《郭沫若全集》本，人民出版社1982年版。

郭沫若：《奴隶制时代》，《郭沫若全集》本，人民出版社1982年版。

郭宝钧：《中国青铜器时代》，生活·读书·新知三联书店1963年版。

《古史辨》第三、七册，上海古籍出版社 1982 年版。

杨宽：《古史新探》，中华书局 1965 年版。

杨宽：《战国史》，上海人民出版社 1980 年版。

林剑鸣：《秦史稿》，上海人民出版社 1981 年版。

李玉洁：《楚史稿》，河南大学出版社 1988 年版。

钱穆：《先秦诸子系年》，商务印书馆 2001 年版。

张正明主编：《楚文化志》，湖北人民出版社 1988 年版。

张光直：《中国青铜时代》，生活·读书·新知三联书店 1983 年版。

谭其骧主编：《中国历史地图集》，中国地图出版社 1982 年版。

李学勤：《殷代地理简论》，科学出版社 1959 年版。

郑杰祥：《商代地理概论》，中州古籍出版社 1994 年版。

王献唐：《山东古国考》，齐鲁书社 1983 年版。

王献唐：《炎黄氏族文化考》，齐鲁书社 1985 年版。

赵光贤：《周代社会辨析》，人民出版社 1982 年版。

郭伟川编：《周公摄政称王与周初史事论集》，北京图书馆出版社 1998 年版。

张亚初、刘雨：《西周金文官制研究》，中华书局 1983 年版。

吕思勉：《中国民族史》，中国大百科全书出版社 1987 年版。

丁山：《中国古代宗教与神话考》，科学出版社 1961 年版。

朱天顺：《中国古代宗教初探》，上海人民出版社 1982 年版。

侯外庐等：《中国思想通史》，人民出版社 1957 年版。

李泽厚：《中国古代思想史论》，人民出版社 1986 年版。

李泽厚：《美的历程》，文物出版社 1989 年版。

任继愈主编：《中国哲学史》，人民出版社 1979 年版。

陈遵妫：《中国天文学史》，上海人民出版社 1984 年版。

梁思成：《中国建筑史》，中国建筑工业出版社 1985 年版。

梁思成：《中国雕塑史》，中国建筑工业出版社 1985 年版。

刘敦桢主编：《中国古代建筑史》，中国建筑工业出版社 1980 年版。

杨鸿勋：《建筑考古学论文集》，文物出版社 1987 年版。

周锡保：《中国古代服饰史》，中国戏剧出版社 1984 年版。

王力等：《中国古代文化史讲座》，中央广播电视大学出版社 1984 年版。

段玉裁：《说文解字注》，上海古籍出版社 1981 年版。

郭沫若：《卜辞通纂》，《郭沫若全集》本，科学出版社 1982 年版。

郭沫若：《两周金文辞大系图录考释》，上海书店出版社 1999 年版。

陈梦家：《殷虚卜辞综述》，科学出版社 1956 年版。

孙海波编纂：《甲骨文编》，中华书局 1965 年版。

严一萍编：《金文总集》，台湾艺文印书馆印行。

周法高主编：《金文诂林》，香港中文大学出版社 1975 年版。

孟世凯编著：《甲骨学小词典》，上海辞书出版社 1987 年版。

郭宝钧：《商周青铜器群综合研究》，文物出版社 1981 年版。

杜廼松：《中国古代青铜器简说》，书目文献出版社 1984 年版。

马承源主编：《中国古代青铜器》，上海古籍出版社 1988 年版。

王献唐：《那罗延室稽古文字》，齐鲁书社 1985 年版。

北大历史系考古教研室商周组编著：《商周考古》，文物出版社 1979 年版。

李学勤：《东周与秦代文明》，文物出版社 1991 年版。

董治安：《先秦文献与先秦文学》，齐鲁书社 1994 年版。

李学勤：《李学勤集》，黑龙江教育出版社 1989 年版。

李学勤：《古文献论丛》，上海远东出版社 1996 年版。

李学勤：《比较考古学随笔》，广西师范大学出版社 1997 年版。

李学勤：《走出疑古时代》，辽宁大学出版社 1997 年版。

李学勤：《缀古集》，上海古籍出版社 1998 年版。

李学勤：《四海寻珍》，清华大学出版社 1998 年版。

睡虎地秦墓竹简整理小组编：《睡虎地秦墓竹简》，文物出版社 1978 年版。

荆门市博物馆编：《郭店楚墓竹简》，文物出版社1998年版。

杨向奎：《宗周社会与礼乐文明》（修订本），人民出版社1997年版。

陈全方：《周原与周文化》，上海人民出版社1988年版。

王立新：《中国早商文化研究》，高等教育出版社1998年版。

杨英杰：《战车与车战》，东北师范大学出版社1986年版。

周振鹤、游汝杰：《方言与中国文化》，上海人民出版社1986年版。

姜昆武：《诗书成词考释》，齐鲁书社1989年版。

常任侠：《中国舞蹈史话》，上海文艺出版社1983年版。

王克芬：《中国舞蹈发展史》，上海人民出版社1989年版。

杨荫浏等：《语言与音乐》，人民音乐出版社1983年版。

崔宪：《曾侯乙编钟钟铭校释及其律学研究》，人民音乐出版社1997年版。

闻一多：《闻一多全集》，湖北人民出版社1993年版。

姜书阁：《先秦辞赋原论》，齐鲁书社1983年版。

鲁迅：《汉文学史纲要》，人民文学出版社1973年版。

游国恩等主编：《中国文学史》，人民文学出版社1963年版。

中国社会科学院文学研究所中国文学史编写组：《中国文学史》，人民文学出版社1979年版。

赵明主编：《先秦大文学史》，吉林大学出版社1993年版。

中国社会科学院民族研究所编：《斯大林论民族问题》，民族出版社1990年版。

期刊类

高亨：《周颂考释》，《中华文史论丛》第4、5、6辑。

张西堂：《周颂"时迈"本为周大武乐章首篇说》，《人文杂志》1959年第6期。

孙作云：《从读史的方面谈谈"诗经"的时代和地域性》，《历史教学》1957年第 3 期。

憨之：《"周颂臣工"篇发微》，《文学遗产增刊》第 4 辑，作家出版社 1957 年版。

梁园东：《关于诗经噫嘻篇的解释问题》，《山西师范学院学报》1957 年第 1 期。

李松筠：《论〈无羊〉〈良耜〉两诗》，《河北师院学报》1991 年第 4 期。

杨向奎：《关于周公制礼作乐》，《文史知识》1986 年第 6 期。

李学勤：《世俘篇研究》，《史学月刊》1985 年第 2 期。

李学勤：《宜侯夨簋与吴国》，《文物》1985 年第 7 期。

饶宗颐：《上古塞种史若干问题——于阗史丛考序》，《中国文化》1993 年第 8 期。

顾颉刚：《周公制礼的传说和周官一书的出现》，《文史》第 6 辑，中华书局 1979 年版。

李纯一：《庸名探讨》，《音乐研究》1988 年第 1 期。

江鸿、李学勤：《盘龙城与商朝的南土》，《文物》1976 年第 6 期。

李学勤：《史密簋铭所记西周重要史实考》，《中国社会科学院研究生院学报》1991 年第 2 期。

裘锡圭：《释殷虚甲骨文的"远"、"迩"及有关诸字》，《古文字研究》第 12 辑，中华书局 1985 年版。

唐兰：《关于"夏鼎"》，《文史》第 7 辑，中华书局 1979 年版。

郭沫若：《盠器铭考释》，《考古学报》1957 年第 2 期。

《郭店楚简研究》，《中国哲学》第 20 辑，辽宁教育出版社 1999 年版。

张长寿：《达盨盖铭》，《燕京学报》第 2 期，北京大学出版社 1996 年版。

陈邦怀：《盠作騃尊跋》，《人文杂志》1957 年第 4 期。

沈文倬：《"执驹"补释》，《考古》1961 年第 6 期。

李纯一:《试论春秋时代阴阳五行学派的音乐思想》,《文史》第 3 辑,中华书局 1963 年版。

黄翔鹏:《曾侯乙钟、磬铭文乐学体系初探》,《音乐研究》1981 年第 1 期。

李炳海:《孔子种族意识的双向结构》,《齐鲁学刊》1990 年第 2 期。

李炳海:《雉鸟与中国上古文化》,《文史知识》1988 年第 4 期。

栗劲、王占通:《略论奴隶社会的礼与法》,《中国社会科学》1985 年第 5 期。

杨堃:《论民族概念与民族分类的几个问题》,《中国社会科学》1984 年第 1 期。

蔡富有:《斯大林的民族定义评析》,《中国社会科学》1986 年第 1 期。

译著类

〔古罗马〕凯撒著,任炳湘译:《高卢战记》,商务印书馆 1982 年版。

〔英〕詹·乔·弗雷泽著,徐育英、汪培基等译:《金枝》,大众文艺出版社 1998 年版。

〔英〕马林若夫斯基著,李安宅编译:《巫术科学宗教与神话》,上海文艺出版社 1987 年版。

〔英〕马林若夫斯基著,费孝通译:《文化论》,中国民间文艺出版社 1987 年版。

〔德〕海涅著,海安译:《论德国宗教和哲学的历史》,人民文学出版社 1983 年版。

〔德〕恩斯特·卡西尔著,于晓等译:《语言与神话》,生活·读书·新知三联书店 1988 年版。

〔苏〕费·让·凯勒主编,陈文江、吴骏远等译:《文化的本质与历程》,浙江人民出版社 1989 年版。

〔美〕C.恩伯、M.恩伯著,杜杉杉译:《文化的变异》,辽宁人民出版社

1988年版。

〔美〕赫伯特·马尔库塞著,黄勇、薛民译:《爱欲与文明》,上海译文出版社1987年版。

〔德〕黑格尔著,朱光潜译:《美学》,商务印书馆1979年版。

〔法〕列维·斯特劳斯著,李幼蒸译:《野性的思维》,商务印书馆1987年版。

《马克思恩格斯选集》(4卷本),人民出版社1972年版。

原版后记

本书是在作者的博士论文《诗经三颂与先秦礼乐文化的演变》基础上增补修订而成的。从它的核心内容《论大武乐章》在《社会科学战线》发表至今，已历九年；全书的写作，不计前期工作，则已超过十年时间。论文原来的正文仅三章，现扩为六章。原文仅六万字，本书较前增加一倍以上。一些论点有所修正，论据有所增加，论述的范围也有所扩大。可以说，本书增加的容量没有"注水"的成分，一字一句都浸透着作者的心血。

本书在选题与写作过程中，得到过李学勤、谷云义、李炳海、白本松、华锋、郭杰、赵敏俐诸位在各方面的帮助，张松如（公木）先生曾给予了作者特殊帮助，我的母亲李佩侠女士在我的人生道路上给了我最大的鼓励和支持，河南大学历史系郭人民教授在作者学术思想的形成过程中对作者帮助甚大。对以上诸位及所有给予过作者帮助的人，在此谨示感谢。

本书的出版得到北京广播学院出版社领导的关心及有关同志的协助。在此也一并致以谢意！

新版后记

《诗经三颂与先秦礼乐文化的演变》校订完毕。在原版后记中，我曾说过，本书的"一字一句都浸透着作者的心血"，绝非夸张之辞。

在长达三十年的研究与写作历程中，许多人不能忘记。张松如（公木）先生帮助我获得了答辩的机会，并亲自主持了我的博士答辩。师弟郭杰帮助沟通和传递信息给张松如先生，促成我问题的早日解决。同门师兄李炳海教授多有指点，并为原版作序。师兄赵敏俐教授和他所主持的首都师范大学中国诗歌研究中心为本书的出版给予了帮助。

父母给予我巨大的支持是我终生难忘的。父亲姚丹村是一位军人出身的教育家。他一生对真理的追求，对国家和民族的责任心是我永远的榜样。母亲李佩侠是一位杰出的女性知识分子，她是我的古典文学启蒙老师。父亲去世后，母亲在我最困难的时候，给予了最大的鼓励和支持，令我刻骨铭心。

本书的充实和修订，得到同学们的协助。《〈周颂·闵予小子〉诸篇与周礼核心精神的确立》章，由王兑家同学协助完成。《〈周颂·臣工之什〉与周代宾礼》一章，由李文慧同学协助完成。《〈商颂〉中禹形象的演变》一节，由李永娜同学协助完成。李永娜还参与了第七章《〈閟宫〉与礼乐制度在鲁国的传承》之第二节《〈閟宫〉"缵禹之绪"与春秋中期的礼乐文化复兴运动》的写作。杨晓丽同学参与了该章《〈閟宫〉"土田附庸"的历史记忆》一节的写作。同学们通过参与这个重要课题，熟悉了先秦文献的相关内容，练习了学术论文的写作。我本人则在培养学生的同时，充分利用了零星的时间，并享受了与同学们共同进步的快乐。

  本书的出版受到中国传媒大学的资助。前校长苏志武教授给予了特别的支持。李文慧、王克家、孟祥笑同学帮助校对数遍，减少了本书可能的差错。对所有提供帮助的人，在此一并表示感谢。聊城大学也对本书的出版提供了支持。